"中国现当代名家散文典藏"编辑委员会

主　任：阎晶明

副主任：丁　帆

委　员（以姓氏笔画为序）：

　　　　止　庵　孔令燕　何　平　何向阳

　　　　李红强　张　莉　周立民　施战军

　　　　贺绍俊　臧永清

中国现当代
名家散文
典藏

孙犁散文

人民文学出版社

图书在版编目(CIP)数据

孙犁散文/孙犁著. —北京：人民文学出版社，2022（2023.2重印）
（中国现当代名家散文典藏）
ISBN 978-7-02-016550-6

Ⅰ.①孙… Ⅱ.①孙… Ⅲ.①散文集—中国—当代 Ⅳ.①I267

中国版本图书馆 CIP 数据核字（2022）第 044214 号

责任编辑	杜　丽　陈　悦
装帧设计	陶　雷
责任印制	宋佳月

出版发行　人民文学出版社
社　　址　北京市朝内大街 166 号
邮政编码　100705

印　　刷　河北环京美印刷有限公司
经　　销　全国新华书店等

字　　数　283 千字
开　　本　880 毫米×1230 毫米　1/32
印　　张　12.875　插页 4
印　　数　5001—8000
版　　次　2021 年 12 月北京第 1 版
印　　次　2023 年 2 月第 2 次印刷

书　　号　978-7-02-016550-6
定　　价　42.00 元

如有印装质量问题，请与本社图书销售中心调换。电话：010-65233595

作者像

作者手迹

1946年 在河北蠡县

《荷花淀》书影

出版缘起

中国现代文学开启自一百多年前的一场文学革命。从此，与社会现实密切相关，普通大众可以接受、可以欣赏、可以从中得到思想启蒙和艺术享受的新文学，就如雨后春笋般生长，涌现出一篇又一篇、一部又一部影响当时、传之久远的经典作品。自"五四"新文学以来的中国现当代文学发展进程中，散文无疑是耀人眼目的明星。

散文既能直抒胸臆，又能描摹万物，因此被视为自由多样的文体；散文语言贴近日常，最易触动人们的情感，可以直接地陶冶人们的心灵。这也是经典散文被誉为美文、拥有广泛读者、历经岁月更迭仍让人捧读的原因。百余年来的中国现当代散文创作云蒸霞蔚，已莽莽如浩瀚的文学森林，人们若贸然闯入这片森林之中，时有乱花迷眼、茫然难辨之困扰。为了让广大喜爱散文的读者能够更迅捷地读到中国现当代散文的经典性作品，我们精心编选了这套"中国现当代名家散文典藏"丛书。本丛书编选过程中，我们邀请了文学界的专家学者组成编委会，在认真商讨的基础上，汇集、编选了20世纪以来中国现当代散文史上的名家、名作。目的就是方便广大读者感受散文经典的艺术魅力，有利于集中欣赏、比较阅读、收藏，以及进行相关研究。

在研究、讨论过程中，编委会形成了经典性的编选宗旨。卷帙浩繁的现当代散文作品中，以经典作家、经典作品的筛选为编选原则，是为读者提供阅读便利的需要，也是为百余年散文创作所做的某种回顾和总结。我们深知，任何一部文学经典都并非一蹴而就，也非任由某个权威命名而成，文学经典是经过时间的淘洗，经受了社会和读者等各个方面的考验，自然形成的。这个淘洗和考验的过程就是一部文学作品被经典化的过程。经典，是经典化过程的结晶。中国现代文学是中国当代文学的前身，当代文学是活在我们身边的文学，这是一件非常有趣的事，因为这样一来，我们也许就能亲眼看到一部文学作品是如何诞生的，又是如何引起社会的热议、得到不断深入阐释的，我们对一部当代散文的喜爱，往往也是在这一过程中不断地得以强化。经典便是在这样不断被阅读、被热议、被阐释的过程中得到人们的广泛肯定从而成为大家公认的经典。当我们要编选一套现当代散文经典的丛书时，就应该考虑到当代文学的这一特点，要意识到当代文学的经典并不是凝固不变的，它仍处在不断丰富和不断成熟的经典化过程之中。这就确定了我们的基本编辑思路，即我们自觉地将"中国现当代名家散文典藏"的编选和出版，视为参与到现当代散文的经典化过程的一次积极行动。经典化，为我们的编选打通了一条通往经典性的最佳通道。我们从经典化的角度来审视现当代散文，就要更强调发展和辩证的眼光，更需要发现和辨析那些正在茁壮生长中的新现象和新作品；这也提醒我们，在经典标准的确认上不能墨守成规。我们既要关注作为文学史的经典，同时又要更看重历经岁月变幻始终在广大读者中拥有良好口碑的作品。我们认为，读者是经典化过程中不可忽视的参与者，因此也希望这次"中国现当代名家散文典藏"的编选和出版，能够为广大读者参与到现当代散文经典化进程中来提供一次良好的机会。

经典化的编选思路,自然决定了这套丛书有另一特征:开放性。中国现当代文学作为活在我们身边的文学,这就意味着它是一种具有旺盛生命力的,仍在茁壮生长的文学。回望过去的一百余年,现当代散文已经产生了不少的经典性作品;凝视当下的现实,仍有许多正行走在经典化道路上的优秀作品;放眼未来,我们相信,将会有更多的经典脱颖而出。我们这套散文典藏丛书不光要"回望",而且还要有"凝视"和"放眼",也就是说,我们不光要推出已有定论的经典性作品,而且还要把那些正行走在经典化道路上的,以及刚刚萌芽即将脱颖而出的优秀作品也纳入丛书的视野,因此我们必须采取开放性的编选方针。我们不是一次性地编选数十本书就宣布大功告成了,我们还要在此基础上继续延伸下去,把在经典化进程中逐渐成熟了的作家和作品吸纳进来,作为系列丛书、长期工作、"长河"计划而接连不断地出版下去。

本丛书编辑过程中,坚持优中选优原则,同时也充分尊重作家意愿和相关版权要求。在编辑"中国现当代名家散文典藏"过程中,由于版权限制等因素,使得一些名家名作还没有如期纳入丛书当中,我们也将努力创造条件,争取将更多的优秀散文佳作奉献给读者,以呈现中国现当代散文创作的整体成就和总体风貌。

感谢广大作家的支持,感谢广大读者的厚爱。

人民文学出版社
"中国现当代名家散文典藏"编辑委员会

目 录

- *1* 导读

- *1* 童年漫忆
- *7* 父亲的记忆
- *10* 母亲的记忆
- *12* 亡人逸事
- *17* 报纸的故事
- *21* 乡里旧闻
- *42* 书的梦
- *48* 青春余梦
- *51* 同口旧事
- *60* 黄鹂
- *64* 石子
- *68* 一九五六年的旅行
- *74* 病期经历

- *85* 平原的觉醒

90	在阜平
95	第一次当记者
100	服装的故事
104	吃粥有感
106	芸斋梦余
110	关于《山地回忆》的回忆
114	关于小说《蒿儿梁》的通信
119	识字班
125	第一个洞
130	游击区生活一星期
147	白洋淀边一次小斗争
151	相片
153	王凤岗坑杀抗属
155	某村旧事
161	采蒲台的苇
163	安新看卖席记
167	一别十年同口镇
170	张秋阁
174	光复唐官屯之战
177	文学和生活的路

195	文字生涯
201	删去的文字
206	画的梦
210	戏的梦
219	猫鼠的故事
222	夜晚的故事
226	菜花
229	新居琐记
235	老年文字
238	秋凉偶记(三则)
243	老家
245	故园的消失
248	告别
253	《孙犁文集》自序
258	《善闇室纪年》序
260	《方纪散文集》序
264	《刘绍棠小说选》序
267	谈柳宗元
271	欧阳修的散文
276	《红楼梦》杂说
279	关于《聊斋志异》

- 285 鲁迅的小说
- 293 耕堂读书随笔(节选)
- 310 芸斋琐谈

- 328 回忆沙可夫同志
- 334 远的怀念
- 338 伙伴的回忆
- 345 悼画家马达
- 351 谈赵树理
- 357 记邹明
- 365 悼康濯
- 368 悼念李季同志
- 373 黄叶
- 376 夜思

导　读

孙犁最初以短篇小说《荷花淀》驰名文坛并由此成为"荷花淀派"的开山人物。相对于小说，孙犁的散文不但毫不逊色，还同样独树一帜，成就非凡，足以和他的小说并驾齐驱甚或过之。

早在1982年，孙犁就曾经说过："我一向认为，作文和作人的道理，是一样的；一、要质胜于文。质就是内容和思想。譬如木材，如本质佳，油漆固可助其光泽；如质本不佳，则油漆无助其坚，即华丽，亦粉饰耳。二、要有真情，要写真象。三、文字、文章要自然。三者之反面，则为虚伪矫饰。"虽然只是寥寥几句，但却具有丰富而深刻的内涵。这既可以看作孙犁所奉行的创作原则，亦可看作孙犁的夫子自道，这也是孙犁散文创作的格局。

和那些著作等身的作家不同，孙犁散文的数量并不是很多，甚至不足二百篇；与那些在某个时期洛阳纸贵、身价十倍的作家也不同，孙犁的散文似乎没有产生过"轰动效应"。但是，历经半个世纪的风雨，孙犁的散文依然受到人们的喜爱，依然被人们咀嚼品味，依然被人们传颂赞叹。

为什么会出现如此大的反差，孙犁散文所蕴含的真善美给出了最好的回答。

一

  一个作家的作品风格的形成，与他成长的家庭环境、社会氛围有着密切的联系。1913 年 5 月，孙犁出生于冀中农村，冀中人民所崇尚和奉行的，是朴实，憨厚和善良，所厌弃和鄙视的，是虚假，油滑和刁钻，这些近乎原始而淳朴的观念，对孙犁的为人处世和散文创作产生了决定性的影响。自从走上文学之路，孙犁就在鲁迅精神的鼓舞下，"有所见于山头，遂构思于涧底；笔录于行军休息之时，成稿于路旁大石之上；文思伴泉水而淙淙，主题拟高岩而挺立"。这些散文，篇幅虽短，却是真实的生活的记录，这是孙犁散文的基础，也是孙犁散文的生命力所在。

  根据孙犁的自身经历和散文创作的风格，可以将他的散文大致分为战争年代、新中国成立初期和改革开放之后三个时期。在每一个重要的历史时期，孙犁都以手中的笔，忠实地记录了自己的所闻所见，所思所想。把这些散文按照时间排列起来，就可以看到一部真实的历史，真实的人生。在抗日战争时期，孙犁亲身感受到了冀中人民精诚团结，坚强不屈和乐观向上的高贵品质，正如他自己所说，"抗日战争，是中国共产党领导的一种神圣的战争。人民作出了重大的牺牲。他们的思想、行动升到无比崇高的境界。生活中极其细致的部分，也充满了可歌可泣的高尚情操"。为此，孙犁以满腔的热情,将这些"美的极致"形诸笔墨。1949年1月,孙犁随着解放大军来到天津,开始了他文学创作的新征程。他热情讴歌劳动人民的新生活,他单枪匹马,上工厂,下农村,忠实反映了新中国成立初期人们昂扬向上、奋发图强的精神风貌。1956年之后,由于身体的原因,孙犁经历了十年的疾病折磨,随后,是"十年浩劫",除了两篇《病期琐事》和几篇怀人之作,孙犁的创作几乎中断了二十年,用他自己的话来说,就是"十年废于疾病,十年毁于遭逢"。改革开放之后,孙犁和大多数老作家一样,在艺术上焕发了青春,其散文创作升华到一个更高的境界。这些散文,大多是对亲朋的怀念,对"文革"的反思,对人生的感悟,因此,这些作品一改前期清新、明丽的风格,而变得更加深沉、隽永,更加意味深长,读之如饮醇醪,味之无穷。

孙犁的散文,尽管时间跨度很长,风格有着明显的变化,但有着一个共同的特点,那就是真实。也正如孙犁所说:"我的创作,从抗日战争开始,是我个人对这一伟大时代、神圣战争,所作的真实记录。其中也反映了我的思想,我的感情,我的前进脚步,我的悲欢离合。"在这些作品中,找不到虚假的编造,找不到人为的拔高,更找不到言不由衷的矫饰。也正因为如此,"不管经过多少风雨,多少关山,这些作品,以原有的姿容,以完整的队列,顺利地通过了几十年历史的严峻检阅"。这对于一个作家来说,是并不容易办到的。

二

自古以来，就有"文如其人"之说，虽不绝对，但在孙犁身上却得到了最好的验证。孙犁不善交际，但他待人以诚，没有丝毫的虚伪客套，为此也曾引起老朋友的误会；他的文字也一如他的为人，直抒胸臆，绝不掩饰。无论世事如何变迁，孙犁都坚守着"不欺骗读者"的操守。这也正如他在1981年8月5日为《孙犁文集》所作的序中所说："我回避我没有参加过的事情，例如实地作战。我写到的都是我见到的东西，但是经过思考，经过选择。在生活中，在一种运动和工作中，我也看到错误的倾向，虽然不能揭露出来，求得纠正，但从来没有违背良心，制造虚假的作品，对这种错误，推波助澜。"后期恢复创作之后，许多读者都希望孙犁再写一些《荷花淀》《芦花荡》那样的作品，孙犁在《戏的梦》中这样回答："读者同志们，我向你们抱歉，我实在写不出那样的小说来了。这是为什么？我自己也说不出。我只能说句良心话，我没有了当年写作那些小说时的感情，我不愿用虚假的感情，去欺骗读者。那样，我就对不起坐在对面的曹真同志。她和她的亲人，在抗日战争时期，是流过真正的血和泪的。"正是出于这样的理念，孙犁的笔下，所写的都是自己的真情实感，他所反对的，是虚假和编造。"如果在一篇短小的散文里，没有一点点真实的东西：生活里有的东西，你不写；生活里没有的东西,你硬编;甚至为了个人私利,造谣惑众,它的寿命就必然短促地限在当天的报纸上。"孙犁的散文,几乎没有波澜壮阔、气吞山河的场面,更没有任意想象、凭空捏造的虚幻场景,更多的则是司空见惯的人情世故和如影随形的父老乡亲。从这些凡人琐事中,可以发现人性的真善美。父亲的本分厚道,母亲的勤劳乐观,妻子的忠贞忍耐,乡间妇女的坚韧不屈,阜平房东的贫苦善良,山地女孩子的热情泼辣,穷苦长辈的精神不倒,都在孙犁的笔下鲜活起来,如一股清泉,缓缓注入读者的内心世界,催人泪下,令人感慨不已。

三

中国文学中有"文以载道"的传统,曹丕《典论·论文》中也说:"盖文章,经国之大业,不朽之盛事。年寿有时而尽,荣乐止乎其身,二者必至之常期,未若文章之无穷。"这就说明,文学创作是一件极其严肃的事情,不是吟风弄月,不是无病呻吟,更不是雕虫小技,它是一种净化人的心灵,提升人的境界的功德,事关治乱兴衰和世道人心。孙犁深知个中三昧。尽管他很少发表关于文学创作的长篇大论,但他却以自己的散文创作来继承和弘扬这一优良传统。孙犁散文所表现的,是人性的真善美,是生活中的至真至纯,至善至爱。尽管他经历过时代的风云变幻,尽管他饱尝过人情的冷暖、世态的炎凉,尽管他看到过太多的虚假和丑恶,但却很少在散文中去表现那些消极的东西，他不愿意给读者带来不愉快的感受，也不愿意诉说自己的不平和冤苦。在散文创作中，孙犁有一种"洁癖"，就是从不直接去描写人间的丑恶。他曾说："看到真善美的极致，我写了一些作品，看到邪恶的极致，我不愿意写。这些东西，我体验很深，可以说是镂心刻骨的。可是我不愿意去写这些东西，我也不愿意回忆它们。"他所追求和奉行的，是"真诚善意，明识远见，良知良能，天籁之音"，因为，"这是艺术唯一无二的灵魂。"也正因为如此，人们才会觉得孙犁的散文越读越有味道，越读越有感觉，越读越难以释手。其原因在于，每每读孙犁的散文，就会有一种心灵得到净化、精神得到升华的感觉。

孙犁的散文，如同陋巷中真善美的歌吟，纯净而悠长。

刘运峰

2021年12月26日，南开园

童年漫忆

听 说 书

我的故乡的原始住户，据说是山西的移民，我幼小的时候，曾在去过山西的人家，见过那个移民旧址的照片，上面有一株老槐树，这就是我们祖先最早的住处。

我的家乡离山西省是很远的，但在我们那一条街上，就有好几户人家，以长年去山西做小生意，维持一家人的生活，而且一直传下好几辈。他们多是挑货郎担，春节也不回家，因为那正是生意兴隆的季节。他们回到家来，我记得常常是在夏秋忙季。他们到家以后，就到地里干活，总是叫他们的女人，挨户送一些小玩艺或是蚕豆给孩子们，所以我的印象很深。

其中有一个人，我叫他德胜大伯，那时他有四十岁上下。每年回来，如果是夏秋之间农活稍闲的时候，我们一条街上的人，吃过晚饭，坐在碾盘旁边去乘凉。一家大梢门两旁，有两个柳木门墩，德胜大伯常常被人们推请坐在一个门墩上面，给人们讲说评书，另一个门墩上，照例是坐一位年纪大辈数高的人，和他对称。我记得他在这里讲过《七侠五义》等故事，他讲得真好，就像一个专业艺人一样。

他并不识字，这我是记得很清楚的。他常年在外，他家的大娘，因为身材高，我们都叫她"大个儿大妈"。她每天挎着一个大柳条篮子，敲着小铜锣卖烧饼馃子。德胜大伯回来，有时帮她记记账,他把高粱的茎秆,截成笔帽那么长,用绳穿结起来,横挂在炕头的墙壁上,这就叫"账码",谁赊多少谁还多少,他就站在炕上,用手推拨那些茎秆儿,很有些结绳而治的味道。

他对评书记得很清楚,讲得也很熟练,我想他也不是花钱到娱乐场所听来的。他在山西做生意,长年住在小旅店里,同住的人,干什么的人也有,夜晚没事,也许就请会说评书的人,免费说两段,为长年旅行在外的人们消愁解闷,日子长了,他就记住了全部。

他可能也说过一些山西人的风俗习惯,因为我年岁小,对这些没兴趣,都忘记了。

德胜大伯在做小买卖途中,遇到瘟疫,死在外地的荒村小店里。他留下一个独生子叫铁锤。前几年,我回家乡,见到铁锤,一家人住在高爽的新房里,屋里陈设,在全村也是最讲究的。他心灵手巧,能做木工,并且能在玻璃片上画花鸟儿和山水,大受远近要结婚的青年农民的欢迎。他在公社担任会计,算法精通。

德胜大伯说的是评书,也叫平话,就是只凭演说,不加伴奏。在乡村,麦秋过后,还常有职业性的说书人,来到街头。其实,他们也多半是业余的,或是半职业性的。他们说唱完了以后,有的由经管人给他们敛些新打下的粮食;有的是自己兼做小买卖,比如卖针,在他说唱中间,由一个管事人,在妇女群中,给他卖完那一部分针就是了。这一种人,多是说快书,即不用弦子,只用鼓板。骑着一辆自行车,车后座做鼓架。他们不说整本,只说小段。卖完针,就又到别的村庄去了。

一年秋后,村里来了弟兄三个人,推着一车羊毛,说是会说书,兼有擀毡条的手艺。第一天晚上,就在街头说了起来,老大弹弦,老二说《呼家将》,真正的西河大鼓,韵调很好。村里一些老年的书迷,大为赞赏。第二天就去给他们张罗生意,挨家挨户去动员:擀毡条。

他们在村里住了三四个月,每天夜晚说《呼家将》。冬天天冷,就把书场移到一家茶馆的大房子里。有时老二回老家运羊毛,就由老三代说,但人们对他的评价不高,另外,他也不会说《呼家将》。

眼看就要过年了,呼延庆的擂还没打成。每天晚上预告,明天就可以打擂了,第二天晚上,书中又出了岔子,还是打不成。人们盼呀、盼呀,大人孩子都在盼。村里娶儿聘妇要擀毡条的主,也差不多都擀了,几个老书迷,还在四处动员:

"擀一条吧,冬天铺在炕上多暖和呀!再说,你不擀毡条,呼延庆也打不了擂呀!"

直到腊月二十老几,弟兄三个看着这村里实在也没有生意可做了,才结束了《呼家将》。他们这部长篇,如果整理出版,我想一定也有两块大砖头那么厚吧。

第一个借给我《红楼梦》的人

我第一次读《红楼梦》,是十岁左右还在村里上小学的时候。我先在西头刘家,借到一部《封神演义》,读完了,又到东头刘家借了这部书。东西头刘家都是以屠宰为业,是一姓一家。刘姓在我们村里是仅次于我们姓的大户,其实也不过七八家,因为这是一个很小的村庄。

从我能记忆起,我们村里有书的人家,几乎没有。刘家能有一些书,是因为他们所经营的近似一种商业。农民读书的很少,更不愿花钱去买这些"闲书"。那时,我只能在庙会上看到书,书摊小贩支架上几块木板,摆上一些石印的,花纸或花布套的,字体非常细小,纸张非常粗黑的《三字经》《玉匣记》,唱本、小说。这些书可以说是最普及的廉价本子,但要买一部小说,恐怕也要花费一两天的食用之需。因此,我的家境虽然富裕一些,也不能随便购买。我那时上学念的课本,有的还是母亲求人抄写的。

东头刘家有兄弟四人,三个在少年时期就被生活所迫,下了关东。其中老二一直没有回过家,生死存亡不知。老三回过一次家,还是不能生活,只在家过了一个年,就又走了,听说他在关东,从事的是一种非常危险的勾当。

家里只留下老大,他娶了一房童养媳妇,算是成了家。他的女人,个儿不高,但长得颇为端正俊俏,又喜欢说笑,人缘很好,家里长年设着一个小牌局,抽些油头,补助家用。男的还是从事屠宰,但已经买不起大牲口,只能剥个山羊什么的。

老四在将近中年时,从关东回来了,但什么也没有带回来。这人长得高高的个子,穿着黑布长衫,走起路来,"蛇摇担晃"。他这种走路的姿势,常常引起家长们对孩子的告诫,说这种走法没有根底,所以他会吃不上饭。

他叫四喜,论乡亲辈,我叫他四喜叔。我对他的印象很好。他从东头到西头,扬长地走在大街上,说句笑话儿,惹得他那些嫂子辈的人,骂他"贼兔子",他就越发高兴起来。他对孩子们尤其和气。有时,坐在他家那旷荡的院子里,拉着板胡,唱一段清扬悦耳的梆子,我们听起来很是入迷。他知道我好看书,就把他的一部《金玉缘》借给了我。

哥哥嫂子,当然对他并不欢迎,在家里,他已经无事可为,每逢集市,他就挟上他那把锋利明亮的切肉刀,去帮人家卖肉。他站在肉车子旁边,那把刀,在他手中熟练而敏捷地摇动着,那煮熟的牛肉、马肉或是驴肉,切出来是那样薄,就像木匠手下的刨花一样,飞起来并且有规律地落在那圆形的厚而又大的肉案边缘,这样,他在给顾客装进烧饼的时候,既出色又非常方便。他是远近知名的"飞刀刘四"。现在是英雄落魄,暂时又有用武之地。在他从事这种工作的时候,你可以看到,他高大的身材,在一层层顾客的包围下,顾盼神飞,谈笑自若。可以想到,如果一个人,能永远在这样一种状态中存在,岂不是很有意义,也很光荣?

等到集市散了,天也渐渐晚了,主人请他到饭铺吃一顿饱饭,还喝了一些酒。他就又挟着他那把刀回家去。集市离我们村只有三里路。在路上,他有些醉了,走起来,摇晃得更厉害了。

对面来了一辆自行车。他忽然对着人家喊:

"下来!"

"下来干什么?"骑自行车的人,认得他。

"把车子给我!"

"给你干什么?"

"不给,我砍了你!"他把刀一扬。

骑车子的人回头就走,绕了一个圈子,到集市上的派出所报了案。

他若无其事地回到家里,也许把路上的事忘记了。当晚睡得很香甜。第二天早晨,就被捉到县城里去。

那时正是冬季,农村很动乱,每天夜里,绑票的枪声,就像大年五更的鞭炮。专员正责成县长加强治安,县长不分青红皂白,就把他枪毙,作为成绩向上级报告了。他家里的人没有去营救,也不去收尸。一个人就这样完结了。

他那部《金玉缘》，当然也就没有了下落。看起来，是生活决定着他的命运，而不是书。而在我的童年时代，是和小小的书本同时，痛苦地看到了严酷的生活本身。

1978年春天

父亲的记忆

父亲十六岁到安国县（原先叫祁州）学徒，是招赘在本村的一位姓吴的山西人介绍去的。这家店铺的字号叫永吉昌，东家是安国县北段村张姓。

店铺在城里石牌坊南。门前有一棵空心的老槐树。前院是柜房，后院是作坊——榨油和轧棉花。

我从十二岁到安国上学，就常常吃住在这里。每天掌灯以后，父亲坐在柜房的太师椅上，看着学徒们打算盘。管账的先生念着账本，人们跟着打，十来个算盘同时响，那声音是很整齐很清脆的。打了一通，学徒们报了结数，先生把数字记下来，说：去了。人们扫清算盘，又聚精会神地听着。

在这个时候，父亲总是坐在远离灯光的角落里，默默地抽着旱烟。

我后来听说，父亲也是先熬到先生这一席位，念了十几年账本，然后才当上了掌柜的。

夜晚，父亲睡在库房。那是放钱的地方，我很少进去，偶尔从撩起的门帘缝望进去，里面是很暗的。父亲就在这个地方，睡了二十几年，我是跟学徒们睡在一起的。

父亲是一九三七年，"七七"事变以后离开这家店铺的，那时兵荒马乱，东家也换了年轻一代人，不愿再经营这种传统的老式的买卖，要改营百货。父亲守旧，意见不合，等于是被辞退了。

父亲在那里，整整工作了四十年。每年回一次家，过一个正月十五。先是步行，后来骑驴，再后来是由叔父用牛车接送。我小的时候，常同父亲坐这个牛车。父亲很礼貌，总是在出城以后才上车，路过每个村庄，总是先下来，和街上的人打招呼，人们都称他为孙掌柜。

父亲好写字。那时学生意，一是练字，一是练算盘。学徒三年，一般的字就写得很可以了。人家都说父亲的字写得好，连母亲也这样说。他到天津做买卖时，买了一些旧字帖和破对联，拿回家来叫我临摹，父亲也很爱字画，也有一些收藏，都是很平常的作品。

抗战胜利后，我回到家里，看到父亲的身体很衰弱。这些年闹日本，父亲带着一家人，东逃西奔，饭食也跟不上。父亲在店铺中吃惯了，在家过日子，舍不得吃些好的，进入老年，身体就不行了。见我回来了，父亲很高兴。有一天晚上，一家人坐在炕上闲话，我絮絮叨叨地说我在外面受了多少苦，担了多少惊。父亲忽然不高兴起来，说："在家里，也不容易！"回到自己屋里，妻抱怨说："你应该先说爹这些年不容易！"

那时农村实行合理负担，富裕人家要买公债，又遇上荒年，父亲不愿卖地，地是他的性命所在，不能从他手里卖去分毫。他先是动员家里人卖去首饰、衣服、家具，然后又步行到安国县老东家那里，求讨来一批钱，支持过去。他以为这样做很合理，对我详细地描述了他那时的心情和境遇，我只能默默地听着。

父亲是一九四七年五月去世的。春播时，他去耪耧，出了汗，回来就发烧，一病不起。立增叔到河间，把我叫回来。我到地委机关，请来一位医生，医术和药物都不好，没有什么效果。

父亲去世以后，我才感到有了家庭负担。我旧的观念很重，想给父亲立个碑，至少安个墓志。我和一位搞美术的同志，到店子头去看了一次石料，还求陈肇同志给撰写了一篇很简短的碑文。不久就土地改革了，一切无从谈起。

父亲对我很慈爱，从来没有打骂过我。到保定上学，是父亲送去的。他很希望我能成材，后来虽然有些失望，也只是存在心里，没有当面斥责过我。在我教书时，父亲对我说："你能每年交我一个长工钱，我就满足了。"我连这一点也没有做到。

父亲对给他介绍工作的姓吴的老头，一直很尊敬。那老头后来过得很不如人，每逢我们家做些像样的饭食，父亲总是把他请来，让在正座。老头总是一边吃，一边用山西口音说："我吃太多呀，我吃太多呀！"

1984 年 4 月 27 日
上午寒流到来，夜雨泥浆。

母亲的记忆

母亲生了七个孩子，只养活了我一个。一年，农村闹瘟疫，一个月里，她死了三个孩子。爷爷对母亲说：

"心里想不开，人就会疯了。你出去和人们斗斗纸牌吧！"

后来，母亲就养成了春冬两闲和妇女们斗牌的习惯；并且常对家里人说：

"这是爷爷吩咐下来的，你们不要管我。"

麦秋两季，母亲为地里的庄稼，像疯了似的劳动。她每天一听见鸡叫就到地里去，帮着收割、打场。每天很晚才回到家里来。她的身上都是土，头发上是柴草。蓝布衣裤，汗湿得泛起一层白碱，她总是撩起褂子的大襟，抹去脸上的汗水。她的口号是："争秋夺麦！""养兵千日，用兵一时！"一家人谁也别想偷懒。

我生下来，就没有奶吃。母亲把馍馍晾干了，再粉碎煮成糊喂我。我多病，每逢病了，夜间，母亲总是放一碗清水在窗台上，祷告过往的神灵。母亲对人说："我这个孩子，是不会孝顺的，因为他是我烧香还愿，从庙里求来的。"

家境小康以后，母亲对于村中的孤苦饥寒，尽力周济，对于过往的人，凡有求于她，无不热心相帮。有两个远村的尼姑，每年麦秋收成后，总到我们家化缘。母亲除给她们很多粮食外，还常留她们食宿。我记得有一个年轻的尼姑,长得眉清目秀。冬天住在我家,她怀揣一个蝈蝈葫芦,夜里叫得很好听,我很想要。第二天清早,母亲告诉她,小尼姑就把蝈蝈送给我了。

抗日战争时,村庄附近,敌人安上了炮楼。一年春天,我从远处回来,不敢到家里去,绕到村边的场院小屋里。母亲听说了,高兴得不知给孩子什么好。家里有一棵月季,父亲养了一春天,刚开了一朵大花,她折下就给我送去了。父亲很心痛,母亲笑着说:"我说为什么这朵花,早也不开,晚也不开,今天忽然开了呢,因为我的儿子回来,它要先给我报个信儿!"

一九五六年,我在天津,得了大病,要到外地去疗养。那时母亲已经八十多岁,当我走出屋来,她站在廊子里,对我说:

"别人病了往家里走,你怎么病了往外走呢!"

这是我同母亲的永诀。我在外养病期间,母亲去世了,享年八十四岁。

1982 年 12 月

亡人逸事

一

旧式婚姻，过去叫做"天作之合"，是非常偶然的。据亡妻言，她十九岁那年，夏季一个下雨天，她父亲在临街的梢门洞里闲坐，从东面来了两个妇女，是说媒为业的，被雨淋湿了衣服。她父亲认识其中的一个，就让她们到梢门下避避雨再走，随便问道：

"给谁家说亲去来？"

"东头崔家。"

"给哪村说的？"

"东辽城。崔家的姑娘不大般配，恐怕成不了。"

"男方是怎么个人家？"

媒人简单介绍了一下，就笑着问：

"你家二姑娘怎样？不愿意寻吧？"

"怎么不愿意。你们就去给说说吧，我也打听打听。"她父亲回答得很爽快。

就这样，经过媒人来回跑了几趟，亲事竟然说成了。结婚以后，她跟我学认字，我们的洞房喜联横批，就是"天作之合"四个字。她点头笑着说：

"真不假，什么事都是天定的。假如不是下雨，我就到不了你家里来！"

二

虽然是封建婚姻，第一次见面却是在结婚之前，定婚后，她们村里唱大戏，我正好放假在家里。她们村有我的一个远房姑姑，特意来叫我去看戏，说是可以相相媳妇。开戏的那天，我去了，姑姑在戏台下等我。她拉着我的手，走到一条长板凳跟前。板凳上，并排站着三个大姑娘，都穿得花枝招展，留着大辫子。姑姑叫着我的名字，说：

"你就在这里看吧，散了戏，我来叫你家去吃饭。"

姑姑的话还没有说完，我看见站在板凳中间的那个姑娘，用力盯了我一眼，从板凳上跳下来，走到照棚外面，钻进了一辆轿车。那时姑娘们出来看戏，虽在本村，也是套车送到台下，然后再搬着带来的板凳，到照棚下面看戏的。

结婚以后，姑姑总是拿这件事和她开玩笑，她也总是说姑姑会出坏道儿。

她礼教观念很重。结婚已经好多年，有一次我路过她家，想叫她跟我一同回家去，她严肃地说：

"你明天叫车来接我吧，我才走。"我只好一个人走了。

三

她在娘家，因为是小闺女，娇惯一些，从小只会做些针线活；没有下场下地劳动过。到了我们家，我母亲好下地劳动，尤其好打早起，麦秋两季，听见鸡叫，就叫起她来做饭。又没个钟表，有时饭做熟了，天还不亮。她颇以为苦。回到娘家，曾向她父亲哭诉。她父亲问：

"婆婆叫你早起，她也起来吗？"

"她比我起得更早。还说心痛我，让我多睡了会儿哩！"

"那你还哭什么呢？"

我母亲知道她没有力气，常对她说：

"人的力气是使出来的，要伸懒筋。"

有一天，母亲带她到场院去摘北瓜，摘了满满一大筐。母亲问她：

"试试，看你背得动吗？"

她弯下腰，挎好筐系猛一立，因为北瓜太重，把她弄了个后仰，沾了满身土，北瓜也滚了满地。她站起来哭了。母亲倒笑了，自己把北瓜一个个拣起来，背到家里去了。

我们那村庄，自古以来兴织布，她不会。后来孩子多了，穿衣困难，她就下决心学。从纺线到织布，都学会了。我从外面回来，看到她两个大拇指，都因为推机杼，顶得变了形，又粗、又短，指甲也短了。

后来，因为闹日本，家境越来越不好，我又不在家，她带着孩子们下场下地。到了集日，自己去卖线卖布。有时和大女儿轮换着背上二斗高粱，走三里路，到集上去粜卖。从来没有对我叫过苦。

几个孩子，也都是她在战争的年月里，一手拉扯成人长大的。农村少医药，我们十二岁的长子，竟以盲肠炎不治死亡。每逢孩子发烧，她总是整夜抱着，来回在炕上走。在她生前，我曾对孩子们说：

"我对你们，没负什么责任。母亲把你们弄大，可不容易，你们应该记着。"

四

一位老朋友、老邻居,近几年来,屡次建议我写写"大嫂"。因为他觉得她待我太好,帮助太大了。老朋友说:

"她在生活上,对你的照顾,自不待言。在文字工作上的帮助,我看也不小。可以看出,你曾多次借用她的形象,写进你的小说。至于语言,你自己承认,她是你的第二源泉。当然,她瞑目之时,冰连地结,人事皆非,言念必不及此,别人也不会作此要求。但目前情况不同,文章一事,除重大题材外,也允许记些私事。你年事已高,如果仓促有所不讳,你不觉得是个遗憾吗?"

我唯唯,但一直拖延着没有写。这是因为,虽然我们结婚很早,但正像古人常说的:相聚之日少,分离之日多;欢乐之时少,相对愁叹之时多耳。我们的青春,在战争年代中抛掷了。以后,家庭及我,又多遭变故,直至最后她的死亡。我衰年多病,实在不愿再去回顾这些。但目前也出现一些异象:过去,青春两地,一别数年,求一梦而不可得。今老年孤处,四壁生寒,却几乎每晚梦见她,想摆脱也做不到。按照迷信的说法,这可能是地下相会之期,已经不远了。因此,选择一些不太使人感伤的断片,记述如上。已散见于其他文字中者,不再重复。就是这样的文字,我也写不下去了。

我们结婚四十年,我有许多事情,对不起她,可以说她没有一件事情是对不起我的。在夫妻的情分上,我做得很差。正因为如此,她对我们之间的恩爱,记忆很深。我在北平当小职员时,曾经买过两丈花布，直接寄至她家。临终之前，她还向我提起这一件小事，问道：

"你那时为什么把布寄到我娘家去啊？"

我说：

"为的是叫你做衣服方便呀！"

她闭上眼睛，久病的脸上，展现了一丝幸福的笑容。

1982 年 2 月 12 日晚

报纸的故事

一九三五年的春季，我失业家居。在外面读书看报惯了，忽然想订一份报纸看看。这在当时确实近于一种幻想，因为我的村庄，非常小又非常偏僻，文化教育也很落后。例如村里虽然有一所小学校，历来就没有想到订一份报纸。村公所就更谈不上了。而且，我想要订的还不是一种小报，是想要订一份大报，当时有名的《大公报》。这种报纸，我们的县城，是否有人订阅，我不敢断言，但我敢说，我们这个区，即子文镇上是没人订阅过的。

我在北京住过，在保定学习过，都是看的《大公报》。现在我失业了，住在一个小村庄，我还想看这份报纸。我认为这是一份严肃的报纸，是一些有学问的，有事业心的，有责任感的人，编辑的报纸。至于当时也是北方出版的报纸，例如《益世报》《庸报》，都是不学无术的失意政客们办的，我是不屑一顾的。

我认为《大公报》上的文章好，它的社论是有名的，我在中学时，老师经常选来给我们当课文讲。通讯也好，有长江等人写的地方通讯，还有赵望云的风俗画。最吸引我的还是它的副刊，它有一个文艺副刊，是沈从文编辑的，经常登载青年作家的小说和散文。还有小公园，还有艺术副刊。

说实在的，我是想在失业之时，给《大公报》投投稿，而投了稿子去，又看不到报纸，这是使人苦恼的。因此，我异想天开地想订一份《大公报》。

我首先，把这个意图和我结婚不久的妻子说了说。以下是我们的对话实录：

"我想订份报纸。"

"订那个干什么？"

"我在家里闲着很闷，想看看报。"

"你去订吧。"

"我没有钱。"

"要多少钱？"

"订一月，要三块钱。"

"啊！"

"你能不能借给我三块钱？"

"你花钱应该向咱爹去要，我哪里来的钱？"

谈话就这样中断了。这很难说是愉快，还是不愉快，但是我不能再往下说了。因为我的自尊心，确实受了一点损伤。是啊，我失业在家里呆着，这证明书就是已经白念了。白念了，就安心在家里种地过日子吧，还要订报。特别是最后这一句："我哪里来的钱？"这对于作为男子汉大丈夫的我，确实是千钧之重的责难之词！

其实，我知道她还是有些钱的，作个最保守的估计，她可能有十五元钱。当然她这十五元钱，也是来之不易的。是在我们结婚的大喜之日，她的"拜钱"。每个长辈，赏给她一元钱，或者几毛钱，她都要拜三拜，叩三叩。你计算一下，十五元钱，她一共要起来跪下，跪下起来多少次啊。

她把这些钱，包在一个红布小包里，放在立柜顶上的陪嫁大箱里，箱子落了锁。每年春节闲暇的时候，她就取出来，在手里数一数，然后再包好放进去。

在妻子面前碰了钉子，我只好硬着头皮去向父亲要，父亲沉吟了一下说：

"订一份《小实报》不行吗？"

我对书籍、报章，欣赏的起点很高，向来是取法乎上的。《小实报》是北平出版的一种低级市民小报，属于我不屑一顾之类。我没有说话，就退出来了。

父亲还是爱子心切，晚上看见我，就说：

"愿意订就订一个月看看吧，集晌多籴一斗麦子也就是了。长了可订不起。"

在镇上集日那天，父亲给了我三块钱，我转手交给邮政代办所，汇到天津去。同时还寄去两篇稿子。我原以为报纸也像取信一样，要走三里路来自取的，过了不久，居然有一个专人，骑着自行车来给我送报了，这三块钱花得真是气派。他每隔三天，就骑着车子，从县城来到这个小村，然后又通过弯弯曲曲的，两旁都是黄土围墙的小胡同，送到我家那个堆满柴草农具的小院，把报纸交到我的手里。上下打量我两眼，就转身骑上车走了。

我坐在柴草上，读着报纸。先读社论，然后是通讯、地方版、国际版、副刊，甚至广告、行情，都一字不漏地读过以后，才珍重地把报纸叠好，放到屋里去。

我的妻子，好像是因为没有借给我钱，有些过意不去，对于报纸一事，从来也不闻不问。只有一次，带着略有嘲弄的神情，问道：

"有了吗？"

"有了什么？"

"你写的那个。"

"还没有。"我说。其实我知道，她从心里是断定不会有的。

直到一个月的报纸看完，我的稿子也没有登出来，证实了她的想法。

这一年夏天雨水大，我们住的屋子，结婚时裱糊过的顶棚、壁纸，都脱落了。别人家，都是到集上去买旧报纸，重新糊一下。那时日本侵略中国，无微不至，他们的旧报，如《朝日新闻》《读卖新闻》，都倾销到这偏僻的乡村来了。妻子和我商议，我们是不是也把屋子糊一下，就用我那些报纸，她说：

"你已经看过好多遍了，老看还有什么意思？这样我们就可以省下块数来钱，你订报的钱，也算没有白花。"

我听她讲得很有道理，我们就开始裱糊房屋了，因为这是我们的幸福的窝巢呀。妻刷糨糊我糊墙。我把报纸按日期排列起来，把有社论和副刊的一面，糊在外面，把广告部分糊在顶棚上。

这样，在天气晴朗，或是下雨刮风不能出门的日子里，我就可以脱去鞋子，上到炕上，或仰或卧，或立或坐，重新阅读我的所喜爱的文章了。

1982 年 2 月 9 日

乡里旧闻

梦中每迷还乡路，
愈知晚途念桑梓。

——《书衣文录》

度 春 荒

我的家乡，邻近一条大河，树木很少，经常旱涝不收。在我幼年时，每年春季，粮食很缺，普通人家都要吃野菜树叶。春天，最早出土的，是一种名叫老鸹锦的野菜，孩子们带着一把小刀，提着小篮，成群结队到野外去，寻觅剜取像铜钱大小的这种野菜的幼苗。

这种野菜，回家用开水一泼，搀上糠面蒸食，很有韧性。

与此同时出土的是苣苣菜，就是那种有很白嫩的根，带一点苦味的野菜。但是这种菜，不能当粮食吃。

以后，田野里的生机多了，野菜的品种，也就多了。有黄须菜，有扫帚苗，都可以吃。春天的麦苗，也可以救急，这是要到人家地里去偷来。

到树叶发芽，孩子们就脱光了脚，在手心吐些唾沫，上到树上去。榆叶和榆钱，是最好的菜。柳芽也很好。在大荒之年，我吃过杨花，就是大叶杨春天抽出的那种穗子一样的花。这种东西，是不得已而吃之，并且很费事，要用水浸好几遍，再上锅蒸，味道是很难闻的。

在春天，田野里跑着无数的孩子们，是为饥饿驱使，也为新的生机驱使，他们漫天漫野地跑着，寻视着，欢笑并打闹，追赶和竞争。

春风吹来，大地苏醒，河水解冻，万物孳生，土地是松软的，把孩子们的脚埋进去，他们仍然欢乐地跑着，并不感到跋涉。

清晨，还有露水，还有霜雪，小手冻得通红，但不久，太阳出来，就感到很暖和，男孩子们都脱去了上衣。

为衣食奔波，而不大感到愁苦，只有童年。

我的童年，虽然也常有兵荒马乱，究竟还没有遇见大灾荒，像我后来从历史书上知道的那样。这一带地方，在历史上，特别是新旧五代史上记载，人民的遭遇是异常悲惨的。因为战争，因为异族的侵略，因为灾荒，一连很多年，在书本上写着：人相食；析骨而焚；易子而食。

战争是大灾荒、大瘟疫的根源。饥饿可以使人疯狂，可以使人死亡，可以使人恢复兽性。曾国藩的日记里，有一页记的是太平天国战争时，安徽一带的人肉价目表。我们的民族，经历了比噩梦还可怕的年月！

日本帝国主义的侵略，以战养战，三光政策，是很野蛮很残酷的。但是因为共产党记取历史经验，重视农业生产，村里虽然有那么多青年人出去抗日，每年粮食的收成，还是能得到保证。党在这一时期，在农村实行合理负担的政策。地主富农，占有大部分土地，虽然对这种政策，心里有些不满，他们还是积极经营的。抗日期间，我曾住在一家地主家里，他家的大儿子对我说："你们在前方努力抗日，我们在后方努力碾米。"

在八年抗日战争中，我们成功地避免了"大兵之后，必有凶年"的可怕遭遇，保证了抗日战争的胜利。

1979年12月

村　长

这个村庄本来很小，交通也不方便，离保定一百二十里，离县城十八里。它有一个村长，是一家富农。我不记得这村长是民选的，还是委派的。但他家的正房里，悬挂着本县县长一个奖状，说他对维持地方治安有成绩，用镜框装饰着。平日也看不见他有什么职务，他照样管理农事家务，赶集卖粮食。村里小学他是校董，县里督学来了，中午在他家吃饭。他手下另有一个"地方"，这个职务倒很明显，每逢征收钱粮，由他在街上敲锣呼喊。

这个村长个子很小，脸也很黑，还有些麻子。他的穿着，比较讲究，在冬天，他有一件羊皮袄，在街上走路的时候，他的右手总是提起皮袄右面的开襟地方，步子也迈得细碎些，这样，他以为势派。

他原来和"地方"的老婆姘靠着。"地方"出外很多年，回到家后，村长就给他一面铜锣，派他当了"地方"。

在村子的最东头，有一家人卖油炸馃子，有好几代历史了。这种行业，好像并不成全人，每天天不亮，就站在油锅旁。男人们都得了痨病，很早就死去了。但女人就没事，因此，这一家有好几个寡妇。村长又爱上了其中一个高个子的寡妇，就不大到"地方"家去了。

可是，这个寡妇，在村里还有别的相好，因为村长有钱有势，其他人就不能再登上她家的门边。

一九三七年，"七七"事变，国民党政权南逃。这年秋季，地方大乱。一到夜晚，远近枪声如度岁。有绑票的，有自卫的。

一天晚上，村长又到东头寡妇家去，夜深了才出来，寡妇不放心，叫她的儿子送村长回家。走到东街土地庙那里，从庙里出来几个人，用撅枪把村长打死在地，把寡妇的儿子也打死了。寡妇就这一个儿子，还是她丈夫的遗腹子。把他打死，显然是怕他走漏风声。

村长头部中了数弹，但他并没有死，因为撅枪和土造的子弹，都没有准头和力量。第二天早上苏醒了过来。儿子把他送到县城医治枪伤，并指名告了村里和他家有宿怨的几个农民。当时的政权是维持会，土豪劣绅管事，当即把几个农民抓到县里，并戴了镣。八路军到了，才释放出来。

村长回到村里，五官破坏，面目全非。深居简出，常常把一柄大铡刀放在门边，以防不测。一九三九年，日本人占据县城，地方又大乱。一个夜晚，村长终于被绑架到村南坟地，割去生殖器，大卸八块。村长之死，从政治上说，是打击封建恶霸势力。这是村庄开展阶级斗争的序幕。

那个寡妇，脸上虽有几点浅白麻子，长得却有几分人才，高高的个儿，可以说是亭亭玉立。后来，村妇救会成立，她是第一任的主任，现在还活着。死去的儿子，也有一个遗腹子，现在也长大成人了。

村长的孙子孙女，也先后参加了八路军，后来都是干部。

1979 年 12 月

凤 池 叔

凤池叔就住我家的前邻。在我幼年时，他盖了三间新的砖房。他有一个叔父，名叫老亭。在本地有名的联庄会和英法联军交战时，他伤了一只眼，从前线退了下来，小队英国兵追了下来，使全村遭了一场浩劫，有一名没有来得及逃走的妇女，被鬼子轮奸致死。这位妇女，死后留下了不太好的名声，村中的妇女们说：她本来可以跑出去，可是她想发洋人的财，结果送了命。其实，并不一定是如此的。

老亭受了伤，也没有留下什么英雄的称号，只是从此名字上加了一个字，人们都叫他瞎老亭。

瞎老亭有一处宅院，和凤池叔紧挨着，还有三间土坯北房。他为人很是孤独，从来也不和人们来往。我们住得这样近，我也不记得在幼年时，到他院里玩耍过，更不用说到他的屋子里去了。我对他那三间住房，没有丝毫的印象。

但是，每逢从他那低矮颓破的土院墙旁边走过时，总能看到，他那不小的院子里，原是很吸引儿童们的注意的。他的院里，有几棵红枣树，种着几畦瓜菜，有几只鸡跑着，其中那只大红公鸡，特别雄壮而美丽，不住声趾高气扬地啼叫。

瞎老亭总是一个人坐在他的北屋门口。他呆呆地直直地坐着，坏了的一只眼睛紧紧闭着，面容愁惨，好像总在回忆着什么不愉快的事。这种形态，儿童们一见，总是有点害怕的，不敢去接近他。

我特别记得，他的身旁，有一盆夹竹桃，据说这是他最爱惜的东西。这是稀有植物，整个村庄，就他这院里有一棵，也正因为有这一棵，使我很早就认识了这种花树。

村里的人，也很少有人到他那里去。只有他前邻的一个寡妇，常到他那里，并且半公开的，在夜间和他做伴。

这位老年寡妇，毫不隐讳地对妇女们说：

"神仙还救苦救难哩，我就是这样，才和他好的。"

瞎老亭死了以后，凤池叔以亲侄子的资格，继承了他的财产。拆了那三间土坯北房，又添上些钱，在自己的房基上，盖了三间新的砖房。那时，他的母亲还活着。

凤池叔是独生子，他的父亲是怎样一个人，我完全不记得，可能死得很早。凤池叔长得身材高大，仪表非凡，他总是穿着整整齐齐的长袍，步履庄严地走着。我时常想，如果他的运气好，在军队上混事，一定可以带一旅人或一师人。如果是个演员，扮相一定不亚于武生泰斗杨小楼那样威武。

可是他的命运不济。他一直在外村当长工。行行出状元，他是远近知名的长工：不只力气大，农活精，赶车尤其拿手。他赶几套的骡马，总是有条不紊，他从来也不像那些粗劣的驭手，随便鸣鞭、吆喝，以至虐待折磨牲畜。他总是若无其事地把鞭子抱在袖筒里，慢条斯理地抽着烟，不动声色，就完成了驾驭的任务。这一点，是很得地主们的赏识的。

但是，他在哪一家也呆不长久，最多二年。这并不是说他犯有那种毛病：一年勤，二年懒，三年就把当家的管。主要是他太傲慢，从不低声下气。另外，车马不讲究他不干，哪一个牲口不出色，不依他换掉，他也不干。另外，活当然干得出色，但也只是大秋大麦之时，其余时间，他好参与赌博，交结妇女。

因此，他常常失业家居。有一年冬天，他在家里闲着，年景又

不好,村里的人都知道他没有吃的了,有些本院的长辈,出于怜悯,问他:

"凤池,你吃过饭了吗?"

"吃了!"他大声地回答。

"吃的什么?"

"吃的饺子!"

他从来也不向别人乞求一口饭,并绝对不露出挨饥受饿的样子,也从不偷盗,穿着也从不减退。

到过他的房间的人,知道他是家徒四壁,什么东西也卖光了的。

不知从哪里来了一个女的,藏在他的屋里,最初谁也不知道。一天夜间,这个妇女的本夫带领一些乡人,找到这里,破门而入。凤池叔从炕上跃起,用顶门大棍,把那个本夫,打了个头破血流,一群人慑于威势,大败而归,沿途留下不少血迹。那个妇女也呆不住,从此不知下落。

凤池叔不久就卖掉了他那三间北房。土改时,贫民团又把这房分给了他。在他死以前,他又把它卖掉了,才为自己出了一个体面的、虽属光棍但谁都乐于帮忙的殡,了此一生。

1979 年 12 月

干 巴

在这个小小的村庄里,干巴要算是最穷最苦的人了。他的老婆,前几年,因为产后没吃的死去了,留下了一个小孩。最初,人们都说是个女孩,并说她命硬,一下生就把母亲克死了。过了两三年,干巴对人们说,他的孩子不是女孩,是个男孩,并给他起了个名字,叫小变儿。

干巴好不容易按照男孩子把他养大,这孩子也渐渐能帮助父亲做些事情了。他长得矮弱瘦小,可也能背上一个小筐,到野地里去拾些柴禾和庄稼了。其实,他应该和女孩子们一块去玩耍、工作。他在各方面,都更像一个女孩子。但是,干巴一定叫他到男孩子群里去。男孩子是很淘气的,他们常常跟小变儿起哄,欺侮他:

"来,小变儿,叫我们看看,又变了没有?"

有时就把这孩子逗哭了。这样,他的性情、脾气,在很小的时候,就发生了变态:孤僻,易怒。他总是一个人去玩,到其他孩子不乐意去的地方拾柴,拣庄稼。

这个村庄,每年夏天,好发大水,水撤了,村边一些沟里、坑里,水还满满的。每天中午,孩子们好聚到那里凫水,那是非常高兴和热闹的场面。

每逢小变儿走近那些沟坑,在其中游泳的孩子们,就喊:

"小变儿,脱了裤子下水吧!来,你不敢脱裤子!"

小变儿就默默地离开了那里。但天气实在热,他也实在愿意到水里去洗洗玩玩。有一天,人们都回家吃午饭了,他走到很少有人去的村东窑坑那里,看看四处没有人,脱了衣服跳进去。这个坑的水很深,一下就灭了顶,他喊叫了两声,没有人听见,这个孩子就淹死了。

这样,干巴就剩下孤身一人,没有了儿子。

他现在什么也没有了,他没有田地,也可以说没有房屋,他那间小屋,是很难叫做房屋的。他怎样生活?他有什么职业呢?

冬天，他就卖豆腐，在农村，这几乎可以不要什么本钱。秋天，他到地里拾些黑豆、黄豆，即使他在地头地脑偷一些，人们都知道他寒苦，也都睁一个眼，闭一个眼，不忍去说他。

他把这些豆子，做成豆腐，每天早晨挑到街上，敲着梆子，顾客都是拿豆子来换，很快就卖光了。自己吃些豆腐渣，这个冬天，也就过去了。

在村里，他还从事一种副业，也可以说是业余的工作。那时代，农村的小孩子，死亡率很高。有的人家，连生五六个，一个也养不活。不用说那些大病症，比如说天花、麻疹、伤寒，可以死人；就是这些病症，比如抽风、盲肠炎、痢疾、百日咳，小孩子得上了，也难逃个活命。

母亲们看着孩子死去了，掉下两点眼泪，就去找干巴，叫他帮忙把孩子埋了去。干巴赶紧放下活计，背上铁铲，来到这家，用一片破炕席或一个破席锅盖，把孩子裹好，挟在腋下，安慰母亲一句：

"他婶子，不要难过。我把他埋得深深的，你放心吧！"

就走到村外去了。

其实，在那些年月，母亲们对死去一个不成年的孩子，也不很伤心，视若平常。因为她们在生活上遇到的苦难太多，孩子们累得她们也够受了。

事情完毕，她们就给干巴送些粮食或破烂衣服去，酬谢他的帮忙。

这种工作，一直到干巴离开人间，成了他的专利。

1979 年 12 月

木匠的女儿

这个小村庄的主要街道，应该说是那条东西街，其实也不到半里长。街的两头，房舍比较整齐，人家过得比较富裕，接连几户都是大梢门。

进善家的梢门里，分为东西两户，原是兄弟分家，看来过去的日子，是相当势派的，现在却都有些没落了。进善的哥哥，幼年时念了几年书，学得文不成武不就，种庄稼不行，只是练就一笔好字，村里有什么文书上的事，都是求他。也没有多少用武之地，不过红事喜帖、白事丧榜之类。进善幼年就赶上日子走下坡路，因此学了木匠，在农村，这一行业也算是高等的，仅次于读书经商。

他是在束鹿旧城学的徒。那里的木匠铺，是远近几个县都知名的，专做嫁妆活。凡是地主家聘姑娘，都先派人丈量男家居室，陪送木器家具。只有内间的叫做半套；里外两间都有的，叫做全套。原料都是杨木，外加大漆。

学成以后，进善结了婚，就回家过日子来了。附近村庄人家有些零星木活，比如修整梁木，打做门窗，成全棺材，就请他去做，除去工钱，饭食都是好的，每顿有两盘菜，中午一顿还有酒喝。闲时还种几亩田地，不误农活。

可是，当他有了一儿一女以后，他的老婆因为过于劳累，得肺病死去了。当时两个孩子还小，请他家的大娘带着，过了几年，这位大娘也得了肺病，死去了。进善就得自己带着两个孩子，这样一来，原来很是精神利索的进善，就一下变得愁眉不展，外出做活也不方便，日子也就越来越困难了。

女儿是头大的，名叫小杏。当她还不到十岁，就帮着父亲做事了，十四五岁的时候，已经出息得像个大人。长得很俊俏，眉眼特别秀丽，有时在梢门口大街上一站，身边不管有多少和她年岁相仿的女孩儿们，她的身条容色，都是特别引人注目的。

贫苦无依的生活，在旧社会，只能给女孩子带来不幸。越长得好，其不幸的可能就越多。她们那幼小的心灵，先是向命运之神应战，但多数终归屈服于它。在绝望之余，她从一面小破镜中，看到了自己的容色，她现在能够仰仗的只有自己的青春。

她希望能找到一门好些的婆家，但等她十七岁结了婚，不只丈夫不能叫她满意，那位刁钻古怪的婆婆，也实在不能令人忍受。她上过一次吊，被人救了下来，就长年住在父亲家里。

虽然这是一个不到一百户的小村庄，但它也是一个社会。它有贫穷富贵，有尊荣耻辱，有士农工商，有兴亡成败。

进善常去给富裕人家做活，因此结识了那些人家的游手好闲的子弟。其中有一家在村北头开油坊的少掌柜，他常到进善家来，有时在夜晚带一瓶子酒和一只烧鸡，两个人喝着酒，他撕一些鸡肉叫小杏吃。不久，就和小杏好起来。赶集上庙，两个人约好在背静地方相会，少掌柜给她买个烧饼裹肉，或是买两双袜子送给她。虽说是少女的纯洁，虽说是廉价的爱情，这里面也有倾心相与，也有引诱抗拒，也有风花雪月，也有海誓山盟。

女人一旦得到依靠男人的体验，胆子就越来越大，羞耻就越来越少。就越想去依靠那钱多的，势力大的，这叫做一步步往上依靠，灵魂一步步往下堕落。

她家对门有一位在县里当教育局长的，她和他靠上了，局长回家，就住在她家里。

一九三七年，这一带的国民党政府逃往南方，局长也跟着走了。成立了抗日县政府，组织了抗日游击队。抗日县长常到这村里来，有时就在进善家吃饭住宿。日子长了，和这一家人都熟识了，小杏又和这位县长靠上，她的弟弟给县长当了通讯员，背上了盒子枪。

一九三八年冬天，日本人占据了县城。屯集在河南省的国民党军队张荫梧部，正在实行曲线救国，配合日军，企图消灭八路军。那位局长，跟随张荫梧多年了，有一天，又突然回到了村里。他回到村庄不多几天，县城的日军和伪军，"扫荡"了这个村庄，把全村的男女老少集合到大街上，在街头一棵槐树上，烧死了抗日村长。日本人在各家搜索时，在进善的女儿房中，搜出一件农村少有的雨衣，就吊打小杏，小杏说出是那位局长穿的，日本人就不再追究，回县城去了。日本人走时，是在黄昏，人们惶惶不安地刚吃过晚饭，就听见街上又响起枪来。随后，在村东野外的高沙岗上，传来了局长呼救的声音。好像他被绑了票，要乡亲们快凑钱搭救他。深夜，那声音非常凄厉。这时，街上有几个人影，打着灯笼，挨家挨户借钱，家家都早已插门闭户了。交了钱，并没得买下局长的命，他被枪毙在高岗之上。

有人说，日军这次"扫荡"，是他勾引来的，他的死刑是"老八"执行的。他一回村，游击组就向上级报告了。可是，如果他不是迷恋小杏，早走一天，可能就没事……

日本人四处安插据点，在离这个村庄三里地的子文镇，盖了一个炮楼，形势一天比一天紧张，我们的主力西撤了。汉奸活跃起来，抗日政权转入地下，抗日县长，只能在夜间转移。抗日干部被捕的很多，有的叛变了。有人在夜里到小杏家，找县长，并向他劝降。这位不到二十岁的县长，本来是个纨绔子弟，经不起考验，但他不愿明目张胆地投降日本，通过亲戚朋友，到敌占区北平躲身子去了。

小杏的弟弟，经过一些坏人的引诱怂恿，带着县长的两支枪，投降了附近的炮楼，当了一名伪军。他是个小孩子，每天在炮楼下站岗，附近三乡五里，都认识他，他却坏下去得很快，敲诈勒索，以致奸污妇女。他那好吃懒做的大伯，也仗着侄儿的势力，在村中不安分起来。在一九四三年以后，根据地形势稍有转机时，八路军夜晚把他掏了出来，枪毙示众。

小杏在二十几岁上，经历了这些生意感情上的走马灯似的动乱、打击，得了她母亲那样致命的疾病，不久就死了。她是这个小小村庄的一代风流人物。在烽烟炮火的激荡中，她几乎还没有来得及觉醒，她的花容月貌，就悄然消失，不会有人再想到她。

进善也很快就老了。但他是个乐天派，并没有倒下去。一九四五年，抗日战争胜利，县里要为死难的抗日军民，兴建一座纪念塔，在四乡搜罗能工巧匠。虽然他是汉奸家属，但本人并无罪行。村里推荐了他，他很高兴地接受了雕刻塔上飞檐门窗的任务。这些都是木工细活，附近各县，能有这种手艺的人，已经很稀少了。塔建成以后，前来游览的人，无不对他的工艺啧啧称赞。

工作之暇，他也去看了看石匠们，他们正在叮叮当当，在大石碑上，镌刻那些抗日烈士的不朽芳名。

回到家来，他孤独一人，不久就得了病，但人们还常见他拄着一根木棍出来，和人们说话。不久，村里进行土地改革，他过去相好那些人，都被划成地主或富农，他也不好再去找他们。又过了两年，才死去了。

1980 年 9 月 21 日晨

老 刁

老刁，河北深县人，他从小在外祖父家长大，外祖父家是安平县。他在保定育德中学读书时，就把安平人引为同乡，我比他低两年级，他对幼小同乡，尤其热情。他有一条腿不大得劲，长得又苍老，那时人们就都叫他老刁。

他在育德中学的师范班毕业以后，曾到安新冯村，教过一年书，后来到北平西郊的黑龙潭小学教书。那时我正在北平失业，曾抱着一本新出版的《死魂灵》，到他那里住了两天。

有一年暑假，我们为了找职业都住在保定母校的招待楼里，那是一座碉堡式的小楼。有一天，他同另一位同学出去，回来时，非常张皇，说是看见某某同学被人捕去了。那时捕去的学生，都是共产党。

过了几年，爆发了抗日战争。一九三九年春天，我同陈肇同志，要过路西去，在安平县西南地区，遇到了他。当听说他是安平县的"特委"时，我很惊异。我以为他还在北平西郊教书，他怎么一下子弄到这么显赫的头衔。那时我还不是党员，当然不便细问。因为过路就是山地，我同老陈把我们骑来的自行车交给他，他给了我们一人五元钱，可见他当时经济上的困难。

那一次，我只记得他说了一句：

"游击队正在审人打人，我在那里坐不住。"

敌人占了县城，我想可能审讯的是汉奸嫌疑犯吧。

一九四一年，我从山地回到冀中。第二年春季，我又要过路西去，在七地委的招待所，见到了他。当时他好像很不得意，在我的住处坐了一会儿就走了。这也使我很惊异，怎么他一下又变得这么消沉？

一九四六年夏天，抗日战争早已结束，我住在河间临街的一间大梢门洞里。有一天下午，我正在街上闲立着，从西面来了一辆大车，后面跟着一个人，脚一拐一拐的，一看正是老刁。我把他拦请到我的床位上，请他休息一下。记得他对我说，要找一个人，给他写个历史证明材料。他问我知道不知道安志诚先生的地址，安先生原是我们在中学时的图书馆管理员。我说，我也不知道他的住处，他就又赶路去了，我好像也忘记问他，是要到哪里去？看样子，他在一直受审查吗？

又一次我回家，他也从深县老家来看我，我正想要和他谈谈，正赶上我母亲那天叫磨扇压了手，一家不安，他匆匆吃过午饭就告辞了。我往南送他二三里路，他的情绪似乎比上两次好了一些。他说县里可能分配他工作。后来听说，他在县公安局三股工作，我不知道公安局的分工细则，后来也一直没有见过他。没过两年，就听说他去世了。也不过四十来岁吧。

我的老伴对我说过，抗日战争时期，我不在家，有一天老刁到村里来了，到我家看了看，并对村干部们说，应该对我的家庭，有些照顾。他带着一个年轻女秘书，老刁在炕上休息，头枕在女秘书的大腿上。老伴说完笑了笑。一九四八年，我到深县县委宣传部工作。县里开会时，我曾托区干部，对老刁的家庭，照看一下。我还曾路过他的村庄，到他家里去过一趟。院子里空荡荡的，好像并没有找到什么人。

事隔多年，我也行将就木，觉得老刁是个同学又是朋友，常常想起他来。但对他参加革命的前前后后，总是不大清楚，像一个谜一样。

1980年9月21日晚

菜　虎

东头有一个老汉，个儿不高，膀乍腰圆，卖菜为生。人们都叫他菜虎，真名字倒被人忘记了。这个虎字，并没有什么恶意，不过是说他以菜为衣食之道罢了。他从小就干这一行，头一天推车到滹沱河北种菜园的村庄趸菜，第二天一早，又推上车子到南边的集市上去卖。因为南边都是旱地种大田，青菜很缺。

那时用的都是独木轮高脊手推车，车两旁捆上菜，青枝绿叶，远远望去，就像一个活的菜畦。

一车水菜分量很重，天暖季节他总是脱掉上衣，露着油黑的身子，把绊带套在肩上。遇见沙土道路或是上坡，他两条腿叉开，弓着身子，用全力往前推，立时就是一身汗水。但如果前面是硬整的平路，他推得就很轻松愉快了，空行的人没法赶过他去。也不知道他怎么弄的，那车子发出连续的有节奏的悠扬悦耳的声音——吱扭——吱扭——吱扭扭——吱扭扭。他的臀部也左右有节奏地摆动着。这种手推车的歌，在我幼年的记忆中，留下了深刻的印象。这是田野里的音乐，是道路上的歌，是充满希望的歌。有时这种声音，从几里地以外就能听到。他的老伴，坐在家里，这种声音从离村很远的路上传来。有人说,菜虎一过河,离家还有八里路,他的老伴就能听见他推车的声音,下炕给他做饭,等他到家,饭也就熟了。在黄昏炊烟四起的时候,人们一听到这声音,就说:"菜虎回来了。"

有一年七月,滹沱河决口,这一带发了一场空前的洪水,庄稼全都完了,就是半生半熟的高粱,也都冲倒在地里,被泥水浸泡着。直到九十月间,已经下过霜,地里的水还没有撤完,什么晚庄稼也种不上,种冬麦都有困难。这一年的秋天,颗粒不收,人们开始吃村边树上的残叶,剥下榆树的皮,到泥里水里捞泥高粱穗来充饥,有很多小孩到撤过水的地方去挖地梨,还挖一种泥块,叫做"胶泥沉儿",是比胶泥硬,颜色较白的小东西,放在嘴里吃。这原是营养植物的,现在用来营养人。

人们很快就干黄干瘦了,年老有病的不断死亡,也买不到棺木,都用席子裹起来,找干地方暂时埋葬。

那年我七岁,刚上小学,小学也因为水灾放假了。我也整天和孩子们到野地里去捞小鱼小虾,捕捉蚂蚱、蝉和它的原虫,寻找野菜,寻找所有绿色的、可以吃的东西。常在一起的,就有菜虎家的一个小闺女,叫做盼儿的。因为她母亲有痨病,长年喘嗽,这个小姑娘长得很瘦小,可是她很能干活,手脚利索,眼快;在这种生活竞争的场所,她常常大显身手,得到较多较大的收获,这样就会有争夺,比如一个蚂蚱、一棵野菜,是谁先看见的。

孩子们不懂事,有时问她:

"你爹叫菜虎,你们家还没有菜吃?还挖野菜?"

她手脚不停地挖着土地,回答:

"你看这道儿,能走人吗?更不用说推车了,到哪里去趸菜呀?一家人都快饿死了!"

孩子们听了,一下子就感到确实饿极了,都一屁股坐在泥地上,不说话了。

忽然在远处高坡上,出现了几个外国人,有男有女,男的穿着中国式的长袍马褂,留着大胡子,女的穿着裙子,披着金黄色的长发。

"鬼子来了。"孩子们站起来。

作为庚子年这一带义和团抗击洋人失败的报偿,外国人在往南八里地的义里村,建立了一座教堂,但这个村庄没有一家在教。现在这些洋人是来视察水灾的。他们走了以后,不久在义里村就设立了一座粥厂。村里就有不少人到那里去喝粥了。

又过了不久,传说菜虎一家在了教。又有一天,母亲回到家来对我说:

"菜虎家把闺女送给了教堂,立时换上了洋布衣裳,也不愁饿死了。"

我当时听了很难过,问母亲:

"还能回来吗?"

"人家说,就要带到天津去呢,长大了也可以回家。"母亲回答。

可是直到我离开家乡,也没见这个小姑娘回来过。我也不知道外国人一共收了多少小姑娘,但我们这个村庄确实就只有她一个人。

菜虎和他多病的老伴早死了。

现在农村已经看不到菜虎用的那种小车,当然也就听不到它那种特有的悠扬悦耳的声音了。现在的手推车都换成了胶皮轱辘,推动起来，是没有多少声音的。

1980年9月29日晚

光　棍

幼年时，就听说大城市多产青皮、混混儿，斗狠不怕死，在茫茫人海中成为谋取生活的一种道路。但进城后，因为革命声势，此辈已销声敛迹，不能见其在大庭广众之中，行施其伎俩。十年动乱之期，流氓行为普及里巷，然已经"发迹变态"，似乎与前所谓混混儿者，性质已有悬殊。

其实，就是在乡下，也有这种人物的。十里之乡，必有仁义，也必有歹徒。乡下的混混儿，名叫光棍。一般地，这类人幼小失去父母，家境贫寒，但长大了，有些聪明，不甘心受苦。他们先从赌博开始，从本村赌到外村，再赌到集市庙会。他们能在大戏台下，万人围聚之中，吆三喝四，从容不迫，旁若无人，有多大的输赢，也面不改色。当在赌场略略站住脚步，就能与官面上勾结，也可能当上一名巡警或是衙役。从此就可以包办赌局，或窝藏娼妓。这是顺利的一途。其在赌场失败者，则可以下关东，走上海，甚至报名当兵，在外乡流落若干年，再回到乡下来。

我的一个远房堂兄，幼年随人到了上海，做织布徒工。失业后，没有饭吃，他趸了几个西瓜到街上去卖，和人争执起来，他手起刀落，把人家头皮砍破，被关押了一个月。出来后，在上海青洪帮内，也就有了小小的名气。但他究竟是一个农民，家里还有一点点恒产，不到中年就回家种地，也娶妻生子，在村里很是安分。这是偶一尝试，又返回正道的一例，自然和他的祖祖辈辈的"门风"有关。

在大街当中，有一个光棍名叫老索，他中年时官至县城的巡警，不久废职家居，养了一笼画眉。这种鸟儿，在乡下常常和光棍做伴，可能它那种霸气劲儿，正是主人行动的陪衬。

老索并不鱼肉乡里，也没人去招惹他。光棍一般的并不在本村为非作歹，因为欺压乡邻，将被人瞧不起，已经够不上光棍的称号。但是，到外村去闯光棍，也不是那么容易。相隔一里地的小村庄，有一个姓曹的光棍，老索和他有些输赢账。有一天，老索喝醉了，拿了一把捅猪的长刀，找到姓曹的门上。声言："你不还账，我就捅了你。"姓曹的听说，立时把上衣一脱，拍着肚脐说："来，照这个地方。"老索往后退了一步，说："要不然，你就捅了我。"姓曹的二话不说，夺过他的刀来就要下手。老索转身往自己村里跑，姓曹的一直追到他家门口。乡亲拦住，才算完事。从这一次，老索的光棍，就算"栽了"。

他雄心不死，他把希望寄托在下一代，他生了三个儿子，起名虎、豹、熊。姓曹的光棍穷得娶不上妻子，老索希望他的儿子能重新建立他失去的威名。

三儿子很早就得天花死去了，少了一个熊。大儿子到了二十岁，娶了一门童养媳，二儿子长大了，和嫂子不清不楚。有一天，弟兄两个打起架来，哥哥拿着一根粗大杠，弟弟用一把小鱼刀，把哥哥刺死在街上。在乡下，一时传言，豹吃了虎。村里怕事，仓促出了殡，民不告，官不究，弟弟到关东去躲了二年，赶上抗日战争，才回到村来。他真正成了一条光棍。那时村里正在成立农会，声势很大，村两头闹派性，他站在西头一派，有一天，在大街之上，把新任的农会主任，撞倒在地。在当时，这一举动，完全可以说成是长地富的威风，但一查他的三代，都是贫农，就对他无可奈何。我们有很长时期，是以阶级斗争代替法律的。他和嫂嫂同居，一直到得病死去。他嫂子现在还活着，有一年我回家，清晨路过她家的小院，看见她开门出来，风姿虽不及当年，并不见有什么愁苦。

这也是一种门风，老索有一个堂房兄弟名叫五湖。我幼年时，他在街上开小面铺，兼卖开水。他用竹簪把头发盘在头顶上，就像道士一样。他养着一匹小毛驴，就像大个山羊那么高，但鞍镫铃铛齐全，打扮得很是漂亮。我到外地求学，曾多次向他借驴骑用。

面铺的后边屋子里，住着他的寡嫂。那是一位从来也不到屋子外面的女人，她的房间里，一点光线也没有。她信佛，挂着红布围裙的迎门桌上，长年香火不断。这可能是避人耳目，也可能是忏悔吧。

据老年人说，当年五湖也是因为这个女人把哥哥打死的，也是到关东躲了几年，小毛驴就是从那里骑回来的。五湖并不像是光棍，他一本正经，神态岸然，倒像经过修真养性的人。乡人尝谓：如果当时有人告状，五湖受到法律制裁，就不会再有虎豹间的悲剧。

1980 年 10 月 5 日

书 的 梦

到市场买东西，也不容易。一要身强体壮，二要心胸宽阔。因为种种原因，我足不入市，已经有很多年了。这当然是因为有人帮忙，去购置那些生活用品。夜晚多梦，在梦里却常常进入市场。在喧嚣拥挤的人群中，我无视一切，直奔那卖书的地方。

远远望去，破旧的书床上好像放着几种旧杂志或旧字帖。顾客稀少，主人态度也很和蔼。但到那里定睛一看，却往往令人失望，毫无所得。

按照弗洛伊德的学说，这种梦境，实际上是幼年或青年时代，残存在大脑皮质上的一种印象的再现。

是的，我梦到的常常是农村的集市景象：在小镇的长街上，有很多卖农具的，卖吃食的，其中偶尔有卖旧书的摊贩。或者，在杂乱放在地下的旧货中间，有几本旧书，它们对我最富有诱惑的力量。

这是因为，在童年时代，常常在集市或庙会上，去光顾那些出售小书的摊贩。他们出卖各种石印的小说、唱本。有时，在戏台附近，还会遇到陈列在地下的，可以白白拿走的，宣传耶稣教义的各种圣徒的小传。

在保定上学的时候，天华市场有两家小书铺，出卖一些新书。在大街上，有一种当时叫做"一折八扣"的廉价书，那是新旧内容的书都有的，印刷当然很劣。

有一回，在紫河套的地摊上，买到一部姚鼐编的《古文辞类纂》,是商务印书馆的铅印大字本,花了一圆大洋。这在我是破天荒的慷慨之举,又买了二尺花布,拿到一家裱画铺去做了一个书套。但保定大街上,就有商务印书馆的分馆,到里面买一部这种新书,所费也不过如此,才知道上了当。

后来又在紫河套买了一本大字的夏曾佑撰写的《中国历史教科书》(就是后来的《中国古代史》),也是商务排印的大字本,共两册。

最后一次逛紫河套,是一九五二年。我路过保定,远千里同志陪我到"马号"吃了一顿童年时爱吃的小馆,又看了"列国"古迹,然后到紫河套。在一家收旧纸的店铺里,远买了一部石印的《李太白集》。这部书,在远去世后,我在他的夫人于雁军同志那里还看见过。

中学毕业以后,我在北平流浪着。后来,在北平市政府当了一名书记。这个书记,是当时公务人员中最低的职位,专事抄写,是一种雇员,随时可以解职的,每月有二十元薪金。在那里,我第一次见到了旧官场、旧衙门的景象。那地方倒很好,后门正好对着北平图书馆。我正在青年,富于幻想,很不习惯这种职业。我常常到图书馆去看书。到北新桥、西单商场、西四牌楼、宣武门外去逛旧书摊。那时买书,是节衣缩食,所购完全是革命的书。我记得买过六期《文学月报》,五期《北斗》杂志,还有其他一些革命文艺期刊,如《奔流》《萌芽》《拓荒者》《世界文化》等。有时就带上这些刊物去"上衙门"。我住在石驸马大街附近,东太平街天仙庵公寓。那里的一位老工友,见我出门,就如此恭维。好在科里都是一些混饭吃、不读书的人,也没人过问。

我们办公的地方,是在一个小偏院的西房。这个屋子里最高的职位，是一名办事员，姓贺。他的办公桌摆在靠窗的地方，而且也只有他的桌子上有块玻璃板。他的对面也是一位办事员，姓李，好像和市长有些瓜葛，人比较文雅。家就住在府右街，他结婚的时候，我随礼去过。

我的办公桌放在西墙的角落里，其实那只是一张破旧的板桌，根本不是办公用的，桌子上也没有任何文具，只堆放着一些杂物。桌子两旁，放了两条破板凳，我对面坐着一位姓方的青年，是破落户子弟。他写得一手好字，只是染上了严重的嗜好，整天坐在那里打盹，睡醒了就和我开句玩笑。

那位贺办事员，好像是南方人，一上班嘴里的话是不断的，他装出领袖群伦的模样，对谁也不冷淡。他见我好看小说，就说他认识张恨水的内弟。

很久我没有事干，也没人分配给我工作。同屋有位姓石的山东人，为人诚实，他告诉我，这种情况并不好，等科长来考勤，对我很不利。他比较老于官场，他说，这是因为朝中无人的缘故。我那时不知此中的利害，还是把书本摆在那里看。

我们这个科是管市民建筑的。市民要修房建房，必须请这里的技术员，去丈量地基，绘制蓝图，看有没有侵占房基线。然后在窗口那里领照。

我们科的一位股长，是一个胖子，穿着蓝绸长衫，和下僚谈话的时候，老是把一只手托在长衫的前襟下面，做撩袍端带的姿态。他当然不会和我说话的。

有一次，我写了一个请假条寄给他。我虽然看过《酬世大观》，在中学也读过陈子展的《应用文》，高中时的国文老师，还常常把他替要人们拟的公文，发给我们当做教材。但我终于在应用时把

"等因奉此"的程式用错了。听姓石的说,股长曾拿到我们屋里,朗诵取笑。股长有一个干儿,并不在我们屋里上班,却常常到我们屋里瞎串。这是一个典型的京华恶少,政界小人。他也好把一只手托在长衫下面,不过他的长衫,不是绸的,而是蓝布,并且旧了。有一天,他又拿那件事开我的玩笑,激怒了我,我当场把他痛骂一顿,他就满脸赔笑地走了。

当时我血气方刚,正是一语不合拔剑而起的时候,更何况初入社会,就到了这样一处地方,满腹怨气,无处发作,就对他来了。

我是由志成中学的体育教师介绍到那里工作的。他是当时北方的体育明星,娶了一位宦门小姐。他的外兄是工务局的局长。所以说,我官职虽小,来头还算可以。不到一年,这位局长下台,再加上其他原因,我也就"另候任用"了。

我被免职以后,同事们照例是在东来顺吃一次火锅,然后到娱乐场所玩玩。和我一同免职的,还有一位家在北平附近的人,脸上有些麻子,忘记了他的姓。他是做外勤的,他的为人和他的破旧自行车上的装备,给人一种商人小贩的印象,失业对他是沉重的打击。走在街上,他悄悄地对我说:

"孙兄,你是公子哥儿吧,怎么你一点也不在乎呀!"

我没有回答。我想说:我的精神支柱是书本,他当然是不能领会的。其实,精神支柱也不可靠,我所以不在意,是因为这个职位,实在不值得留恋。另外,我只身一人,这里没有家口,实在不行,我还可以回老家喝粥去。

和同事们告别以后,我又一个人去逛西单商场的书摊。渴望已久的,鲁迅先生翻译的《死魂灵》一书,已经陈列在那里了。用同事们带来的最后一次薪金,购置了这本名著,高高兴兴回到公寓去了。

第二天在清晨，挟着这本书，出西直门，路经海淀，到离北平有五六十里路的黑龙潭，去看望在那里山村小学教书的一个朋友。他是我的同乡，又是中学同学。这人为人热情，对于比他年纪小的同乡同学，情谊很深。到他那里，正是深秋时节，黄叶飘落，潭水清冷，我不断想起曹雪芹在这一带著书的情景。住了两天，我又回到了北平。

我在朝阳大学同学处住几天，又到中国大学同学处住几天。后来，感到肚子有些饿，就写了一首诗，投寄《大公报》的《小公园》副刊。内容是：我要离开这个大城市，回到农村去了，因为我看到：在这里，是一部分人正在输血给另一部分人！

诗被采用，给了五角钱。

整理了一下，在北平一年所得的新书旧书，不过一柳条箱，就回到农村，去教小学了。

我的书籍，一损失于抗日战争之时，已在别一篇文章中略记，一损失于土地改革之时。

我的家庭成分是富农。按照当时党的政策，凡是有人在外参加革命，在政治上稍有照顾。关于书，是属于经济，还是属于政治，这是不好分的。贫农团以为书是钱买来的，这当然也是属于财产，他们就先后拿去了。其实也不看。当时，我们那里的农民，已普遍从八路军那里学会裁纸卷烟。在乡下，纸张较之布片还难得，他们是拿去卷烟了。

这时，我在饶阳县一个小区参加土改工作。大概是冀中区党委所在之地吧，发了一个通知，要各村贫农团，把斗争果实中的书籍，全部上缴小区，由专人负责清查保存。大概因为我是知识分子吧，我们的小区区长，把这个责任交给了我。

书籍也并不太多，堆在一间屋子的地下，而且多是一些古旧破书，可以用来卷烟的已经不多。我因家庭成分不好，又由于"客里空"问题，正在《冀中导报》受到公开批判，谨小慎微，对这些书籍，丝毫不敢染指，全部上缴县委了。

我的受批判，是因为那一篇《新安游记》。是个黄昏，我从端村到新安城墙附近绕了绕，那里地势很洼，有些雾气，我把大街的方向弄错了。回去仓促写了一篇抗日英雄故事，在《冀中导报》发表了。土改时被作为"客里空"典型。

在家乡工作期间，已经没有购买书籍的机会，携带也不方便。如果能遇到书本的话，只是用打游击的方式，走到哪里，就看到哪里。

但也有时得到书。我在蠡县工作时，有一次在县城大集上，从一个地摊上，买到一本商务印书馆出版的，铅印精装的《西厢记》。我带着看了一程子，后来送给蠡县一位书记了。

《冀中导报》在饶阳大张岗设立了一处造纸厂。他们收买一些旧书，用牲口拉的大碾，轧成纸浆。有一间棚子，堆放着旧书。我那时常到这家纸厂吃住。从棚子里，我捡到一本石印的《王圣教》和一本石印的《书谱》。

在河间工作的时候，每逢集日，在一处小树林里，有推着小车贩卖烂纸书本的。有一次，我从车上买到一部初版的《孽海花》。一直保存着，进城后，送给一位新婚燕尔、出国当参赞的同志了。

1979 年 4 月

青春余梦

我住的大杂院里,有一棵大杨树,树龄至少有七十年了。它有两围粗,枝叶茂密。经过动乱、地震,院里的花草树木,都破坏了,唯独它仍然矗立着。这样高大的树木,在这个繁华的大城市,确实少见了。

我幼年时,我们家的北边,也有一棵这样大的杨树。我的童年,有很多时光是在它的下面、它的周围度过的。我不只在秋风起后,在那里拣过杨叶,用长长的柳枝穿起来,像一条条的大蜈蚣;在春天度荒年的时候,我还吃过杨树飘落的花,那可以说是最苦最难以下咽的野菜了。

现在我已经老了,蛰居在这个大院里,不能再向远的地方走去,高的地方飞去。每年冬季,我要生火炉,劈柴是宝贵的,这棵大杨树帮了我不少忙。霜冻以后,它要脱落很多干枝,这种干枝,稍稍晒干,就可以生火,很有油性,很容易点着。每听到风声,我就到它下面去拣拾这种干枝,堆在门外,然后把它们折断晒干。

在这些干枝的表皮上,还留有绿的颜色,在表皮下面,还有水分。我想:它也是有过青春的呀!正像我也有过青春一样。然而它现在干枯了,脱落了,它不是还可以帮助别人生起火炉取暖吗?

是为序。

我的青春的最早阶段,是在保定育德中学度过的。保定是一座古老的城市,荒凉的城市,但也是很便于读书的城市。在这个城市,我呆了六年时间。在课堂上,我念英语,演算术。在课外,我在学校的图书馆，领了一个小木牌，把要借的书名写在上面，交给在小窗口等待的管理员，就可以拿到要看的书。图书管理员都是博学之士。星期天，我到天华市场去看书，那里有一家卖文具的小铺子，代卖各种新书。我可以站在那里翻看整整半天，主人不会干涉我。我在他那里看过很多种新书，只买过一本。这本书，我现在还保存着。我不大到商务印书馆去，它的门半掩着，柜台很高，望不见它摆的书籍。

读书的兴趣是多变的，忽然想看古书了；又忽然想看外国文学了；又忽然想研究社会科学了，这都没有关系。尽量去看吧，每一种学科，都多读几本吧。

后来，我又流浪到北平去了。除了买书看书，我还好看电影，好听京戏，迷恋着一些电影明星，一些科班名角。我住在东单牌楼，晚上，一个人走着到西单牌楼去看电影，到鲜鱼口去听京戏。那时长安大街多么荒凉、多么安静啊！一路上，很少遇到行人。

各种艺术都要去接触。饥饿了，就掏出剩下的几个铜板，坐在露天的小饭摊上，吃碗适口的杂菜烩饼吧。

有一阵子，我还好歌曲，因为民族的苦难太深重了，我们要呼喊。

无论保定和北平，都曾使我失望过，痛苦过。但也都给过我安慰和鼓舞，留下的印象是深刻的。我在那里得到过朋友们的帮助，也爱过人，同情过人。写过诗，写过小说，都没有成功。我又回到农村来了，又听到杨树叶子，哗哗地响着。

后来，我参加了抗日战争，关于这，我写得已经很多了。战争，充实了我的青春，也结束了我的青春。

我的青春，价值如何？是欢乐多，还是痛苦多？是安逸享受多，还是颠沛流离多？是虚度，还是有所作为，都不必去总结了。时代有总的结论，总的评价。个人是一滴水，如果滴落在江河，流向大海，大海是不会涸竭的。正像杨树虽有脱落的枝叶，它的本身是长存的。我祝愿它长存！

是为本文。

1982 年 12 月 6 日清晨

同口旧事

——《琴和箫》代序

一

我是一九三六年暑假后，到同口小学教书的。去以前，我在老家失业闲住。有一天，县邮政局，送来一封挂号信，是中学同学黄振宗和侯士珍写的。信中说：已经给我找到一个教书的位子，开学在即，希望刻日赴保定。并说上次来信，寄我父亲店铺，因地址不确被退回，现从同学录查到我的籍贯。我于见信之次日，先到安国，告知父亲，又次日雇骡车赴保定，住在南关一小店内。当晚见到黄、侯二同学。黄即拉我到娱乐场所一游，要我请客。

在保定住了两日，即同侯和他的妻子，还有新聘请的两位女教员，雇了一辆大车到同口。侯的职务是这个小学的教务主任，他的妻子和那两位女性，在同村女子小学教书。

二

黄振宗是我初中时同班，保定旧家子弟，长得白皙漂亮，人亦聪明。在学校时，常演话剧饰女角，文章写得也不错，有时在校刊发表。并能演说，有一次，张继到我校讲演，讲毕，黄即上台，大加驳斥，声色俱厉。他那时，好像已经参加共产党。有一天晚上，他约我到操场散步，谈了很久，意思是要我也参加。我那时觉悟不高,一心要读书,又记着父亲嘱咐的话:不要参加任何党派,所以没有答应,他也没有表示什么不满。又对我说,读书要读名著,不要只读杂志报刊,书本上的知识是完整的、系统的,而报纸杂志上的文章,是零碎的、纷杂的。他的这一劝告,我一直记在心中,受到益处。当时我正埋头在报纸文学副刊和社会科学的杂志里。有一种叫《读书杂志》,每期都很厚,占去不少时间。

他毕业后,考入北平中国大学,住在西安门外一家公寓里面,我在东城象鼻子中坑小学当事务员,时常见面。他那时好喝酒,讲名士风流,有时喝醉了,居然躺在大街上,我们只好把他拉起来。大学没有毕业,他回到保定培德中学教国文,风流如故,除经常去妓院,还交接着天华商场说大鼓书的一位女艺人。

一九三九年,我在晋察冀通讯社工作。冬季,李公朴到边区参观,黄是他的秘书,骑着瞎了一只眼的日本大洋马,走在李公朴的前面。在通讯社我和他见了面。那时不知李公朴来意,机关颇有戒心,他也没有和我多谈。我见他口袋里插的钢笔不错,很想要了他的,以为他回到大后方,钢笔有的是。他却不肯给。下午,我到他的驻地看望他,他却自动把钢笔给了我。以后就没有见过面。

解放以后,我只是在一个京剧的演出广告上,见到他的笔名,好像是编剧。不知为什么,我现在总感觉他已经不在人世了。他体质不好,又很放纵。交游也杂乱。至于他当初不肯给我钢笔,那不能算吝啬,正如太平年月,千金之子,肥马轻裘之赠,不能算作慷慨一样。那时物质条件困难,为一支蘸水钢笔尖,或一个不漏水的空墨水瓶,也发生过争吵、争夺。

三

侯士珍，定县人，育德中学师范专修班毕业。在校时，任平民学校校长，与一女生恋爱结婚。毕业后，由育德中学校方介绍到保定第二女子师范当职员。后又到南方从军，不久回保定，失业，募捐办一小报。记得一年暑假，我们同住在育德中学的小招待楼里，他时常给我们唱《国际歌》和《少年先锋歌》。

到同口小学后，他兼音乐课和体操课。他在校外租了一间房，闲时就和同事们打小牌。他精于牌术，赢一些钱，补助家用。我是一次也没有参加过的。我住在校内，有一天中午，我从课堂上下来，在我的宿舍里，他正和一位常到学校卖书的小贩谈话。小贩态度庄严，侯肃然站立在他的面前聆听着。抗日以后，这位书贩，当了区党委的组织部长。使我想起，当时在我的屋子里，他大概是在向侯传达党的任务吧。侯在同口有了一个女孩，要我给起个名儿，我查了查字典，取了"茜茜"二字。

侯为人聪明外露，善于交际，读书不求甚解，好弄一些小权术，颇得校长信任。一天夜里，有人在院中贴了一张大传单，说侯是共产党。侯说是姓陈的训育主任陷害他，要求校长召集会议，声称有姓陈的就没有姓侯的。我忘记校长是怎样处置这个事件的，好像是谁也没有离开吧。不知为什么，我当时颇有些不相信是那位姓陈的干的，倒觉得是侯的一种先发制人的权谋。不久，学校也就放暑假，卢沟桥事变也发生了。

暑假以后，因为天下大乱，家乡又发了大水，我就没有到学校去。侯在同口、冯村一带，同孟庆山，组织抗日游击队，成立河北游击军，侯当了政治部主任。听说他扣押了同口二班的一个地主，随军带着，勒索军饷。

冬季，由我县抗日政府转来侯的一封信，叫我去肃宁看看。家里不放心，叫堂弟同我去。我在安平县城，见到县政指导员李子寿，他说司令部电话，让我随新收编的杨团长的队伍去。杨系土匪出身，队伍更不堪言，长袍、袖手、无枪者甚众。杨团长给了我一匹马。一路上队伍散漫无章，至晚才到了肃宁，其实只有七十里路。司令部有令：杨团暂住城外。我只好只身进城，被城门岗兵用刺刀格住。经联系，先见到政治部宣传科刘科长。很晚才见到侯。那时的肃宁城内大街，灯火明亮，人来人往，抗日队伍歌声雄壮，饭铺酒馆，家家客满，锅勺相击，人声喧腾。

侯同他的爱人带着茜茜，住在一家地主很深的宅子里，他把盒子枪上好子弹，放在身边。

第二天，他对我说："这里太乱，你不习惯。"正好有人民自卫军司令部的一辆卡车，要回安国，他托吕正操的阎参谋长，把我带去。上车时风很大，他又去取了一件旧羊皮军大衣，叫我路上御寒。到了安国，我见到阎素、陈乔、李之琏等过去的同学同事，他们都在吕的政治部工作。

一九三八年春天，人民自卫军司令部，驻扎安平一带，我参加了抗日工作。一天，侯同家属、警卫，骑着肥壮高大的马匹来到安平，说是要调到山里学习，我尽地主之谊，请他们到家里吃了一顿饭。侯没有谈什么，他的妻子精神有些不佳。

一九三九年，我调到山里，不久就听说，侯因政治问题，已经不在人间。详细情形，谁也说不清楚。

今年，有另一位中学同学的女儿从保定来，是为她的父亲谋求平反的。说侯的妻子女儿，也都不在了。他的内弟刘韵波，是在晋东南抗日战场上牺牲的。这人我曾在保定见过，在同口，侯还为他举行过音乐会，美术方面也有才能。

当时代变革之期，青年人走在前面，充当搏击风云的前锋。时代赖青年推动而前，青年亦乘时代风云冲天高举。从事政治、军事活动者，最得风气之先。但是，我们的国家，封建历史的黑暗影响，积压很重。患难相处时，大家一片天真，尚能共济，一旦有了名利权势之争，很多人就要暴露其缺点，有时就死非其命或死非其所了。热心于学术者，表现虽稍落后，但就保全身命来说，所处境地，危险还小些。当然遇到"文化大革命"，虽是不问政治的书呆子，也就难以逃脱其不幸了。

四

一九四七年，我又到白洋淀一行。我虽然在《冀中导报》吃饭，并不是这家报纸的正式记者。到了安新县，就没有按照采访惯例，到县委宣传部报到，而是住在端村冀中隆昌商店。商店的经理是刘纪，原是新世纪剧社的指导员，为人忠诚热情，是个典型的农村知识分子。在他那里，我写了几篇关于席民生活的文章，因为是商店，吃得也比较好。

刘纪在"三反"、"五反"运动中，受到批评，也受到一些委屈，精神有很长时间失常。现在完全好了，家在天津，还是不忘旧交，常来看我。他好写诗，有新有旧，订成许多大本子，也常登台朗诵。

他的记忆力，自从那次运动以来，显然是很不好，常常丢失东西。"文化大革命"后期，我在佟楼谪所，他从王林处来看我，坐了一会走了，随即有于雁军追来，说是刘纪错骑了她的车子。我说他已经走了老半天，你快去追吧。于雁军刚走，刘纪的儿子又来了，说他爸爸的眼镜丢了，是不是在我这里。我说："你爸爸在我这里，他携带什么东西，走时我都提醒他，眼镜确实没丢在这里，你到王林那里去找吧！"他儿子说："你提醒他也不解决问题，他前些日子去北京，住在刘光人叔叔那里，都知道他丢三落四，临走叔叔阿姨都替他打点什物，送他出门，在路上还不断问他落下东西没有，他说，这次可带全了，什么也没落下。到了车站，才发现他忘了带车票！"

我一直感念刘纪，对我那段生活和工作，热情的帮助和鼓励。那次在佟楼见面，我送了他三部书：一、石印《授时通考》，二、石印《南巡大典》，三、影印《云笈七签》。其实都不是什么贵重之物。那时发还了抄家物品，我正为书多房子小发愁，也担心火警。每逢去了抽烟的朋友，我总是手托着烟盘，侍立在旁边，以免火星飞到破烂的旧书上。送给他一些书，是减去一些负担，也减去一些担惊受怕。但他并不嫌弃这些东西，表示很高兴要。在那时，我的命运尚未最后定论，书也还被认为是四旧之一，我上竿送别人几本，有时也会遭到拒绝。所以我觉得刘确是个忠厚的人。

这就使我联想到另一个忠厚的人，刘纪的高小老师，名叫刘通庸。抗日时我认识了他，教了一辈子书，读了一辈子进步的书，教出了许多革命有为的学生，本身朴实得像个农民，对人非常热情、坦率。

我在蠡县的时候，常常路过他的家，他那时已经患了神经方面的病症,我每次去看他,他总不在家,不是砍草拾粪,就是放羊去了。他的书很多,堆放在东间炕头上,我每次去了,总要上炕去翻看一阵子,合适的就带走。他的老伴,在西间纺线,知道是我,从来也不闻不问,只管干她的活。

五

既然到了安新,我就想到同口去看看,说实在话,我想去那里,并不是基于什么怀旧之情。到了那里,也没有找过去的同事熟人,我知道很多人到外面工作去了。我投宿在老朋友陈乔的家里,这也是抗日战争期间养成的习惯,住在有些关系的户,在生活上可以得到一些特殊照顾。抗日期间,是统一战线政策,找房子住,也不注意阶级成分,住在地主、富农家里,房间、被褥、饮食,也方便些。

但这一次却因为我在《一别十年同口镇》这篇文章的结尾,说了几句朋友交情的话,其实也是那时党的政策,连同《新安游记》等篇,在同年冬季土地会议上,受到了批判。这两篇文章,前者的结尾,后者的开头,后来结集出版时,都作过修改。此次淮舟从报纸复制编入,一字未动,算是复其旧观。也看不出有什么问题,这是因为时过境迁,人的观点就随着改变了。当时弄得那么严重,主要是因为我的家庭成分,赶上了时候,并非文字之过。同时,山东师范学院,也发现了《冀中导报》上的批判文章,也函请他们复制寄来,以存历史实际。

我是老冀中,认识人也不少,那里的同志们,大体对我还算是客气的。有时受批，那是因为我不知趣。土改以后，我在深县工作半年，初去时还背着一点黑锅，但那时同志间，毕竟是宽容的，在我离开那里的时候，县委组织部长穆涛，给我的鉴定是：知识分子与工农干部相结合的模范！这绝不是我造谣，穆涛还健在。

当然，我不能承担这么高的评语。但我在战争年代，和群众相处，也确实还合得来。在那种环境，如果像目前这样生活，我就会吃不上饭，穿不上鞋袜，也保全不住性命。这么说，也有些可以总结的经验吗？有的。对工农干部的团结接近，我的经验有两条：一、无所不谈；二、烟酒不分。在深县时，县长、公安局长、妇联主任都和我谈得来。对于群众，到了一处，我是先从接近老太太们开始，一旦使她们对我有了好感，全村的男女老少，也就对我有了好感。直到现在，还有人说我善于拍老太太们的马屁。此外，因为我一向不是官儿，不担任具体职务，群众就会对我无所要求，也无所顾忌。对他们来说，我就像山水花鸟画一样，无益也无害。这样说个家长里短的，就很方便。此外，为人处世，就没有什么好的经验可以总结了。对于领导我的人，我都是很尊重的，但又不愿多去接近；对于和文艺工作有些关系的人，虽不一定是领导，文化修养也不一定高，却有些实权，好摆点官架，并能承上启下，汇报情况的人，我却常常应付不得其当。

六

话已经扯得很远，还是回到同口来吧。听说，我教书的那所小学校，楼房拆去了上层，下层现在是公社的仓库。当年同事，有死亡的，也有健在的。在天津，近几年，发现两个当年的学生，一个是六年级的刘学海，现任水利局局长，前几天给我送来一条很大的鱼。一个是五年级的陈继乐，在军队任通讯处长，前些时给我送来一瓶香油。刘学海还说，我那时教国文，不根据课本，是讲一些革命的文艺作品。对于这些，我听起来很新鲜，但都忘记了。查《善阁室纪年》，关于同口，还有这样的记载："'五四'纪念，作讲演。学生演出之话剧，系我所作，深夜突击，吃冷馒头、熬小鱼，甚香。"

淮舟在编我的作品目录时，忽然想编一本书，包括我写的关于白洋淀的全部作品。最初，我是一点兴趣也没有的，也不好打他的兴头。又要我写序，因此联想起很多旧事，写起来很吃力，有时也并不是很愉快的。因为对于这一带人民的贡献和牺牲来说，在文艺作品中的反映，是太薄弱了。

1981 年 6 月 17 日雨后写讫

黄 鹂

——病期琐事

这种鸟儿，在我的家乡好像很少见。童年时，我很迷恋过一阵捕捉鸟儿的勾当。但是，无论春末夏初在麦苗地或油菜地里追逐红靛儿，或是天高气爽的秋季，奔跑在柳树下面网罗虎不拉儿的时候，都好像没有见过这种鸟儿。它既不在我那小小的村庄后边高大的白杨树上同鳌鸡儿一同鸣叫，也不在村南边那片神秘的大苇塘里和苇咋儿一块筑窠。

初次见到它，是在阜平县的山村。那是抗日战争期间，在不断的炮火洗礼中，有时清晨起来，在茅屋后面或是山脚下的丛林里，我听到了黄鹂的尖利的富有召唤性和启发性的啼叫。可是，它们飞起来，迅若流星，在密密的树枝树叶里忽隐忽现，常常是在我仰视的眼前一闪而过，金黄的羽毛上映照着阳光，美丽极了，想多看一眼都很困难。

因为职业的关系，对于美的事物的追求，真是有些奇怪，有时简直近于一种狂热。在战争不暇的日子里，这种观察飞禽走兽的闲情逸致，不知对我的身心情感，起着什么性质的影响。

前几年，终于病了。为了疗养，来到了多年向往的青岛。春天，我移居到离海边很近，只隔着一片杨树林洼地的一幢小楼房里。有很长的一段时间，我一个人住在这里，清晨黄昏，我常常到那杨树林里散步。有一天，我发现有两只黄鹂飞来了。

这一次，它们好像喜爱这里的林木深密幽静，也好像是要在这里产卵孵雏,并不匆匆离开,大有在这里安家落户的意思。

每天,天一发亮,我听到它们的叫声,就轻轻打开窗帘,从楼上可以看见它们互相追逐,互相逗闹,有时候看得淋漓尽致,对我来说,这真是饱享眼福了。

观赏黄鹂,竟成了我的一种日课。一听到它们叫唤,心里就很高兴,视线也就转到杨树上,我很担心它们一旦要离此他去。这里是很安静的,甚至有些近于荒凉,它们也许会安心居住下去的。我在树林里徘徊着,仰望着,有时坐在小石凳上谛听着,但总找不到它们的窠巢所在,它们是怎样安排自己的住室和产房的呢?

一天清晨,我又到树林里散步,和我患同一种病症的史同志手里拿着一支猎枪,正在瞄准树上。

"打什么鸟儿?"我赶紧过去问。

"打黄鹂!"老史兴致勃勃地说,"你看看我的枪法。"

这时候,我不想欣赏他的枪技,我但愿他的枪法不准。他瞄了一会儿,黄鹂发觉飞走了。乘此机会,我以老病友的资格,请他不要射击黄鹂,因为我很喜欢这种鸟儿。

我很感激老史同志对友谊的尊重。他立刻答应了我的要求,没有丝毫不平之气。并且说:

"养病么,喜欢什么就多看看,多听听。"

这是真诚的同病相怜。他玩猎枪,也是为了养病,能在兴头上照顾旁人,这种品质不是很难得吗?

有一次,在东海岸的长堤上,一位穿皮大衣戴皮帽的中年人,只是为了讨取身边女朋友的一笑,就开枪射死了一只回翔在天空的海鸥。一群海鸥受惊远飏,被射死的海鸥落在海面上,被怒涛拍击漂卷。胜利品无法取到,那位女人请在海面上操作的海带培养工人帮助打捞，工人们愤怒地掉头划船而去。这给我留下了深刻的印象。回到房子里，无可奈何地写了几句诗，也终于没有完成，因为契诃夫在好几种作品里写到了这种人。我的笔墨又怎能更多地为他们的业绩生色？在他们的房间里，只挂着契诃夫为他们写的褒词就够了。

惋惜的是，我的朋友的高尚情谊，不能得到这两只惊弓之鸟的理解，它们竟一去不返。从此，清晨起来，白杨萧萧，再也听不到那种清脆的叫声。夏天来了，我忙着到浴场去游泳，渐渐把它们忘掉了。

有一天我去逛鸟市。那地方卖鸟儿的很少了，现在生产第一，游闲事物，相应减少，是很自然的。在一处转角地方，有一个卖鸟笼的老头儿，坐在一条板凳上，手里玩弄着一只黄鹂。黄鹂系在一根木棍上，一会儿悬空吊着，一会儿被拉上来。我站住了，我望着黄鹂，忽然觉得它焦黄的羽毛，它的嘴眼和爪子，都带有一种凄惨的神气。

"你要吗？多好玩儿！"老头儿望望我问了。

"我不要。"我转身走开了。

我想，这种鸟儿是不能饲养的，它不久会被折磨得死去。这种鸟儿，即使在动物园里，也不能从容地生活下去吧，它需要的天地太宽阔了。

从此，有很长一段时间，我不再想起黄鹂。第二年春季，我到了太湖，在江南，我才理解了"杂花生树，群莺乱飞"这两句文章的好处。

是的，这里的湖光山色，密柳长堤；这里的茂林修竹，桑田苇泊；这里的乍雨乍晴的天气，使我看到了黄鹂的全部美丽，这是一种极致。

是的，它们的啼叫，是要伴着春雨、宿露，它们的飞翔，是要伴着朝霞和彩虹的。这里才是它们真正的家乡，安居乐业的所在。

各种事物都有它的极致。虎啸深山，鱼游潭底，驼走大漠，雁排长空，这就是它们的极致。

在一定的环境里，才能发挥这种极致。这就是形色神态和环境的自然结合和相互发挥，这就是景物一体。典型环境中的典型性格，也可以从这个角度来理解吧。这正是在艺术上不容易遇到的一种境界。

1962 年 4 月

石　子

——病期琐事

　　我幼小的时候，就喜欢石子。有时从耕过的田野里，捡到一块椭圆形的小石子，以为是乌鸦从山里衔回跌落到地下的，因此美其名为"老鸹枕头儿"。

　　那一年在南京，到雨花台买了几块小石子，是赭红色的。

　　那一年到大连，又在海滨装了一袋白色的回来。

　　这两次都匆匆忙忙，对于选择石子，可以说是不得要领。

　　在青岛住了一年有余，因为不喜欢下棋打扑克，不会弹琴跳舞，不能读书作文，惟一的消遣和爱好就是捡石子。时间长了，收藏丰富，有一段时间，居然被病友们目为专家。就连我低头走路，竟也被认为是长期从事搜罗工作养成的习惯，这简直是近于开玩笑了。

　　然而，人在寂寞无聊之时，爱上或是迷上了什么，那种劲头，也是难以常情理喻的。不但天气晴朗的时候，好在海边溅泥踏水地徘徊寻找，有时刮风下雨，不到海边转转，也好像会有什么损失，就像逛惯了古书店古董铺的人，一天不去，总觉得会交臂失掉了什么宝物一样。钓鱼者的心情，也是如此的。

　　初到青岛，也只是捡些小巧圆滑杂色的小石子。这些小石子养在水里，五颜六色还有些看头，如果一干，则质地粗糙，颜色也消失，算不得什么稀罕之物了。

　　后来在第二浴场发现一种质地细腻，色泽如同美玉的小石子，就加意寻找。这种小石子，好像有一定的矿层。在春夏季，海滩积沙厚，没有这种石子。只有在秋冬之季，海水下落，沙积减少，轻涛击岸，才会露出这种蕴藏来。但也很少遇到。当潮水落到一定的地方，沿着水边来回走，看到一点点亮晶晶的苗头，跑过去捡起来，大小不等，有时还残留着一些杂质，像玉之有瑕一样。这种石子一定是包藏在一种岩石之中，经过多年的潮激汐荡，乱石撞击，细沙研磨，才形成现在这种可爱的样式。

有时，如果不注意，如果不把眼光放远一点，它略一显露，潮水再一荡，就又会被细沙所掩盖。当潮水猛涨的时候，站在岸边，抢捡石子，这不只拼着衣服溅上很多海水，甚至还有被海水卷入的危险。

有时，不避风雨，不避寒暑，到距离很远的海滩，去寻找这种石子。但也要潮水和季节适当，才有收获。

我的声誉只是鹊起一时，不久就被一位新来的病友的成绩所掩盖。这位同志，采集石子，是不声不响，不约同伴，近于埋头创作的进行，而且走得远，探得深。很快，他的收藏，就以质地形色兼好著称。石子欣赏家都到他那里去了，我的门庭，顿时冷落下来。在评判时，还要我屈居第二，这当然是无可推辞的。我的兴趣还是很高，每天从海滩回来，口袋里总是沉甸甸的，房间里到处是分门别类的石子。

那时我居住在正阳关路一幢绿色的楼房里。为了安静，我选择了三楼那间孤零零的，虽然矮小一些，但光线很好的房子。在正面窗台上，我摆了一个鱼缸，放满了水，养着我最得意的石子。

在二楼住着一位二十年前我教书时的女学生。她很关心我的养病生活，看见我的房子里堆着很多石子，就劝我养海葵花。她很喜欢这种东西，在她的房间里，饲养着两缸。

一天下午，她借了铁钩水桶，带我到海边退潮后的岩石上，去掏取这种动物。她的手还被附着在石面上的小蛤蜊擦破了。回来，她替我倒出了石子，换上海水，养上海葵花。

"你喜爱这种东西吗？"她坐下来得意地问。

"唔。"

"你的生活太单调了，这对养病是很不好的。我对你讲课印象很深，我总是坐在第一排。你不记得了吧？那时我十七岁。"

晚上，我一个人坐在灯光下，面对着我的学生为我新陈设的景物。我实在不喜欢这种东西，从捉到养，整个过程，都不能使我发生兴味。它的生活史和生活方式，在我的头脑里，体现了过去和现在的强盗和女妖的全部伎俩和全部形象。我写了一首《海葵赋》。

青岛，这是世界上少有的风光绮丽的地方。在过去很长一段时间，祖国美丽富饶的地区，有很多都曾经处在帝国主义的铁蹄蹂躏之下。每逢我站在太平角高大的岩石上，四下眺望，脚下澎湃飞溅的海潮，就会自然地使我联想起这里的悲惨的历史。我的心里总有一种沉痛之感，一种激愤之情。

终于，我把海葵花送给了女弟子，在缸里又养上了石子。这样做的结果，是大大辜负女学生的一番盛情，一番好意了。

离开青岛的时候，我把一些自认为名贵的石子带回家里，尘封日久，不但失去了原有的光彩，就是拿在手里，也不像过去那样滑腻，这是因为上面泛出一种盐质，用水都不容易洗去了。时过境迁，色衰爱弛，我对它们也失去了兴趣，任凭孩子们抛来抛去，想不到当时全心全力寤寐以求的东西，现在却落到了这般光景。

但它们究竟是和我度过了那一段难言的日子，给过我不少的安慰，帮助我把病养得好了一些。古人把药石针砭并称，这说明石子确是养病期中难得的纯朴有益的伴侣。

1962 年 4 月

一九五六年的旅行

一九五六年的三月间，一天中午，我午睡起来晕倒了，跌在书橱的把手上，左面颊碰破了半寸多长，流血不止。报社同人送我到医院，缝了五针就回来了。

我身体素质不好，上中学时，就害过严重的失眠症，面黄肌瘦，同学们为我担心。后来在山里，因为长期吃不饱饭，又犯了一次，中午一个人常常跑到村外大树下去静静地躺着。

但我对于这种病，一点知识也没有，也没有认真医治过。

这次跌了跤，同志们都劝我外出旅行。那时进城不久，我还不像现在这样害怕出门，又好一人孤行，请报社和文联给我打算去的地方，开了介绍信，五月初就动身了。

对于旅行，虽说我还有些余勇可贾，但究竟不似当年了。去年秋天，北京来信，要我为一家报纸，写一篇介绍中国农村妇女的文章。我坐公共汽车到了北郊区。采访完毕，下了大雨，汽车不通了。我一打听，那里距离市区，不过三十里，背上书包就走了。过去，每天走上八九十里，对我是平常的事。谁知走了不到二十里，腿就不好使起来，像要跳舞。我以为是饿了，坐在路旁，吃了两口郊区老乡送给我的新玉米面饼子，还是不顶事。勉强走到市区，雇了一辆三轮，才回到了家。

这次旅行，当然不是徒步，而是坐火车，舒服多了，这应该说是革命所赐，生活条件，大为改善了。

济　南

第一个目标是济南。说也奇怪,从二十岁左右起,我对济南这个地方,就非常向往。在中学的国文课堂上,老师讲了一段《老残游记》,随后又说他幼小时跟着父亲在济南度过,那里的风景确实很好。还有一种好吃的东西,叫做小豆腐。这一段话,竟在我心里生了根。后来在北平当小学职员,不愿意干了,就对校长说:我要到济南去了,辞了职。当然没有去成。

在济南下车时,也就是下午一二点钟。雇了一辆三轮,投奔山东文联。那时王希坚同志在文联负责,我们是在北京认识的。

济南街上,还是旧日省城的样子,古老的砖瓦房,古老的石铺街道。文联附近,是游览区,更热闹一些,有不少小商小贩,摆摊叫卖。文联大院,就是名胜所在,有泉水,种植着荷花,每天清晨,人们就在清流旁盥洗。

王希坚同志给了我一间清静的房。他知道我的脾气,说:"吃饭,愿意在食堂吃也可,愿意出去吃小馆,也方便。"

因为距离很近,当天我就观看了珍珠泉、趵突泉、黑虎泉。那时水系没遭到破坏,趵突泉的水,还能涌起三尺来高。

第二天,文联的同志,陪我去游了大明湖和千佛山,乘坐了彩船,观赏了文物。那时游人很少,在千佛山,我们几乎没遇到什么游人,像游荒山野寺一样。我最喜欢这样的游览,如果像赶庙会一样,摩肩接踵,就没有意思了。

我也到附近小馆去吃过饭,但没有吃到老师说的那种小豆腐。另外,没有找到古旧书店,也是一大遗憾。我知道,济南的古书不少，而且比北京、天津，便宜得多。

南　京

  第二站是南京。到南京已经是下午五六点钟了。我先赶到江苏省文联。那时的文联，多与文化局合署办公，文联与文化局电话联系，说来了一位客人，想找个住处。文化局好像推托了一阵子，最后说是可以去住什么酒家。

  对于这种遭遇，我并不以为怪。我在南京没有熟人，还算是顺利地解决了食住问题。应该感谢那时同志们之间的正常的热情的关照。如果是目前，即使有熟人，恐怕也还要费劲一些。

  此次旅行，我也先有一些精神准备。书上说：在家不知好宾客，出门方觉少知音，正好是对我下的评语。

  在酒家住了一夜。第二天吃过早饭，我先去逛了明孝陵，陵很高很陡，在上面看到了朱元璋的一幅画像，躯体很高大，前额特别突出，像扣上一个小瓢似的。脸上有一连串黑痣。这种异相，史书上好像也描写过。

  从孝陵下来，我去游览了中山陵，顺便又游了附近一处名胜灵谷寺。一路梧桐林荫路，枝叶交接如连理，真使人叫绝。

  下午游了雨花台、玄武湖、鸡鸣寺、夫子庙。没有游莫愁湖，没有看到秦淮河。这样奔袭突击式的游山玩水，已经使我非常疲乏。为了休息一下，就去逛了逛南京古旧书店。书店内外，都很安静，好书也多，排列得很规则。惜天色已晚，未及细看，就回旅舍了。此后，我通过函购，从这里买了不少旧书，其中并有珍本。

  第三天清晨，我离开南京去上海。

现在想来，像我这样的旅行，可以说是消耗战，还谈得上是怡情养病？到了一处，也只是走马观花，连凭吊一下的心情也没有。别处犹可，像南京这个地方，且不说这是龙盘虎踞的形胜之地，就是六朝烟粉，王谢风流，潮打空城，天国悲剧，种种动人的历史传说，就没有引起我的丝毫感慨吗？

确实没有。我太累了。我觉得，有些事，读读历史就可以了，不必想得太多。例如关于朱元璋，现在有些人正在探讨他的杀戮功臣，是为公还是为私？各有道理，都有论据。但可信只有一面，又不能起朱元璋而问之，只有相信正史。至于文人墨客，酒足饭饱，对历史事件的各种感慨，那是另一码事。我此次出游，其表现有些像凡夫俗子的所到一处，刻名留念。中心思想，也不过是为了安慰一下自己：我一生一世，毕竟到过这些有名的地方了。

上　海

很快就到了上海，作家协会介绍我住在国际饭店十楼。这是最繁华的地区，对我实在不利。即使平安无事，也能加重神经衰弱。尤其是一上一下的电梯，灵活得像孩子们手中的玩具，我还没有定下心来，十楼已经到了。

第二天上午，一个人去逛书店，雇了一辆三轮，其实一转弯就到了。还好，正赶上古籍书店开张，琳琅满目，随即买了几种旧书，其中有仰慕已久的戚蓼生序小字本《红楼梦》。

想很快离开上海，第二天就到了杭州。

杭　州

中午到了杭州，浙江省文联，也没有熟人。在那里吃了一碗面条，自己就到湖边去了。天气很好，又是春季，湖边的游人还算是多的。面对湖光山色，第一个感觉是：这就是西湖。因为旅途劳顿，接连几夜睡不好觉，我忽然觉得精神不能支持，脚下也没有准头，随便转了转，买了些甜食吃，就回来了。

第二天，文联通知我，到灵隐寺去住。在那里，他们新买到一处资本家的别墅，作为创作之家，还没有人去住过，我来了正好去试试。用三轮车带上一些用具，把我送了过去。

这是一幢不小的楼房，只楼下就有不少房间。楼房四周空旷无人，而飞来峰离它不过一箭之地。寺里僧人很少，住的地方离这里也很远。天黑了，我一度量形势，忽然恐怖起来。这样大的一个灵隐寺，周围是百里湖山，寺内是密林荒野，不用说别的，就是进来一条狼，我也受不了。我得先把门窗关好，而门窗又是那么多。关好了门窗，我躺在临时搭好的简易木板床上，头顶有一盏光亮微弱的灯，翻看新买的一本杭州旅行指南。

我想，什么事说是说，做是做。有时说起来很有兴味的事，实际一做，就会适得其反。比如说，我最怕嘈杂，喜欢安静，现在置身山林，且系名刹，全无干扰，万籁无声，就觉得舒服了吗？没有，没有。青年时，我也想过出世，当和尚。现在想，即使有人封我为这里的住持，我也坚决不干。我现在需要的是一个伴侣。

一夜也没有睡好，第二天清晨起来，在溪流中洗了洗脸，提上从文联带来的热水瓶，到门口饭店去吃饭。吃完饭，又到茶馆打一瓶开水提回来。

据说，西湖是全国风景之首，而灵隐又是西湖名胜之冠。真是名不虚传。自然风景，且不去说，单是寺内的庙宇建筑，宏美丰丽，我在北方，是没有见过的。殿内的楹联牌匾，佳作尤多。

在这里住了三天，西湖的有名处所，也都去过了，在小市自己买了一只象牙烟嘴，在岳坟给孩子们买了两对竹节制的小水桶。我就离开了杭州，又取道上海，回到天津。

此行，往返不到半月，对我的身体非常不利，不久就大病了。

跋

余之晚年，蛰居都市，厌见扰攘，畏闻恶声，足不出户，自喻为画地为牢。然当青壮之年，亦曾于燕南塞北，太行两侧，有所涉足。亦时见山河壮观，阡陌佳丽。然身在队列，或遇战斗，或值风雨，或感饥寒，无心观赏，无暇记述。但印象甚深至老不忘。

古人云，欲学子长之文，先学子长之游，此理固有在焉。然柳柳州《永州八记》，所记并非罕遇之奇景异观也，所作文字乃为罕见独特之作品耳。范仲淹作《岳阳楼记》，本人实未至洞庭湖，想当然之，以抒发抱负。苏东坡《前赤壁赋》，所见并非周郎破曹之地，后人不以为失实。所述思绪，实通于古今上下也。

以此观之，游记之作，固不在其游，而在其思。有所思，文章能为山河增色，无所思，山河不能救助文字。作者之修养抱负，于山河于文字，皆为第一义，既重且要。余之作，不堪言此矣。

1983年8月17日追记

病期经历

红十字医院

一九五六年秋天，我的病显得很重，就像一个突然撒了气的皮球一样，人一点精神也没有了，天地的颜色，在我的眼里也变暗了，感到自己就要死亡，悲观得很。其实这是长期失眠，神经衰弱到了极点的表现。家里人和同事们，都为我的身体担心，也都觉得我活不长了。康濯同志来天津看我，就很伤感地说："我给你编个集子，还要写一篇长一些的后记。唉，恐怕你是看不到了。"

在天津的医院，胡乱看了几个月，中药西药吃得也不少，并不见效。那时王亢之同志管文教，介绍的都是天津的名医。

为了静养，又从家里搬到睦南道招待所，住了几个月，也不见效。

到了第二年春天，我被送进了北京红十字医院。这是一家新建的医院，设备很好，还有宽敞的庭院。经郭春原同志介绍，在该院任总务处长的董廷璧同志给我办了住院手续。董同志是蠡县人，为人慷慨热情，他的很多同乡，包括郭春原同志，都是我的朋友，所以对我照顾得很周到。

我住在楼上靠边的一间单人病房里，有洗澡间。室内的陈设很讲究，光线很充足，周围很安静。吃饭时，有护士端来，饭菜很好。护士坐在一边，看着我吃，一边不断地称赞铜蒸锅里的菜，做得如何好，叫我多吃些。

可惜我那时什么也吃不下。护士长还指着那些护士对我说："喜欢谁，就叫谁陪你玩玩。"可惜我什么也不想玩。

每天晚上，叫我做松节油浴，白天有时还带我到大理疗室做水疗。

医院的护士，都是新从苏杭一带招来的南方姑娘。都穿着丝绸白衣，戴着有披肩的护士帽，走起路来，轻盈敏捷，真像天使一般。每天晚上我睡下后，床头柜上有一盏蓝色灯光的小灯，灯光照在白色的墙壁上和下垂的窗帘上，像是一种梦境。然而，我只能在吃过烈性的安眠药以后才得入睡。护士照顾我服药以后，还站在床边，给我做按摩，听着我呼吸匀称了，才轻轻地离去。其实，我常常并没有入睡。

医院为我想尽了办法，又叫我去做体疗。每个病人拿一根金箍棒似的棍子，在手里摆动着，大家环成一个圈，走一阵就完事。我觉得有些好笑，如果我早些时候知道耍棍儿，我可能就不会得这种病了。现在耍得晚了些。

应该补叙，在这一时期，北京所有的朋友，也都为我帮忙。中央宣传部的秘书长李之琏同志，北京市委的张青季同志，是我中学时的同学，抗日时期的战友，也都是蠡县人。他们为我请来北京市的名医会诊。丁玲同志那时处境已经不大好，叫葛文同志带信来看我，说是不是请湖南医学院的一位李大夫来给我看病。后来，这位大夫终于到了我的病房。他主要是给我讲解，例如神经系统怎样容易得病呀，应该如何医治呀，第一信号、第二信号呀。他讲话声音很高，有时脸涨得通红。他是哲学家、经济学家李达教授的儿子。

他给我讲了两三次，然后叫我吃一种药。据说是一种兴奋药，外国学生考试时常吃的。我吃过以后，觉得精神好了一些。后来医院认为这种病不宜长期住在医院,我就到小汤山疗养院去了。

我从来没住过医院,没有住过这样好的房间,没有吃过这样好的饭食。这次住进了这样高级的医院,还有这么多的人关心和服侍。在我病好以后,我常常想,这也是我跟着革命队伍跑了几年的结果,同志们给了我优惠的待遇;那时人和人的关系,也深深刻印在我的记忆中了。

1984 年 5 月 7 日

小 汤 山

我从北京红十字医院出来,就到北京附近的小汤山疗养院去。报社派了一位原来在传达室工作的老同志来照顾我。

他去租了一辆车,在后座放上了他那一捆比牛腰还要粗得多的行李,余下的地方让我坐。老同志是个光棍汉,我想他把全部家当都随身带来了。出了城,车在两旁都是高粱地的狭窄不平的公路上行驶。现在是七月份,天气干燥闷热,路上也很少行人车辆。不久却遇上一辆迎面而来的拉着一具棺材的马车,有一群苍蝇追逐着前进,使我一路心情不佳,我的神经衰弱还没有完全好。

小汤山属昌平县,是京畿的名胜之一,有一处温泉,泉水形成了一个不小的湖泊,周围还有小河石桥等等景致。在湖的西边有一块像一座小平房的黑色巨石,人们可以上到顶上眺望。

湖旁有一些残碣断石,可以认出这里原是晚清民初什么阔人的别墅。解放以后,盖成一座规模很不小的疗养院。

我能来这里疗养,也是那位小时的同学李之琏同志给办的。他认识一位卫生部的负责人，正在这里休养和管事。疗养院是一排两层的楼房，头起有两处高级房间，带有会客室和温泉浴室。我竟然住进了楼上的一间。这也是我一生中难得的幸遇，所以特别在这里记一笔。

在小汤山，我学会了钓鱼和划船。每天从早到晚，呼吸从西北高山上吹来的，掠过湖面，就变成一种潮湿的、带有硫磺气味的新鲜空气。钓鱼的技术虽然不高，也偶然能从水面上钓起一条大鲢鱼，或从水底钓起一条大鲫鱼。

划船的技术也不高，姿态更不好，但在这个湖里划船，不会有什么风浪的危险，可以随心所欲，而且有穿过桥洞、绕过山脚的种种乐趣。温泉湖里的草，长得特别翠绿柔嫩，它们在水边水底摇曳，多情和妩媚，诱惑人的力量，在我现在的心目中，甚于西施贵妃。

我的病渐渐好起来了。证明之一，是我开始又有了对人的怀念、追思和恋慕之情。我托城里的葛文同志，给在医院细心照顾过我的一位护士，送一份礼物，她就要结婚了。证明之二，是我又想看书了。我在疗养院附近的小书店，买了新出版的《拍案惊奇》和《唐才子传》，又郑重地保存起来，甚至因为不愿意那位老同志拿去乱翻，惹得他不高兴。

这位老同志原来是赶大车的，我们傍晚坐在小山上，他给我讲过不少车夫进店的故事。我们还到疗养院附近的野地里去玩，那里有不少称之为公主坟的地方。

从公主坟地里游玩回来，我有时看看《聊斋志异》。这件事叫疗养院的医生知道了，对那位老同志说：

"你告他不要看那种书，也不要带他到荒坟野寺里去转游！"

其实，神经衰弱是人间世界的疾病，不是狐鬼世界的疾病。

我的房间里，有引来的温泉水。有时朋友们来看我，我都请他们洗个澡。慷国家之慨，算是对他们的热情招待。女同志当然是不很方便的。但也有一位女同志，主动提出要洗个澡，使我这习惯男女授受不亲的人，大为惊异。

已经是十一月份了，天气渐渐冷了，湖里的水草，也不再像过去那样翠绿。清晨黄昏，一层蒸汽样的浓雾，罩在湖面上，我们也很少上到小山顶上去闲谈了。在医院时，我不看报，也不听广播，这里的广播喇叭，声音很大，走到湖边就可以听到，正在大张旗鼓地批判右派。有一天，我听到了丁玲同志的名字。

过了阳历年，我决定从小汤山转到青岛去。在北京住了一晚，李之琏同志来看望了我。他虽然还是坐了一辆小车来，也没有和我谈论什么时事，但我看出他的心情很沉重。不久，就听说他也牵连在所谓右派的案件中了。

1984 年 9 月 28 日晨四时记

青　岛

关于青岛，关于它的美丽，它的历史，它的现状，已经有很多文章写过了。关于海、海滨、贝壳，那写过的就更多，可以说是每天都可以从报刊见到。

我生在河北省中部的平原上，是一个常年干旱的地方，见到的是河水、井水、雨后积水，很少见到大面积的水，除非是滹沱河洪水暴发，但那是灾难，不是风景。后来到白洋淀地区教书，对这样浩渺的水泊，已经叹为观止。我从来也没有想过到青岛这类名胜之地，去避暑观海。认为这种地方，不是我这样的人可以去得的，去了也无法生存。

从小汤山，到青岛，是报社派小何送我去的。时间好像是一九五八年一月。

青岛的疗养院，地处名胜，真是名不虚传。在这里，我遇到了各界的一些知名人士，有哲学教授，历史学家，早期的政治活动家，文化局长，市委书记，都是老干部，当然有男有女。

这些人来住疗养院，多数并没有什么大病，有的却多少带有一点政治上的不如意。反右斗争已经进入高潮，有些新来的人，还带着这方面的苦恼。

一个市的文化局长，我们原来见过一面，我到那个市去游览时，他为我介绍过宿地。是个精明能干的人，现在得了病，竟不认识我了。他精神沉郁，烦躁不安。他结婚不久的爱人，是个漂亮的东北姑娘，每天穿着耀眼的红毛衣，陪着他，并肩坐在临海向阳的大岩石上。从背后望去，这位身穿高干服装的人，该是多么幸福，多么愉快。但他终日一句话也不说，谁去看他，他就瞪着眼睛问：

"你说，我是右派吗？"

别人不好回答，只好应酬两句离去。只有医生，是离不开的，是回避不了的。这是一位质朴而诚实的大夫，有一天，他抱着甘冒天下之大不韪的决心，对病人说：

"你不是右派，你是左派。"

病人当时脸上露出了一丝笑容，但这一保证，并没有能把他的病治好。右派问题越来越提得严重，他的病情也越来越严重。不久，在海边上就再也见不到他和他那穿红毛衣的夫人了。

我邻居的哲学教授，带来一台大型留声机，每天在病房里放贝多芬的唱片。他热情地把全楼的病友约来，一同欣赏。但谁也不能去摸他那台留声机。留声机的盖子上，贴有他撰写的一张注意事项，每句话的后面，都用了一个大惊叹号，他写文章，也是以多用惊叹号著称的。

我对西洋音乐，一窍不通，每天应约听贝多芬，简直是一种苦恼。不久，教授回北京去，才免除了这个负担。

在疗养院，遇到我的一个女学生。她已进入中年，穿一件黑大衣，围一条黑色大围巾，像外国的贵妇人一样。她好到公园去看猴子，有一次拉我去，带了水果食物，站在草丛里，一看就是一上午。她对我说，她十七岁出来抗日，她的父亲，在土地改革时死亡。她没有思想准备，她想不通，她得了病。但这些话，只能向老师说，不能向别人说。

到了夏季，是疗养地的热闹时期，家属们来探望病人的也多了。我的老伴也带着小儿女来看我，见我确是比以前好多了，她很高兴。

每天上午，我跟着人们下海游泳，也学会了几招，但不敢到深处去。有一天，一位少年倜傥的"九级工程师"，和我一起游。他慢慢把我引到深水，我却差一点没喝了水，赶紧退了回来。这位工程师，在病人中间，资历最浅最年轻，每逢舞会，总是先下场，个人独舞，招徕女伴大众围观，洋洋自得。

这是病区，这是不健康的地方。有各种各样的人，各种各样的病。在这里，会养的人，可以把病养好，不会养的人，也可能把病养坏。这只是大天地里的一处小天地，却反映着大天地脉搏的一些波动。

疗养院的干部、医生、护理人员，都是山东人，很朴实，对病人热情，照顾得也很周到。我初来时，病情比较明显，老伴来了，都是住招待所。后来看我好多了，疗养院的人员都很高兴。冬天，我的老伴来看我，他们就搬来一张床，让我们夫妻同处，还叫老伴跟我一同吃饭。于是我的老伴，大开洋荤，并学会了一些烹饪技艺。她对我说：我算知道高汤是怎么个做法了，就是清汤上面再放几片菜叶。

护士和护理员，也都是从农村来的，农村姑娘一到大城市，特别是进了疗养院这种地方，接触到的，吃到的，看到的，都是新鲜东西。

疗养人员，没有重病，都是能出出进进，走走跳跳，说说笑笑的。疗养生活，说起来虽然好听，实际上很单调，也很无聊。他们每天除去打针散步，就是和这些女孩子打交道。日子久了，也就有了感情。在这种情况下，两方面的感情都是容易付出的，也容易接受的。

我在这个地方，住了一年多。因为住的时间长了，在住房和其他生活方面，疗养院都给我一些方便。春夏两季，我差不多是自己住着一所小别墅。

小院里花草齐全，因为人烟稀少，有一只受伤的小鸟，落到院里。它每天在草丛里用一只腿跳着走，找食物，直到恢复了健康，才飞走了。

其实草丛里也不是太平的。秋天，一个病号搬来和我同住，他在小院散步时，发现一条花蛇正在吞食一只癞蛤蟆。他站在那里观赏两个小时，那条蛇才完全吞下了它的猎物。他对我说：有趣极了！并招呼我去看看，我没有去。

我正在怀疑，我那只小鸟，究竟是把伤养好，安全飞走了呢；

还是遇到了蛇一类的东西，把它吞掉了？

我不会下棋、打扑克，也不像别人手巧，能把捡来的小贝壳，编织成什么工艺品，或是去照相。又不好和人闲谈，房间里也没有多少书。最初，就去海边捡些石头，后来石头也不愿捡了，只是在海边散步。晴天也去，雨天也去，甚至夜晚也去。夜晚，走在海岸上听海涛声，很雄壮也很恐怖。身与海浪咫尺之隔，稍一失足，就会掉下去。等到别人知道了，早已不知漂到何处。想到这里，夜晚也就很少出来了。

在这一年冬季，来了一位护理员，她有二十来岁，个子不高，梳两条小辫。长得也不俊，面孔却白皙，眼神和说话，都给人以妩媚，叫人喜欢。她正在烧锅炉，夜里又要去炼钢铁，还没有穿棉衣。慢慢熟识了，她送给我一副鞋垫。说是她母亲绣的，给她捎了几副来，叫她送给要好的"首长们"。鞋垫用蓝色线绣成一株牡丹花，很精致，我收下了。我觉得这是一份情意，农村姑娘的情意，像过去在家乡时一样的情意。我把这份情意看得很重。我见她还没穿棉袄，就给她一些钱，叫她去买些布和棉花做一件棉袄，她也收下了。

这位姑娘，平日看来腼腼腆腆，总是低着头，遇到一定场合，真是嘴也来得，手也来得。后来调到人民大会堂去做服务员，在北京我见到她。她出入大会堂，还参加国宴的招待工作，她给我表演过给贵宾斟酒的姿势。还到中南海参加过舞会，真是见过大世面了。女孩子的青春，无价之宝，遇到机会，真是可以飞上天的。

这是云烟往事，是病期故事。是萍水相逢。萍水相逢，就是当水停滞的时候，萍也需要水，水也离不开萍。水一流动，一切就成为过去了。

我很寂寞。我有时去逛青岛的中山公园。公园很大，很幽静，几乎看不到什么游人。因为本地人，到处可以看到自然景物，用不着花钱来逛公园；外地人到青岛，主要是看海，不会来逛各地都有的公园的。但是，青岛的公园，对我来说，实在可爱。主要是人少，就像走入幽林静谷一样，不像别处的公园，像赶集上庙一样。公园里有很大的花房，桂花、茶花、枇杷果，在青岛都能长得很好，在天津就很难养活。公园还有一个鹿苑，我常常坐在长椅上看小鹿。

我有机会去逛了一次崂山。那时还没有通崂山的公共汽车，去一趟很不容易。夏天，刘仙洲教授来休养，想逛崂山，疗养院派了一辆吉普车，把我也捎上。刘先生是我上过的保定育德中学的董事，当时他的大幅照片，悬挂在校长室的墙壁上，看起来非常庄严，学生们都肃然起敬。现在看来，并不显老，走路比我还快。

车在崂山顶上行驶时，真使人提心吊胆。从左边车窗可以看到，万丈峭壁，下临大海，空中弥漫着大雾，更使人不测其深危。我想，司机稍一失手，车就会翻下去。还有几处险道，车子慢慢移动，车上的人，就越发害怕。

好在司机是有经验的。平安无事。我们游了崂山。

我年轻时爬山爬得太多了，后来对爬山没有兴趣，崂山却不同。印象最深的，是那两棵大白果树，真是壮观。看了蒲松龄描写过的地方，牡丹是重新种过的，耐冬也是。这篇小说，原是我最爱读的，现在身临其境，他所写的环境，变化并不太大。

中午，我们在面对南海的那座有名的寺里，吃午饭。饭是疗养院带来的面包、茶鸡蛋、酱肝之类，喝的也是带来的开水。把食物放在大石头上，大家围着，一边吃，一边闲话。刘仙洲先生和我谈了关于育德中学老校长郝仲青先生的晚年。

  一九五九年,过了春节,我离开青岛转到太湖去。报社派张翔同志来给我办转院手续。他给我买来一包点心,说是在路上吃。我想路上还愁没饭吃,要点心干什么,我把点心送给了那位护理员。她正在感冒,自己住在一座空楼里。临别的那天晚上,她还陪我到海边去转了转,并上到冷冷清清的观海小亭上。她对我说:

  "人家都是在夏天晚上来这里玩,我们却在冬天。"

  亭子上风很大,我催她赶紧下来了。

  我把带着不方便的东西,赠给疗养院的崔医生。其中有两支龙凤洞箫,一块石砚,据说是什么美人的画眉砚。

  半夜,疗养院的同志们,把我送上开往济南的火车。

1984年9月30日晨三时写讫

平原的觉醒

一九三七年冬季，冀中平原是动荡不安的。秋季，滹沱河发了一场洪水，接着，就传来日本人已攻到保定的消息。每天，有很多逃难的人，扶老携幼，从北面涉水而来，和站在堤上的人们，简单交谈几句，就又慌慌张张往南走了。

"就要亡国了吗？"农民们站在堤上，望着茫茫大水，唉声叹气地说。

国民党的军队放下河南岸的防御工事，往南逃，县政府也雇了许多辆大车往南逃。有一天，郎仁渡口，有一个国民党官员过河，在船上打着一柄洋伞，敌机当成军事目标，滥加轰炸扫射。敌机走后，人们拾到很多像蔓菁粗的子弹头和更粗一些的空弹壳。日本人真的把战争强加在我们的头上来了。

我原来在外地的小学校教书，"七七"事变，我就没有去。这一年的冬季，我穿着灰色棉袍，经常往返于我的村庄和安平县城之间。由吕正操同志领导的人民自卫军司令部，就驻在县城里，我有几个过去的同事，在政治部工作。抗日人人有份，当时我虽然还没有穿上军衣，他们也分配我一些抗日宣传方面的工作。

我记得第一次是在家里编写了一本名叫《民族革命战争与戏剧》的小册子，政治部作为一个文件油印发行了。经过这些年的大动荡，居然保存下来一个复制本子。内容为：前奏。上篇：一、民族解放战争与艺术武器。二、戏剧的特殊性。三、中国劳动民众接近的戏剧。四、我们的口号。下篇：一、怎样组织剧团。二、怎样产生剧本。三、怎样演出。

接着，我还编了一本中外革命诗人的诗集，名叫《海燕之歌》，在县城铅印出版。厚厚的一本，紫红色的封面。因为印刷技术，留下一个螺丝钉头的花纹，意外地给阎素同志的封面设计，增加了一种有力的质感。

阎素同志是宣传部的干事，他从一个县城内的印字店找到一架小型简单的铅印机，还有一些零零散散大大小小的铅字。又找来几个从事过印刷行业的工人，就先印了这本，其实并非当务之急的书。经过"五一大扫荡"，我再没有发现过这本书。

与此同时，路一同志主编了《红星》杂志，在第一期上，发表了我的一篇论文，题为《现实主义文学论》。这谈不上是我的著作，可以说是我那些年，学习社会科学和革命文学理论的读书笔记。其中引文太多了，王林同志当时看了，客气地讽刺说："你怎么把我读过的一些重要文章，都摘进去了。"好大喜功、不拘小节的路一同志，却对这洋洋万言的"论文"，在他主编的刊物上出现，非常满意，一再向朋友们推荐，并说："我们冀中真有人才呀！"

这篇论文，现在也不容易找到了。抗战刚刚胜利时，我在一家房东的窗台上翻了一次。虽然没有什么个人的独特见解，但行文叙事之间，有一股现在想来是难得再有的热情和泼辣之力。

《红星》是一种政治性刊物，这篇文章提出"现实主义"，有幸与"抗日民族统一战线"、"抗日游击战争"等等当前革命口号，同时提示到广大的抗日军民面前。

不久，我在区党委的机关报《冀中导报》，发表了《鲁迅论》，占了小报整整一版的篇幅。

青年时写文章，好立大题目，摆大架子，气宇轩昂，自有他好的一方面，但也有名不副实的一方面。后来逐渐知道扎实、委婉，但热力也有所消失。

一九三八年的春天，我算正式参加了抗日工作。那时冀中区成立一个统一战线的组织，叫人民武装自卫会。吕正操同志主持了成立大会，由史立德任主任，我当了宣传部长。会后，我和几个同志到北线蠡县、高阳、河间去组织分会，和新被提拔的在那些县里担任县政指导员的同志们打交道。这个会，我记得不久就为抗联所代替，七、八月间，我就到设在深县的抗战学院去教书了。

这个学院由杨秀峰同志当院长，分民运、军事两院，共办了两期。第一期，我在民运院教抗战文艺。第二期，在军事院教中国近代革命史。

民运院差不多网罗了冀中平原上大大小小的知识分子，从高小生到大学教授。它设在深县中学里，以军事训练为主，教员都称为"教官"。在操场，搭了一个大席棚，可容五百人。横排一条条杉木，就是学生的座位。中间竖立一面小黑板，我就站在那里讲课。这样大的场面，我要大声喊叫，而一堂课是三个小时。

我没有讲义，每次上课前，写一个简单的提纲。每周讲两次。三个月的时间，我主要讲了：抗战文艺的理论与实际；文学概论和文艺思潮；革命文艺作品介绍，着重讲了现实主义的创作方法。

不管我怎样想把文艺和抗战联系起来，这些文艺理论上的东西，无论如何，还是和操场上的实弹射击，冲锋刺杀，投手榴弹，很不相称。

和我同住一屋的王晓楼，讲授哲学，他也感到这个问题。我们共同教了三个月的书以后，学员们给他的代号是"矛盾"，而赋予我的是"典型"，因为我们口头上经常挂着这两个名词。

杨院长叫我给学院写一个校歌歌词，我应命了，由一位音乐教官谱曲。现在是连歌词也忘记了，经过时间的考验，词和曲都没有生命力。

去文习武，成绩也不佳。深县驻军首长，赠给王晓楼一匹又矮又小的青马，他没有马夫，每天自己喂饮它。

有一天，他约我去秋郊试马。在学院附近的庄稼大道上，他先跑了一趟。然后，他牵马坠镫，叫我上去。马固然跑得不是样子，我这个骑士，也实在不行，总是坐不稳，惹得围观的男女学生拍手大笑，高呼"典型"。

在八年抗日战争和以后的解放战争期间，因为职务和级别，我始终也没有机会得到一匹马。我也不羡慕骑马的人，在不能称为千山万水，也有千水百山的征途上，我练出了两条腿走路的功夫，多么黑的天，多么崎岖的路，我也很少跌跤。

晓楼已经作古，我是很怀念他的，他是深泽人。阴历腊月，敌人从四面蚕食冀中，不久就占领了深县城。学院分散，我带领了一个剧团，到乡下演出，就叫流动剧团。我们现编现演，常常挂上幕布，就发现敌情，把幕拆下，又到别村去演。演员穿着服装，带着化装转移，是常有的事。这个剧团，活动时间虽不长，但它的基本演员，建国后，很多人成为名演员。

一九三九年春天，我就调到阜平山地去了。这个学院的学员，从那时起，转战南北，在部队，在地方，都建树了不朽的功勋。一九三七年冬季，冀中平原是大风起兮，人民是揭竿而起。农民的爱国家、爱民族的观念，是非常强烈的。在敌人铁蹄压境的时候，他们迫切要求执干戈以卫社稷。他们苦于没有领导，他们终于找到共产党的领导。

1978 年 10 月 6 日

在 阜 平

——《白洋淀纪事》重印散记

中国青年出版社要重印《白洋淀纪事》。这本书是由过去几本小书合成的,而小书根据的原件,又多是战争年月的油印、石印或抄写本,不清晰,错字多。合印时,我在病中,未能亲自校对,上次重印,虽说"自校一过",也只是着重校了书的上半部。

这本集子最初是由一位老战友协同出版社编辑的,采用了倒编年的办法,即把后写的排在前,而先写的列在后;这当然有他们的不可非议的想法,是一种好意。

这次重校,是从书的最后一篇,倒溯上去。实际上就是顺着写作年月看下去,好像又从原来的出发点开始,把过去走过的路,重新旅行了一次。不只对路上的一山一水,一石一树,都感到亲切,在行走中间,也时时有所感触。

一九三九年春天,我从冀中平原调到阜平一带山地,分配在晋察冀通讯社工作,这是新成立的一个机关,其中的干部,多半是刚刚从抗大毕业的学生。

通讯社在城南庄,这是阜平县的大镇。周围除去山,就是河滩沙石,我们住在一家店铺的大宅院里。我的日常工作是作"通讯指导",每天给各地新发展的通讯员写信,最多可写到七八十封,现在已经记不起写的是什么内容。此外,我编写了一本供通讯员学习的材料,堂皇的题目叫做:《论通讯员及通讯写作诸问题》,可能是东抄西凑吧。不久铅印出版,是当时晋察冀少有的铅印书之一，可惜现在找不到了。

在这一期间，我认识了当代一些英才彦俊，抗日风暴中的众多歌手。伟大的抗日战争，把祖国各地各个角落的有志有为的青年，召唤到民族革命战争的前线。每天有成千上万的青年奔向前方，他们是国家一代的精华，蕴藏多年的火种，他们为抗日献出了青春的才力，无数人献出了生命。

这个通讯社成立时有十几个人，不到几年，就牺牲了包括陈辉、仓夷、叶烨在内的，好几位才华洋溢的青年诗人。在暴风雨中，他们的歌声，他们跃进的步伐，永不磨灭地存在一个时代和我个人的记忆之中。

机关不久就转移到平阳附近的三将台。这是一个建筑在高山坡上，面临一条河滩的，只有十几户人家的小村子。到这个村子不久，我被派到雁北地区作了一次随军采访，回来就过春节了。这还是我第一次离开家乡过春节，东望硝烟弥漫的冀中平原，心情十分沉重。

大年三十晚上，我的房东，端了一个黑粗瓷饭碗。拿了一双荆树条做的筷子，到我住的屋里，恭恭敬敬地放在炕沿上，说：

"尝尝吧。"

那碗里是一方白豆腐，上面是一撮烂酸菜，再上面是一个窝窝头，还在冒热气。我以极其感动的心情，接受了他的馈送。

房东是一个五十来岁的单身汉，他那干黑的脸，迟滞的眼神，带些愁苦的笑容以及暴露粗筋的大手，这在冀中我是见惯了的，一些穷苦的中年人，大都如此。这里的生活，比起冀中来就更苦，他们成年累月地吃糠咽菜，每家院子里放着几只高与人齐的大缸，里面泡满了几乎所有可以摘到手的树叶。在我们家乡，荒年时只吃榆树、柳树的嫩叶,他们这里是连杏树、杨树甚至蓖麻的大叶子,都拿回来泡在缸里。上面压上几块大石头,风吹日晒雨淋,夏天,蛆虫顺着缸沿到处爬。吃的时候,切成碎块,拿到河里去淘洗,回来放上一点盐。

今天的酸菜是白萝卜的缨子,这是只有过年过节才肯吃的。

我们在这村里,编辑一种油印的刊物《文艺通讯》。一位梁同志管刻写。印刷、折叠、装订、发行,我们俩共同做。他是一个中年人,曲阳口音,好像是从区里调来的。那时,虽说是五湖四海,却很少互问郡望。他很少说话,没事就拿起烟斗,坐在炕上抽烟。他的铺盖很整齐,离家近的缘故吧,除去被子,还有褥子枕头之类。后来,他要调到别处去,为了纪念我们这一段共事,他把一块铺在身下的油布送给了我,这对我当然是很需要的,因为我只有一条被,一直睡在没有席子的炕上。但也享受了不久,一次行军,中午躺在路边大石头上休息,把油布铺在下面,一觉醒来,爬起来就赶路,把油布丢了。

晚上,我还帮助一位姓李的女同志办识字班。她是一位热情、美丽、善良的青年,经过她的努力,把新的革命的文化,带给了这个偏僻落后的小村庄,并且因为我们的机关住在这里,它不久就成为边区文化的一个中心。

阜平一带,号称穷山恶水。在这片炮火连天的大地上,随时可以看到:一家农民,住在高高的向阳山坡上,他把房前房后,房左房右,高高低低的,大大小小的,凡是有泥土的地方,都因地制宜,栽上庄稼。到秋天,各处有各处的收获。于是,在他的房顶上面,屋檐下面,门框和窗棂上,挂满了红的、黄的粮穗和瓜果。当然,党领导我们在这片土地上工作的情形,就是如此。

1964年 河北抱阳山

书影(《嘱咐》)

山下的河滩不广，周围的芦苇不高。泉水不深，但很清澈，冬夏不竭，鱼儿们欢畅地游着，追逐着。山顶上，秃光光的，树枯草白，但也有秋虫繁响，很多石鸡、鹧鸪飞动着，孕育着，自得其乐地唱和着，山兔麇獐，忽然出现又忽然消失。

当时，我们在这里工作，天地虽小，但团结一致，情绪高涨；生活虽说艰苦，但工作效率很高。

我非常怀念经历过的那一个时代，生活过的那些村庄，作为伙伴的那些战士和人民。我非常怀念那时走过的路，踏过的石块，越过的小溪。记得那些风雪、泥泞、饥寒、惊扰和胜利的欢乐，同志们兄弟一般的感情。

在这一地区，随着征战的路，开始了我的文学的路。我写了一些短小的文章，发表在那时在艰难条件下出版的报纸期刊上。它们都是时代的仓促的记录，有些近于原始材料。有所闻见，有所感触，立刻就表现出来，是璞不是玉。生活就像那时走在崎岖的山路上，随手可以拾到的碎小石块，随便向哪里一碰，都可以迸射出火花来。

"四人帮"当路的年代，我的书的遭遇如同我的本身。有人也曾劝我把《白洋淀纪事》改一改，我几乎没加思考地拒绝了。如果按照"四人帮"的立场、观点、方法，还有他们那一套语言，去篡改抗日战争，那不只有背于历史，也有昧于天良。我宁可沉默。

真正的历史，是血写的书，抗日战争也是如此。真诚的回忆，将是明月的照临，清风的吹拂，它不容有迷雾和尘沙的干扰。面对祖国的伟大河山，循迹我们漫长的征途：我们无愧于党的原则和党的教导吗？无愧于这一带的土地和人民对我们的支援吗？无愧于同志、朋友和伙伴们在战斗中形成的情谊吗？

1977 年 9 月 18 日

第一次当记者

一九三八年冬季，我和老陈，又在深县马庄隐蔽了一段时间，冀中区的形势越来越不佳。次年初，就奉命过平汉路西去工作了。

这是王林同志来，传达的黄敬同志的命令。在驻定县境内七地委那里，开了简单的组织介绍信。同行的有《冀中导报》的董逸峰，还有安平县的一个到边区受训的区干部。我那时并非党员，除了这封信外，王林又用当时七地委书记张雪峰的名义，给我写了一封私函，详细说明我在冀中区的工作情况，其中不乏赞扬器重之词。这本来是老王的一番朋友之情。但是我这个人很迂挚，我当时认为既是抗日工作，人人有份，何必作私人介绍？又没有盖章，是否合适？在路上，我把信扔了。不知道我在冀中工作，遇到的都是熟人，一切都有个看顾，自可不必介绍，而去阜平则是人地两生之处。果然，到了阜平，负责组织工作的刘仁同志，骑马来到我们的驻地，分别和我们谈了一次话。老陈很快就分配了。而我住在招待所，迟迟不得分配。每天饭后爬到山头上，东迎朝霞，西送落日，颇有些惆怅之感。后来还是冀中区过去了人，刘仁同志打听清楚，才把我分配到刚刚成立的晋察冀通讯社工作。

这还算万幸，后来才知道，当时有一批所谓"来路不明"的人，也被陆续送往边区。和我同来的那个区干部，姓安，在没分配之前，有一天就找到我说："我和你们在路上说的话，可不能谈，我是个党员，你不是党员。"弄得我很纳闷，想了半天，也想不起在路上，他曾和我们说过什么不是党员应该说的话。我才后悔：千不该万不该把老王那封信撕掉。并从此，知道介绍信的重要性。还明白了，参加革命工作，并非像小说上说的，一进来，就大碗酒、大块肉，论套穿衣服，论秤分金银，还有组织审查这一道手续。

晋察冀通讯社设在阜平城南庄，主任是刘平同志。此人身材不高，仪表文雅，好抽烟斗，能写当时胡风体的文艺论文，据说刚从北平监狱放出不久。我分在通讯指导科，科长姓罗，是抗大毕业生，宁波人，青年学生。此人带有很大的洋场恶少成分，为人专横跋扈，记得一些革命和文艺的时髦名词，好给人戴大帽子。记得在边区记者协会成立时，我忘记说了一句什么话，他就说是周作人的理论。这种形左实右的人，在那时还真遇到不少，因为都是青年人，我置之不理，留下了非常不良的印象。他平时对我还算客气，这一是因为我年事较长，不与人争；二是因为我到社不久，就写了一本小册子，得到铅印，自己作品，封面上却写上集体创作，他以为我还算虚心，有可取之处。那时，因为伙食油水少，这位科长尤其嘴馋，我们在业余之暇，常到村外小河芦苇深处，掏些小沙鱼，回来用茶缸煮煮吃。(那里的老乡，不叫用他们的锅煮这些东西，甚至鸡也不让煮。他们还不许在他们的洗脸盆里用肥皂。他们说，闻不惯这些味道。这是事实。)每次掏鱼，他都是站在干岸上，很少下水，而且不断指手划脚，嘴里不三不四，使人生厌，兴趣索然。

我和他睡在老乡家一条乌黑发亮，没有炕席、枕头和褥子的土炕上。我好失眠，有时半夜里，在月光之下，看见他睁大两只眼睛，也没有安睡。后来我才知道，他正在和社里一位胖胖的女同志，偷着谈恋爱。那时候，虽然没有明文规定，但恋爱好像是很不体面的事。罗后来终于和这位女同志结了婚，并一同调到平北游击区去工作。那里很残酷,礼拜六,罗骑马去接妻子,在路途遇见敌人,中弹牺牲。才华未展,深为可惜。

就在到通讯社的这年冬季,我有雁北之行。边区每年冬季,都遭敌人"扫荡"。因此派一些同志,到各分区采访,一是工作,二是疏散。罗科长在我们早晨出操的农民场院里,传达了主任的指示。

同行者三人:我,还有董逸峰,是从冀中和我一同过路来的。此人好像被列入"来路不明"的那一类,后来竟不知下落。另一人姓夏。此人广东籍,小有才气,写过一些通讯,常常占去当时《晋察冀日报》的整个四版。我现在想,通讯文章之长,在开天辟地之时,就发生了。那时报纸虽不大,但因消息来源小,下面来稿也少,所以就纵容这些记者们,去写长篇通讯。随后,就形成了一种风气,一直持续抗战八年,衍及现代。这是题外的话。夏好像已是党员,社长虽未公布他是我们的负责人,但我忖度形势,他是比我们更被信任的。

出发时,已发棉装,系中式土布土染袄裤,短小而不可体。另有一山西毡帽,形似未打气的球皮,剪开一半,翻过即可护耳,为山地防寒佳品。腰间结一布带(很少有人能结皮带)。当时如摄影留念,今日观之,自是寒伧,在当时和农民比较,却又优越得多了。

从阜平去雁北,路很难走,我们走的又多是僻路,登山涉水,自是平常,有时还要从两山挟峙的罅缝中,相互推举牵拉,才能过去。详细沿途情形,现已记忆不清,走了几天,才到了雁北行署所在地。

当时的雁北地区，主要指应县、繁峙一带，我们活动的范围并不大，而敌人对此处，却很重视，屡次"扫荡"。行署主任是王斐然同志，王本是我在育德中学时的图书管理员，是接任安志诚先生的。我在学校时的印象，他好像是一九二七年大革命失败后，到学校任职的，整天穿一件不太干净的深蓝布大衫，走路有些蹒跚，给人一种有些潦倒的印象。他对校方有些不满，曾经和我谈过当时的一名被校长信任的会计，是"恨无媚骨，幸有长舌"的人物。在学校，他还曾送我一本不很流行的李守章的小说，名叫《跋涉》，使我长期记住这位昙花一现的作家的名字。

到了行署，王震的部队正在这一带活动，我同董逸峰跟随部队活动了一程子。在一次集合时，在山脚下遇到了两个小同乡：一个是东邻崔立国，他父亲是个商人；一个是同街道的孙建章，他父亲是个木匠。异地相逢，非常亲热，他们都是王震旅的战士。在山下，朔风呼啸，董逸峰把他穿的一件日本黄呢军大衣，脱下来叫我穿上，也使我一直感念不忘。此人南方人，白皙，戴眼镜，说话时紧闭嘴唇，像轻蔑什么东西一样。能写些作品。

我跟随一个团活动。团政治主任，我忘记了他的姓名，每餐都把他饭盒里的菜，分一些给我吃。以后我到部队采访，经常遇到这种年轻好客的指挥人员。

敌人又进行"扫荡"，我回到行署，有些依赖思想，就跟随王斐然转移。有一天走到一个村庄，正安排着吃顿羊肉，羊肉没有熟，就从窗口望见进村的山头上，有了日本兵。我们放下碗筷，赶紧往后山上跑，下山后就是一条河，表面已经结了冰，王斐然穿着羊皮袍子，我穿着棉裤，蹚了过去。过了河，半截身子都是水，随即结成了冰，哗哗地响着，行走很不便。我发起高烧，王斐然给找了担架。夜晚到了一处高山，把我放在一家没有人住的农舍外屋，王与地委书记等人开会，地委书记说要高度疏散，问他还带着什么人，他说有一名记者。地委书记说，记者为什么不到前方去？他说，他病了。

在反"扫荡"时，王有时虽也因为有这样一个学生拖累，给他增添不少麻烦，曾有烦言。但在紧急关头，还是照顾了我。不然，战争年代，在那样人地两生的荒凉之地，加上饥寒疾病，我一个人活动，很可能遇到危险的，甚至可能叫野狼吃掉。所以也一直对他感念不尽。

接近旧历年关时，我们这个被称做记者团的三个人，回到了通讯社。我只交了一篇文艺通讯稿，即《一天的工作》。夏一个人向领导作了汇报。刘平同志在开会时，委婉而严厉地对我们的这次出差，表示了不满。

后来，我知道夏这个人，本身散漫，不守纪律，对别人却好造作谎言，取悦领导。全国解放以后，他曾以经济问题，受到制裁。

我有这样的经验，有的人在战争打响时，先叫别人到前方去；打了胜仗慰问时，他再到前方去。对于这样的记者或作家，虽是领导，我是不信服，也不想听从的。

我虽在幼年就梦想当一名记者，此次出师失败，证明我不适宜当记者，一是口讷，二是孤僻。所以后来就退而当编辑了。

1981年11月6日改讫

服装的故事

我远不是什么纨绔子弟,但靠着勤劳的母亲纺线织布,粗布棉衣,到时总有的。深感到布匹的艰难,是在抗战时参加革命以后。

一九三九年春天,我从冀中平原到阜平一带山区,那里因为不能种植棉花,布匹很缺。过了夏季,渐渐秋凉,我们什么装备也还没有。我从冀中背来一件夹袍,同来的一位同志多才多艺,他从老乡那里借来一把剪刀,把它裁开,缝成两条夹褥,铺在没有席子的土炕上。这使我第一次感到布匹的难得和可贵。

那时我在新成立的晋察冀通讯社工作。冬季,我被派往雁北地区采访。雁北地区,就是雁门关以北的地区,是冰天雪地,大雁也不往那儿飞的地方。我穿的是一身粗布棉袄裤,我身材高,脚腕和手腕,都有很大部位暴露在外面。每天清早在大山脚下集合,寒风凛冽。有一天在部队出发时,一同采访的一位同志把他从冀中带来的一件日本军队的黄呢大衣,在风地里脱下来,给我穿在身上。我第一次感到了战斗伙伴的关怀和温暖。

一九四一年冬天,我回到冀中,有同志送给我一件狗皮大衣筒子。军队夜间转移,远近狗叫,就会暴露自己。冀中区的群众,几天之内,就把所有的狗都打死了。我把皮子拿回家去,我的爱人,用她织染的黑粗布,给我做了一件短皮袄。因为狗皮太厚,做起来很吃力,有几次把她的手扎伤。我回路西的时候,就珍重地带它过了铁路。

一九四三年冬季,敌人在晋察冀边区"扫荡"了整整三个月。

第二年开春，我刚刚从山西的繁峙一带回到阜平，就奉命整装待发去延安。当时，要领单衣，把棉衣换下。因为我去晚了，所有的男衣，已发完，只剩下带大襟的女衣，没有办法，领下来。这种单衣的颜色，是用土靛染的，非常鲜艳，在山地名叫"月白"。因是女衣，在宿舍换衣服时，我犹豫了，这穿在身上像话吗？

忽然有两个女学生进来——我那时在华北联大高中班教书。她们带着剪刀针线，立即把这件女衣的大襟撕下，缝成一个翻领，然后把对襟部位缝好，变成了一件非常时髦的大翻领钻头衬衫。她们看着我穿在身上，然后拍手笑笑走了，也不知道是赞美她们的手艺，还是嘲笑我的形象。

然后，我们就在枣树林里站队出发。

这一队人马，走在去往革命圣地延安的漫长而崎岖的路上，朝霞晚霞映在我们鲜艳的服装上。如果叫现在城市的人看到，一定要认为是奇装异服了。或者只看我的描写，以为我在有意歪曲、丑化八路军的形象。但那时山地群众并不以为怪，因为他们在村里村外常常看到穿这种便衣的工作人员。

路经盂县，正在那里下乡工作的一位同志，在一个要道口上迎接我，给我送行。初春，山地的清晨，草木之上，还有霜雪。显然他已经在那里等了很久，浓黑的鬓发上，也挂有一些白霜。他在我们行进的队伍旁边，和我握手告别，说了很简短的话。

应该补充，在我携带的行李中间，还有他的一件日本军用皮大衣，是他过去随军工作时，获得的战利品。在当时，这是很难得的东西，大衣做得坚实讲究：皮领，雨布面，上身是丝绵，下身是羊皮，袖子是长毛绒。羊皮之上，还带着敌人的血迹。原来坚壁在房东家里，这次出发前，我考虑到延安天气冷，去找我那件皮衣，找不到，就把他的拿起来。

初夏，我们到绥德，休整了五天。我到山沟里洗了个澡。这是条向阳的山沟，小河的流水很温暖，水冲激着沙石，发出清越的声音。我躺在河中间一块平滑的大石板上，温柔的水，从我的头部胸部腿部流过去，细小的沙石常常冲到我的口中。我把女同学们给我做的衬衣，洗好晾在石头上，干了再穿。

我们队长到晋绥军区去联络，回来对我说：吕正操司令员要我到他那里去。一天上午，我就穿着这样一身服装，到了他那庄严的司令部。那件艰难携带了几千里路的大衣，到延安不久，就因为一次山洪暴发，同我所有的衣物，卷到延河里去了。

这次水灾以后，领导上给我发了新的装备，包括一套羊毛棉衣。这种棉衣当然不错，不过有个缺点，穿几天，里面的羊毛就往下坠，上半身成了夹的，下半身则非常臃肿。和我一同到延安去的一位同志，要随王震将军南下，他们发的是絮棉花的棉衣，他告诉我路过桥儿沟的时间，叫我披着我那件羊毛棉衣，在街口等他，当他在那里走过的时候，我们俩"走马换衣"，他把那件难得的真正棉衣换给了我。因为既是南下，越走天气越暖和的。

这年冬季，女同学们又把我的一条棉褥里的棉花取出来，把我的棉裤里的羊毛换进去，于是我又有了一条名副其实的棉裤。她们又给我打了一双羊毛线袜和一条很窄小的围巾，使我温暖愉快地过了这一个冬天。

这时，一位同志新从敌后到了延安，他身上穿的竟是我那件狗皮袄，说是另一位同志先穿了一阵，然后转送给他的。

一九四五年八月，日本投降，我们又从延安出发，我被派作前站，给女同志们赶了很长一段时间的毛驴。那些婴儿们，装在两个荆条筐里，挂在母亲们的两边。小毛驴一走一颠，母亲们的身体一摇一摆，孩子们像燕雏一样，从筐里探出头来，呼喊着，玩闹着，和母亲们爱抚的声音混在一起，震荡着漫长的欢乐的旅途。

冬季我们到了张家口，晋察冀的老同志们开会欢迎我们，穿戴都很整齐。一位同志看我还是只有一身粗布棉袄裤，就给我一些钱，叫我到小市去添补一些衣物。后来我回冀中，到了宣化，又从一位同志的床上，扯走一件日本军官的黄呢斗篷，走了整整十四天，到了老家，披着这件奇形怪状的衣服，与久别的家人见了面。这仅仅是记得起来的一些，至于战争年代里房东老大娘、大嫂、姐妹们为我做鞋做袜，缝缝补补，那就更是一时说不完了。

我们在和日本帝国主义、蒋帮作战的时候，穿的就是这样。但比起上一代的老红军战士，我们的物质条件就算好得多了。

穿着这些单薄的衣服，我们奋勇向前。现在，那些刺骨的寒风，不再吹在我的身上，但仍然吹过我的心头。其中有雁门关外挟着冰雪的风，在冀中平原卷着黄沙的风，有延河两岸虽是严冬也有些温暖的风。我们穿着这些单薄的衣服，在冰冻石滑的山路上攀登，在深雪中滚爬，在激流中强渡。有时夜雾四塞，晨霜压身，但我们方向明确，太阳一出，歌声又起。

1977 年 12 月 26 日改完

吃粥有感

我好喝棒子面粥，几乎长年不断，晚上多煮一些，第二天早晨，还可以吃一顿。秋后，如果再加些菜叶、红薯、胡萝卜什么的，就更好吃了。冬天坐在暖炕上，两手捧碗，缩脖而啜之，确实像郑板桥说的，是人生一大享受。

有人向我介绍，胡萝卜营养价值很高，它所含的维生素，较之名贵的人参，只差一种，而它却比人参多一种胡萝卜素。我想，如果不是人们一向把它当成菜蔬食用，而是炮制成为药物，加以装潢，其功效一定可以与人参旗鼓相当。

是一九四二年的冬天吧，日寇又对晋察冀边区进行"扫荡"，我们照例是化整为零，和敌人周旋。我记得我和诗人曼晴是一个小组，一同活动。曼晴的诗朴素自然，我曾写短文介绍过了。他的为人，和他那诗一样，另外多一种对人诚实的热情。那时以热情著称的青年诗人很有几个，陈布洛是最突出的一个，很久见不到他的名字了。

我和曼晴都在边区文协工作，出来打游击，每人只发两枚手榴弹。我们的武器就是笔，和手榴弹一同挂在腰上的，还有一瓶蓝墨水。我们都负有给报社写战斗通讯的任务。我们也算老游击战士了，两个人合计了一下，先转到敌人的外围去吧。

天气已经很冷了。山路冻冰，很滑。树上压着厚霜，屋檐上挂着冰柱，山泉小溪都冻结了。好在我们已经发了棉衣，穿在身上了。

一路上，老乡也都转移了。第一夜，我们两人宿在一处背静山圽栏羊的圈里，背靠着破木栅板，并身坐在羊粪上，只能避避夜来寒风，实在睡不着觉的。后来，曼晴就用《羊圈》这个题目，写了一首诗。我知道，就当寒风刺骨、几乎是露宿的情况下，曼晴也没有停止他的诗的构思。

第二天晚上，我们游击到了一个高山坡上的小村庄，村里也没人，门子都开着。我们摸到一家炕上，虽说没有饭吃，却好好睡了一夜。

清早，我刚刚脱下用破军装改制成的裤衩，想捉捉里面的群虱，敌人的飞机就来了。小村庄下面是一条大山沟，河滩里横倒竖卧都是大顽石，我们跑下山，隐蔽在大石下面。飞机沿着山沟上空，来回轰炸。欺侮我们没有高射武器，它飞得那样低，好像擦着小村庄的屋顶和树木。事后传说，敌人从飞机的窗口，抓走了坐在炕上的一个小女孩。我把这一情节，写进一篇题为《冬天，战斗的外围》的通讯，编辑刻舟求剑，给我改得啼笑皆非。

飞机走了以后，太阳已经很高。我在河滩上捉完裤衩里的虱子，肚子已经辘辘地叫了。

两个人勉强爬上山坡，发现了一小片胡萝卜地。因为战事，还没有收获。地已经冻了，我和曼晴用木棍掘取了几个胡萝卜，用手擦擦泥土，蹲在山坡上，大嚼起来。事隔四十年，香美甜脆，还好像遗留在唇齿之间。

今晚喝着胡萝卜棒子面粥，忽然想到此事。即兴写出，想寄给自从一九六六年以来，就没有见过面的曼晴。听说他这些年是很吃了一些苦头的。

1978 年 12 月 20 日夜

芸斋梦余

关 于 花

  青年时的我，对花是没有什么感情的，心里只有衣食二字。童年的印象里没有花。十四岁上了中学，学校里有一座很小的校园，一个老园丁。校园紧靠图书馆，有点时间，我宁肯进图书馆，很少到校园。在上植物学课时，张老师（河南人）带领我们去看含羞草啊，无花果啊，也觉得实在没有意思。校园里有一棵昙花，视为稀罕之物，每逢开花，即使已经下了晚自习，张老师还要把我们集合起来，排队去观赏，心里更认为他是多此一举，小题大做。

  毕业后，为衣食奔走，我很少想到花，即使逛花园，心里也是沉重的。后来，参加了抗日战争，大部分时间是在山里打游击。山里有很多花，村头，河边，山顶都有花。杏花，桃花，梨花，还有很多野花，我很少观赏。不但不观赏，行军时践踏它们，休息时把它们当坐垫，无情地、无意识地拔起身边的野花，连嗅一嗅的兴趣都没有，抛到远处去，然后爬起来赶路。

  我，青春时代，对花是无情的，可以说是辜负了所有遇到的花。

  写作时，我也没有用花形容过女人。这不只是因为有先哲的名言，也是因为那时的我，认为用花来形容什么，是小资产阶级意识的表现。

  及至现在，我老了，白发疏稀，感觉迟钝，我很喜爱花了。我花钱去买花,用瓷的花盆去栽种。然而花不开,它们干黄、枯萎,甚至不活。而在十年动乱时,造反派看中我的花盆,把花全部端走了。我对花的感情最浓厚、最丰盛,投放的精力也最大。然而花对我很冷漠,它们几乎是背转脸去,毫无笑模样,再也不理我。

这不能说是花对我无情,也不能怨它恨它,是它对我的理所当然的报复。

关 于 果

战争时期,我经常吃不饱。霜降以后我常到山沟里去,拣食残落的红枣、黑枣、梨子和核桃。树下没有了,我仰头望着树上,还有打不净的。稍低的用手去摘,再高的,用石块去投。常常望见在树的顶梢,有一个最大的、最红的、最引诱人的果子。这是主人的竿子也够不着,打不下来,才不得不留下来,恨恨地走去的。我向它瞄准,投了十下,不中。投了一百下,还是不中。我环绕着树身走着,望着,计划着。最后,我的脖颈僵了,筋疲力尽了,还是投不下来。我望着天空,面对四方,我希望刮起一股劲风,把它吹下来。但终于天气晴和,一丝风也没有。红果在天空摇曳着,讪笑着,诱惑着。

天晚了,我只好回去,我的肚子更饿了,这叫做得不偿失,无效劳动。我一步一回头,望着那颗距离我越来越远的红色果子。

夜里,我又梦见了它。第二天黎明,集合行军了,每人发了半个冷窝窝头。要爬上前面一座高山,我把窝窝头吃光了。还没爬到山顶,我饿得晕倒在山路上。忽然我的手被刺伤了,我醒来一看,是一棵酸枣树。我饥不择食,一把掳去,把果子、叶子,树枝和刺针，都塞到嘴里。

年老了，不再愿吃酸味的水果，但酸枣救活了我，我感念酸枣。每逢见到了酸枣树，我总是向它表示敬意。

关 于 河

听说，我家乡的滹沱河，已经干涸很多年了，夏天也没有一点水。我在一部小说里，对它作过详细的描述，现在要拍摄这些场面，是没有办法了。听说家乡房屋街道的形式，也大变了。

建筑是艺术的一种，它必然随着政治的变动，改变其形式。它的形式，是受经济基础决定的。

关于河流，就很难说了。历史的发展，可以引起地理环境的变动吗？大概是肯定的。

这条河，在我的童年，每年要发水，泛滥所及，冲倒庄稼，有时还冲倒房子。它带来黄沙，也带来肥土，第二年就可以吃到一季好麦。它给人们带来很多不便，夏天要花钱过惊险的摆渡，冬天要花钱过摇摇欲坠的草桥。走在桥上，仄仄闪闪的，吱吱呀呀的，下面是围着桥桩堆积起来的坚冰。

童年，我在这里，看到了雁群，看到了鹭鸶。看到了对艚大船上的船夫船妇，看到了纤夫，看到了白帆。他们远来远去，东来西往，给这一带的农民，带来了新鲜奇异的生活感受，彼此共同的辛酸苦辣的生活感受。

对于这条河流，祖祖辈辈，我没有听见人们议论过它的功过。是喜欢它，还是厌恶它，是有它好，还是没有它好。人们只是觉得，它是大自然的一部分。而大自然总是对人们既有利又有害，既有恩也有怨，无可奈何。

　　河，现在干涸了，将永远不存在了。

1982 年 12 月 19 日

关于《山地回忆》的回忆

一九四九年十二月，我写了一篇短篇小说《山地回忆》，发表在上海的《小说》杂志上。最近，有的地方编辑丛刊，收进了它。在校正文字时，我想起一些过去的事。

自己的生平，本来没有什么值得郑重回忆的事迹。但在"四人帮"当路的那些年月，常常苦于一种梦境：或与敌人遭遇，或与恶人相值。或在山路上奔跑，或在地道中委蛇。或沾溷厕，或陷泥泞。有时漂于无边苦海，有时坠于万丈深渊。呼叫醒来，长舒一口气想道：我走过的路上，竟有这么多的险恶，直到晚年，还残存在印象意识之中吗？

是，有的。近的且不去谈它。一九四四年春季，经历了敌人三个月的残酷"扫荡"，我刚刚从繁峙的高山上下来，就和华北联大高中班六七位同事，几十个同学，结队出发，到革命圣地延安去。这是一支很小的队伍，由总支书记吕梁同志带队。吕梁同志，从到延安分手后，我就一直没见到过他。他是一位善于做政治工作，非常负责，细心周到，沉默寡言的值得怀念的同志。

我们从阜平出发，不久进入山西境内。大概是到了忻县一带吧，接近敌人据点。一天中午，我们到了一个村庄，在村里看不到什么老百姓。我们进入一家宅院，把背包放在屋里，就按照命令赶快做饭。饭是很简单的，东锅焖小米饭，西锅煮菜汤。人们把饭吃完，然后围在西锅那里，洗自己的饭碗。

我有个难改的毛病，什么事都不愿往上挤，总是靠后站。等人们利用洗锅的那点水，把碗洗好，都到院里休息去了，我才上去洗。锅里的水已经很少，也很脏了，我弯着腰低着头，忽然"嗡"的一声，锅飞了起来，屋里烟尘弥漫，院子里的人都惊了。

我还不知道是怎么回事。拿着小洋瓷碗，木然地走到院里，同学们都围了上来。据事后他们告诉我，当时我的形象可怕极了。一脸血污，额上翻着两寸来长的一片肉。

当我自己用手一抹，那些可怕的东西，竟是污水和一片菜叶的时候，我不得不到村外的小河里去把脸洗一下。

在洗脸的时候，我和一个在下游洗菜的妇女争吵了起来。我刚刚受了惊，并断定这是村里有坏人，预先在灶下埋藏了一枚手榴弹，也可以说是一枚土制的定时炸弹。如果不是山西的锅铸得坚固，灶口垒得严实，则我一定早已魂飞天外了。

我非常气愤，和她吵了几句，悻悻然回到队上，马上就出发了。

村南是一条大河。我对这条河的印象很深，但忘记问它的名字。是一条东西方向的河，有二十米宽，水平得像镜子一般，晴空的太阳照在它的身上，简直看不见有什么涟漪。队长催促，我们急迫地渡过河流。水齐着我的胸部，平静、滑腻，有些暖意，我有生以来，第一次体会到水的温柔和魅力。

远处不断传来枪声。过河以后，我们来不及整理鞋袜，就要爬上一座非常陡峭的，据说有四十里的高山。一个姓梅的女同学，还在河边洗涮鞋里的沙子，我招呼了她，并把口袋里的冷玉米面窝窝头，分给她一些，作为赶爬这样高山的物质准备。天黑，我们爬到了山顶，风大、寒冷不能停留，又遇到暴雨，第二天天亮，我们才算下了山，进入村庄休息。

睡醒以后，同事们才有了精力拿我昨天遇到的惊险场面，作为笑料，并庆幸我的命大。

我现在想：如果，在那种情况下，把我炸死，当然说不上是冲锋陷阵的壮烈牺牲，只能说是在战争环境中的不幸死亡。在那些年月，这种死亡，甚至可以说是一种接近寿终正寝的正常死亡。同事们会把我埋葬在路旁、山脚、河边，也无须插上什么标志。确实，有不少走在我身边的同志，是那样倒下去了。有时是因为战争，有时仅仅是因为疾病、饥寒、药物和衣食的缺乏。每个战士都负有神圣的职责，生者和死者，都不把这种死亡作为不幸，留下遗憾。

现在，我主要回忆的不是这些，是关于那篇小说《山地回忆》。小说里那个女孩子，绝不是这次遇到的这个妇女。这个妇女很刁泼，并不可爱。我也不想去写她。我想写的，只是那些我认为可爱的人，而这种人，在现实生活中间，占大多数。她们在我的记忆里是数不清的。洗脸洗菜的纠纷，不过是引起这段美好的回忆的楔子而已。

"四人帮"派的文艺观是：不许人们写真人真事，而又好在一部作品中间，去作无中生有的索引，去影射。这是一种对生活、对文艺都非常有害的做法。

在一篇作品，他们认为是"红"的时候，他们把主角和真人真事联系起来，甚至和作者联系起来。以为作者是英雄，所以他才能写出英雄；作者是美女，所以她才能写出美女。并把故事和当时当地联系起来，拿到一定的地点去对证，荣耀乡里。在一部作品，他们忽然又要批判的时候，就把主角的反动性，和真人真事联系起来，甚至和作者联系起来，拿到他的工作地点或家乡去批判，株连亲友，辱及先人。

有人说这叫"庸俗社会学"。社会学不社会学我不知道，庸俗是够庸俗的了。

我虽然主张写人物最好有一个模特儿，但等到人物写出来，他就绝不是一个人的孤单摄影。《山地回忆》里的女孩子，是很多山地女孩子的化身。当然，我在写她们的时候，用的多是彩笔，热情地把她们推向阳光照射之下，春风吹拂之中。在那可贵的艰苦岁月里，我和人民建立起来的感情，确是如此。我的职责，就是如实而又高昂浓重地把这种感情渲染出来。

进城以后，我已经感到：这种人物，这种生活，这种情感，越来越会珍贵了。因此，在写作中间，我不可抑制地表现了对她，对这些人物的深刻的爱。

1978 年 9 月 29 日上午

关于小说《蒿儿梁》的通信

繁峙县地方志编纂委员会：

　　你们在八月三十日写给我的一封信，收到了。直到今日才能给你们复信，请原谅。收到这封信后，使我深深地陷入年月久远的回忆中，有很多感想，一时整理不出一个头绪，因此动笔倒迟了。

　　一九四三年秋季，我从《晋察冀日报》(我在那里编副刊)调到了华北联合大学教育学院的高中班去教国文。这次调动，可能是李常青同志提议的，他那时任教育学院的院长。他曾在晋察冀北方分局宣传部负责，我自一九三九年到达边区以后，一直在他的领导下工作。

　　到了高中班以后，本来那里的教员们有一个宿舍大院，但我一向孤僻，我自己在村北边找了一个人家住下。别的记不得了，只记得在屋中间搭了一扇门板，作为床铺，每天清早，到村边小河去洗脸漱口，那时已是晚秋，天气很凉了。当小河结了一层薄冰的时候，开始了反"扫荡"。所谓反"扫荡"，就是日寇进攻边区，实行"扫荡"，我们与之战斗周旋，这种行动，总是在冬季进行。

　　行军之前，我领到一身蓝布棉衣，随即爬山越岭，向繁峙县境转移。我们原住的村庄，属于阜平。

　　不知走了多少天(那时转移，是左转右转，并非直线前行)，在深山里的一个小村庄，我们停下来。我的头发很长了，有一个人借了老乡一把剪刀，给我剪了剪。我就发起烧来，脖颈和脊背的上部，起了很多水痘。我主观认为这是因为剪刀不净引起的，当然也可能是其他原因引起的，而且很可能就是天花。我有一个学生，名叫王鑫郎，他是全班长得最漂亮的，他在反"扫荡"中就得了天花，等到反"扫荡"结束，再见到他时，我简直不认得他了。我因为幼年接引过牛痘，可能发病轻微罢了。

当时领队的是傅大琳同志，他是物理教员，曾经是南开大学的助教。他见我病了，就派了一位康医生，一位刘护士，还有一位姓赵的学生，陪我到一个隐蔽而安全的地方去养病。说实在的，在我一生之中，病了以后得到如此隆重的照顾，还是第一次。不过，这也是因时制宜的一种办法。在战争紧急之时，想尽一切办法，把人员分散开来，化整为零，以利行军。

我们就到了蒿儿梁。所以说，你们信上说"养伤"，是不对的，应该说是"养病"，因为我并非一个荷枪实弹的战士，并非在与敌人交火时，光荣负伤。有必要说明一下，以正视听。

初到蒿儿梁，战争的风声正紧，这个兀立在高山顶上的小村庄，可能还没有驻过队伍。又因为我们这支小小的队伍，一是服装不整齐，二是没有武器，三是男女混杂，四是可能还没有地方领导机关的介绍信，在向村干部去要粮食的时候，遇到了不顺利。我听说了以后，亲自到村干部那里去了一次。我那时身上带了一支左轮小手枪。这支小枪，有一个皮套，像女人的软底鞋似的。这是我初到路西时，刘炳彦同志送给我的。我系在腰里，只是充样子，一枪也没有放过。直到一九四四年，我到了延安，邓德滋同志要随军南下，我又送给了他，这是后话。

可能是这支小枪起了点作用，我们弄到了一点莜麦面。也可能是我当时因又饥又乏又有病，表现的急躁情绪，起了作用。当然，很快我们就和村干部熟识了，亲密得像一家人了。

我们三个男的，就住在郭四同志家的一间小西房里，护士和妇救会主任住在一起。这间屋子，我所以记得是西房，因为每天早晨，阳光射在我身旁的纸窗上，就会给正在病中的我无限安慰和希望。屋子有一方丈大，土炕占去三分之二，锅台又占去余下的三分之二，地下能活动的地方就很有限了。我经常坐在炕上，守着一个山西特有的白泥火盆。火盆里装满莜麦秸火灰，上面一层是白色的，用火筷一拨，下面就是火，像红杏一样的颜色，很能引起人的幻想。我把一个山药蛋按进灰里，山药蛋噗噗地响着，不一会就熟了，吃起来香得很。

所谓医生，所谓护士，都是受几个月训练速成的，谈不上什么医术医道。我们只有一把剪刀，一把镊子，一瓶红药水。每天，护士在饭锅里，把剪刀镊子煮煮，把水痘的化脓处清理清理，然后用棉花蘸着红药水，在伤处擦一擦。这种疗法显然不太得当，所以直到现在留下的伤疤，都很大，像一个个的铜钱。

我还写过一篇小说叫《看护》，也是记这段生活的。

康医生，有二十多岁，人很精明，医术虽然差些，但在经营粮草方面，很有办法，我们在那里，不记得有挨饿的时候。后来他和我一同到了延安，同在一个学校，他还是医生。我记得他为我洗过一次肠，还有一次，我在延河洗澡，伤了脚掌，他替我敷过一次药。现在不知他到哪里去了。

关于蒿儿梁的印象，都已经写在文章里，现在回忆不起更多的东西了。但那是小说，不能太认真。其中的人物，自然有当时当地人物的影子，但更多的是我的设想，或者说是我的"创造"。

但我听说郭四同志还能记起这件事，我是非常感动的，不只感谢他一家人当时对我们的照料，也为他仍然健在，记忆力很强而高兴。他年纪也很大了吧？请转达我对他一家人的深切的怀念之情。

在那样一个寒冷的地方，我安全而舒适地度过了一个难忘的冬季。我们可以想想，我的家是河北省安平县，如果不是抗日战争的推使，我能有机会到了贵县的蒿儿梁？我是怎样走到那里去的呢？身染重病，发着高烧，穿着一身不称体的薄薄的棉衣，手里拄着一根六道木拐棍，背着一个空荡荡的用旧衣服缝成的所谓书包，书包上挂着一个破白铁饭碗。这种形象，放在今天，简直是叫花子之不如，随便走到哪里，能为人所收容吗？但在那时，蒿儿梁收容了我，郭四一家人用暖房热炕收容了我。而经过漫长的几经变化的岁月，还记得我，这不值得感激吗？

这是在艰难的日子里，才能发生的事，才能铸成的感情。

我们在那里，住了两三个月，过了阳历年，又过了阴历年，才奉命返校。去的时候，我们好像是走的西道，回来的时候，是从东边一条小道下山，整整走了一天，才到山根下，可以想象蒿儿梁是有多么高。天快黑了，我看到了村庄庙宇，看到了平地，心里一高兴，往前一跑。其实是一条小河，上面结着冰，盖着一层雪，一下滑倒，晕了过去，身后的人，才把我抬进成果庵。这一段生活，我好像也写进了小说。

一九四八年冬季，我们集中在胜芳，等候打下天津。我住在临河的一间房子里。夜里没有事，我写了《蒿儿梁》这篇小说，作为我对高山峻岭上的这个小小的村庄，生活在那里的人们的回忆。

是的，时间已经过去四十年了。当时在一起的同志们，各奔一方，消息全无，命运难测。我也很衰老了。人生的变化多大啊，万事又多么出乎意料？能不变的，能不褪色的，就只有战争年代结下的友情，以及关于它的回忆了。

现在是夜里三点钟。窗外的风,吹扫着落叶,又在报告着冬天即将到来。蒿儿梁上,已经很冷了吧?

祝

他们幸福!

孙犁

1982 年 9 月 20 日

识 字 班

鲜姜台的识字班开学了。

鲜姜台是个小村子，三姓，十几家人家，差不多都是佃户，原本是个"庄子"。

房子在北山坡下盖起来，高低不平的。村前是条小河，水长年地流着。河那边是一带东西高山，正午前后，太阳总是像在那山头上，自东向西地滚动着。

冬天到来了。

一个机关住在这村里，住得很好，分不出你我来啦。过阳历年，机关杀了头猪，请村里的男人坐席，吃了一顿，又叫小鬼们端着菜，托着饼，挨门挨户送给女人和小孩子去吃。

而村里呢，买了一只山羊，送到机关的厨房。到旧历腊八日，村里又送了一大筐红枣，给他们熬腊八粥。

鲜姜台的小孩子们，从过了新年，就都学会了唱《卖梨膏糖》，是跟着机关里那个红红的圆圆脸的女同志学会的。

他们放着山羊，在雪地里，或是在山坡上，喊叫着：

鲜姜台老乡吃了我的梨膏糖呵，
五谷丰登打满场，
黑枣长得肥又大呵，
红枣打得晒满房呵。

>自卫队员吃了我的梨膏糖呵,
>帮助军队去打仗,
>自己打仗保家乡呵,
>日本人不敢再来烧房呵。

>妇救会员吃了我的梨膏糖呵,
>大鞋做得硬邦邦,
>当兵的穿了去打仗呵,
>赶走日本回东洋呵。

而唱到下面一节的时候,就更得意洋洋了。如果是在放着羊,总是把鞭子高高举起:

>儿童团员吃了我的梨膏糖呵,
>拿起红缨枪去站岗,
>捉住汉奸往村里送呵,
>他要逃跑就给他一枪呵。

接着是"得得呛",又接着是向身边的一只山羊一鞭打去,那头倒霉的羊便咩的一声跑开了。

大家住在一起,住在一个院里,什么也谈,过去的事,现在的事,以至未来的事。吃饭的时候,小孩子们总是拿着块红薯,走进同志们的房子:"你们吃吧!"

同志们也就接过来,再给他些干饭;站在院里观望的妈妈也就笑了。

"这孩子几岁了?"

"七岁了呢。"

"认识字吧?"

"哪里去识字呢!"

接着,边区又在提倡着冬学运动,鲜姜台也就为这件事忙起来。自卫队的班长,妇救会的班长,儿童团的班长,都忙起来了。

怎么都是班长呢?有的读者要问啦!那因为这是个小村庄,是一个"编村",所以都叫班。

打扫了一间房子,找了一块黑板——那是临时把一块箱盖涂上烟子的。又找了几支粉笔。订了个功课表:识字,讲报,唱歌。

全村的人都参加学习。

分成了两个班:自卫队——青抗先一班,这算第一班;妇女——儿童团一班,这算第二班。

每天吃过午饭,要是轮到第二班上课了,那位长脚板的班长,便挨户去告诉了:

"大青他妈,吃了饭上学去呵!"

"等我刷了碗吧!"

"不要去晚了。"

当机关的"先生"同志走到屋里,人们就都坐在那里了。小孩子闹得很厉害,总是咧着嘴笑。有一回一个小孩子小声说:

"三槐,你奶奶那么老了,还来干什么呢?"

这叫那老太太听见了,便大声喊起来,第一句是:"你们小王八羔子!"第二句是:"人老心不老!"

还是"先生"调停了事。

第二班的"先生",原先是女同志来担任,可是有一回,一个

女同志病了,叫一个男"先生"去代课,一进门,女人们便叫起来:

"呵!不行!我们不叫他上!"

有的便立起来掉过脸去,有的便要走出去,差一点没散了台,还是儿童团的班长说话了:

"有什么关系呢?你们这些顽固!"

虽然还是报复了几声"王八羔子",可也终于听下去了。

这一回,弄得这个男"先生"也不好意思,他整整两点钟,把身子退到墙角去,说话小心翼翼的。

等到下课的时候,小孩子都是兴头很高的,互相问:

"你学会了几个字?"

"五个。"

可有一天,有两个女人这样谈论着:

"念什么书呢,快过年了,孩子们还没新鞋。"

"念老鼠!我心里总惦记着孩子会睡醒!"

"坐在板凳上,不舒服,不如坐在家里的炕上!"

"明天,我们带鞋底子去吧,偷着纳两针。"

第二天,果然"先生"看见有一个女人,坐在角落里偷偷地做活计。先生指了出来,大家哄堂大笑,那女人红了脸。

其实,这都是头几天的事。后来这些女人们都变样了。一轮到她们上学,她们总是提前把饭做好,赶紧吃完,刷了锅,把孩子一把送到丈夫手里说:

"你看着他,我去上学了!"

并且有的着了急,她们想:"什么时候,才能自己看报呵!"

对不起鲜姜台的自卫队、青抗先同志们,这里很少提到他们。

可是，在这里，我向你们报告吧：他们进步是顶快的，因为他们都觉到了这两点：

第一，要不是这个年头，我们能念书？别做梦了！活了半辈子，谁认得一个大字呢！

第二，只有这年头，念书、认字，才重要，查个路条，看个公事，看个报，不认字，不只是别扭，有时还会误事呢！

觉到了这两点，他们用不着人督促，学习便很努力了。

末了，我向读者报告一个"场面"作为结尾吧。

晚上，房子里并没有点灯，只有火盆里的火，闪着光亮。

鲜姜台的妇女班长，和她的丈夫、儿子们坐在炕上，围着火盆。她丈夫是自卫队，大儿子是青抗先，小孩子还小，正躺在妈妈怀里吃奶。

这个女班长开腔了：

"你们第一班，今天上的什么课？"

"讲报说是日本又换了……"当自卫队的父亲记不起来了。

妻子想笑话他，然而儿子接下去：

"换一个内阁！"

"当爹的还不如儿子，不害羞！"当妻的终于笑了。

当丈夫的有些不服气，紧接着：

"你说日本又想换什么花样？"

这个问题，不但叫当妻的一怔，就是和爹在一班的孩子也怔了。他虽然和爹是一班，应该站在一条战线上，可是他不同意他爹拿这个难题来故意难别人，他说：

"什么时候讲过这个呢？这个不是说明天才讲吗？"

当爹的便没话说了，可是当妻子的并没有示弱，她说：

"不用看还没讲,可是,我知道这个。不管日本换什么花样,只要我们有那三个坚持,他换什么花样,也不要紧,我们总能打胜它!"

接着,她又转向丈夫,笑着问:

"又得问住你:你说三个坚持,是坚持些什么?"

这回丈夫只说出了一个,那是"坚持抗战"。

儿子又添了一个,是"坚持团结"。

最后,还是丈夫的妻、儿子的娘、这位女班长告诉了他们这全的:"坚持抗战,坚持团结,坚持进步。"

当盆里的火要熄下去,而外面又飘起雪来的时候,儿子提议父、母、子三个人合唱了一个新学会的歌,便铺上炕睡觉了。

躺在妈妈怀里的小孩子,不知什么时候撒了一大泡尿,已经湿透妈妈的棉裤。

1940 年 1 月 19 日于阜平鲜姜台

第一个洞

蠡县××庄的治安员杨开泰，今年虽只二十五岁，看来，已像三十几岁的人了。那一带环境十分残酷，他的面色，因为长期睡眠不足，显得很干枯。眼里布满红丝，那每一条红丝里，就有一个焦虑，一个决心。从前年起，××庄的形势就变了，在它周围，敌人的据点远的有八里，近的只有二里。杨开泰愤然地对人说："好，敌人蚕食使我们的任务加重了。我要把精神提高，把自己变成两个人，要叫我的精神，也增加生产！"

从此，他就很少睡觉了。他是一个贫农，有个和他年岁相当、相亲相爱的老婆。老婆看见丈夫的脸渐渐黄瘦起来，常常为他担心，每天在饭食上加些油水，劝他早些睡觉。杨开泰说："现在不是睡觉的时候了。就是敌人不出动，我躺在被窝里，想到围在身边有那么些碉堡，有那么多敌人在算计我们，我就焦躁起来了。你熬不住先睡去。"

区里的干部，有时夜间来，他们选定了在杨开泰家里开会。这不是因为他家里有高墙大院，可以防身，而是因为他们信任杨开泰这个人。深夜，杨开泰到村西头的堤上去，正是初冬，柳枝被霜雪冻干了，风吹过来，枯枝飘落。几个区干部，跟在杨开泰后面，默默地，放轻脚步，走回家去。

开过几次会了。杨开泰的脸上越发干枯，眼里的红丝也越加多了。只有他知道，敌人的特务，已经钻进村里来。在一天夜里，他从屋里走出来，猛一抬头，屋檐上伏着一个人，立时不见了。又过了两天,他清晨起来,开开板门,看见道路扫得非常干净,这样,只要有人走过,就可以辨认出几个人和去的方向。又过几天,他看见有人在路上画了许多密密的横线,有人走过时,可以清清楚楚地看出来。再过两天,他在一个夜间发见大门的铁链上,系着一条黑线,一推门线就断了。

他看到这一切,明白了一切。不只为他自己担心,他更为这些区干部担心。敌人可以包围他的家,逮捕区干部……他细心地侦察着,他迅速地通知区干部,不要到他家里来了。

一天,吃过晚饭,他对老婆说:

"不要等我了,我要到外边开会去。"

老婆就一个人先睡了。直到第二天吃早饭的时候,杨开泰才走回来,他很劳累,脸上有汗迹。老婆说:

"你看,又和谁争吵来,脸红脖子粗的。"

杨开泰只是笑了笑。

这一天吃了晚饭,他又对老婆说:

"不要等我了,我要到外边开会去。"

老婆只是噘了一下嘴,就先睡了。

这样一天、两天、三天、四天,杨开泰没进屋睡一夜觉。早饭一熟,他就带着一身疲乏,红着脸,还有些气喘回来了。第五天早上,他照例笑着问:

"饭做好了?"

他老婆坐在灶火前,垂着头,用草棍划着地,没言语。

他又问:

"今天叫我吃什么?我看你该叫我吃点好东西了。"

女人突然站起来,站起得过猛了,手扶在屋门框上。脸上挂着泪水，两只眼睛红桃儿一样。她怒气冲冲，急口说：

"好，你该吃好东西了！你费了劲了！你夜里背了瓮了！你该补一补了，你泄了阳气了！"

杨开泰也就火了，说：

"你这是干什么？你！"

老婆狠狠地望了他一眼，到里屋去，趴到炕上哭起来，嘴里数道着：

"不知道叫哪个浪女人缠住了，十天八天地不在家里睡，还有脸跟我要好的吃。你不知家里水没有人给我担，柴没有人给我抱，火没有人给我烧呀……"

杨开泰才明白老婆为什么生气了。他劝着，安慰着说：

"结婚已经快五年了，看你还不信任我？"

"我不信任你！你十天八天不进我的屋，你夜里出去，回来就瞧你累成那个样子……我的命苦啊！"

"你的命苦，我的也不甜。可是甜的时候总得来，这就先得把苦的时候打发走。你算瞎疑心了，我不是和你说过，是出去开会吗？"

女人坐起来，擦一擦眼泪说：

"你去哄三岁的孩子吧，你去哄那些傻子吧。我问了青救会杨秃，他说这几天就没见过你。"

杨开泰还想解释解释，可是因为过于疲劳，他又睡着了。女人坐在他身边，哭泣、伤心、伤心、哭泣。

黄昏又来了。平原的村庄，把黄昏看成是一天的年节一样。孩子们从家里跑出来，满街上跑跑跳跳，把白天闭上的嘴张开，把往日可以尽情唱的歌儿唱起。女人们，也站到门口来望望。黄昏很短,一时晚饭熟了,家家先后插上门,以后又吹熄了灯。

杨开泰默默地吃过晚饭,他向老婆告假,说:

"好,我听你的话,今晚不出去了,一定在家里睡。只是我要到后院里去转转,一时就回来。"

"好吧。"老婆回答说。

杨开泰走出去,天已经很黑了,屋里的灯光,只能照明窗前一片地。

他向后院里走去,进了那间破旧的磨棚。他擦着一根火柴,石磨用四根木头支架着,他丢了火柴,钻到磨下面去,不见了。

"你给我出来!"他的老婆立在磨台一边喊。原来她偷偷跟在杨开泰后面,看他是不是从后院跳墙过去。她一见丈夫在磨下面,要借土遁逃走,大吃一惊,跺着脚:"你给我出来,你这个贼兔子,你又想哄我。你出来不出来?我喊到街上去!"

"咳,咳,你嚷什么?"杨开泰赶紧从磨台下面钻出来,老婆赶紧擦着一根火柴,把灯点着,她恐怕丈夫趁黑影里逃跑。

杨开泰满身是土,他低声对老婆说:

"既然叫你看见了,我就告诉你。你以为我每天出去玩乐去了,却不知道每天夜里,我一个人在这里掘洞。整整掘了五夜,才成功了。我下去看了看,里面可以盛四五个人。以后,我们就不必提心吊胆,可以在这里面开会了。"

说完,他走回去,把一块木板放下来,又把堆起的土粪铺在上面,就没有了丝毫的痕迹。

灯芯吸足了植物油,爆炸着,女人的疑心去了。她看见丈夫那干枯的脸,充满血丝的眼睛,和那因为完成了一件大事,兴奋快活的神气,她也笑了。像八月十五的月,一片乌云从它身边飘过,月儿显得更俊秀了。花儿避免夜晚的冷露，合起它的花瓣，在朝阳照射下，它翻然开放……

"你个贼兔子!"她也低声地，害羞地说，"你还不信任我啊。"

…………

从此以后，地洞、地道就流传开了。而且在不断地改进着。什么"七巧连环洞"，"观音莲台洞"……花样翻新，无奇不有。而这"第一个洞"的创造的故事，也就随着洞的传播而传播着。

1943 年 5 月

游击区生活一星期

平原景色

一九四四年三月里,我有机会到曲阳游击区走了一趟。在这以前,我对游击区的生活,虽然离得那么近,听见的也不少,但是许多想法还是主观的。例如对于"洞",我的家乡冀中区是洞的发源地,我也写过关于洞的报告,但是到了曲阳,在入洞之前,我还打算把从繁峙带回来的六道木棍子也带进去,就是一个大笑话。经一事,长一智,这真是不会错的。

县委同志先给我大概介绍了一下游击区的情形,我觉得重要的是一些风俗人情方面的事,例如那时地里麦子很高了,他告诉我到那里去,不要这样说:"啊,老乡,你的麦子长得很好啊!"因为"麦子"在那里是骂人的话。

他介绍给我六区农会的老李,这人有三十五岁以上,白净脸皮,像一个稳重的店铺掌柜,很热情,思想很周密,他把敞开的黑粗布破长袍揽在后面,和我谈话。我渐渐觉得他是一个区委负责同志,我们这几年是培养出许多这样优秀的人物来了。

我们走了一天一夜,第二天清晨到了六区边境,老李就说:"你看看平原游击根据地的风景吧!"

好风景。

太阳照着前面一片盛开的鲜红的桃树林,四周围是没有边际的轻轻波动着就要挺出穗头的麦苗地。

从小麦的波浪上飘过桃花的香气，每个街口走出牛拖着的犁车，四处是鞭哨。

这是几年不见的风光，它能够引起年幼时候强烈的感觉。爬上一个低低的土坡，老李说："看看炮楼吧！"

我心里一跳。对面有一个像火车站上的水塔，土黄色，圆圆的，上面有一个伞顶的东西。它建筑在一个大的树木森森的村庄边沿，在它下面就是出入村庄的大道。

老李又随手指给我，村庄的南面和东面不到二里地的地方，各有一个小一些的炮楼。老李笑着说：

"对面这一个在咱们六区是顶漂亮的炮楼，你仔细看看吧。这是敌人最早修的一个，那时咱们的工作还没搞好，叫他捞到一些砖瓦。假如是现在，他只能自己打坯来盖。"

面前这一个炮楼，确是比远处那两个高大些，但那个怪样子，就像一个阔气的和尚坟，再看看周围的景色，心里想这算是个什么点缀哩！这是和自己心爱的美丽的孩子，突然在三岁的时候，生了一次天花一样，叫人一看见就难过的事。

但老李慢慢和我讲起炮楼里伪军和鬼子们的生活的事，我也就想到，虽然有这一块疮疤，人们抗毒的血液却是加多了。

我们从一条绕村的堤埝上走过，离那炮楼越来越近，渐渐看得见在那伞顶下面有一个荷枪的穿黑衣服的伪军，望着我们。老李还是在前面扬长地走着，当离开远了的时候，他慢慢走，等我跟上说：

"他不敢打我们，他也不敢下来，咱们不准许他下来走动。"

接着他给我讲了一个笑话。

他说："住在这个炮楼上的伪军，一天喝醉了酒，大家打赌，谁敢下去到村里走一趟。一个司务长就说：他敢去，并且约下，要到'维持会'拿一件东西回来作证明。这个司务长就下来了，别的伪军在炮楼上望着他。司务长仗着酒胆，走到村边。这村的维持会以前为了怕他们下来捣乱，还是迁就了他们一下，设在这个街头的。他进了维持会，办公的人们看见他就说：'司务长，少见，少见，里面坐吧。'司务长一句话也不说，迈步走到屋里，在桌子上拿起一枝毛笔就往外走。办公的人们在后面说：'坐一坐吧，忙什么哩？'司务长加快脚步就来到街上，办公的人们嬉笑着嚷道：'哪里跑！哪里跑！'

"这时从一个门洞里跳出一个游击组员，把手枪一扬，大喝一声：'站住！'照着他虚瞄一枪，砰的一声。

"可怜这位司务长没命地往回跑，把裤子也掉下来了，回到炮楼上就得了一场大病，现在还没起床。"

我们又走了一段路，在村庄南面那个炮楼下面走过，那里面已经没有敌人，老李说，这是叫我们打走了的。在这个炮楼里面，去年还出过闹鬼的事。

老李说：

"你看前面，那里原来是一条沟，到底叫我们给它平了。那时候敌人要掘围村沟，气焰可凶哩！全村的男女老少都抓去，昼夜不停地掘。有一天黄昏的时候，一个鬼子在沟里拉着一个年轻媳妇要强奸，把衣服全扯烂了。那年轻女人劈了那个鬼子一铁铲就往野地里跑，别的鬼子追她，把她逼得跳下一个大水车井。

"就在那天夜里，敌人上了炮楼，半夜，听见一种嗷嗷的声音，先是在炮楼下面叫，后来绕着炮楼叫。鬼子们看见在炮楼下面，有一个白色帐篷的东西，越长越高，眼看就长到炮楼顶一般高了，鬼子是非常迷信的，也是做贼心虚，以为鬼来索命了。

"不久，那个逼着人强奸的鬼子就疯了，他哭着叫着，不敢在炮楼上住。他们的小队长在附近村庄请来一个捉妖的，在炮楼上摆香坛行法事，念咒捉妖，法师说：'你们造孽太大，受冤的人气焰太高，我也没办法。'再加上游击组每天夜里去袭击，他们就全搬到村头上的大炮楼上去住了。"

抗日村长

在路上有些耽误，那天深夜我们才到了目的地。

进了村子，到一个深胡同底叫开一家大门，开门的人说：

"啊！老李来了。今天消息不好，燕赵增加了三百个治安军。"

老李带我进了正房，屋里有很多人。老李就问情况。

情况是真的，还有"清剿"这个村子的风声，老李就叫人把我送到别的一个村子去，写了一封信给那村的村长。

深夜，我到了那个村子，在公事台（村里支应敌人的地方，人们不愿叫维持会，现在流行叫公事台）的灯光下，见到了那个抗日村长。他正在同一些干部商量事情，见我到了，几个没关系的人就走了。村长看过了我的介绍信，打发送我的人回去说：

"告诉老李，我负一切责任，让他放心好了。"

村长是三十多岁的人，脸尖瘦，眼皮有些肿，穿着一件白洋布大衫，白鞋白腿带。那天夜里，我们谈了一些村里的事，我问他为什么叫抗日村长，是不是还有一个伪村长。他说没有了。关于村长这个工作，抗战以后，是我们新翻身上来的农民干部做的，可是当环境一变，敌伪成天来来往往，一些老实的农民就应付不了这局面。所以有一个时期，就由一些在外面跑过的或是年老的办公的旧人来担任，那一个时期，有时是出过一些毛病的。渐渐地，才培养出这样的既能站稳立场，也能支应敌伪的新干部。但大家为了热诚地表示，虽然和敌人周旋，也是为抗日，习惯地就叫他们"抗日村长"。

抗日村长说，因为有这两个字加在头上，自己也就时时刻刻提醒自己的责任了。

不久我就从他的言谈上、表情上看出他的任务的繁重和复杂。他告诉我，他穿孝的原因是半月前敌人在这里驻剿，杀死了他年老的父亲，他要把孝穿到抗日胜利。

从口袋里他掏出香烟叫我吸，说这是随时支应敌人的。在游击区，敌人勒索破坏，人们的负担已经很重，我们不忍再吃他们的喝他们的，但他们总是这样说：

"吃吧，同志，有他们吃的，还没有你们吃的！你们可吃了多少，给人家一口猪，你们连一个肘子也吃不了。"

我和抗日村长谈这种心理，他说这里面没有一丝虚伪，却有无限苦痛。他说，你见到过因为遭横祸而倾家败产的人家吗？对他的亲爱的孩子的吃穿，就是这样的，就是这个心理。敌占区人民对敌伪的负担，想象不到的大，敌伪吃的、穿的、花的都是村里供给；并且伪军还有家眷，就住在炮楼下，这些女人孩子的花费，也是村里供给，连孩子们的尿布，女人的粉油都在内，我们就是他们的供给部。

抗日村长苦笑了，他说："前天敌人叫报告员来要猪肉、白菜、萝卜，我们给他们准备了，一到炮楼下面，游击小组就打了伏击，报告员只好倒提着空口袋到炮楼上去报告，他们又不敢下来，我们送不到有什么办法?"

抗日村长高声地笑了起来,他说:"回去叫咱们的队伍来活动活动吧,那时候就够他们兔崽子们受,我们是连水也不给他们担了。有一回他们连炮楼上的泔水(洗锅水)都喝干了的。"

这时已快半夜,他说:"你去睡觉吧,老李有话,今天你得钻洞。"

洞

可以明明告诉敌人,我们是有洞的。从一九四二年五月一日冀中大"扫荡"以后,冀中区的人们常常在洞里生活。在起初,敌人嘲笑我们说,冀中人也钻洞了,认为是他们的战绩。但不久他们就收起笑容,因为冀中平原的人民并没有把钻洞当成退却,却是当作新的壕堑战斗起来,而且不到一年又从洞里战斗出来了。

平原上有过三次惊天动地的工程,一次是拆城,二次是破路,三次是地道。局外人以为这只是本能的求生存的活动,是错误的。这里面有政治的精心积虑的设计、动员和创造。这创造由共产党的号召发动,由人民完成。人民兴奋地从事这样巨大精细的工程,日新月异,使工程能充分发挥作战的效能。

这工程是八路军领导人民共同来制造,因为八路军是以这地方为战争的基地,以人民为战争的助手,生活和愿望是结为一体的,八路军不离开人民。

回忆在抗战开始,国民党军队也叫人民在大雨滂沱的夏天,掘过蜿蜒几百里的防御工事,人民不惜斩削已经发红的高粱来构筑作战的堡垒;但他们在打骂奴役人民之后,不放一枪退过黄河去了。

气得人们只好在新的壕沟两旁撒撒晚熟的秋菜种子。

一经比较，人民的觉悟是深刻明亮的。因此在拆毁的城边，纵横的道沟里，地道的进口，就流了敌人的血，使它污秽的肝脑涂在为复仇的努力创造的土地上。

言归正传吧，村长叫中队长派三个游击组员送我去睡觉，村长和中队长的联合命令是一个站高哨，一个守洞口，一个陪我下洞。

于是我就携带自己的一切行囊到洞口去了。

这一次体验，才使我知道"地下工作的具体情形"，这是当我问到一个从家乡来的干部，他告诉我的话，我以前是把地下工作浪漫化了的。

他们叫我把棍子留在外间，在灯影里立刻有一个小方井的洞口出现在我的眼前。陪我下洞的同志手里端着一个大灯碗跳进去不见了。我也跟着跳进去，他在前面招呼我。但是满眼漆黑，什么也看不见，也迷失了方向。我再也找不到往里面去的路，洞上面的人告诉我蹲下向北进横洞。我用脚探着了那横洞口，我蹲下去，我吃亏个子大，用死力也折不到洞里去，急得浑身大汗，里面引路的人又不断催我，他说："同志，快点吧，这要有情况还了得。"我像一个病猪一样"吭吭"地想把头塞进洞口，也是枉然。最后才自己创造了一下，重新翻上洞口来，先使头着地，栽进去，用蛇行的姿势入了横洞。

这时洞上面的人全笑起来，但他们安慰我说，这是不熟练，没练习的缘故，钻十几次身子软活了就好了。

钻进了横洞，就看见带路人托引着灯，焦急地等我。我向他抱歉，他说这样一个横洞你都进不来，里面的几个翻口你更没希望了，就在这里打铺睡吧！

这时我才想起我的被物，全留在立洞的底上横洞的口上，他叫我照原姿势退回去，用脚尖把被子和包袱勾进来。

当我试探了半天，才完成了任务的时候，他笑了，说："同志，你看敌人要下来，我拿一枝短枪在这里等他（他说着从腰里掏出手枪顶着我的头），有跑吗？"

我也滑稽地说："那就像胖老鼠进了细腰蛇的洞一样，只有跑到蛇肚子里。"

这一夜，我就是这样过去了。第二天上面叫我们吃饭，出来一看，已经红日三竿了。

村　外

过了几天，因为每天钻，有时钻三次四次，我也到底能够进到洞的腹地；虽然还是那样潮湿气闷，比较起在横洞过夜的情景来，真可以说是别有洞天了。

和那个陪我下洞的游击组员也熟识了，那才是一个可亲爱的好青年、好农民、好同志。他叫三槐，才十九岁。

我就长期住在他家里，他有一个寡母，父亲也是敌人前年"扫荡"时被杀了的，游击区的人们，不知道有多少人负担着这种仇恨生活度日。他弟兄三个。大哥种地，有一个老婆；二哥干合作社，跑敌区做买卖，也有一个老婆；他看来已经是一个职业的游击组员，别的事干不了多少了，正在年轻，战争的事占了他全部的心思，也不想成亲。

我们俩就住在一条炕上，炕上一半地方堆着大的肥美的白菜。情况紧了，我们俩就入洞睡，甚至白天也不出来；情况缓和，就

"守着洞口睡"。他不叫我出门,吃饭他端进来一同吃,他总是选择最甜的有锅巴的红山药叫我吃,他说:"别出门,也别叫生人和小孩子们进来。实在闷的时候我带你出去遛遛去。"

有一天,我实在闷了,他说等天黑吧,天黑咱们玩去。等到天黑了,他叫我穿上他大哥的一件破棉袍,带我到村外去,那是大平原的村外,我们走在到菜园去的小道上,在水车旁边谈笑,他割了些韭菜,说带回去吃饺子。

在洞里闷了几天,我看见旷野像看见了亲人似的,我愿意在松软的土地上多来回跑几趟,我愿意对着油绿的禾苗多呼吸几下,我愿意多看几眼正在飘飘飞落的雪白的李花。

他看见我这样,就说:"我们唱个歌吧,不怕。冲着燕赵的炮楼唱,不怕。"

但我望着那不到三里远的燕赵的炮楼在烟雾里的影子,没有唱。

守 翻 口

那天我们正吃早饭,听见外面一声乱,中队长就跑进来说,敌人到了村外。三槐把饭碗一抛,就抓起我的小包裹,他说:"还能跑出去吗?"这时村长跑进来说:"来不及了,快下洞!"

我先下,三槐殿后,当我爬进横洞,已经听见抛土填洞的声音,知道情形是很紧的了。

爬到洞的腹地的时候,已经有三个妇女和两个孩子坐在那里,她们是从别的路来的,过了一会,三槐进来了,三个妇女同时欢喜地说:

"可好了,三槐来了。"

从这时,我才知道三槐是个守洞作战的英雄。三槐告诉女人们不要怕,不要叫孩子们哭,叫我和他把枪和手榴弹带到第一个翻口去把守。

爬到那里,三槐叫我闪进一个偏洞,把手榴弹和子弹放在手边,他就按着一把雪亮的板斧和手枪伏在地下,他说:

"这时候,短枪和斧子最顶事。"

不久,不知道从什么方向传过来一种细细的嘤嘤的声音,说道:

"敌人已经过村东去了,游击组在后面开了枪,看样子不来了,可是你们不要出来。"

这声音不知道是从地下发出来,还是从地上面发出来,像小说里描写的神仙的指引一样,好像是从云端上来的,又像是一种无线电广播,但我又看不见收音机。

三槐告诉我:"抽支烟吧,不要紧了,上回你没来,那可危险哩。

"那是半月前,敌人来'清剿',这村住了一个营的治安军,这些家伙,成分很坏,全是汉奸汪精卫的人,和我们有仇,可凶狠哩。一清早就来了,里面还有内线哩,是我们村的一个坏家伙。敌人来了,人们正钻洞,他装着叫敌人追赶的样子,在这个洞口去钻钻,在那个洞口去钻钻,结果叫敌人发现了三个洞口。

"最后也发现了我们这个洞口,还是那个家伙带路,他又装着蒜,一边嚷道:'哎呀,敌人追我!'就往里面钻,我一枪就把他打回去了。他妈的,这是什么时候,就是我亲爹亲娘来破坏,我也得把他打回去。

"他跑出去,就报告敌人说,里面有八路军,开枪了。不久,院子里就开来很多治安军,一个自称是连长的在洞口大声叫八路军同志答话。

"我就答话了:'有话你说吧,听着哩。'

"治安军连长说:'同志,请你们出来吧。'

"我说:'你进来吧,炮楼是你们的,洞是我们的。'

"治安军连长说:'我们已经发现洞口,等到像倒老鼠一样,把你们掘出来,那可不好看。'

"我说,'谁要不怕死,谁就掘吧。我们的手榴弹全拉出弦来等着哩。'

"治安军连长说:'喂,同志,你们是哪部分?'

"我说:'十七团。'"

这时候三槐就要和我说关于十七团的威望的事,我说我全知道,那是我们冀中的子弟兵,使敌人闻名丧胆的好兵团,是我们家乡的光荣子弟。三槐就又接着说:

"当时治安军连长说:'同志,我们是奉命来的,没有结果也不好回去交代。这样好不好,你们交出几枝枪来吧。'

"我说:'八路军不交枪,你们交给我们几枝吧,回去就说叫我们打回去了,你们的长官就不怪罪你们。'

"治安军连长说:'交几枝破枪也行,两个手榴弹也行。'

"我说:'你胡说八道,死也不交枪,这是八路军的传统,我们不能破坏传统。'

"治安军连长说:'你不要出口伤人,你是什么干部?'

"我说:'我是指导员。'

"治安军连长说:'看你的政治,不信。'

1950年 天津

书影(《风云初记》)

"我说:'你爱他妈的信不信。'

"这一骂,那小子恼了,他命令人掘洞口,有十几把铁铲掘起来。我退了一个翻口,在第一个翻口上留了一个小西瓜大小的地雷,炸了兔崽子们一下,他们才不敢往里掘了。那个连长又回来说:'我看你们能跑到哪里去?我们不走。'

"我说:'咱们往南在行唐境里见,往北在定县境里见吧。'

"大概他们听了没有希望,天也黑了,就撤走了。

"那天,就像今天一样,有我一个堂哥给我帮手,整整支持了一天工夫哩。敌人还这样引诱我:你们八路军是爱护老百姓的,你们不出来,我们就要杀老百姓,烧老百姓的房子,你们忍心吗?

"我能上这一个洋当?我说:'你们不是治安军吗,治安军就这样对待老百姓吗?你们忍心吗?'"

最后三槐说:"我们什么当也不能上,一上当就不知道要死多少人。那天钻在洞里的女人孩子有一百多个,听见敌人掘洞口,就全聚到这个地方来了,里面有我的母亲,婶子大娘们,有嫂子侄儿们,她们抖颤着对我讲:三槐,好好把着洞口,不要叫鬼子进来,你嫂子大娘和你的小侄儿们的命全交给你了。

"我听到这话,眼里出了泪,我说:'你们回去坐着吧,他们进不来。'那时候在我心里,只要有我在,他狗日的们就进不来,就是我死了,他狗日的们还是进不来。我一点也不害怕。我说话的声音一点也不抖,那天嘴也灵活好使了。"

人民的生活情绪

有一天早晨,我醒来,天已不早了,对间三槐的母亲已经嗡嗡地纺起线来。这时进来一个少妇在洞口喊:"彩绫,彩绫,出来吧,要去推碾子哩。"

她叫了半天,里面才答应了一声,通过那弯弯长长的洞,还是那样娇嫩的声音:"来了。"接着从洞口露出一顶白毡帽,但下面是一张俊秀的少女的脸,花格条布的上衣,跳出来时,脚下却是一双男人的破棉鞋。她坐下,把破棉鞋拉下来,扔在一边,就露出浅蓝色的时样的鞋来,随手又把破毡帽也摘下来,抖一抖墨黑柔软的长头发,站起来,和她嫂子争辩着出去了。

她嫂子说:"人家喊了这么半天,你聋了吗?"

她说:"人家睡着了么。"

嫂子说:"天早亮了,你在里面没听见晨鸡叫吗?"

她说:"你叫还听不见,晨鸡叫就听见了?"姑嫂两个说笑着走远了。

我想,这就是游击区人民生活的情绪,这个少女是在生死交关的时候也还顾到在头上罩上一个男人的毡帽,在脚上套上一双男人的棉鞋,来保持身体服装的整洁。

我见过当敌人来了,女人们惊惶的样子,她们像受惊的鸟儿一样向天空突飞。一天,三槐的二嫂子说:"敌人来了能下洞就下洞,来不及就得飞跑出去,把吃奶的力量拿出来跑到地里去。"

我见过女人这样奔跑,那和任何的赛跑不同,在她们的心里可以叫前面的、后面的、四面八方的敌人的枪弹射死,但她们一定要一直跑出去,在敌人的包围以外,去找生存的天地。

当她们逃到远远的一个沙滩后面,或小丛林里,看着敌人过去了,于是倚在树上,用衣襟擦去脸上的汗,头发上的尘土,定定心,整理整理衣服,就又成群结队欢天喜地地说笑着回来了。

一到家里,大家像没有刚才那一场出生入死的奔跑一样,大家又生活得那样活泼愉快,充满希望,该拿针线的拿起针线来,织布的重新踏上机板,纺线的摇动起纺车。

而跑到地里去的男人们就顺便耕作,到中午才回家吃饭。

在他们,没有人谈论今天生活的得失,或是庆幸没死,他们是:死就是死了,没死就是活着,活着就是要欢乐的。

假如要研究这种心理,就是他们看得很单纯,而且胜利的信心最坚定。因为接近敌人,他们更把胜利想得最近,知道我们不久就要反攻了,而反攻就是胜利,最好是在今天,在这一个月里,或者就在今年,扫除地面上的一切悲惨痛苦的痕迹,立刻就改变成一个欢乐的新天地。所以胜利在他们眼里距离最近,而那果实也最鲜明最大。也因为离敌人最近,眼看到有些地方被敌人剥夺埋葬了,但六七年来共产党和人民又从敌人手中夺回来,努力创造了新的生活,因而就更珍爱这个新的生活,对它的长成也就寄托更大的希望。对于共产党的每个号召,领导者的每张文告,也就坚信不疑,兴奋地去工作着。

由胜利心理所鼓舞,他们的生活情绪,就是这样。每个人都是这样。村里有一个老泥水匠,每天研究掘洞的办法,他用罗盘、水平器,和他的技术、天才和热情来帮助各村改造洞。一个盲目的从前是算卦的老人,编了许多"劝人方",劝告大家坚持抗战,他有一首四字歌叫《十大件》,是说在游击区的做人道德的。有一首《地道歌》确像一篇"住洞须知",真是家传户晓。

最后那一天,我要告别走了,村长和中队长领了全村的男女干部到三槐家里给我送行。游击区老百姓对于抗日干部的热情是无法描写的,他们希望最好和你交成朋友,结为兄弟才满意。

143　游击区生活一星期

仅仅一个星期，而我坦白地说，并没有能接触广大的实际，我有好几天住在洞里，很少出大门，谈话的也大半是干部。

但是我感触了上面记的那些，虽然很少，很简单，想来，仅仅是平原游击区人民生活的一次脉搏的跳动而已。

我感觉到了这脉搏，因此，当我钻在洞里的时间也好，坐在破炕上的时间也好，在菜园里夜晚散步的时间也好，我觉到在洞口外面，院外的街上，平铺的翠绿的田野里，有着伟大、尖锐、光耀、战争的震动和声音，昼夜不息。生活在这里是这样充实和有意义，生活的经线和纬线，是那样复杂、坚韧。生活由战争和大生产运动结合，生活由民主建设和战斗热情结合，生活像一匹由坚强意志和明朗的智慧织造着的布，光彩照人，而且已有七个整年的历史了。

并且在前进的时候，周围有不少内奸特务，受敌人、汉奸、独裁者的指挥，破坏人民创造出来的事业，乱放冷箭，使像给我们带路的村长，感到所负责任的沉重和艰难了。这些事情更激发了人民的智慧和胆量。有人愿意充实生活，到他们那里去吧。

回来的路上

回来的路上我们人多了，男男女女有十几个人，老李派大车送我们，女同志坐在车上，我们跟在后面。我们没有从原路回去，路过九区。

夜里我们到了一个村庄，这个村庄今天早晨被五个据点的敌人包围，还抓走了两个干部，村里是非常惊慌不定的。

带路的人领我们到一所空敞的宅院去，他说这是村长的家，打门叫村长，要换一个带路的。

他低声柔和地叫唤着。原来里面有些动静,现在却变得鸦雀无声了,原来有灯光现在也熄灭了。我们叫女同志去叫:

"村长,开门来吧!我们是八路军,是自己的人,不要害怕。"过了很久才有一个女人开门出来,她望了望我们说:"我们不是村长,我们去年是村长,我家里的男人也逃在外面去了,不信你们进去看看。"

我猜想:看也是白看,男的一定躲藏了,而且在这样深更半夜,也没法对这些惊弓之鸟解释。但是我们的女同志还是向她说。她也很能说,那些话叫人听来是:这些人是八路军就能谅解她,是敌人伪装,也无懈可击。

结果还是我们女同志拿出各种证明给她看,讲给她听,她才相信,而且热情地将我们的女同志拉到她家里去了。

不久她的丈夫陪着我们的女同志出来,亲自给我们带路。在路上他给我说,这两天村里出了这样一件事:

连着两天夜里,都有穿着八路军绿色新军装的人到年轻女人家去乱摸,他们脸上包着布,闹得全村不安,女人看见一个黑影也怪叫起来,大家都惊疑不定,说着对八路军不满的话。但是附近村庄又没有驻着八路军,也没有过路军队住在村里,这些不规矩的八路军是哪儿来的呢?

前天晚上就闹出这样的事来了。村妇救会缝洗组长的丈夫半夜回到家里,看见一个男人正压在他的女人身上。他呐喊一声,那个男人赤身逃走。他下死手打他的女人,女人也哭叫起来:

"你个贼啊!你杀人的贼啊,你行的好事,你穿着那绿皮出去了,这村里就你一个人有这样装裹啊。我睡得迷迷糊糊,我认定是你回来了,这你能怨我呀,你能怨我呀!我可是站得正走得稳的好人呀，天啊，这是你行的好事啊！……"

带路的人接着说："这样四邻八家全听得清清楚楚，人们才明白了。前几天区里交来的几套军装，说是上级等着用，叫缝一下扣子，我就交给缝洗组长了。她的丈夫是个坏家伙，不知道和什么人勾结，尽想法破坏我们的工作，这次想出这样的办法来破坏我们的名誉，谁知道竟学了三国孙权，赔了夫人又折兵，他自己也不敢声张了。

"他不声张我可不放松。我照实报告了区里，我说他每天夜里穿着八路军的军服去摸女人，破坏我们子弟兵的威信。区里把他传去了。至于另外那一个，是他的同伙，倒了戈回来搞了朋友的女人，不过我不管他们的臭事，也把他送到区里了。

"同志你看村里的事多么复杂，多么难办？坏人心术多么毒？

"他们和敌人也有勾结，我们头一天把他们送到区里，第二天五个据点的敌人就包围了我们的村庄，还捉去了两个干部。

"同志，要不是你们到了，连门也不敢开啊。这要请你们原谅，好在大家都了解我的困难……"

送过了封锁沟墙，这路我们已经熟悉，就请他回去了。第二天我们到了县里，屈指一算，这次去游击区连来带去，整整一个星期。

1944年于延安

白洋淀边一次小斗争

有一天,我送一封信到同口镇去。把信揣在怀里,脱了鞋,卷起裤腿,在那漫天漫地的芦苇里穿过。芦苇正好一人多高,还没有秀穗,我用两手拨开一条小道,脚下的水也有半尺深。

走了半天,才到了淀边,拨开芦苇向水淀里一望,太阳照在水面上,白茫茫一片,一个船影儿也没有。我吹起暗号,吹过之后,西边芦苇里就哗啦啦响着,钻出一只游击小艇来,撑船的还是那个爱说爱笑的老头儿。他一见是我,忙把船靠拢了岸。我跳上去,他说:

"今天早啊。"

我说:"道远。"

他使竹篙用力一顶,小艇箭出弦一般,窜到淀里。四外没有一只船,只有我们这只小艇,像大海上漂着一片竹叶,目标很小。就又拉起闲话来。

老头儿爱交朋友,干抗日的活儿很有瘾,充满胜利情绪,他好比打方,证明我们一定胜利,他常说:

"别看那些大事,就只是看这些小事,前几年是怎样,这二年又是怎么样啊!"

过去,他是放鱼鹰捉鱼的,他只养了两只鹰,和他那个干瘦得像柴禾棍一样的儿子,每天从早到晚在淀里捉鱼。刚一听这个职业,好像很有趣味,叫他一说却是很苦的事。那风吹雨洒不用说了,每天从早到晚在那船上号叫,敲打鱼鹰下船就是一种苦事。而且父子两个是全凭那两只鹰来养活的,那是心爱的东西,可是为了多打鱼多卖钱,就得用一种东西紧紧地卡住鱼鹰的嗓子,使它吞不下它费劲捉到的鱼去,这更是使人心酸可又没有办法的事。老头儿是最心疼那两只鹰的,他说,别人就是拿二十只也换不了去;他又说:

"那一对鹰才合作哩,只要一个在水里一露头,叫一声,在船上的一个,立刻就跳进水里,帮它一手,两个抬出一条大鱼来。"

老头儿说,这两只鹰,每年要给他抬上一千斤。鬼子第一次进攻水淀,在淀里抢走了他那两只鱼鹰,带到端村,放在火堆上烧吃了。于是,儿子去参加了水上游击队,老头儿把小艇修理好,做交通员。

老头儿乐观,好说话,可是总好扯到他那两只鹰上,这在老年人,也难怪他。这一天,又扯到这上面,他说:

"要是这二年就好了,要在这个时候,我那两只水鹰一定钻到水里逃走了,不会叫他们捉活的去。"

可是这一回他一扯就又扯到鸡上去,他说:

"你知道前几年,鬼子进村,常常在半夜里,人也不知道起床,鸡也不知道撒窠,叫鬼子捉了去杀了吃了。这二年就不同了,人不在家里睡觉,鸡也不在窠里宿。有一天,在我们镇上,鬼子一清早就进村了,一个人也不见,一只鸡也不见,鬼子和伪军们在街上,东走走西走走,一点食也找不到。后来有一个鬼子在一株槐树上发见一只大红公鸡,他高兴极了,就举枪瞄准。公鸡见他一举枪,就哇的一声飞起来,跳墙过院,一直飞到那村外。那鬼子不死心,一直跟着追,一直追到苇垛场里,那只鸡就钻进了一个大苇垛里。"

没到过水淀的人，不知道那苇垛有多么大，有多么高。一到秋后霜降，几百顷的芦苇收割了，捆成捆，用船运到码头旁边的大场上，垛起来，就像有多少高大的楼房一样，白茫茫一片。这些芦苇在以前运到南方北方，全国的凉棚上的，炕上的，包裹货物的席子，都是这里出产的。

老头儿说："那公鸡一跳进苇垛里，那鬼子也跟上去，攀登上去。他忽然跳下来，大声叫着，笑着，往村里跑。一时他的伙伴们从街上跑过来，问他什么事，他叫着，笑着，说他追鸡，追到一个苇垛里，上去一看，里面藏着一个女的，长得很美丽，衣服是红色的。——这样鬼子们就高兴了，他们想这个好欺侮，一下就到手了。五六个鬼子饿了半夜找不到个人，找不到东西吃，早就气坏了，他们正要撒撒气，现在又找到了这样一个好欺侮的对象，他们向前跃进，又嚷又笑，跑到那个苇垛跟前。追鸡的那个鬼子先爬了上去，刚爬到苇垛顶上，刚要直起身来喊叫，那姑娘一伸手就把他推下来。鬼子仰面朝天从三丈高的苇垛上摔下来，别的鬼子还以为他失了脚，上前去救护他。这个时候，那姑娘从苇垛里钻出来，咬紧牙向下面投了一个头号手榴弹，火光起处，炸死了三个鬼子。人们看见那姑娘直直地立在苇垛上，她才十六七岁，穿一件褪色的红布褂，长头发上挂着很多芦花。"

我问：

"那个追鸡的鬼子炸死了没有？"

老头儿说：

"手榴弹就摔在他的头顶上，他还不死？剩下来没有死的两三个鬼子爬起来就往回跑，街上的鬼子全开来了，他们冲着苇垛架起了机关枪，扫射，扫射，苇垛着了火，一个连一个，漫天的浓烟，漫天的大火，烧起来了。火从早晨一直烧到天黑，照得远近十几里地方都像白天一般。"

从水面上远远望过去，同口镇的码头就在前面，广场上已经看不见一堆苇垛，风在那里吹起来，卷着柴灰，凄凉得很。我想，这样大火，那姑娘一定牺牲了。

老头儿又扯到那只鸡上，他说：

"你看怪不怪，那样大火，那只大公鸡一看势头不好，它从苇子里钻出来，三飞两飞就飞到远处的苇地里去了。"

我追问：

"那么那个姑娘呢，她死了吗？"

老人说：

"她更没事。她们有三个女人躲在苇垛里，三个鬼子往回跑的时候，她们就从上面跳下来，穿过苇垛向淀里去了。到同口，你愿意认识认识她，我可以给你介绍，她会说得更仔细，我老了，舌头不灵了。"

最后老头说：

"同志，咱这里的人不能叫人欺侮，尤其是女人家，那是情愿死了也不让人的。可是以前没有经验，前几年有多少年轻女人忍着痛投井上吊？这二年就不同了啊！要不我说，假如是在这二年，我那两只水鹰也不会叫兔崽子们捉了活的去！"

1945 年

相　片

正月里我常替抗属写信。那些青年妇女们总是在口袋里带来一个信封两张信纸。如果她们是有孩子的，就拿在孩子的手里。信封信纸使起来并不方便，多半是她们剪鞋样或是糊窗户剩下来的纸，亲手折叠成的。可是她们看得非常珍贵，非叫我使这个写不可。

这是因为觉得只有这样，才真正完全地表达了她们的心意。

那天，一个远房嫂子来叫我写信给她的丈夫。信封信纸以外，还有一个小小的相片。

这是她的照片，可是一张旧的，残破了的照片。照片上的光线那么暗，在一旁还有半个"验讫"字样的戳记。我看了看照片，又望了望她，为什么这样一个活泼好笑的人，照出相来，竟这么呆板阴沉！我说：

"这相片照得不像！"

她斜坐在炕沿上笑着说：

"比我年轻？那是我二十一岁上照的！"

"不是年轻，是比你现在还老！"

"你是说哭丧着脸？"她嘻嘻地笑了，"那是敌人在的时候照的，心里害怕得不行，哪里还顾得笑！那时候，几千几万的人都照了相，在那些相片里拣不出一个有笑模样的来！"

她这是从敌人的"良民证"上撕下来的相片。敌人败退了，老百姓焚毁了代表一个艰难时代的良民证，为了忌讳，撕下了自己的照片。

"可是,"我好奇地问,"你不会另照一个给他寄去吗?"

"就给他寄这个去!"她郑重地说,"叫他看一看,有敌人在,我们在家里受的什么苦楚,是什么容影!你看这里!"

她过来指着相片角上的一点白光:"这是敌人的刺刀,我们哆哩哆嗦地在那里照相,他们站在后面拿枪刺逼着哩!"

"叫他看看这个!"她退回去,又抬高声音说,"叫他坚决勇敢地打仗,保护着老百姓,打退蒋介石的进攻,那样受苦受难的日子,再也不要来了!现在自由幸福的生活,永远过下去吧!"

这就是一个青年妇女,在新年正月,给她那在前方炮火里打仗的丈夫的信的主要内容。如果人类的德性能够比较,我觉得只有这种崇高的心意,才能和那为人民的战士的英雄气概相当。

1947 年 2 月

王凤岗坑杀抗属

汉奸变蒋军，王凤岗的部队，在大清河的边岸，开辟了一块小小的"根据地"，这与其说是"开辟"，不如说是篡夺。因为八路军追赶敌人去了，他却乘机"巩固"了后方。

他并且坑杀，不断地坑杀抗日战士的家属，一次竟用机枪扫射死三十个老弱。这是三十个光辉的生命，因为他们的子弟，在敌后苦战八年，一直到战败日本帝国主义者。

王凤岗杀死他们的父母妻子姐妹，不会再有心软而糊涂的人要问"他为什么要杀这么多抗属呢"了吧！

子弟兵的父母妻子姐妹流血了，血流在他们解放了的土地上，血流在大清河的边岸。那里水清人秀，是冀中区人民心爱的地方。他们被活埋了，就在这河的边岸！

这些死去的人，白发的或者是红颜的，在八年战争里，交出自己的儿子，送去自己的丈夫，送在门口，送在村外告诉他：

"不打走敌人，不要回来！"

青年战士们记着这些话语，战斗不息。

而王凤岗在他们的背后，坑杀了他们的父母妻子姐妹。

王凤岗杀死了这些抗属，那些盼望抗日胜利到来的人们，那些等待儿子丈夫归来的人！

就是他们的子弟回来了，也已看不见自己的亲人，连坟墓也没有！如果，大清河两岸长大的青年战士们，听到了这个消息，我想他们不会啼哭。枪要永远背在肩上，枪要永远拿在手里，更残酷的敌人来了，新的仇恨已经用亲人的血液写在大地上！

而他们有弟弟吗？有拿起枪来的侄儿们吗？

当大清河永远地用平静深厚的面貌和声音，在明媚的田野里静静地流过去，它两岸的人民会想念起一切的。那些光荣的日子，母亲和妻子送走自己的亲人的时候，没流眼泪，而是在河岸上唱过歌的。

在这样可亲可爱、浮载着这光荣的歌声的河流两岸，谁能记得清，曾进行过多少次英勇的战斗？

王凤岗用奸计蹂躏了它，用机枪、铡刀、泥土杀死了这里的最光荣的人民——抗属！

死者的子弟们！能想象父母妻子姐妹临死时对你们的无声的嘱告吗？

1946 年 7 月

某村旧事

一九四五年八月，日寇投降，我从延安出发，十月到浑源，休息一些日子，到了张家口。那时已经是冬季，我穿着一身很不合体的毛蓝粗布棉衣，见到在张家口工作的一些老战友，他们竟是有些"城市化"了。做财贸工作的老邓，原是我们在晋察冀工作时的一位诗人和歌手，他见到我，当天夜晚把我带到他的住处，烧了一池热水，叫我洗了一个澡，又送我一些钱，叫我明天到早市买件衬衣。当年同志们那种同甘共苦的热情，真是值得怀念。

第二天清晨，我按照老邓的嘱咐到了摊贩市场。那里热闹得很，我买了一件和我的棉衣很不相称的"绸料"衬衣，还买了一条日本的丝巾围在脖子上，另外又买了一顶口外的狸皮冬帽戴在头上。路经宣化，又从老王的床铺上扯了一条粗毛毯，一件日本军用黄呢斗篷，就回到冀中平原上来了。

这真是胜利归来，扬扬洒洒，连续步行十四日，到了家乡。在家里住了四天，然后，在一个大雾弥漫的早晨，到蠡县县城去。

冬天，走在茫茫大雾里，像潜在又深又冷的浑水里一样。但等到太阳出来，就看见村庄、树木上，满是霜雪，那也真是一种奇景。那些年，我是多么喜欢走路行军！走在农村的、安静的、平坦的道路上，人的思想就会像清晨的阳光，猛然投射到披满银花的万物上，那样闪耀和清澈。

傍晚，我到了县城。县委机关设在城里原是一家钱庄的大宅院里，老梁住在东屋。

梁同事朴实而厚重。我们最初认识是一九三八年春季，我到这县组织人民武装自卫会，那时老梁在县里领导着一个剧社。但熟起来是在一九四二年，我从山地回到平原，帮忙编辑《冀中一日》的时候。

一九四三年，敌人在晋察冀持续了三个月的大"扫荡"。在繁峙境，我曾在战争空隙，翻越几个山头，去看望他一次。那时他正跟随西北战地服务团行军，有任务要到太原去。

我们分别很久了。当天晚上，他就给我安排好了下乡的地点，他叫我到一个村庄去。我在他那里，见到一个身材不高管理文件的女同志，老梁告诉我，她叫银花，就是那个村庄的人。她有一个妹妹叫锡花，在村里工作。

到了村里，我先到锡花家去。这是一家中农。锡花是一个非常热情、爽快、很懂事理的姑娘。她高高的个儿，颜面和头发上，都还带着明显的稚气，看来也不过十七八岁。中午，她给我预备了一顿非常可口的家乡饭：煮红薯、炒花生、玉茭饼子、杂面汤。

她没有母亲，父亲有四十来岁，服饰不像一个农民，很像一个从城市回家的商人，脸上带着酒气，不好说话，在人面前，好像做了什么错事似的。在县城，我听说他不务正业，当时我想，也许是中年鳏居的缘故吧。她的祖父却很活跃，不像一个七十来岁的老人，黑干而健康的脸上，笑容不断，给我的印象，很像是一个牲口经纪或赌场过来人。他好唱昆曲，在我们吃罢饭休息的时候，他拍着桌沿，给我唱了一段《藏舟》。这里的老一辈人，差不多都会唱几口昆曲。

我住在这一村庄的几个月里，锡花常到我住的地方看我，有时给我带些吃食去。她担任村里党支部的委员，有时也征求我一些对村里工作的意见。有时,我到她家去坐坐,见她总是那样勤快活泼。后来,我到了河间,还给她写过几回信,她每次回信,都谈到她的学习。我进了城市,音问就断绝了。

这几年,我有时会想起她来,曾向梁同志打听过她的消息。老梁说,在一九四八年农村整风的时候,好像她家有些问题,被当做"石头"搬了一下。农民称她家为"官铺",并编有歌谣。锡花仓促之间,和一个极普通的农民结了婚,好像也很不如意。详细情形,不得而知。乍听之下,为之默然。

我在那里居住的时候,接近的群众并不多,对于干部,也只是从表面获得印象,很少追问他们的底细。现在想起来,虽然当时已经从村里一些主要干部身上,感觉到一种专横独断的作风,也只认为是农村工作不易避免的缺点。在锡花身上,连这一点也没有感到。所以,我还是想:这些民愤,也许是她的家庭别的成员引起的,不一定是她的过错。至于结婚如意不如意,也恐怕只是局外人一时的看法。感情的变化,是复杂曲折的,当初不如意,今天也许如意。很多人当时如意,后来不是竟不如意了吗?但是,这一切都太主观,近于打板摇卦了。我在这个村庄,写了《钟》《藏》《碑》三篇小说。在《藏》里,女主人公借用了锡花这个名字。

我住在村北头姓郑的一家三合房大宅院里,这原是一家地主,房东是干部,不在家,房东太太也出去看望她的女儿了。陪我做伴的,是他家一个老佣人。这是一个在农村被认为缺个魂儿、少个心眼儿、其实是非常质朴的贫苦农民。他的一只眼睛不好,眼泪不停止地流下来,他不断用一块破布去擦抹。他是给房东看家的,因而也帮我做饭。没事的时候,也坐在椅子上陪我说说话儿。

有时,我在宽广的庭院里散步,老人静静地坐在台阶上;夜晚,我在屋里地下点一些秫秸取暖,他也蹲在一边取火抽烟。他的形象,在我心里,总是引起一种极其沉重的感觉。他孤身一人,年近衰老,尚无一瓦之栖,一垄之地。无论在生活和思想上,在他那里,还没有在其他农民身上早已看到的新的标志。一九四八年平分土地以后,不知他的生活变得怎样了,祝他晚境安适。

在我的对门,是妇救会主任家。我忘记她家姓什么,只记得主任叫志扬,这很像是一个男人的名字。丈夫在外面做生意,家里只有她和婆母。婆母外表黑胖,颇有心计,这是我一眼就看出来的。我初到郑家,因为村干部很是照顾,她以为来了什么重要的上级,亲自来看过我一次,显得很亲近,一定约我到她家去坐坐。第二天我去了,是在平常人家吃罢早饭的时候。她正在院里打扫,这个庭院显得整齐富裕,门窗油饰还很新鲜,她叫我到儿媳屋里去,儿媳也在屋里招呼了。我走进西间里,看见妇救会主任还没有起床,盖着耀眼的红绫大被,两只白皙丰满的膀子露在被头外面,就像陈列在红绒衬布上的象牙雕刻一般。我被封建意识所拘束,急忙却步转身。她的婆母却在外间吃吃笑了起来,这给我的印象颇为不佳,以后也就再没到她家去过。

有时在街上遇到她婆母,她对我好像也非常冷淡下来了。我想,主要因为,她看透我是一个穷光蛋,既不是骑马的干部,也不是骑车子的干部,而是一个穿着粗布棉衣,挟着小包东游西晃遛遛达达的干部。进村以来,既没有主持会议,也没有登台讲演,这种干部,叫她看来,当然没有什么作为,也主不了村中的大计,得罪了也没关系,更何必巴结钻营?

后来听老梁说,这家人家在一九四八年冬季被斗争了。这一消息,没有引起我任何惊异之感,她们当时之所以工作,明显地带有投机性质。

在这村，我遇到了一位老战友。他的名字，我起先忘记了，我的爱人是"给事中"，她告诉我这个人叫松年。那时他只有二十五六岁，瘦小个儿，聪明外露，很会说话，我爱人只见过他一两次，竟能在十五六年以后，把他的名字冲口说出，足见他给人印象之深。

松年也是郑家支派。他十几岁就参加了抗日工作，原在冀中区的印刷厂，后调阜平《晋察冀日报》印刷厂工作。我俩人工作经历相仿，过去虽未见面，谈起来非常亲切。他已经脱离工作四五年了。他父亲多病，娶了一房年轻的继母，这位继母足智多谋，一定要儿子回家，这也许是为了儿子的安全着想，也许是为家庭的生产生活着想。最初，松年不答应，声言以抗日为重。继母遂即给他说好一门亲事，娶了过来，枕边私语，重于诏书。新媳妇的说服动员工作很见功效，松年在新婚之后，就没有回山地去，这在当时被叫做"脱鞋"——"妥协"或开小差。

时过境迁，松年和我谈起这些来，已经没有惭怍不安之情，同时，他也许有了什么人生观的依据和现实生活的体会吧，他对我的抗日战士的贫苦奔波的生活，竟时露嘲笑的神色。那时候，我既然服装不整，夜晚睡在炕上，铺的盖的也只是破毡败絮。（因为房东不在家，把被面都搁藏起来，只是炕上扔着一些破被套，我就利用它们取暖。）而我还要自己去要米，自己烧饭，在他看来，岂不近于游僧的敛化，饥民的就食！在这种情况下面，我的好言相劝，他自然就听不进去，每当谈到"归队"，他就借故推托，扬长而去。

有一天，他带我到他家里去。那也是一处地主规模的大宅院，但有些破落的景象。他把我带到他的洞房，我也看到了他那按年岁来说显得过于肥胖了一些的新妇。新妇看见我，从炕上溜下来出去了。因为曾经是老战友，我也不客气，就靠在那折叠得很整齐的新被垒上休息了一会。

房间裱糊得如同雪洞一般，阳光照在新糊的洒过桐油的窗纸上，明亮如同玻璃。一张张用红纸剪贴的各色花朵，都给人一种温柔之感。房间的陈设，没有一样不带新婚美满的气氛，更有一种脂粉的气味，在屋里弥漫……

柳宗元有言，流徙之人，不可在过于冷清之处久居，现在是，革命战士不可在温柔之乡久处。我忽然不安起来了。当然，这里没有冰天雪地，没有烈日当空，没有跋涉，没有饥饿，没有枪林弹雨，更没有入死出生。但是，它在消磨且已经消磨尽了一位青年人的斗志。我告辞出来，一个人又回到那冷屋子冷炕上去。

生活啊，你在朝着什么方向前进？你进行得坚定而又有充分的信心吗？

"有的。"好像有什么声音在回答我，我睡熟了。

在这个村庄里，我另外认识了一位文建会的负责人，他有些地方，很像我在《风云初记》里写到的变吉哥。

以上所记，都是十五六年前的旧事。一别此村，从未再去。有些老年人，恐怕已经安息在土壤里了吧。他们一生的得失，欢乐和痛苦，只能留在乡里的口碑上。一些青年人，恐怕早已生儿育女，生活大有变化，愿他们都很幸福。

1962 年 8 月 13 日夜记

采蒲台的苇

我到了白洋淀,第一个印象,是水养活了苇草,人们依靠苇生活。这里到处是苇,人和苇结合得是那么紧。人好像寄生在苇里的鸟儿,整天不停地在苇里穿来穿去。

我渐渐知道,苇也因为性质的软硬、坚固和脆弱,各有各的用途。其中,大白皮和大头栽因为色白、高大,多用来织小花边的炕席;正草因为有骨性,则多用来铺房、填房碱;白毛子只有漂亮的外形,却只能当柴烧;假皮织篮捉鱼用。

我来得早,淀里的凌还没有完全融化。苇子的根还埋在冰冷的泥里,看不见大苇形成的海。我走在淀边上,想象假如是五月,那会是苇的世界。

在村里是一垛垛打下来的苇,它们柔顺地在妇女们的手里翻动。远处的炮声还不断传来,人民的创伤并没有完全平复。关于苇塘,就不只是一种风景,它充满火药的气息,和无数英雄的血液的记忆。如果单纯是苇,如果单纯是好看,那就不成为冀中的名胜。

这里的英雄事迹很多,不能一一记述。每一片苇塘,都有英雄的传说。敌人的炮火,曾经摧残它们,它们无数次被火烧光,人民的血液保持了它们的清白。

最后的苇出在采蒲台。一次,在采蒲台,十几个干部和全村男女被敌人包围。那是冬天,人们被围在冰上,面对着等待收割的大苇塘。

敌人要搜。干部们有的带着枪,认为是最后战斗流血的时候到来了。妇女们却偷偷地把怀里的孩子递过去，告诉他们把枪支插在孩子的裤裆里。搜查的时候，干部又顺手把孩子递给女人……十二个女人不约而同地这样做了。仇恨是一个，爱是一个，智慧是一个。

枪掩护过去了，闯过了一关。这时，一个四十多岁的人，从苇塘打苇回来，被敌人捉住。敌人问他："你是八路？""不是！""你村里有干部？""没有！"敌人砍断他半边脖子，又问："你的八路？"他歪着头，血流在胸膛上，说："不是！""你村的八路大大的！""没有！"

妇女们忍不住，她们一齐沙着嗓子喊："没有！没有！"

敌人杀死他，他倒在冰上。血冻结了，血是坚定的，死是刚强！

"没有！没有！"

这声音将永远响在苇塘附近，永远响在白洋淀人民的耳朵旁边，甚至应该一代代传给我们的子孙。永远记住这两句简短有力的话吧！

1947 年 3 月

安新看卖席记

在安新集市上，席市是洋洋大观，从早晨各地席民就背着挑着一大捆一大捆的席赶到集上来，平铺陈列，拥挤异常。安新席以走京、卫、府、关东为大宗，此外走伍仁桥，则供应冀中上地农民使用，为量较小。

现在正赶上河路的"产期"，凌未完全融化，而已经不能行使拖床，在交通上是一年中顶困难的时候，各地行商不能到来，因此这几集的席，出售很成问题。

席民主要依靠席子生活，卖出席，才能买回苇和一集的食粮，对织好的席是急于出售，那种迫切的情形，在别的市场上是很少见的。

不难想象，在过去，一些大席庄，是会利用席民这严重的困难，尽量压低席价，借牟大利，席民不能不忍痛抛售。

现在，以"专业苇席渔，繁荣白洋淀"为目的的我们的公营商店隆昌号，却从各地调款来，尽力支持安新的席业，保证席民的生活，和再生产。并且贱价售出粮食、苇，以增加席民的收入，和保证他们的生活。

过去我不了解，一个商店，怎样为人民服务，但自从看了今天的席市的情形，才知道他们任务的重大，和值得感动的干部的热情。

我在隆昌号的安新席庄宏利号，会见了负责同志，他对我要在席市上停留一天，非常满意。他说：你看看席民的情形吧，有人怪我们为什么把席价抬得这么高，以致亏本，可是你要看见席民的情形，就不能不这样做，我有点"恩赐"观点……

自然，十年战争，我们有了很多新的社会关系和新的感情。但一个席店老板对席民发生这种息息相关的感情，在我却是异常新鲜的事。

我到席市上去了。席民们正在三三两两，议论着今天没有行市，大为发愁。他们不时到宏利的院里探听，今天席店是不是收买？在他们困难的时候，立时就会想到公家商店的帮助，我想这就是宏利席店过去工作的成绩。

他们搬来搬去，总想把自己的席放在第一个能出售的地方，那些妇女们也是这样做。他们等候着席店收买人的出场，简直像观众等待着锣鼓开台，好角出场，自然，那迫切程度，更甚于此。

宏利席店的经理和店员们，则像决定一件政策一样开了简短的会议，虽然他们已经在收席上赔了很大一笔款子，但他们全能理解到这就是工作上的收获，这就是实践了为人民服务的方针。因此，他们决定这一集，还是尽量收买，不低落价钱。在席民——贸易上的对象青黄不接时，热情负责地拉一把，这就是我们商店的特色。

当席店的买手一出场，席民们纷纷拥上包围，另外就有很多人背上自己的席，跟在买手后面，看他在哪地方开始。买手一手提着印号篮子，一手拿着一个活尺，被席民们蜂拥着走到场里来。

开始收买了，由席民们一张张往上举着席，买手过目，并有时用尺子排排尺寸。席民们围得风雨不透，看着那席子的成色，等候开市的价格。买手一边说着价格，就用那大戳子在席角标上了价码和印记，常常比争论着的价钱高出一百元，出售了的席民就赶紧卷起席子到席店去取款。

第一个价钱立时就在席民间传开了:"五千五!"

挨次收买,那些一时走不到的地方,席民们就焦急地等待着。那里等待真是焦急,有的干脆就躺在席子上闭起眼睛来。

买手对席是那样内行,一过眼就看出了席的成色,嘴里不断说着:"苇色不错。""织的草。""一样的苇还有不一样织手哩!"他一过目,就对席提出了确切的批评,因此席民都嘻嘻地笑着,叫他看着划价钱。

席市,在安新不知道出现若干年代了,在北门外就有一个碑亭,记载着织席的沿革。我不知怎么想起,在若干年代,席民到这里卖席,是有无限的辛酸与难言之痛的。

出售的是他的妻子或女儿的手艺,他们虽然急于求售,但对自己的席充满无限情感。我看见他们把席交了,还不断回头望着,才到会计科去支款;自然家里的妻子儿女,所盼望的是一集的食粮,但也不会一时就忘掉她们那席上的细密的花纹吧!

老于此行的同志,也曾向我说明,不要只看这一集,如果是京帮、卫帮的人下来了,"推小车的来了",席民的情形,会大大不同。

但我总以为,在过去,因为席民没有一种固定的组合,赶集抛售,总是很艰难的。他们拥挤着买手去看他们的席,去年我们有一个年老的买手,因为叫他们拖来拖去,拖病了半个月,衣裳扯烂了,那是平常事。

现在我们的公营商店,尽量研究,打通外区和内地的销路,使席子畅销,并帮助他们提高质量,和其他沿海产的席子竞赛。

看到中午,我以为可以回去了,但宏利的负责同志一定要我等到太阳平西。到那时,卖不出席子的席民,会找上门来,一定要你收买，席店虽然款已用光，还得想法叫他们能买苇和粮食回去。

　　这样，我就觉得，宏利席店就不只是一种商业组织，定会成为席民自己的一种组织。在这个血肉相关的基础上，可以看出安新席民生活、席民组织和安新席业的远景，那远景是幸福而繁荣的。

1947 年 3 月

一别十年同口镇

十年前,我曾在安新同口当了一年小学教员,就是那年,伟大的人民抗日战争开始了,同口是组织抗日力量的烽火台之一,在抗日历史上永远不会湮没。

这次到白洋淀,一别十年的旧游之地,给我很多兴奋,很多感触。想到十年战争时间不算不长,可是一个村镇这样的兑蜕变化,却是千百年所不遇。

我清晨从高阳出发,越过一条堤,便觉到天地和风云都起了变化,堤东地势低下,是大洼的边沿,云雾很低,风声很急,和堤西的高爽,正成一个对照。

顺堤走到同口村边,已经是水乡本色,凌皮已经有些地方解冻,水色清澈得发黑。有很多拖床正在绕道行走。村边村里房上地下,都是大大小小的苇垛,真是山堆海积。

水的边沿正有很多农民和儿童,掏掘残存的苇子和地边的硬埂,准备播种;船工正在替船家修理船只,斧凿叮咚。

街里,还到处是苇皮,芦花,鸭子,泥泞,低矮紧挤的房屋,狭窄的夹道,和家家迎风摆动的破门帘。

这些景象,在我的印象里淡淡冲过,一个强烈的声音,在我心里叩问:人民哩,他们的生活怎样了?

我利用过去的关系,访问了几个家庭。我在这里教书时,那些穷苦的孩子们,那些衣衫破烂羞于见老师的孩子们,很多还在火线上。他们的父母,很久才认出是我,热情真挚地和我诉说了这十年的同口镇的经历,并说明他们的孩子,都是二十几岁的人了,当着营长或教导员。他们忠厚地感激我是他们的先生,曾经教育了他们。我说:我能教给他们什么呢,是他们教育了自己,是贫苦教育了他们。他们的父兄,代替了那些绅士地主,负责了村里的工作,虽然因为复杂,工作上有很多难题,可是具备无限的勇气和热心,这也是贫苦的一生教育了他们。

那些过去的军阀、地主、豪绅,则有的困死平津,有的仍纵欲南京上海,有的已被清算。他们那些深宅大院,则多半为敌人在时拆毁,敌人在有名的"二班"家的游息花园修筑了炮楼,利用了宅内可用的一切,甚至那里埋藏着的七副柏树棺木。村民没有动用他们的一砖一瓦,许多贫民还住在那低矮的小屋。

过去,我虽然是本村高级小学的教员,但也没有身份去到陈调元大军阀的公馆观光,只在黄昏野外散步的时候,看着那青砖红墙,使我想起了北平的景山前街。那是一座皇宫,至少是一座王爷府。他竟从远远的地方,引来电流,使全宅院通宵火亮,对于那在低暗的小屋子里生活的人民是一种威胁,一种镇压。

谁能知道一个村庄出产这样一个人物在同村的男女中间引起什么心理上的影响?但知道,在那个时候虽然是这样的势派气焰,农民却很少提起陈调元,农民知道把自己同这些人划分开。

土地改革后,没有房住的贫苦军属,进住了陈调元的住宅,我觉得这时可以进去看看了。我进了大门,那些穷人们都一家家地住在陈宅的厢房里、下房里,宽敞的五截正房都空着。我问那些农民,为什么不住正房,他们说住不惯那么大的房子,那住起来太空也太冷。这些房子原来设备的电灯、木器、床帐,都被日本毁坏了。穷人们把自家带来的破布门帘挂在那样华贵的门框上,用柴草堵上窗子。院里堆着苇子，在方砖和洋灰铺成的院子里，晒着太阳织席。他们按着他们多年的劳动生活的习惯，安置了他们的房间，利用了这个院子。

他们都分得了地种，从这村一家地主，就清算出几十顷苇田。我也到了几家过去的地主家里，他们接待我，显然还是习惯的冷漠，但他们也向我抱怨了村干部，哭了穷。但据我实际了解，他们这被清算了的，比那些分得果实的人，生活还好得多。从这一切的地方可以看出，从房舍内，他们的墙上，还有那些鲜艳的美女画片，炕上的被褥还是红红绿绿，那些青年妇女，脸上还擦着脂粉，在人面前走过，不以为羞。我从南几县走过来，我很少看见擦脂抹粉的人了。

这些脂粉，可以说是残余的东西，如同她们脚下那些缎"花鞋"。但证明，农民并没有清算得她们过分。土地改革了，但在风雪的淀里咚咚打冰的，在泥泞的街上，坐着织席的，还是那些原来就贫穷的人，和他们的孩子们，而这些地主们的儿子，则还有好些长袍大褂，游游荡荡在大街之上和那些声气相投的妇女勾勾搭搭。我觉得这和过去我所习见的地主子弟，并没有分别，应该转变学习劳动，又向谁诉的什么苦！

进步了的富农，则在尽力转变着生活方式，陈乔同志的父亲母亲妹妹在昼夜不息地卷着纸烟，还自己成立了一个烟社，有了牌号，我吸了几支，的确不错。他家没有劳动力，卖出了一些地，干起这个营生，生活很是富裕。我想这种家庭生活的进步，很可告慰我那在远方工作的友人。

1947 年 5 月于端村

张 秋 阁

一九四七年春天，冀中区的党组织号召发动大生产运动，各村都成立了生产委员会。

一过了正月十五，街上的锣鼓声音就渐渐稀少，地里的牛马多起来，人们忙着往地里送粪。

十九这天晚上，代耕队长曹蜜田，拿着一封信，到妇女生产组组长张秋阁家里去。秋阁的爹娘全死了，自从哥哥参军，她一个人带着小妹妹二格过日子。现在，她住在年前分得的地主曹老太的场院里。

曹蜜田到了门口，看见她还点着灯在屋里纺线，在窗口低头站了一会，才说：

"秋阁，开开门。"

"蜜田哥吗？"秋阁停了纺车，从炕上跳下来开开门，"开会呀？"

曹蜜田低头进去，坐在炕沿上，问：

"二格睡了？"

"睡了。"秋阁望着蜜田的脸色，"蜜田哥，你手里拿的是谁的信？"

"你哥哥的，"蜜田的眼湿了，"他作战牺牲了。"

"在哪里？"秋阁叫了一声把信拿过来，走到油灯前面去。她没有看信，她呆呆地站在小橱前面，望着那小小的跳动的灯火，流下泪来。

她趴在桌子上,痛哭一场,说:

"哥哥从小受苦,他的身子很单薄。"

"信上写着他作战很勇敢。"曹蜜田说,"我们从小好了一场,我想把他的尸首起回来,我是来和你商量。"

"那敢情好,可是谁能去呀?"秋阁说。

"去就是我去。"曹蜜田说,"叫村里出辆车,我去,我想五天也就回来了。"

"五天?村里眼下这样忙,"秋阁低着头,"你离得开?我看过一些时再说吧,人已经没有了,也不忙在这一时。"她用袖子擦擦眼泪,把灯剔亮一些,接着说,"爹娘苦了一辈子,没看见自己的房子地就死了,哥哥照看着我们实在不容易。眼看地也有得种,房也有得住,生活好些了,我们也长大了,他又去了。"

"他是为革命死的,我们不要难过,我们活着,该工作的还是工作,这才对得住他。"蜜田说。

"我明白。"秋阁说,"哥哥参军的那天,也是这么晚了,才从家里出发,临走的时候,我记得他也这么说过。"

"你们姐俩是困难的。"曹蜜田说,"信上说可以到县里领恤金粮。"

"什么恤金粮?"秋阁流着泪说,"我不去领,哥哥是自己报名参军的,他流血是为了咱们革命,不是为了换小米粮食。我能够生产。"

曹蜜田又劝说了几句,就走了。秋阁坐在纺车怀里,再也纺不成线,她望着灯火,一直到眼睛发花,什么也看不见,才睡下来。

第二天,她起得很早,把二格叫醒,姐俩到碾子上去推棒子,推好叫二格端回去,先点火添水,她顺路到郭忠的小店里去。

郭忠的老婆是个歪材。她原是街上一个赌棍的女儿，在旧年月，她父亲在街上开设一座大宝局，宝局一开，如同戏台，不光是赌钱的人来人往，就是那些供给赌徒们消耗的小买卖，也不知有多少。这个女孩子起了个名儿叫大器。她从小在那个场合里长大，应酬人是第一，守家过日子顶差。等到大了，不知有多少人想算着她，父亲却把她嫁给了郭忠。

谁都说，这个女人要坏了郭家小店的门风，甚至会要了郭忠的性命。娶过门来，她倒安分守己和郭忠过起日子来，并且因为她人缘很好，会应酬人，小店添了这员女将，更兴旺了。

可是小店也就成了村里游手好闲的人们的聚处，整天价人满座满，说东道西，拉拉唱唱。

郭忠有个大女儿名叫大妮，今年十七岁了。这姑娘长得很像她母亲，弯眉大眼，对眼看人，眼里有一种迷人的光芒，身子发育得丰满，脸像十五的月亮。

大妮以前也和那些杂乱人说说笑笑，打打闹闹，近来却正眼也不看他们；她心里想，这些人要不得，你给他点好颜色看，他就得了意，顺竿爬上来，顶好像蝎子一样蜇他们一下。

大妮心里有一种苦痛，也有一个希望。在村里，她是叫同年的姐妹们下眼看的，人们背地说她出身不好，不愿意叫她参加生产组，只有秋阁姐知道她的心，把她叫到自己组里去。她现在很恨她的母亲，更恨那些游手好闲的整天躺在她家炕上的那些人，她一心一意要学正派，要跟着秋阁学。

秋阁来到她家。在院里叫了一声，大妮跑出来，说：

"秋阁姐，到屋里坐吧，家里没别人。"

"我不坐了，"秋阁说，"吃过饭，我们去给抗属送粪，你有空吧?"

"有空。"大妮说。

大妮的娘还没有起来,她在屋里喊:

"秋阁呀,屋里坐坐嘛。你这孩子,多咱也不到我这屋里来,我怎么得罪了你?"

"我不坐了,还要回去做饭哩。"秋阁走出来,大妮跟着送出来,送到过道里小声问:

"秋阁姐,怎么你眼那么红呀,为什么啼哭来着?"

"我哥哥牺牲了。"秋阁说。

"什么,秋来哥呀?"大妮吃了一惊站住了,眼睛立时红了,"那你今儿个就别到地里去了,我们一样做。"

"不,"秋阁说,"我们还是一块去,你回去做饭吃吧。"

1947 年春

光复唐官屯之战

一

我军收复唐官屯之战，于十二日下午六时开始，由于我战士们无可比拟的英勇行为，从部队开始运动到完全占领该镇，为时不过一点钟。太阳衔山时，镇内秩序已恢复，记者访问担任突击任务之我野战军某营曹耀宗营长，曹营长称：我军之所以能如此迅速获得胜利，其主要原因在于我军出击及火力的突然性。我军于唐官屯西北渡口攻入，战士抢渡深齐腰部之古运粮河，过河后，靠梯上房，历时不过十分钟。巷战时，我自动火器沿毛家公馆——平台——老爷庙一线高房突进。敌人无还手余力，迅速龟缩镇南一角，被我军聚歼。

二

收复唐官屯时，我战士猛压狠追的动作，使唐官屯居民誉为神异，战场纪律，尤其值得表扬。在战场上，我战士只知解决敌人，拿起武器，集中力量，节省时间，迅速完成战斗任务。居民对我军秋毫无犯的优良纪律称赞不已。

三

十三日黎明，唐官屯居民纷纷出来看望八路军，街道为之拥塞。记者与一老者招呼，老者颇为感动地指着街上的人们说："受够了，现在熬出来了！"彼深知八路军系解放人民而来。一手艺工人，于战斗进行时，即倚在门后偷偷观望，等候我军到来。其妻意恐危险，促其退避，工人暗语其妻："我听听进来了没有，他们（指我军）来了，我们就不受罪了。"

四

十三日清晨，唐官屯俘虏从大街狼狈走过，遭居民切齿。虽平原已届麦秋，俘虏多有穿着棉鞋者。据居民称，保四团在此驻防，敲诈抢掠，内有一军官专门搜捕蛇、狗、刺猬解馋，如今用这三种动物，形容眼前敌人，人人以为确切。

五

唐官屯傍津浦路及运河，过去颇为富庶，经敌伪统治十年，镇内已贫败不堪。镇外运河两岸，均为肥沃园地，种有各种菜蔬，我军行进时，眼前一片油绿，甜瓜正在开花，虽已接近战场，战士仍纷传："留心脚下。"我军对田园及人民之爱护如此。河西分得土地农民，欣见我军全面胜利，心头释一重负，他们说："天不能变了！"

六

唐官屯居民于战斗未结束时即确信我军能攻占该镇，他们说：

"你们(指我军)早拿早下,晚拿晚下,一拿就下。"居民对国民党军队之腐败无能,早经看透。但对我军之如此英勇神速,火力之如此强大,亦颇感惊奇。我战士于大街行进,妇孺争相观看。战斗即为最有效的宣传,唐官屯及其附近青年,热望能参加我军。

七

唐官屯作战时,我大军行进沿途村庄,街头全备有开水,父老寄以期望,祝以胜利。民兵及担架民夫,组织严密,动作迅速,他们沿运河奔跑工作,并向经过的村庄居民欢呼前方胜利情形。

八

指挥突击镇区之曹耀宗谈我军此次作战胜利经验:一、营首长精心计划,亲自察看地形,具体部署,对各种火力位置,突击道路,打击重点,特等射手负责的枪眼,均经详细规定。由射火器,完成射击,观察着点。步炮协同,火力威猛。部队动作,有次序,在任何情况下,不发生紊乱。二、各级干部清楚地观察敌人动态,按级报告,营长及时指挥。三、我战士三猛三狠的突击动作。四、通信联络严密迅速,不致发生误会。五、严守战场纪律,战士不为拣洋落分散作战精力。

1947 年 6 月

1951年 天津

《铁木前传》插图

文学和生活的路

——同《文艺报》记者谈话

《文艺报》编辑部希望我谈谈如何艺术地反映生活，谈谈有关艺术规律方面的一些问题。我没有资格谈这个问题。我在创作上成就很小，写的东西很少。这些年，在理论问题上，思考的也很少。但是，《文艺报》编辑部的热情难却。另外，我想到，不管怎么样，我从十几岁就学习文学，还可以说一直没有间断，现在已经快七十岁了，总还有些经验。这些经验也有成功的，也有失败的，失败的比较多，对青年同志们可能有些用处。所以我还是不自量力地来谈谈这个问题。

我感觉《文艺报》这个题目："如何艺术地反映生活"，是指文学作品的艺术性。一部作品，艺术的成就，不是一个技巧问题。假如是一个技巧问题，开传习所，就可以解决了。根据历史上的情况，艺术这个东西，父不能传其子，夫不能传其妻，甚至师不能传其徒。当然，也不是很绝对的，也有父子相承的，也有兄弟都是作家的。这里面不一定是个传授问题，可能有个共同环境的问题。文学和表演艺术不同，表演艺术究竟有个程式，程式是可以模拟的。文学这个东西不能模拟，模拟程式，那就是抄袭，不能成为创作。我的想法，艺术性问题，至少包括三个方面：第一是生活的阅历和积累，生活的经历是最主要的；第二是思想修养；第三是文艺修养。我下面就这三个问题漫谈，没有什么系统，谈到哪儿算哪儿。

生活的阅历和积累，不是专凭主观愿望可以有的。人的遭遇不是他自身可以决定的。拿我个人来说,我就没有想到我一生的经历,会是这个样子。在青年的时候,我的想法和现在不一样。所以过去有人说:青年的时候是信书的,到老年信命。我有时就信命运。命运可以说是客观的规律,不是什么唯心的东西。我们生活在这个世界上,是受这个客观世界,受时代推动的。学生时代我想考邮政局,结果愿望没达到,我就去教书。后来赶上抗日战争,我才从事文学工作,一直到现在。就是说生活经历不是凭个人愿望,我要什么经历就有什么经历,不是那样的。从事文学,也不完全是写你自己的生活。生活不足,可以去调查研究,可以去体验。

说到思想修养,这对创作、对艺术性来说,就很重要。什么叫艺术性?既然不是技巧问题,那就有个思想问题。你作品中的思想,究竟达到什么高度,究竟达到什么境界,是不是高的境界,这都可以去比较,什么东西一比较就可以看出来。文学艺术,需要比较崇高的思想,比较崇高的境界,没有这个,谈艺术很困难。很多伟大的作家、作品,它的思想境界都是很高的。它的思想,就包含在它所表现的那个生活境界里面。思想不是架空的,不是说你想亮一个什么思想,你想在作品里表现一个什么思想,它是通过艺术、通过生活表现出来的,那才是真正的作品的思想高度和思想境界。

第三是文艺修养。我感觉到现在有一些青年人,在艺术修养这方面,功夫还是比较差,有的可以说差得很多。我曾经这样想过,"五四"以来,中国的大作家,他们读书的情况,是我们不能比的。我们这一代,比起鲁迅、郭沫若、茅盾、巴金、郁达夫,比起他们读书,非常惭愧。他们在幼年就读过好多书,而且精通外国文,不止一种。后来又一直读书,古今中外,无所不通,渊博得很。他们这种读书的习惯,可以说启自童年,迄于白发。我们可以看看《鲁迅日记》。我逐字逐句地看过两遍。我觉得是很有兴趣的一部书。我曾经按着日记后面的书账，自己也买了些书。他读书非常多。《鲁迅日记》所记的这些书，是鲁迅在北京做官时买的。他幼年读书的情况，见于周作人的日记，那也是非常渊博的。又如郁达夫，在日本时读了一千多种小说，这是我们不可想象的。现在我们读书都非常少，读书很少，要求自己作品艺术性高，相当困难。借鉴的东西非常少，眼界非常不开阔，没有见过很好的东西，不能取法乎上。只是读一些报纸、刊物上的作品，本来那个就不高，就等而下之。最近各个地方办了读书班，我觉得是非常好、非常及时的一种措施。把一些能写东西的青年集中起来让他们读书。我们现在经验还不足，还要慢慢积累一些经验。前几天石家庄办了个读书班，里面有个学生，来信问我读书的方法。我告诉她，你是不是利用这个时间，多读一些外国作品，外国作品里面的古典作品。你发现你对哪一个作家有兴趣，哪个作家合你的脾胃，和你气质相当，可以大量地、全部地读他的作品。大作家，多大的作家也是一样，他不能网罗所有的读者，不能使所有的读者，都拜倒在他的名下。有的人就是不喜欢他。比如短篇小说：莫泊桑、都德，我也知道他们的短篇小说好，我也读过一些，特别是莫泊桑，他那短篇小说，是最规格的短篇小说，无懈可击的。但是我不那么爱好莫泊桑的短篇小说，我喜欢普希金、契诃夫、梅里美、高尔基的短篇小说。我感觉到普希金的短篇小说和契诃夫的短篇小说，合乎我的气质，合乎我的脾胃。在这些小说里面，可以看到更多的热烈的感情、境界。屠格涅夫的长篇小说，我都读过，我非常喜爱。他的长篇小说，是真正的长篇小说，规格的，无懈可击。它的写法，它的开头和结尾，故事的进行，我非常爱好。但我不大喜欢他的短篇小说

《猎人笔记》，虽然那么有名。这不是说，你不喜欢它就不好。每个读者，他的气质，他的爱好，不是每个人都一样。你喜欢的，你就多读一些；不喜欢的，就少读一点。中国的当然也应该读。中国短篇小说很多，但是我想，中国旧的短篇小说，好好读一本《唐宋传奇》，好好读一本《今古奇观》，读一本《宋人平话》，一本《聊斋志异》就可以了。平话有好几部：有《五代史平话》《三藏取经诗话》《宋人平话》《三国志平话》。我觉得《宋人平话》最好。我劝青年同志多读一点外国作品，我们不能闭关自守。"五四"新文学所以能发展得那么快，声势那么大，就是因为那时候，介绍进来的外国作品多。不然就不会有"五四"运动，不会有新的文学。我们现在也是这样。我主张多读一些外国古典东西。我觉得书（中国书也是这样），越古的越有价值，这倒不是信而好古，泥古不化。一部作品，经过几百年、几千年考验，能够流传到现在，当然是好作品。现在的作品，还没有经过时间的考验和淘汰，好坏很难以说。所以我主张多读外国的古典作品，当然近代好的也要读。

我们在青年的时候，学习文艺，主张文艺是为人生的，鲁迅当时也是这样主张的。在青年，甚至在幼年的时候，我就感到文艺这个东西，应该是为人生的，应该使生活美好、进步、幸福的。为了达到这个目的，你的作品要为人生服务，必须作艺术方面的努力。那时有一个对立的口号：为艺术而艺术。大家当时反对为艺术而艺术。但是，为人生的艺术，不能完全排斥为艺术而艺术。你不为艺术而艺术，也就没有艺术，达不到为人生的目的。你想要为人生，你那个作品，就必须有艺术，你同时也得为艺术而努力。

现在，大家都在谈文艺和政治的关系。我在读高中的时候，读了《政治经济学批判序言》，也读过《唯物论与经验批判论》和《费尔巴哈论纲》。华汉著的《社会科学概论》，是作为一门正式课程，在课堂上讲的。我们的老师好列表。为了帮助学生们理解，关于辩证法他是这样画的：正——反——合。合，就是否定的否定。经济基础，一条直线上去，是政治、法律，又一条直线上去，是文学艺术，也叫意识形态。直到现在还是这个印象。文艺和政治不是拉在一条平行线上的。鲁迅一九二六——一九二七年在广州看到了当时的政治和文艺情况，他写了好几篇谈文艺与政治的文章，我觉得应该好好读。他在文章里谈到，"政治先行，文艺后变"。意思是说，政治可以决定文艺，不是说文艺可以决定政治。我有个通俗的想法。什么是文艺和政治的关系？我这么想，既然是政治，国家的大法和功令，它必然作用于人民的现实生活，非常广泛、深远。文艺不是要反映现实生活吗？自然也就要反映政治在现实生活里面的作用、所收到的效果。这样，文艺就反映了政治。政治已经在生活中起了作用，使生活发生了变化，你去反映现实生活，自然就反映出政治。政治已经到生活里面去了，你才能有艺术的表现。不是说那个政治还在文件上，甚至还在会议上，你那里已经出来作品了，你已经反映政治了。你反映的那是什么政治？我同韩映山他们讲，我写作品离政治远一点，也是这个意思，不是说脱离政治。政治作为一个概念的时候，你不能做艺术上的表现，等它渗入到群众的生活，再根据这个生活写出作品。当然作家的思想立场，也反映在作品里，这个就是它的政治倾向。一部作品有了艺术性，才有思想性，思想溶化在艺术的感染力量之中。那种所谓紧跟政治，赶浪头的写法，是写不出好作品的。

　　写"大跃进"的时候，你写那么大的红薯，稻谷那么大的产量，钢铁那么大的数目，登在报上。很快就饿死了人，你就不写了，你的作品就是谎言。文艺和政治的关系，表现在哪里？

中国古代好多学者，他们的坚毅的精神，求实的精神，对人民、对时代、对后代负责的精神，很值得我们学习。这里我想谈一些学术家们的情况。司马迁、班固、王充，他们的工作条件都是很困难的，当时的处境也不是很好的，但都写出了这样富有科学性的、对人民负责的作品。还有一个叫刘知几，他有一部《史通》。我很爱读这部书，文字非常锋利。他不怕权威。多么大的权威，他都可以批判，司马迁、班固，他都可以指责。他不是无理取闹。他对史学很有修养，他不能成为国家正式的修史人员，他把自己的学术，作为一家之言来写。文字非常漂亮，说理透彻。司马光的《资治通鉴》，是非常令人佩服的，当时没有读者，给谁看，谁都不爱看。他把这么长的历史事实，用干支联系起来。多么大的科学！李时珍的《本草纲目》，就不用说这部著作大的方面的学术价值，我举两个小例子，就可以说明这个人非常实事求是，非常尊重科学。对于人参的功能，历代说法不一，李时珍把两种说法并列在这一条目之下，使人对人参，有全面的知识。又如灵芝，这是一种了不起的药，一种非常名贵的药。但李时珍贬低这种药，说它一钱不值，长在粪土之上，怎么能医治疾病？我不懂医学，他经过多年观察，多年实践，觉得灵芝不像人们所吹嘘的那样，我就非常佩服他。王夫之写了那么多著作，如《读通鉴论》，从秦一直写到宋，每个皇帝都写了好多，那么多道理，那么多事实，事实和道理结合起来，写得那么透彻，发人深省。他的工作条件更坏，住在深山里，怕有人捉他。他写了《船山遗书》。我们的文学想搞一点名堂出来，在古人面前，我们是非常惭愧的。我们没有这种坚毅不拔的精神，我们缺乏这种科学的态度，我们缺乏对人民对后代负责的精神。中国的文学艺术和中国的历史著作是分不开的。历史著作，给中国文学开辟了道路。《左传》《史记》《汉书》，它们不完全是历史，还为文学开辟了道路。司马迁的《史记》在人物的刻画上，有性格，有语言，有情节。他写了刘邦、项羽，那样大的人物，里面没有一句空洞的话，没有把他们作为神来描写，完全当作一个平凡的人，从他们起事到当皇帝，实事求是。这对中国的文学创作有很大的影响，究竟一个人物怎么写，司马迁的方法，是科学的方法。我主张青年同志，多读一些历史书，不要光读文学书。

我最近给《散文》月刊写《耕堂读书记》，下面一个题目本来想写《汉书·苏武传》。《苏武传》写得非常好，他写苏武，写李陵，都非常入情入理。李陵对苏武的谈话，苏武的回答，经过很高的艺术提炼。李陵对苏武说的，都是最能打动苏武的话，但是苏武不为他的话所诱惑，这已经是写得非常好了。现在我们讲解这篇作品，讲完了以后，总得说班固写这个《苏武传》，或者苏武对李陵的态度，是受时代的局限，要我们批判地去看。我觉得这都是多余的话。每一个人都受时代的局限，我们现在也有时代的局限性，这样讲就是一种时代的局限性。假如班固不按他那个"局限性"，而按我们的"局限性"去写《苏武传》，我敢说，《苏武传》就一点价值也没有了，也不会流传到现在。我们不要这样去要求古人，我们的读者，难道不知那是汉朝的故事？

我们应该总结我们在文学创作上的反面经验。这比正面的经验，恐怕起的作用还要大些。多年以来，在创作上，有很多反面的经验教训。我们总结反面经验教训，是为了什么？就是教我们青年人，更忠实于现实，求得我们的艺术有生命力，不要投机取巧，不要赶浪头，要下一番苦功夫。蒲松龄说，"书痴"的文章必"工"，

"艺痴"的工艺必"良"。这是经验之谈。蒲松龄为写《聊斋》,做了很多的准备工作。《蒲松龄文集》可以说是写《聊斋》的准备,下了多大的苦功!我们要养成认真思考,认真读书,认真修改稿件的习惯。我觉得我别的长处没有,在修改稿件上,可以说是下苦功的。一篇短稿改来改去,我是能够背过的。哪个地方改了个标点,改了个字,我是能记得的。长篇小说每一章,当时我是能背下来的。在发表以前,我是看若干遍的;在发表之后,我还要看,这也许有点孤芳自赏的味道。搞文字工作,不这样不行。我曾经把这个意思,给一些青年同志讲过,有的青年有兴趣,有的没有兴趣。

我们的生活,所谓人生,很复杂,充满了矛盾和斗争。现在我们经常说真美善和假的、邪恶的东西的斗争。我们搞创作,应该从生活里面看到这种斗争,体会到这种斗争。我现在已经快七十岁,我经历了我们国家民族的重大变革,经历了战争、乱离、灾难、忧患。善良的东西、美好的东西,能达到一种极致。在一定的时代,在一定的环境,可以达到顶点。我经历了美好的极致,那就是抗日战争。我看到农民,他们的爱国热情,参战的英勇,深深地感动了我。我的文学创作,就是从这个时候开始的。我的作品,表现了这种善良的东西和美好的东西。我也遇到邪恶的极致,这就是最近的动乱的十年。我觉得这是我的不幸。在那个动乱的时期,我一出门,就看见街上敲锣打鼓,前面走着一些妇女,嘴里叼着破鞋;还有戴白帽子的,穿白袍的,戴锁链的。我看了心里非常难过,觉得那种做法是一种变态心理。

看到真美善的极致,我写了一些作品。看到邪恶的极致,我不愿意写。这些东西,我体验很深,可以说是镂心刻骨的。可是我不愿意去写这些东西,我也不愿意回忆它。

我们幼年学习文学，爱好真的东西，追求美的东西，追求善的东西。那时上海有家书店叫真美善书店，是曾孟朴、曾虚白父子俩开的，出了不少的好书。幼年时，我们认为文学是追求真美善的，宣扬真美善的。我们参加革命，不是也为的这些东西吗？我们愿意看到令人充满希望的东西，春天的花朵，春天的鸟叫；不愿意去接近悲惨的东西。刚解放时有个电影，里面有句歌："但愿人间有欢笑，不愿人间有哭声。"我很欣赏那两句歌。但这是不可能的。我们的生活里面，总是有喜剧，也有悲剧吧。我们看过了人间的"天女散花"，也看过了"目连救母"。但是我始终坚信，我们所追求的文学，它是给我们人民以前途、以希望的，它是要使我们的民族繁荣兴旺的，充满光明的。我们民族是很伟大的。这一点，在这几十年的斗争生活中看到了。

凡是伟大的作家，都是伟大的人道主义者，毫无例外的。他们是富于人情的，富于理想的。他们的作品，反映了他们对于现实生活的这种态度。把人道主义从文学中拉出去，那文学就没有什么东西了。我们的作家，要忠诚于我们的时代，忠诚于我们的人民，这样求得作品的艺术性，反过来作用于时代。

作家不能同时是很有成就的政治家。我看有很多作家，在历史上，有时候也想去当政治家，结果当不成，还是回来搞文学。因为作家只能是纸上谈兵，他对于现实的看法可以影响人，但是不能够去解决人民生活的实际问题，一个时代的政治，可以决定一个时代作家的命运。

我认为，要想使我们的作品有艺术性，就是说真正想成为一个艺术家，必须保持一种单纯的心，所谓"赤子之心"。有这种心就是诗人，把这种心丢了，就是妄人，说谎话的人。保持这种心地，可以听到天籁地籁的声音。《红楼梦》上说人的心像明镜一样。文章是寂寞之道，你既然搞这个，你就得甘于寂寞，你要感觉名利老是在那里诱惑你，就写不出艺术品。所以说，文坛最好不要变成官场。现在我们有的编辑部，甚至于协会，都有官场的现象，这是很不好的。

　　一定的政治措施可以促进文艺的繁荣，也可以限制文艺的发展，总起来说政治是决定性的。文学的职责是反映现实，主要是反映现实中真的美的善的，古今中外的文学作品，都是这样。它也暴露黑暗面。写阴暗面，是为了更突出光明面。我们有很多年，实际上是不准写阴暗面，没有暗的一面，光明面也就没有力量，给人感觉是虚伪的。文学作品，凡是忠实于现实的，忠实于人民的，它就有生命力。公式化、概念化和艺术性是对立的。但是，对公式化、概念化我们也要做具体分析。不是说一切公式化、概念化的东西，都不起作用。公式化、概念化，古已有之。不是说从左联以后，从革命文学才有。蒋光慈、殷夫的作品，不能不说有些是公式化、概念化的。但是他们的作品，当时起到一定的政治宣传作用，推动了革命。"大跃进"时有很多公式化、概念化的作品。假如作者是发自真情，发自真正的革命热情，是可以起到一些作用的；假如是投机，在那里说谎话，那就任何作用也不起，就像"四人帮"后来搞的公式化、概念化。

　　这些年来，我读外国作品很少，我是想读一些中国的旧书。去年我从《儿童文学》上又看了一遍《丑小鸭》，我有好几天被它感动，这才是艺术品，很高的艺术品。在童话里面，充满了人生哲理，安徒生把他的思想感情，灌输进作品，充满七情六欲。安徒生很多作品用旁敲侧击的写法，有很多弦外之音，这是很高的艺术。有弦外之音的作品不是很多的。前几天我读了《诗刊》上重新发表的《茨冈》，我见到好几个青年同志，叫他们好好读读，这也就是小说，或者说是剧本，不只是诗。你读一遍这个作品，你才知道什么是现实主义，什么是浪漫主义。这才是真正的样本。

在理论方面，我们应该学点美学。多年我们不注意这个问题了，这方面的基础很差。不能只学一家的美学，古典美学，托尔斯泰的、普列汉诺夫的、卢那察尔斯基的，甚至日本那个厨川白村，还有弗洛伊德的都可以学习。弗洛伊德完全没有道理？不见得。都要参考，还有中国的钟嵘、刘勰。

现在还有很多青年羡慕文学这一行，我想经过前些年的动乱，可能有些青年不愿干这行了，现在看起来还有很多青年羡慕这一行。但对于这一行，认识不是那么清楚。不知道这一行的苦处，也看不见先人的努力。一个青年建筑工人，他给我写信，说他不能把一生的一精一力、青春，浪费在一砖一瓦的体力劳动上，想写剧本、写小说。这样想法不好。你不能一砖一瓦地在那里劳动，你能够一句一字地从事文学工作吗？

你很好地当瓦工，积累了很多瓦工的生活、体验，你就可以从事业余的文学创作。各行各业的青年人，在本职的工作以外，业余学一点文学创作，反映他们的生活，我们的文学题材，不是就很广泛了吗？不是很大的收获吗？我希望青年同志们，不急忙搞这个东西，先去积累本身职业的生活。文学题材是互相勾通的。前些年，文学题材很狭窄。很多人，他不光想知道本阶层的生活，也想知道别阶层的生活，历史上古代人的生活，他见不到听不到的生活。这在文学上有很多例子。专于一种职业，然后从事文学，使我们文学题材的天地，广大起来。我在上小学的时候，就很喜欢文学。我最早接触的，是民间的形式：河北梆子、各种地方戏、大鼓书。然后我才读了一些文学作品，先读的是《封神演义》，后来在村里又借了一部《红楼梦》。从小学(那时候分初级小学、高级小学)，我一直爱好文学作品。在高级小学，我读了一些新的作品：文学研究会的作品，商务印书馆出的一些杂志。我上的是个私立中学，缴很多学费，它对学生采取填鸭式，叫你读书。我十九岁的时候，升入本校的高中，那时叫普通科第一部，近似文科。除去主要的课程，还有一些参考课程，包括一大本日本人著的，汤尔和翻译的《生物学精义》，有杨东莼著的《中国文化史》，有严复翻译的《名学纲要》，还有日本人著的《中国伦理学史》，冯友兰的《中国哲学史》。还叫我们学《科学概论》和《社会科学概论》。还有一些古书。在英文方面，叫我们读一本《林肯传》，美国原版的，读《泰国五十轶事》《伊索寓言》《英文短篇小说选》和《莎氏乐府本事》。在这两年的时间里，有这么些书叫你读。在中学里，我们就应该打下各方面的知识基础。当然这些知识还不是很深的，但是从事文学创作，需要这些东西。你不知道一些中国哲学，很难写好小说。中国的小说里面，有很多是哲学。你不知道中国的伦理学，你也很难写好小说，因为小说里面，要表现伦理。读书，我有这种感觉，一代不如一代。我们比起上一代，已经读书很少，现在的青年人，经过十年动乱，他们读的书就更少。在中学，我读了一些外国文学作品，那时主要读一些十月革命以后苏联的文学作品。除去《铁流》《毁灭》以外，我也读一些小作家的作品，如赛甫琳娜的，聂维洛夫的，拉甫列涅夫的，我都很喜欢。也读法国纪德的《田园交响乐》。这些作家，他们的名字至今我还记得很清楚，这说明青年时期读书很有好处。抗日战争，我才正式地从事创作，我所达到的尺度很低。

我写的那些东西，也不是一帆风顺的。有一些年轻的同志，对我很热情，他们还写了一些关于我的作品的分析，很多都是溢美之词。我没有那么高。自己对自己的作品，体会是比较深的。在过去若干年里，强调政治，我的作品就不行了，也可能就有人批评了；有时强调第二标准，情况就好一点。我的作品也受到过批判，在地方报纸上，整版地批判过，在全国性的报纸上，也整版地批判过。最近山东师范学院编一本关于我的专集，他们搜集了全部评论文章。他们问我，有些文章行吗？编进去吗？我说，当然要编进去，怎么能不编进去呢。作为附录好吗？我说不行，应该一样待遇。对于作品，各人都可以有各人的看法，一个时期也可以有一个时期的看法。我不把自己的作品看得那么高，我觉得我的作品是微不足道的。我们可以说个笑话，我估计我的作品的寿命，可能是五十年。当然不包括动乱的十年，它们处于冬眠状态。在文学史上，很少很少的作品才能够永远被别人记忆，大部分的作品，会被后人忘记。五十年并不算短寿，可以说是中寿。我写东西，是谨小慎微的，我的胆子不是那么大。我写文章是兢兢业业的，怕犯错误。在四十年代初期，我见到、听到有些人，因为写文章或者说话受到批判，搞得很惨。其中有的是我的熟人。从那个时期起，我就警惕自己，不要在写文章上犯错误。我在文字上是很敏感的，推敲自己的作品，不要它犯错误。最近在《新港》上重发的我的一篇《琴和箫》，现在看起来，它的感情是很热烈的，有一种生气，感染着我。可是当时我把它放弃了，没有编到集子里去。只是因为有人说这篇文章有些伤感。还有一篇关于婚姻问题的报告，最近别人给我复制出来。当时发表那个报告以后，有个读者写了一篇批评，我也跟着写了一篇检讨。现在看起来，并没有多大的问题。

我存在着很多缺点,除去一般文人的缺点,我还有个人的缺点。有时候名利二字,在我的头脑里,也不是那么干净的。"利"好像差一点;"名"就不一定能抹掉。好为人师,也是一患。

我觉得写文章,应该谨慎。前些日子我给从维熙写了一篇序言,其中有那么一段:"在那个时期,我也要被迫去和那些流氓、青皮、无赖、不逞之徒、两面人、卖友求荣者、汉奸、国民党分子打交道,并且成为这等人的革命对象了。"写完之后,我觉得这段不妥当,就把它剪了下来。我们的道路总算走得很长了吧,是坎坷不平的,也是饱经风雨的,终于走到现在。古人说七十可以从心所欲。现在我们国家的政治很清明,文路广开。但是写文章就是到了七十,也不能随心所欲地写,仍然是兢兢业业的事业。前不久,有人还在威胁,要来二次、三次"文化革命"。我没有担心,我觉得那样的革命,发动不起来了。林彪、"四人帮"在这一场所谓革命中,基于他们的个人私心,几乎把我们的国家、我们的民族毁掉,全国人民都看得很清楚。

我有幸见到我们国家现在这样好的形势,这样好的前途。有些人见不到了,比如远千里、侯金镜。"文化大革命"刚刚结束,有人传说我看破了红尘,并且传到北京去。有一次文艺界的领导同志到天津来,问我:你看破红尘了吗?我说,没有。我红尘观念很重,尘心很重。我从来也没有想到西天去,我觉得那里也不见得是乐土。你看小说,唐僧奔那儿去的时候,多么苦恼,他手下那两个干部,人事关系多么紧张。北京团城,有座玉佛,很美丽,我曾为她写过三首诗。但我并不羡慕她那种处境,虽然那地方,还算幽静。我没有看破红尘,我还要写东西。

历史证明:文坛上的尺寸之地,文学史上两三行记载,都不是容易争来的。

凡是写文章的人，都希望自己的作品能够传世。能否传世，现在姑且不谈。如果我们能够在七十年代，把自己六十年代写的东西，再看一看，或是隔上几年，就把自己过去写的东西，拿出来再看。看看是否有愧于天理良心，是否有愧于时间岁月，是否有愧于亲友乡里，能不能向山河发誓，山河能不能报以肯定赞许的回应。

自己的作品，究竟如何，这是不好和别人争论的。有些读者，也不一定是认真读书，或是对你所写当时当地的环境，有所了解。过去，对《秋千》意见最大，说是我划错了那个女孩的家庭成分，同情地主。这种批评，在强调阶级斗争的时候，是很厉害的，很有些"诛心"的味道。出版社两次建议我抽掉，我没有答应。我认为既是有人正在批评，你抽掉了它，不是就没有放矢之"的"了吗？前二年，出版社又再版这本书，不再提这篇文章，却建议把《钟》《一别十年同口镇》《懒马的故事》三篇抽去。理由是《钟》的男主人公有些自私，《一别十年同口镇》没有写出土改的轰轰烈烈、贫农翻身的场面，《懒马的故事》写了一个落后人物，和全书的风格不协调。我想，经过"文化革命"，这本书有幸得以再版，编辑部的意思，恐怕是要它面貌一新吧。我同意了，只是在后记中写道，是遵照编辑部的建议。

现在所以没有人再提《秋千》，是因为我并没有给她划错成分，同情那个女孩子，也没有站错立场。至于《钟》的男主人公，我并不觉得他有什么自私，在那种情况下，我们能要求他怎样做呢？《一别十年同口镇》写的是一九四七年春季的情况。老区的土改经过三个阶段，即土改、平分、复查。我写的是第一次土改，那时的政策是很缓和的。在我写的时候，我已经知道要进行平分，所以我也发了一些议论。这些情况，哪里是现在的同志们所能知道的呢。它当年所以受到《冀中导报》的批判，也是因为它产生在两次政策变动之间的缘故。

至于《懒马的故事》之落后，我想现在人们也会不以为意了。

《钟》仍然保存在《村歌》一书中，其余两篇如有机会，我也想仍把它们收入集内。

过去强调写运动，既然是运动，就难免有主观、有夸张、有虚假。作者如果没有客观冷静的头脑，不作实际观察的努力，是很难写得真实，因此也就更谈不上什么艺术。

文章写法，其道则一。心地光明，便有灵感，入情入理，就成艺术。

要想使文学艺术提高，应该经常有一些关于艺术问题的自由讨论。百花齐放这个口号，从来没有人反对过，问题是实际的做法，与此背道而驰，是为丛驱雀的办法。过去的文学评论，都是以若干条政治概念为准则，以此去套文艺作品，欲加之罪，先颁恶名——毒草，哪里还顾得上艺术。而且有不少作品，正是因为艺术，甚至只是一些描写，招来了政治打击。作家在这种情况下，是不能争鸣的，那将越来越糟。有些是读者不了解当时当地的现实而引起，作者也不便辩解，总之，作者是常常处于下风的。

解放初，我曾和几个师范学校的学生，通信讨论了一次《荷花淀》。《文艺报》为了活泼一下学术风气，刊登了。据负责人后来告诉我：此信发出后，收到无数詈骂信件，说什么的都有。好在还没惹出什么大祸，我后来就不敢再这样心浮气盛了。

有竞争，有讨论，才能促使艺术提高。

清末缪荃荪辑了一部丛书,叫《藕香零拾》,都是零星小书。其中有一部《敬斋泛说》,是五代人作的。有一段话,我觉得很好,曾请曾秀苍同志书为小幅张贴座右。其文曰:

> 吾闻文章有不当为者五:苟作一也,徇物二也,欺心三也,蛊俗四也,不可以示子孙五也。今之作者,异乎吾所闻矣,不以所不当者为患,惟无是五者之为患。

所以我不主张空谈艺术。技法更是次要的。应该告诉青年们为文之道。

一九七六年秋季,我还经历了大地震。恐怖啊!我曾想写一篇题名《地震》的小说,没有构思好。那天晚上,老家来了人,睡得晚了一些,三点多钟,我正在抓起表看时间,就震了起来。我从里间跑到外间,钻在写字台下。等不震了,听见外面在下雨,我摸黑穿上雨衣、雨鞋,戴好草帽,才开门出去。门口和台阶上都堆满了从房顶震塌下来的砖瓦,我要往外跑,一定砸死了。全院的人,都在外面。我是最后出来的一个人。

地震在史书上,称作灾异,说是上天示儆。不是搞迷信吗?我甚至想,这是林彪、"四人帮"之流伤天害理,倒行逆施,达到了神人共愤、天怒人怨的程度,才引起的。我这个人遇见小事慌乱,遇见大灾大难,就麻木不仁,我在院里小山上搭了一个塑料薄膜小窝棚,连日大雨,不久,就又偷偷到屋里来睡了。我想,震死在屋里,也还算是"寿终正寝"吧。

所谓文学上的人道主义,当然不是庸俗的普度众生,也不是惩恶劝善。它指的是作家深刻、广泛地观察了现实,思考了人类生活的现存状态，比如社会关系、社会意识，希望有所扬弃。作家在作品中，通过对社会生活的刻画，对典型人物的创造，表达他这种理想。他想提高或纯净的，包括人类道德、理想、情操，各种认识和各种观念。但因为这种人道主义，创自作家，也常常存在缺点、弱点，会终于行不通，成为乌托邦。人道主义的作品，也不是千篇一律的。陀思妥耶夫斯基是伟大的现实主义作家，他的人道主义表现为一种不健康的形式。我只读过他一本《穷人》，别的作品，我读不下去。作家因为遭遇不幸，他的神经发生了病态。

只有真正的现实主义作家，才能成为真正的人道主义者。而一旦成为伟大的人道主义者。他的作品就成为伟大的观念形态，这种观念形态，对于人类固有的天良之心，是无往而不通的。这里我想举出两篇短作品，就是上面提到的安徒生的《丑小鸭》和普希金的《茨冈》。这两篇作品都暴露了人类现存观念的弱点，并有所批判，暗示出一种有宏大节奏的向上力量。能理解这一点，就是知道了文学三昧。

1980 年 3 月 27 日

1980年 天津

大道低回
大味必淡

海潮芳兄一笑

庚午冬季孫軼於堂翰書

墨迹

文字生涯

二十年代中期,我在保定上中学。学校有一个月刊,文艺栏刊登学生的习作。

我的国文老师谢先生是海音社的诗人,他出版的诗集,只有现在的袖珍月历那样大小,诗集的名字已经忘记了。

这证明他是"五四"以后,从事新文学运动的人物,但他教课,却喜欢讲一些中国古代的东西。另有一个特别的地方,是他从预备室走出来,除去眼睛总是望着天空,就是挟着一大堆参考书。到了课室,把参考书放在教桌上,也很少看他检阅,下课时又照样搬走,直到现在,我也没想通他这是所为何来。

每次发作文卷子的时候,如果谁的作文簿中间,夹着几张那种特大的稿纸,就是说明谁的作业要被他推荐给月刊发表了,同学们都特别重视这一点。

那种稿纸足足有现在的《参考消息》那样大,我想是因为当时的排字技术低,稿纸的行格,必须符合刊物实际的格式。

在初中几年间,我有幸在这种大稿纸上抄写过自己的作文,然后使它变为铅字印成的东西。高中时反而不能,大概是因为换了老师的缘故吧。

学校毕业以后,我也曾有靠投稿维持生活的雄心壮志,但不久就证明是一种痴心妄想,只好去当小学教师。这样一日三餐,还有些现实可能性,虽然也很不保险。

生活在青年人的面前,总是要展开新的局面的。伟大的抗日战争爆发了，写作竟出乎意料地成为我后半生的主要职业。

抗日战争，在中国共产党领导之下，是有枪出枪，有力出力。我的家乡有些子弟就是跟着枪出来抗日的。至于我们，则是带着一支笔去抗日。没有朱砂，红土为贵。穷乡僻壤，没有知名的作家，我们就不自量力地在烽火遍野的平原上驰骋起来。

油印也好，石印也好，破本草纸也好，黑板土墙也好，都是我们发表作品的场所。也不经过审查，也不组织评论，也不争名次前后，大家有作品就拿出来。群众认为：你既不能打枪，又不能放炮，写写稿件是你的职责；领导认为：你既是文艺干部，写得越多越快越好。

现在回想起来，那时的写作，真正是一种尽情纵意，得心应手，既没有干涉，也没有限制，更没有私心杂念的，非常愉快的工作。这是初生之犊，又遇到了好的时候：大敌当前，事业方兴，人尽其才，物尽其用。

全国解放以后，则是另外一种情形。思想领域的斗争被强调了，文艺作品的倾向，常常和政治斗争联系起来，作家在犯错误后，就一蹶不振。在写作上，大家开始执笔踌躇，小心翼翼起来。

但在解放初，战争时期的余风犹烈，进城以后，我还是写了不少东西。一九五六年大病之后，就几乎没有写。加上一九六六年以后的十年，我在写作上的空白阶段，竟达二十年之久。

人被"解放"以后，仍住在被迫迁居的一间小屋里。没有书看，从一个朋友的孩子那里借来一册大学用的文学教材，内有历代重要作品及其作者的介绍，每天抄录一篇来诵读。

患难余生，痛定思痛。我居然发哲人的幽思，想到一个奇怪的问题：在历史上，这些作者的遭遇，为什么都如此不幸呢？难道他们都是糊涂虫？假如有些聪明，为什么又都像飞蛾一样，情不自禁地投火自焚？我掩卷思考。思考了很长时间，得出这样一个答案：这是由文学事业的特性决定的。是现实主义促使他们这样干，是浪漫主义感召他们这样干。说得冠冕一些，他们是为正义斗争，是为人生斗争。文学是最忌讳说诳话的。文学要反映的是社会现实。文学是要有理想的，表现这种理想需要一种近于狂放的热情。有些作家遇到的不幸，有时是因为说了天真的实话，有时是因为过于表现了热情。

按作品来说，天才莫过于司马迁。这样一个能把三皇五帝以来的，错综复杂的历史，勒成他一家之言，并评论其得失，成为天下定论的人，竟因一语之不投机，下于蚕室，身受腐刑。他描绘了那么多的人物，难道没有从历史上吸取任何一点可以用之于自身的经验教训吗？

班固完成了可与《史记》媲美的《汉书》，他特别评论了他的先驱者司马迁，保存了那篇珍贵的材料——《报任少卿书》，使司马迁的不幸遭遇留传后世。班固的评论，是何等高超，多么有见识，但是，他竟因为投身于一个武人的幕下，最后瘐死狱中。对于自己，又何其缺乏先见之明啊！

历史经验，历史教训，即使是前人真正用血写下的，也并不是一定就能接受下来。历史情况，名义和手法在不断变化。例如，在二十世纪之末，世界文明高度发展之时，竟会出现林彪、"四人帮"，梦想在社会主义的中国，建立封建王朝。在"文化革命"的旗帜之下，企图灭绝几千年的民族文化。遂使艺苑凋残，文士横死，人民受辱，国家遭殃。这一切，确非头脑单纯，感情用事的作家们所能预见得到的。

鲁迅说过，读中国旧书，每每使人意志消沉，在经历一番患难之后，尤其容易如此。我有时也想：恐怕还是东方朔说得对吧，人之一生，一龙一蛇。或者准声而歌，投迹而行，会减少一些危险吧？

这些想法都是很不健康，近于伤感的。一个作家，不能够这样，也不应该这样。如上所述，作家永远是现实生活的真美善的卫道士。他的职责就是向邪恶虚伪的势力进行战斗。既是战斗，就可能遇到各色敌人，也可能遇到各种的牺牲。

在"四人帮"还没被揭露之前，有人几次对我说：写点东西吧，亮亮相吧。我说，不想写了，至于相，不是早已亮过了吗？在运动期间，我们不只身受凌辱，而且画影图形，传檄各地。老实讲，在这一时期，我不仅没有和那些帮派文人一较短长的想法，甚至耻于和他们共同使用那些铅字，在同一个版面上出现。

这时，我从劳动的地方回来，被允许到文艺组上班了。经过几年风雨，大楼的里里外外，变得破烂、凌乱、拥挤。但人们的精神面貌好像已经渐渐地从前几年的狂乱、疑忌、歇斯底里状态中恢复过来。一位调离这里的老同志留给我一张破桌子。据说好的办公桌都叫进来占领新闻阵地的人占领了。我自己搬来一张椅子，在组里坐下来。组长向全组宣布了我的工作：登记来稿，复信；并郑重地说：不要把好稿退走了。说良心话，组长对我还过得去。他不过是担心我受"封资修"的毒深而且重，不能鉴赏帮八股的奥秘，而把他们珍视的好稿遗漏。

我是内行人，我知道我现在担任的是文书或见习编辑的工作。我开始拆开那些来稿，进行登记，然后阅读。据我看，来稿从质量看，较之前些年，大大降低了。作者们大多数极不严肃，文字潦草，内容雷同。语言都是从报上抄来。遵照组长的意旨，我把退稿信写好后，连同稿件推给旁边一位同事，请他复审。

这样工作了一个时期，倒也相安无事。我只是感到，每逢我无事，坐在窗前一张破旧肮脏的沙发上休息的时候，主任进来了，就向我怒目而视，并加以睥睨。这也没什么，这些年我已经锻炼得对一切外界境遇，麻木不仁。我仍旧坐在那里。可以说既无戚容，亦无喜色。

同组有一位女同志，是熟人，出于好心，她把我叫到她的位置那里，对我进行帮助。她和蔼地说：

"你很长时间在乡下劳动，对于当前的文艺精神，文艺动态，不太了解吧？这会给工作带来很大困难。"

"唔。"我回答。

她桌子上放着一个小木匣，里面整整齐齐装着厚厚的一沓卡片。她谈着谈着，就拿出一张卡片念给我听，都是林彪和江青的语录。

现在，林彪和江青关于文艺的胡说八道，被当做金科玉律来宣讲。显然，他们比马克思和恩格斯还具有权威性，还受到尊重。他们的聪明才智，也似乎超过了古代哲人亚里士多德。我不知这位原来很天真的女同志，心里是怎样想的，她的表情非常严肃认真。

等她把所有的卡片都讲解完了，我回到我的座位上去。我默默地想：古代的邪教，是怎样传播开的呢？是靠教义，还是靠刀剑？第二次世界大战之初，为什么有那么多的人，跟着希特勒这样的流氓狂叫狂跑？除去一些不逞之徒，唯恐天下不乱之外，其余大多数人是真正地信服他，还是为了暂时求得活命？

中午，在食堂吃过饭，我摆好几张椅子，枕着一捆报纸，在办公室睡觉,这对几年来,过着非常生活的我,可以说是一种暂时的享受。天气渐渐冷了,我身上盖着一件破旧的抗日战争时期的战利品,日本军官的黄呢斗篷,触景伤情地想:在那样残酷的年代,在野蛮的日本军国主义面前,我们的文艺队伍,我们的兄弟,也没有这几年在林彪、江青等人的毒害下,如此惨重的伤亡和损失。而灭绝人性的林彪竟说,这个损失,最小最小最小,比不上一次战役,比不上一次瘟疫。

1978 年 12 月 11 日

删去的文字

  我在一九七七年一月间所写的回忆侯、郭的文章，现在看起来简直是空空如也，什么尖锐突出的内容也没有的。在有些人看来，是和他们的高大形象不相称的。这当然归罪于我的见薄识小。

  就是这样的文章，在我刚刚写出以后，我也没有决定就拿去发表的。先是给自己的孩子看了看，以为新生一代是会有先进的见解的，孩子说，没写出人家的政治方面的大事情。基于同样原因，又请几位青年同事看了，意见和我的孩子差不多，只是有一位赞叹了一下纪郭文章中提到的名菜，这也很使我不能"神旺"。春节到了，老朋友们或拄拐，或相扶，哼唉不停地来看我了，我又拿出这些稿子给他们看，他们看过不加可否，大概深知我的敝帚自珍的习惯心理。

  不甘寂寞。过了一些日子，终于大着胆子把稿子寄到北京一家杂志社去了。过了很久，退了回来，信中说：关于他们，决定只发遗作，不发纪念文章。

  我以为一定有"精神"，就把稿子放进抽屉里去了。

  有一天，本地一个大学的学报来要稿，我就拿出稿子请他们看看，他们说用。我说北京退回来的，不好发吧，没有给他们。

  等到我遇见了退稿杂志的编辑，他说就是个纪念规格问题，我才通知那个学报拿去。

  你看，这时已经是一九七七年的春天了，揪出"四人帮"已经很久，我的精神枷锁还这样沉重。

尚不止此。稿子每经人看过一次，表现不满，我就把稿子再删一下，这样像砍树一样，谁知道我砍掉的是枝叶还是树干！

这样就发生了一点误会。学报的一位女编辑把稿子拿回去研究了一下，又拿回来了。领导上说，最好把纪侯文章中，提到的那位女的，少写几笔。她在传达这个意见的时候，嘴角上不期而然地带出了嘲笑。

她的意思是说：这是纪念死者的文章，是严肃的事。虽然你好写女人，已成公论，也得看看场合呀！

她没有这样明说，自然是怕我脸红。但我没有脸红，我惨然一笑。把她送走以后，我把那一段文字删除净尽，寄给《上海文艺》发表了。

在结集近作散文的时候，我把删去的文字恢复了一些。但这一段没有补进去。现在把有关全文抄录，另成一章。

在我养病期间，侯关照机关里的一位女同志，到车站接我，并送我到休养所。她看天气凉，还多带了一条干净的棉被。下车后，她抱着被子走了很远的路。休息下来，我只是用书包里的两个小苹果慰劳了她。在那几年里，我这样麻烦她，大概有好几次，对她非常感激。我对她说：我恳切地希望她能到天津玩玩，我要很好地招待她。她一直也没有来。

她爽朗而热情。她那沉稳的走路姿势，她在沉思中，偶尔把头一扬，浓密整齐的黑发向旁边一摆，秀丽的面孔，突然显得严肃的神情，给人留下特殊深刻的印象。

是一九六六年秋季吧。形势一天比一天紧张，我同中层以上干部,已经被集中到一处大院里去了。

这是一处很有名的大院,旧名张园,为清末张之洞部下张彪所建。宣统就是从这里逃去东北,就位"满洲国""皇帝"的。孙中山先生从南方到北方来和北洋军阀谈判,也在这里住过。大楼堂皇富丽,有一间房子,全用团龙黄缎裱过,是皇帝的卧室。

一天下午,管带我们的那个小个子,通知我有"外调"。这是我第一次接待外调。我向传达室走去,很远就望见,有一位女同志靠在大门旁的墙壁上,也在观望着我。我很快就认出是北京那位女同志。

我在她眼里变成了什么样子,我没有去想。她很削瘦,风尘仆仆,看见我走近,就转身往传达室走,那脚步已经很不像我们在公园的甬路上漫步时的样子了。同她来的还有一位男同志。

传达室里间,放着很多车子,有一张破桌,我们对面坐下来。

她低着头,打开笔记本,用一只手托着脸,好像还怕我认出来。

他们调查的是侯。问我在和侯谈话的时候,侯说过哪些反党的话。我说,他没有说过反党的话,他为什么要反党呢?

不知是为什么情绪所激动,我回答问题的时候,竟然慷慨激昂起来。在以后,我才体会到:如果不是她对我客气,人家会立刻叫我站起来,甚至会进行武斗。几个月以后,我在郊区干校,就遇到两个穿军服的非军人,调查田的材料,因为我抄着手站着,不回答他们提出的问题,就把我的手抓破了,不得不到医务室进行包扎。

现在,她只是默默地听着,然后把本子一合,望望那个男的,轻声对我说:

"那么，你回去吧。"

当天下午，在楼房走道上，又遇到她一次，她大概是到专案组去，谁也没有说话。

在天津，我和她就这样见了一面，不能尽地主之谊。这可以说是近年来一件大憾事。她同别人一起来，能这样宽恕地对待我，是使我难忘的，她大概还记得我的不健康吧。

在我处境非常困难的时候，每天那种非人的待遇，我常常想用死来逃避它。一天，我又接待一位外调的，是歌舞团的女演员。她只有十七八岁，不只面貌秀丽，而且声音动听。在一间小屋子里，就只我们两人，她对我很是和气。她调查的是方。我和她谈了很久，在她要走的时候，我竟恋恋不舍，禁不住问：

"你下午还来吗？"

回答虽然使我失望，但我想，像这位女演员，她以后在艺术上，一定能有很高的造诣。因为在这种非常时期，她竟然能够保持正常表情的面孔和一颗正常跳动的心，就证明她是一个非常不平凡的人物。

我也很怀念她。

或有人问：方彼数年间，林彪、"四人帮"倒行逆施，使夫妇生离，亲子死别者，以千万计。其所遭荼毒，与德高望重成正比例。你不从大处落笔，却喋喋于男女邂逅，朋友私情之间，所见不太渺小了吗？是的，林彪、"四人帮"伤天害理，事实今天自然已经大明。但在那些年月，我失去自由，处于荆天棘地之中，转身防有鬼伺，投足常遇蛇伤。昼夜苦思冥想：这是为了什么？为什么要这样做呢？惶惑迷惘不得其解。深深有感于人与人关系的恶劣变化，所以，即使遇到一个歌舞演员的宽厚，也就像在沙漠跋涉中，遇到一处清泉,在噩梦缠绕时,听到一声鸡唱。感激之情,就非同一般了。

1978 年除夕

画 的 梦

在绘画一事上，我想，没有比我更笨拙的了。和纸墨打了一辈子交道，也常常在纸上涂抹，直到晚年，所画的小兔、老鼠等等小动物，还是不成样子，更不用说人体了。这是我屡屡思考，不能得到解答的一个谜。

我从小就喜欢画。在农村，多么贫苦的人家，在屋里也总有一点点美术。人天生就是喜欢美的。你走遍多少人家，便可以欣赏到多少形式不同的、零零碎碎，甚至残缺不全的画。那或者是窗户上的一片红纸花，或者是墙壁上的几张连续的故事画，或者是贴在柜上的香烟盒纸片，或者是人已经老了，在青年结婚时，亲朋们所送的麒麟送子"中堂"。

这里没有画廊，没有陈列馆，没有画展。要得到这种大规模的，能饱眼福的欣赏机会，就只有年集。年集就是新年之前的集市。赶年集和赶庙会，是童年时代最令人兴奋的事。在年集上，买完了鞭炮，就可以去看画了。那些小贩，把他们的画张挂在人家的闲院里，或是停放大车的门洞里。看画的人多，买画的人少，他并不见怪，小孩们他也不撵，很有点开展览会的风度。他同时卖神像，例如"天地"、"老爷"、"灶马"之类。神画销路最大，因为这是每家每户都要悬挂供奉的。

我在童年时，所见的画，还都是木版水印，有单张的，有联四的。稍大时，则有了石印画，多是戏剧，把梅兰芳印上去，还有娃娃京戏，精彩多了。等我离开家乡，到了城市，见到的多是所谓月份牌画,印刷技术就更先进了,都是时装大美人儿。

在年集上,一位年岁大的同学,曾经告诉我:你如果去捅一下卖画人的屁股,他就会给你拿出一种叫做"手卷"的秘画,也叫"山西灶马",好看极了。

我听来,他这些说法,有些不经,也就没有去尝试。

我没有机会欣赏更多的、更高级的美术作品,我所接触的,只能说是民间的、低级的。但是,千家万户的年画,给了我很多知识,使我知道了很多故事,特别是戏曲方面的故事。

后来,我学习文学,从书上,从杂志上,看到一些美术作品。就在我生活最不安定、最困难的时候,我的书籍里,我的案头,我的住室墙壁上,也总有一些画片。它们大多是我从杂志上裁下的。

对于我钦佩的人物,比如托尔斯泰、契诃夫、高尔基,比如鲁迅,比如丁玲同志,比如阮玲玉,我都保存了他们的很多照片或是画像。

进城以后,本来有机会去欣赏一些名画,甚至可以收集一些名人的画了。但是,因为我外行,有些吝啬,又怕和那些古董商人打交道,所以没有做到。有时花很少的钱,在早市买一两张并非名人的画,回家挂两天,厌烦了,就卖给收破烂的,于是这些画就又回到了早市去。

一九六一年,黄胄同志送给我一张画,我托人拿去裱好了,挂在房间里,上面是一个维吾尔少女牵着一匹毛驴,下面还有一头大些的驴,和一头驴驹。一九六二年,我又转请吴作人同志给我画了三头骆驼,一头是近景,两头是远景,题曰《大漠》。也托人裱好,珍藏起来。

一九六六年，运动一开始，黄胄同志就受到"批判"。因为他的作品，家喻户晓，他的"罪名"，也就妇孺皆知。家里人把画摘下来了。一天，我出去参加学习，机关的造反人员来抄家，一见黄胄的毛驴不在墙上了，就大怒，到处搜索。搜到一张画，展开不到半截，就摔在地下，喊："黑画有了！"其实，那不是毛驴，而是骆驼，真是驴唇不对马嘴。就这样把吴作人同志画的三头骆驼牵走了，三匹小毛驴仍留在家中。

运动渐渐平息了。我想念过去的一些友人。我写信给好多年不通音讯的彦涵同志，问候他的起居，并请他寄给我一张画。老朋友富于感情，他很快就寄给我那幅有名的木刻《老羊倌》，并题字用章。

我求人为这幅木刻做了一个镜框，悬挂在我的住房的正墙当中。

不久，"四人帮"在北京举办了别有用心的"黑画展览"，这是他们继小靳庄之后发动的全国性展览。

机关的一些领导人，要去参观，也通知我去看看，说有车，当天可以回来。

我有十二年没有到北京去了，很长时间也看不到美术作品，就答应了。

在路上停车休息时，同去的我的组长，轻声对我说："听说彦涵的画展出得不少哩！"我没有答话。他这是知道我房间里挂有彦涵的木刻，对我提出的善意警告。

到了北京美术馆门前，真是和当年的小靳庄一样，车水马龙，人山人海。"四人帮"别无能为,但善于巧立名目,用"示众"的方式蛊惑人心。人们像一窝蜂一样往里面拥挤。这种场合,这种气氛,我都不能适应。我进去了五分钟,只是看了看彦涵同志那些作品,就声称头痛,钻到车里去休息了。

夜晚,我们从北京赶回来,车外一片黑暗。我默默地想:彦涵同志以其天赋之才,在政治上受压抑多年,这次是应国家需要,出来画些画。他这样努力、认真、精心地工作,是为了对人民有所贡献,有所表现。"四人帮"如此对待艺术家的良心,就是直接侮辱了人民之心。回到家来,我面对着那幅木刻,更觉得它可珍贵了。上面刻的是陕北一带的牧羊老人,他手里抱着一只羊羔,身边站立着一只老山羊。牧羊人的呼吸,与塞外高原的风云相通。

这幅木刻,一直悬挂着,并没有摘下。这也是接受了多年的经验教训:过去,我们太怯弱了,太驯服了,这样就助长了那些政治骗子的野心,他们以为人民都是阿斗,可以玩弄于他们的股掌之上。几乎把艺术整个毁灭,也几乎把我们全部葬送。

我是好做梦的,好梦很少,经常是噩梦。有一天夜晚,我梦见我把自己画的一幅画,交给中学时代的美术老师,老师称赞了我,并说要留作成绩,准备展览。

那是一幅很简单的水墨画:秋风败柳,寒蝉附枝。

我很高兴,叹道:我的美术,一直不及格,现在,我也有希望当个画家了。随后又有些害怕,就醒来了。

其实,按照弗洛伊德学说,这不过是一连串零碎意识、印象的偶然的组合,就像万花筒里出现的景象一样。

1979 年 5 月

戏 的 梦

大概是一九七二年春天吧，我"解放"已经很久了，但处境还很困难，心情也十分抑郁。于是决心向领导打一报告，要求回故乡"体验生活，准备写作"。幸蒙允准。一担行囊，回到久别的故乡，寄食在一个堂侄家里。乡亲们庆幸我经过这么大的"运动"，安然生还，亲戚间也携篮提壶来问。最初一些日子，心里得到不少安慰。

这次回老家，实际上是像鲁迅说的，有一种动物，受了伤，并不嚎叫，挣扎着回到林子里，倒下来，慢慢自己去舔那伤口，求得痊愈和平复。

老家并没有什么亲人，只有叔父，也八十多岁了。又因为青年时就远离乡土，村子里四十岁以下的人，对我都视若陌生。

这个小村庄，以林木著称，四周大道两旁，都是钻天杨，已长成材。此外是大片大片柳杆子地，以经营农具和编织副业。靠近村边，还有一些果木园。

侄子喂着两只山羊，需要青草。烧柴也缺。我每天背上一个柳条大筐，在道旁砍些青草，或是拣些柴棒。有时到滹沱河的大堤上去望望，有时到附近村庄的亲戚家走走。

又听到了那些小鸟叫；又听到了那些草虫叫；又在柳林里拣到了鸡腿蘑菇；又看到了那些黄色紫色的野花。

一天中午，我从野外回来，侄子告诉我，镇上传来天津电话，要我赶紧回去，电话听不清，说是为了什么剧本的事。

侄子很紧张，他不知大伯又出了什么事。我一听是剧本的事，心里就安定下来，对他说：

"安心吃饭吧，不会有什么变故。剧本，我又没发表过剧本，不会再受批判的。"

"打个电话去问问吗？"侄子问。

"不必了。"我说。

隔了一天，我正送亲戚出来，街上开来一辆吉普车，迎面停住了。车上跳下一个人，是我的组长。他说，来接我回天津，参加创作一个京剧剧本。各地都有"样板戏"了，天津领导也很着急。京剧团原有一个写抗日时期白洋淀的剧本，上不去。因我写过白洋淀，有人推荐了我。

组长在谈话的时候，流露着一种神色，好像是为我庆幸：领导终于想起你来了。老实讲，我没有注意去听这些。剧本上不去找我，我能叫它上去？我能叫它成了样板戏？

但这是命令，按目前形势，它带有半强制的性质。第二天我们就回天津了。

回到机关，当天政工组就通知我，下午市里有首长要来，你不要出门。这一通知，不到半天，向我传达三次。我只好在办公室呆呆坐着。首长没有来。

第二天，工作人员普遍检查身体。内、外科，脑系科，耳鼻喉科，楼上楼下，很费时间。我正在检查内科的时候，组里来人说：市文教组负责同志来了，在办公室等你。我去检查外科，又来说一次，我说还没检查牙。他说快点吧，不能叫负责同志久等。我说，快慢在医生那里，我不能不排队呀。

医生对我的牙齿很是夸奖了一番，虽然有一颗已经叫虫子吃断了。医生向旁边几个等着检查的人说：

"你看，这么大的年岁，牙齿还这样整齐，卫生工作一定做得好。运动期间，受冲击也不太大吧？"

"唔。"我不知道牙齿整齐不整齐，和受冲击大小，有何关联，难道都要打落两颗门牙，才称得上脱胎换骨吗？我正惦着楼上有负责同志，另外，嘴在张着，也说不清楚。

回到办公室，组长已经很着急了。我一看，来人有四五位。其中有一位熟人老王，向一位正在翻阅报纸的年轻人那里努努嘴。暗示那就是负责同志。

他们来，也是告诉我参加剧本创作的事。我说，知道了。

过了两天，市里的女文教书记，真的要找我谈话了，只是改了地点，叫我到市委机关去。这当然是隆重大典，我们的主任不放心，亲自陪我去。

在一间不大不小的会议室里，我坐了下来。先进来一位穿军装的，不久女书记进来了。我和她在延安做过邻居，过去很熟，现在地位如此悬殊，我既不便放肆，也不便巴结。她好像也有点矛盾，架子拿得太大，固然不好意思，如果一点架子也不拿，则对于旁观者，起码有失威信。

总之，谈话很简单，希望我帮忙搞搞这个剧本。我说，我没有写过剧本。

"那些样板戏，都看了吗？"她问。

"唔。"我回答，其实，罪该万死，虽然在这些年，样板戏以独霸中夏的热焰，充斥在文、音、美、剧各个方面，直到目前，我还没有正式看过一出、一次。因为我已经有十几年不到剧场去了，我有一个收音机，也常常不开。这些年，我特别节电。

一天晚上，去看那个剧本的试演。见到几位老熟人，也没有谈什么，就进了剧场。剧场灯光暗淡，有人扶持了我。

这是一本写白洋淀抗日斗争的京剧。过去，我是很爱好京剧的，在北京当小职员时，经常节衣缩食，去听富连成小班。有些年，也很喜欢唱。

今晚的印象是：两个多小时，在舞台上，我既没有能见到白洋淀当年抗日的情景，也没有听到我所熟悉的京戏。

这是"京剧革命"的产物。它追求的，好像不是真实地再现历史，也不是忠实地继承京剧的传统，包括唱腔和音乐。它所追求的，是要和样板戏"形似"，即模仿"样板"。它的表现特点为：追求电影场面，采取电影手法，追求大的、五光十色的、大轰大闹、大哭大叫的群众场面。它变单纯的音乐为交响乐队，瓦釜雷鸣。它的唱腔，高亢而凄厉，冗长而无味，缺乏真正的感情。演员完全变成了政治口号的传声筒，因此，主角完全是被动的，矫揉造作的，是非常吃力，也非常痛苦的。繁重的唱段，连续的武打，使主角声嘶力竭，假如不是青年，她会不终曲而当场晕倒。

戏剧演完，我记不住整个故事的情节，因为它的情节非常支离；也唤不起我有关抗日战争的回忆，因为它所写的抗日战争，完全不是那么回事，甚至可以说是不着边际。整个戏锣鼓喧天，枪炮齐鸣，人进人出，乱乱哄哄。不知其何以开始，也不知其何以告终。

第二天，在中国大戏院休息室，开座谈会，我准备了一个发言提纲。参加会的人很不少，除去原有创作组长，主要演员，剧团负责人，还有文化局负责人，文化口军管负责人。《天津日报》还派去了一位记者。

我坐在那里，斟酌我的发言提纲。忽然，坐在我旁边的文化局负责人，推了我一下。我抬头一看，女书记进来了，全场的人都站了起来，我也跟着站了起来。女书记在我身边坐下，会议开始。

在会上，我谈了对这个戏的印象，说得很缓和，也很真诚。并谈了对修改的意见，详细说明当时冀中区和白洋淀一带，抗日战争的形势，人民斗争的特点，以及敌人对这一地区残酷"扫荡"的情况。

大概是因为我讲的时间长了一些，别的人没有再讲什么，女书记作了一些指示，就散会了。

后来我才知道，昨天没有人讲话，并不是同意了我的意见。在以后只有创作组人员参加的讨论会上，旧有成员，开始提出了反对意见，并使我感到，这些反对意见，并不纯粹属于创作方面，而是暗示：一、他们为这个剧本，已经付出了很长的时间和很大的精力，如果按照我的主张，他们的剧本就要从根本上推翻。二、不要夺取他们创作样板戏可能得到的功劳。三、我是刚刚受过批判的人物，能算老几。

我从事文艺工作，已经有几十年。所谓名誉，所谓出风头，也算够了。这些年，所遭凌辱，正好与它们抵消。至于把我拉来写剧本，我也认为是修废利日，并不感到委屈。因此，我对这些富于暗示性的意见，并不感到伤心，也不感到气愤。它使我明白了文艺创作的现状。使我奇怪的是，这个创作组，曾不只一次到白洋淀一带，体验生活，进行访问，并从那里弄来一位当年的游击队长，长期参与他们的创作活动。为什么如此无视抗日战争的历史和现实呢?这位游击队长,战斗英雄,为什么也尸位素餐,不把当年的历史情况和自己的亲身经历,告诉他们呢?

后来我才明白,一些年轻人,一些"文艺革命"战士,只是一心要"革命",一心创造样板,已经迷了心窍,是任何意见也听不进去的。

不知为了什么,军管人员在会上支持我的工作,因此,剧本讨论仍在进行。

这就是目前大为风行的集体创作:每天大家坐在一处开会,今天你提一个方案,明天他提一个方案,互相抵消,一事无成。积年累月,写不出什么东西,就不足为怪了。

夏季的时候,我们到白洋淀去。整个剧团也去,演出现在的剧本。

我们先到新安,后到王家寨,这是淀边上一个比较大的村庄。我住在村南头(也许不准确,因为我到了白洋淀,总是转向,过去就发生过方向错误。)一间新盖的、随时可以放眼水淀的、非常干净的小房里。

房东是个老实的庄稼人。他的爱人,比他年轻好多,非常精明。他家有几个女儿,都长得秀丽,又都是编席快手,一家人生活很好。但是,大姑娘已经年近三十,还没有订婚,原因是母亲不愿失去她这一双织席赚钱的巧手。大姑娘终日默默不语。她的处境,我想会慢慢影响下面那几个逐年长大的妹妹。母亲固然精明,这个决策,未免残酷了一点。

在这个村庄,我还认识了一位姓魏的干部。他是专门被派来招呼剧团的,在这一带是有名的"瞎架"。起先,我不知道这个词儿,后来才体会到,就是好摊事管事的人。凡是大些的村庄,要见世面,总离不开这种人。因为村子里的猪只到处跑,苍蝇到处飞,我很快就拉起痢来,他对我照顾得很周到。

住了一程子,我们又到了郭里口。这是淀里边的一个村庄,当时在生产上,好像很有点名气,经常有人参观。

在大队部,村干部为我们举行了招待会,主持会的是村支部宣传委员刘双库。这个小伙子,听说在新华书店工作过几年,很有口才,还有些派头。

当介绍到我,我就要向他学习时,他大声说:"我们现在写的白洋淀,都是从你的书上抄来的。"使我大吃一惊。后来一想,他的话恐怕有所指吧。

当天下午,我们坐船去参观了他们的"围堤造田"。现在,白洋淀的水,已经很浅了,湖面越来越小。芦苇的面积,也有很大缩减,荷花淀的规模,也大不如从前了。正是荷花开放的季节,我们的船从荷丛中穿过去。淀里的水,不像过去那样清澈,水草依然在水里浮荡,水禽不多,鱼也很少了。

确是用大堤围起了一片农场。据说,原是同口陈调元家的苇荡。

实际上是苇荡遭到了破坏。粮食的收成,不一定抵得上苇的收成,围堤造田,不过是个新鲜名词。所费劳力很大,肯定是得不偿失的。

随后,又组织了访问。因为剧本是女主角,所以访问了抗日战争时期的几位妇救会员,其中一位名叫曹真。她已经四十多岁了。她的穿着打扮,还是三十年代式:白夏布短衫,长发用一只卡子束拢,搭在背后。抗日时,她是一位十八九岁的姑娘,在芦苇淀中的救护船上,她曾多次用嘴哺养那些伤员。她的相貌,现在看来,也可以说是冀中平原的漂亮人物,当年可想而知。

她在二十岁时,和一个区干部订婚,家里常常掩护抗日人员。就在这年冬季,敌人抓住了她的丈夫,在冰封的白洋淀上,砍去了他的头颅。她,哭喊着跑去,收回丈夫的尸首掩埋了。她还是做抗日工作。

全国胜利以后,她进入中年,才和这村的一个人结了婚。她和我谈过往事,又说:胜利以后,村里的宗派斗争,一直很厉害,前些年,有二十六名老党员,被开除党籍,包括她在内。现在,她最关心的,是什么时候才能解决她们的组织问题。她知道,我是无能为力的,她是知道这些年来老干部的处境的。但是,她愿意和我谈谈,因为她知道我曾经是抗日战士,并写过这一带的抗日妇女。

在她面前,我深感惭愧。自从我写过几篇关于白洋淀的文章,各地读者都以为我是白洋淀人,其实不是,我的家离这里还很远。

另外,很多读者,都希望我再写一些那样的小说。读者同志们,我向你们抱歉,我实在写不出那样的小说来了。这是为什么?我自己也说不出。我只能说句良心话,我没有了当年写作那些小说时的感情,我不愿用虚假的感情,去欺骗读者。那样,我就对不起坐在对面的曹真同志。她和她的亲人,在抗日战争时期,是流过真正的血和泪的。

这些年来,我见到的和听到的,亲身体验到的,甚至刻骨镂心的,是另一种现实,另一种生活。它与抗日战争时期的现实生活,大不一样,甚至相反。抗日战争,是中国共产党领导的一种神圣的战争。人民做出了重大的牺牲。他们的思想、行动升到无比崇高的境界。生活中极其细致的部分,也充满了可歌可泣的高尚情操。

这些年来，林彪等人，这些政治骗子，把我们的党，我们的国家，我们的干部和人民，践踏成了什么样子！他们的所作所为，反映到我脑子里，是虚伪和罪恶。这种东西太多了，他们排挤、压抑，直至销毁我头脑中固有的，真善美的思想和感情。这就像风沙摧毁了花树，粪便污染了河流，鹰枭吞噬了飞鸟。善良的人们，不要再责怪花儿不开、鸟儿不叫吧！它受的伤太重了，它要休养生息，它要重新思考，它要观察气候，它要审视周围。

我重游白洋淀，当然想到了抗日战争。但是这一战争，在我心里好像是很久很久以前的事了。它好像是在前一生经历的，也好像是在昨夜梦中经历的。许多兄弟，在战争中死去了，他们或者要渐渐被人遗忘。另有一部分兄弟，是在前几年含恨死去的，他们临死之前，一定也想到过抗日战争。

世事的变化，常常是出于人们意料之外的。每个时代，有每个时代的血和泪。

坐在我面前的女战士，她的鬓发已经白了，她的脸上，有很深的皱纹，她的心灵之上，有很重的创伤。

假如我把这些感受写成小说，那将是另一种面貌，另一种风格。我不愿意改变我原来的风格，因此，我暂时决定不写小说。

但是现在，我身不由主，我不得不参加这个京剧脚本的讨论。我们回到天津，又讨论了很久，还是没有结果。我想出一个金蝉脱壳之计：自己写一个简单脚本，交上去，声明此外已无能为力。

我对京剧是外行，又从不礼拜甚至从不理睬那企图支配整个民族文化的"样板戏"，剧团当然一字一句也没有采用我的剧本。

1979年5月25日

猫鼠的故事

目前，我屋里的耗子多极了。白天，我在桌前坐着看书或写字，它们就在桌下来回游动，好像并不怕人。有时，看样子我一跺脚就可以把它踩死，它却飞快跑走了。夜晚，我躺在床上，偶一开灯，就看见三五成群的耗子，在地板、墙根串游，有的甚至钻到我的火炉下面去取暖，我也无可奈何。

有朋友劝我养一只猫。我说，不顶事。

这个都市的猫是不拿耗子的。这里的人们养猫，是为了玩，并不是为了叫它捉耗子，所以耗子方得如此猖獗。这里养猫，就像养花种草、玩字画古董一样，把猫的本能给玩得无影无踪了。

我有一位邻居，也是老干部，他养着一只黄猫，据说品种花色都很讲究。每日三餐，非鱼即肉，有时还喂牛奶。三日一梳毛，五日一沐浴。每天抱在怀里抚摩着，亲吻着。夜晚，猫的窝里，有铺的，有盖的，都是特制的小被褥。

这样养了十几年，猫也老了，偶尔下地走走，有些蹒跚迟钝。它从来不知耗子为何物，更不用说有捕捉之志了。

我还是选用了我们原始祖先发明的捕鼠工具：夹子。支得得法，每天可以打住一只或两只。

我把死鼠埋到花盆里去。朋友问我为什么不送给院里养猫的人家。我说：这里的猫，不只不捉耗子，而且不吃耗子。

这是不久以前的经验教训。我打住了一只耗子，好心好意送给邻居，说：

"叫你家的猫吃了吧。"

主人冷冷地说：

"那上面有跳蚤，我们的猫怕传染。如果是吃了耗子药，那就更麻烦。"

我只好提了回来，埋在地里。

又过了不久，终于出现了以下如果不是我亲眼所见，一定有人会认为是造谣的场面。

有一家，在阳台上盛杂物的筐里，发现了一窝耗子，一群孩子呼叫着："快去抱一只猫来，快去抱一只猫来！"

正赶上老干部抱着猫在阳台上散步，他忽然动了试一试的兴致，自告奋勇，把猫抱到了筐前，孩子们一齐呐喊：

"猫来了，猫来捉耗子了！"

老人把猫往筐里一放，猫跳出来。再放再跳，三放三跳，终于逃回家去了。

孩子们大失所望，一齐喊："废物猫，猫废物！"

老人的脸红了。他跑到家里，又把猫抱回来，硬把它按进筐里，不松手。谁知道，猫没有去咬耗子，耗子却不客气，把老干部的手指咬伤，鲜血淋淋，只好先到卫生所，去进行包扎。

群儿大笑不止。其实这无足奇怪，因为这只老猫，从来不认识耗子，它见了耗子实在有些害怕。

十年动乱期间，我曾回到老家，住在侄子家里。那一年收成不好，耗子却很多，侄子从别人家要来一只尚未断奶的小猫，又舍不得喂它，小猫枯瘦如柴，走路都不稳当。有一天，我看见它从立柜下面，连续拖出两只比它的身体还长一段的大耗子，找了个背静地方全吃了。这就叫充分发挥了猫的本能。

其实，这个大都市，猫是很多的。我住的是个大杂院，每天夜里，猫叫为灾。乡下的猫，是二八月到房顶上交尾，这里的猫，不分季节，冬夏常青。也不分场合，每天夜里，房上房下，窗前门后，互相追逐，互相呼叫，那声音悲惨凄厉，难听极了：有时像狼，有时像枭，有时像泼妇刁婆，有时像流氓混混儿。直至天明，还不停息。早起散步，还看见一院子是猫，发情求配不已。

这样多的猫在院里，那样多的耗子在屋里，这也算是一种矛盾现象吧？

城狐社鼠，自古并称。其实，狐之为害，远不及鼠。鼠形体小，而繁殖众，又密迩人事，投之则忌器，药之恐误伤，遂使此蕞尔细物，子孙繁衍，为害无止境。幼年在农村，闻父老言，捕田鼠缝闭其肛门，纵入家鼠洞内，可尽除家鼠。但做此种手术，易被咬伤手指，终于未曾实验。

1983 年 4 月 5 日

夜晚的故事

我幼年就知道，社会上除去士农工商、帝王将相以外，还有所谓盗贼。盗贼中的轻微者，谓之小偷。

我们的村庄很小，只有百来户人家。当然也有穷有富，每年冬季，村里总是雇一名打更的，由富户出一些粮食作为报酬。我记得根雨叔和西头红脸小记，专门承担这种任务。每逢夜深，更夫左手拿一个长柄的大木梆子，右手拿一根木棒，梆梆地敲着，在大街巡逻。平静的时候，他们的梆点，只是一下一下，像钟摆似的；如果他们发现什么可疑的情况，梆点就变得急促繁乱起来。

母亲一听到这种杂乱的梆点，就机警地坐起来，披上衣服，静静地听着。其实并没有发生什么事情，过了一会儿，梆点又规律了，母亲就又吹灯睡下了。

根雨叔打更，对我家尤其有个关照。我家住在很深的一条小胡同底上，他每次转到这一带，总是一直打到我家门前，如果有什么紧急情况，他还会用力敲打几下，叫母亲经心。

我在村里生活了那么多年，并没有发生过什么盗案，偷鸡摸狗的小事，地边道沿丢些庄稼，当然免不了。大的抢劫案件，整个县里我也只是听说发生过一次。县政府每年处决犯人，也只是很少的几个人。

这并不是说，那个时候，就是什么太平盛世。我只是觉得那时农村的民风淳朴，多数人有恒产恒心，男女老幼都知道人生的本分，知道犯法的可耻。

后来我读了一些小说，听了一些评书，看了一些戏，又知道盗贼之中也有所谓英雄，也重什么义气，有人并因此当了将帅，当了帝王。觉得其中也有很多可以同情的地方，有很多耸人听闻的罗曼史。

我一直是个穷书生，对财物看得也很重，一生之中，并没有失过几次盗。青年时在北平流浪，失业无聊，有一天在天桥游逛，停在一处放西洋景的摊子前面。那是夏天，我穿一件白褂，兜里有一个钱包。我正仰头看着，觉得有人触动了我一下，我一转脸，看见一个青年，正用手指轻轻夹我的钱包，知道我发见，他就若无其事地转身走了。当时感情旺盛，我还很为这个青年，为社会，为自身，感慨了一阵子。

直到现在，我对这个人印象很清楚，他高个儿，穿着破旧，满脸烟气，大概是个白面客。

另一次是在本县羽林村看大戏，也是夏天，皮包里有一块现洋叫人扒去了，没有发觉。

在解放区十几年，那里是没有盗贼的。初进城的几年，这个大城市，也可以说是路不拾遗的。

问题就出在"文化大革命"上。在动乱中，造反和偷盗分不清，革命和抢劫分不清。那些大的事件，姑且不论。单说我住的这个院子，原是吴鼎昌姨太太的别墅，日本人住过，国民党也住过，都没有多少破坏。房子很阔气，正门的门限上，镶着很厚很大的一块黄铜，足有二十斤重。动乱期间，附近南市的顽童进院造反，其著名的领袖，一个叫做三猪，一个叫做癞蛤蟆，癞蛤蟆喜欢铁器，三猪喜欢铜器。他把所有的铜门把，铜饰件，都拿走了，就是起不下这块铜门限来。他非常喜爱这块铜，因此他也就离不开这个院，这个院成了他的革命总部和根据地。他每天从早到晚坐在铜门限上，指挥他的群众。住户不能出门，只好请军管人员把他抱出去。三猪并不示弱，他听说解放军奉令骂不还口，打不还手，他就亲爹亲娘骂了起来。谁知这位农民出身的青年战士，受不了这种当众辱骂，不管什么最高指示，把三猪的头按在铜门限上，狠狠碰了几下，拖了出去。

城市里有些居民，也感染了三猪一类的习气，采取的手段比较和平，多是化公为私。比如说院墙，夜晚推倒一段，白天把砖抱回家来，盖一间小屋。院里的走廊，先把它弄得动摇了，然后就拆下木料，去做一件自用家具。这当然是物质不灭。不过一旦成为私有的东西，就倍加爱惜，也就成为神圣之物，不可侵犯了。

后来我到了干校。先是种地，公家买了很多农具，锄头、铁锹、小推车，都是崭新的。后来又盖房，砖瓦、洋灰、木料，也是充足的。但过了不久，就被附近农村的人拿走了大半。农民有一条谚语，道："五七干校是个宝，我们缺什么就到里边找。"

这当然也可解释为：取之于民，用之于民。

现在，我们的院子，经过天灾人祸，已经是满目疮痍，不堪回首。大门又不严紧。人们还是争着在院里开一片荒地，种植葡萄或瓜果。秋季，当葡萄熟了，每天都有成群结伙的青少年在院里串游，垂涎架下，久久不肯离去。夜晚则借口捉蟋蟀，闯入院内，刀剪齐下，几分钟可以把一架葡萄弄得干干净净；手脚利索，架下连个落叶都没有。有一户种了一棵吊瓜，瓜色艳红，是我院秋色之冠，也被摘去了，为了携带方便，还顺手牵羊，拿走了另一户的一只新篮子。

我年老体弱，无力经营葡萄，也生不了这个气，就在自己窗下的尺寸之地，栽了一架瓜蒌。这是苦东西，没有病的人，是不吃的。另外养了几盆花，放置在窗台上，却接二连三被偷走了。

每天晚上，关灯睡下，半夜醒来，想到有一两名小偷就在窗前窥伺，虽然我是见过世面的人，也真的感到有些不安全了。

谚云：饥寒起盗心。国家施政，虽游民亦可得温饱，今之盗窃，实与饥寒无关也。或谓：偷花者出于爱美，尤为大谬不然矣！

1983 年 4 月 20 日改讫

菜　花

每年春天，去年冬季贮存下来的大白菜，都近于干枯了，做饭时，常常只用上面的一些嫩叶，根部一大块就放置在那里。一过清明节，有些菜头就会鼓胀起来，俗话叫做菜怀胎。慢慢把菜帮剥掉，里面就露出一株连在菜根上的嫩黄菜花，顶上已经布满像一堆小米粒的花蕊。把根部铲平，放在水盆里，安置在书案上，是我书房中的一种开春景观。

菜花，亭亭玉立，明丽自然，淡雅清净。它没有香味，因此也就没有什么异味。色彩单调，因此也就没有斑驳。平常得很，就是这种黄色。但普天之下，除去菜花，再也见不到这种黄色了。

今年春天，因为忙于搬家，整理书籍，没有闲情栽种一株白菜花。去年冬季，小外孙给我抱来了一个大旱萝卜，家乡叫做灯笼红。鲜红可爱，本来想把它雕刻成花篮，撒上小麦种，贮水倒挂，像童年时常做的那样。也因为杂事缠身，胡乱把它埋在一个花盆里了。一开春，它竟一枝独秀，拔出很高的茎子，开了很多的花，还招来不少蜜蜂。

这也是一种菜花。它的花，白中略带一点紫色，给人一种清冷的感觉。它的根茎俱在，营养不缺，适于放在院中。正当花开得繁盛之时，被邻家的小孩，揪得七零八落。花的神韵，人的欣赏之情，差不多完全丧失了。

今年春天风大，清明前后，接连几天，刮得天昏地暗，厨房里的光线，尤其不好。有一天，天晴朗了，我发现桌案下面，堆放着蔬菜的地方，有一株白菜花。它不是从菜心那里长出，而是从横放的菜根部长出，像一根老木头长出的直立的新枝。有些花蕾已经开放，耀眼的光明。我高兴极了，把菜帮菜根修了修，放在水盂里。

我的案头，又有一株菜花了。这是天赐之物。

家乡有句歌谣：十里菜花香。在童年，我见到的菜花，不是一株两株，也不是一亩二亩，是一望无边的。春阳照拂，春风吹动，蜂群轰鸣，一片金黄。那不是白菜花，是油菜花。花色同白菜花是一样的。

一九四六年春天，我从延安回到家乡。经过八年抗日战争，父亲已经很见衰老。见我回来了，他当然很高兴，但也很少和我交谈。有一天，他从地里回来，忽然给我说了一句待对的联语：丁香花，百头，千头，万头。他说完了，也没有叫我去对，只是笑了笑。父亲做了一辈子生意，晚年退休在家，战事期间，照顾一家大小，艰险备尝。对于自己一生挣来的家产，爱护备至，一点也不愿意耗损。那天，是看见地里的油菜长得好，心里高兴，才对我讲起对联的。我没有想到这些，对这副对联，如何对法，也没有兴趣，就只是听着，没有说什么。当时是应该趁老人高兴，和他多谈几句的。没等油菜结籽，父亲就因为劳动后受寒，得病逝世了。临终，告诉我，把一处闲宅院卖给叔父家，好办理丧事。

现在，我已衰暮，久居城市，故园如梦。面对一株菜花，忽然想起很多往事。往事又像菜花的色味，淡远虚无，不可捉摸，只能引起惆怅。

人的一生，无疑是个大题目。有不少人，竭尽全力，想把它撰写成一篇宏伟的文章。我只能把它写成一篇小文章，一篇像案头菜花一样的散文。菜花也是生命，凡是生命，都可以成为文章的题目。

1988 年 5 月 2 日灯下写讫

新居琐记

锁　门

过去，我几乎没有锁门的习惯。年幼时在家里，总是母亲锁门，放学回来，见门锁着进不去，在门外多玩一会就是了，也不会着急。以后在外求学，用不着锁门；住公寓，自有人代锁。再后，游击山水之间，行踪无定，抬屁股一走了事，从来也没有想过，哪里是自己的家门，当然更不会想到上锁。

进城以后，我也很少锁门，顶多在晚上把门插上就是了。

去年搬入单元房，锁门成了热话题。朋友们都说：

"千万不能大意呀，要买保险锁，进出都要碰上呀！"

劝告不能不听，但习惯一下改不掉。有一次，送客人，把门碰上了，钥匙却忘在屋里。这还不要紧，厨房里正在蒸着米饭，已有二十分钟之久，再过二十分钟就有饭糊、锅漏，并引起火灾的危险，但无孔可入。门外彷徨，束手无策，越想越怕，一身大汗。

后来，一下想起儿子那里还有一副钥匙，求人骑车去要了来。万幸，儿子没有外出，不然，必会有一场大难。

"把钥匙装在口袋里！"朋友们又告诫说。

好，装在裤子口袋里。有一天起床，钥匙滑出来，落在床上，没有看见，就碰上门出去了。回来一摸口袋，才又傻了眼。好在这回，屋里没有点着火，不像上次那么着急，再求人去找找儿子就是了。

"用绳子把钥匙系在腰带上!"朋友们又说。

从此,我的腰带上,就系上了一串钥匙,像传说中的齐白石一样。

每一看到我腰里拖下来的这条绳子,我就哭笑不得。我为此,着了两次大急,现在又弄成这般状态,究竟是为了什么。是因为我有了一所房子,有了自己的家门。我的家里,到底有什么宝贵的东西,值得如此戒备森严呢?不就是那些破旧衣服,破旧家具,破旧书画吗?这些东西,也并不是新近置买,不是多年前就有了吗?"环境不同了,时代不同了。"朋友们说。我觉得是自己和过去不同了,心理上有些变化了。

我已经停止了云游的生活,我已经失去了四大皆空的皈依,我已经返回人间世俗。总之,一把锁把我的心紧紧锁起,使它同以往的大自然,大自由,大自在,都断绝了关系。

我曾经打断身上的桎梏,现在又给自己系上了绳索。

我曾经从这里出走,现在又回到这里来了。

1990年2月5日,昨日立春

民 工

搬到新住宅里,常常遇到所谓民工。他们成群结队,或是三三两两,在我住的楼下走过。其中有不少乡音,他们多是来自河北省。他们有的是建筑业,盖高楼大厦;也有的做临时小工。在旧社会,农民是很少进城市的,他们不是不想进城,是进城找不到活干。只能死守在家里,而家里又没有地种。因此,酿成种种悲剧。

这是我在农村时，经常见到的。

现在城市，各行各业，都愿意用民工：听话，态度好，昼夜苦干。听说，每年挣钱不少，不少人在家里，盖了新房，娶了媳妇。

农民的活路有了，多了，我心里很高兴。

但我很少和他们交谈。因为我老了。另外，现在的农民，也不会听到乡音，就停下来，和你打招呼，表示亲近，他们已经见过大世面了。

我不常下楼，在楼上见到的，多是那些做临时活儿的民工。

他们在楼下栽了很多树，铺了大片草地，又搭了一个藤萝架，竖了山石。树，都是名贵树种，山石也很讲究，这都要花很多钱。

正在炎夏，民工们浇水很用心，很长的胶皮水管，扯来扯去。

其中有一个民工，还带着家眷。民工，四十来岁，黑红脸膛，长得粗壮，看见生人，还有些羞怯。他爱人，长得也很结实，却大方自然，什么也不在乎的样子。小男孩有六七岁了。

最初，只是民工一个人干活，老婆不是守在他的身边，就是在附近捡些破烂，例如铁丝、塑料、废纸等物。收买这些废品的小贩，也是川流不息的，她捡到一些，随手就可以换钱，给孩子买冰棍吃。那小孩却有时帮他父亲浇浇花。

我有些旧想法，原以为这个农民，可能在村里出了什么事，呆不住才携家带口，来到城市的。有一天清晨，我在马路上遇到他们，男的扛着一把铁锹走在前面，母子两人，紧跟在后，说说笑笑，上工去了。

他们睡在哪里，我不知道，夏天在这里随便就可以找到栖身之地的。中午，妇女找一片破席子，铺在马路边新栽的垂柳下面，买来几个面包，两瓶汽水，一家人吃喝休息，也是表现得很快活的。

面对如流的豪华车辆，各路的人物精英，无动于衷，甚至是不屑一顾。他们是真正的自食其力者。

我想，这也是家庭，这也是天伦之乐，也不一定就比这些高楼里的住户，更多一些烦恼愁苦。

过了些日子，农妇也上班了，是拔草，提着一个破筐，把草地里的杂草拔掉，放在里面，半天也装不满一筐，这活儿是够轻松的了。

但秋天来了，我就见不到他们了，可能回家去了，也可能到别的地方干活儿去了。

1990年2月7日下午

装　修

早起，黄昏，我在楼群散步时，就常常联想起，当年走在深山峡谷的情景。那时中间是流水，周围是鸟语花香，一片寂静。现在是如流的汽车，排放着废气，此起彼落，是电焊电钻的噪声。不禁喟然叹道：毕竟是现代化了啊！

过去住大杂院，所谓干扰，不过是邻居盖小房，做家具，小孩哭闹，都属于传统性质，是习惯了的。

我不怕自然界的声响，我认为：无论雷电轰鸣，狂风怒吼，洪水暴发，山崩地裂，都是一种天籁，一种自然景观。我惟怕恶人恶声，每听到见到，必掩耳而走，退避三舍。这次搬家，有一个原因，就在于此。现在电焊电钻的声音，还有凿洋灰地的声音，一户动工，万家震动，也令人不安。

然而这是没法躲避的。人们都在装修自己的住宅。里里外外，都要装修。家家户户，都要装修。其范围甚广，其时间不一，其爱好不同。然要现代化，如装太阳能、热水器、排风扇、电话、闭路电视，则无一项不需要焊、钻。且住户是陆续搬来，人手和材料的配备有先后，有人预计：全楼群安装妥帖，定在两年以后了。

我于是大恐。春节，有一位现代化友人来访，曾与他就此事交谈，兹录其要：

主：这房不是很好吗，这不都是公产吗，为什么还要这样折腾？

客：为的住着舒适阔气啊。现在分什么公私，公也是私，私也是公。

主：过去，有很多同志，放弃瓦舍千间，奔走革命，露宿荒野，住的是泥房、草屋、山洞、地洞。现在年近就木，又何必在这低矮狭窄的小天地里，费如此大的心思呢？

客：人各有志，志有多变。不能强求。且系新潮，势难阻挡。

主：为什么在盖房时，不预先把这些东西安装好？

客：这是国情。即使都安装好，他还是要鼓捣。现代化是不断更新，无止无休的呀！

主：这里住的不都是老年人吗？如果有人患心脏病，这种声音，他受得了吗？

客：老年人在这里，究竟还是少数，子女们多。至于患病的，那就更是个别的了。不会有人去注意。

我们的谈话，实际是不得要领。但客人说的"新潮"二字，最有启发性。新潮的到来，绝不是空谷穴风，总是有它到来的道理的。潮，总是以相反的形式，互相替代的。

明白人总是顺应新潮。弄潮儿之可贵，就在于此。

苏子曰：夫时有可否，物有废兴。方其所安，虽暴君不能废；及其既厌，虽圣人不能复。故风俗之变，法制随之。譬如江河之徙移，强而复之，则难为力。

反复斯言，我当有所醒悟了。

1990年2月5日下午

老年文字

——文事琐谈之三

最近写了一篇文章，叫女儿抄了一下，放在抽屉里。有一天，报社来了一位编辑，就交给他去发表。发出来以后，第一次看，没有发现错字。第二次看，发现"他人诗文"，错成了"他们诗文"。心里就有些不舒服。第三次看，又发现"入侍延和"，错成了"入侍廷和"；"寓意幽深"，错成了"意寓幽深"；心里就更有些别扭了。总以为是报社给排错了，编辑又没有看出。

过了两天，又见到这位编辑，心里存不住话，就说出来了。为了慎重，加了一句：也许是我女儿给抄错了。

女儿的抄件，我是看过了的，还作了改动。又找出我的原稿查对，只有"延和"一词，是她抄错，其余两处，是我原来就写错了，而在看抄件时，竟没有看出来。错怪了别人，赶紧给编辑写信说明。

这完全可以说是老年现象，过去从来没有发生过。我写作多年，很少出笔误，即使有误，当时就觉察到改正了。为什么现在的感觉如此迟钝？我当编辑多年，文中有错字，一遍就都看出来了。为什么现在要看多遍，还有遗漏？这只能用一句话回答：老了，眼力不济了。

所谓"文章老更成"，"姜是老的辣"，也要看老到什么程度，也有个限度。如果老得过了劲，那就可能不再是"成"，而是"败"；不再是"辣"，而是"腐烂"了。

我常对朋友说，到了我这个年纪，还写文章，这是一种习惯，一种惰性。就像老年演员，遇到机会，总愿意露一下。说句实在话，我不大愿意看老年人演的戏。身段、容貌、脚手、声音，都不行了。当然一招一式，一腔一调，还是可以给青年演员示范的，台下掌声也不少。不过我觉得那些掌声，只是对"不服老"这种精神的鼓励和赞赏，不一定是因为得到了真正的美的享受。美，总是和青春、火力、朝气，联系在一起的。我宁愿去看娃娃们演的戏。

己之视人，亦犹人之视己。老年人写的文章，具体地说，我近年写的文章，在读者眼里，恐怕也是这样。

我从来不相信，朋友们对我说的，什么"宝刀不老"呀，"不减当年"呀，一类的话。我认为那是他们给我捧场。有一次，我对一位北京来的朋友说："我现在写文章很吃力，很累。"朋友说："那是因为你写文章太认真，别人写文章是很随便的。"

当然不能说，别人写文章是随便的。不过，我对待文字，也确是比较认真的。文章发表，有了错字，我常常埋怨校对、编辑不负责任。有时也想，错个把字，不认真的，看过去也就完了；认真的，他会看出是错字。何必着急呢？前些日子，我给一家报纸写读书随笔，一篇一千多字的文章，引用了四个清代人名，竟给弄错了三个。我没有去信要求更正，编辑也没有来信说明，好像一直没有发现似的。这就证明，现在人们对错字的概念，是如何的淡化了。

不过，这回自己出了错，我的心情是很沉重的，今后如何补救呢？我想，只能更认真对待。比如过去写成稿子，只看两三遍；现在就要看四五遍。发表以后，也要比过去多看几遍。庶几能补过于万一。

老年人的文字，有错不易得到改正，还因为编辑、校对对他的迷信。我在大杂院住的时候,同院有一位老校对。我对他说:"我老了,文章容易出错,你看出来,不要客气,给我改正。"他说:"我们有时对你的文章也有疑问,又一想你可能有出处,就照排了。"我说:"我有什么出处?出处就是辞书、字典。今后一定不要对我过于信任。"

比如这次的"他们诗文",编辑一眼就可以看出是不通的,有错的。但他们几个人看了,都没改过来。这就因为是我写的,不好动手。

老年文字,聪明人,以不写为妙。实在放不下,以少写为佳。

1990年9月

秋凉偶记(三则)

扁　豆

北方农村，中产以下人家，多以高粱秸秆，编为篱笆，围护宅院。篱笆下则种扁豆，到秋季开花结豆，罩在篱笆顶上，别有一番风情。

扁豆分白紫两种，花色亦然，相间种植，花分两色，豆各有形，引来蜂蝶，飞鸣其间，又添景色不少。

白扁豆细而长，紫扁豆宽而厚，收获以后者为多。

我自幼喜食扁豆，或炒或煎。煎时先把扁豆蒸一下，裹上面粉，谓之扁豆鱼。

吃饭是一种习性，年幼时好吃什么，到老年还是好吃什么。现在农贸市场，也有扁豆上市。

每逢吃扁豆，我就给家人讲下面一个故事：

一九三九年秋季，我在阜平县打游击，住在神仙山顶上。这座山很高很陡，全是黑色岩石，几乎没有人行路，只有牧羊人能上去。

山顶的背面，却有一户人家。他家依山盖成，门前有一小片土地，种了烟草和扁豆。

他种的扁豆，长得肥大出奇，我过去没有见过，后来也没有见过。

扁豆耐寒，越冷越长得多。扁豆有一种膻味，用羊油炒，加红

1983年　天津

文艺之道 忘我无私 人心所系 孜孜求之

一九八三年一月 孙剑年

秀琪同志属书

墨迹

辣椒，最是好吃。我在他家吃到的，正是这样做的扁豆。

他的家，其实就是他一个人。他已经四十开外，还是独身。身材高大，皮肤的颜色，和他身边的岩石，一般无二。

他也是一个游击队员。

每天天晚，我从山下归来，就坐在他的已经烧热的小炕上，吃他做的玉米面饼子，和炒扁豆。

灶上还烤好了一片绿色烟叶，他在手心里揉碎了，我们俩吸烟闲话，听着外面呼啸的山风。

1992年8月13日清晨

芸斋曰：此时同志，利害相关，生死与共，不问过去，不计将来，可谓一心一德矣。甚至不问乡里，不记姓名，可谓相见以诚矣。而自始至终，能相信不疑，白发之时，能记忆不忘，又可谓真交矣。后之所谓同志，多有相违者矣。

同日又记

再观藤萝

楼下小花园，修建了一座藤萝架。走廊形，钢筋水泥，涂以白漆。下面还有供游人小憩的座位。但藤萝种了四五年，总爬不到架上去。原因是人与花争位，藤萝一爬到座位那里，妨碍了人，人就把它扒拉到地上去，再爬上来，就把它的尖子揪断。所以直到现在，藤条已经长到拇指那样粗，还是东一条，西一条，胡乱爬在地上。

藤萝这种花也怪，不上架不开花，一上架就开了。去年冬天，有一个老年人，好到这里休息晒太阳，他闲着没事，随手拣了一条塑料绳子，把头起的一枝藤条系到架上去，今年开春，它就开了一簇花，虽然一枝独秀，却非常鲜艳。

正当藤萝花开的时候，有几位年轻母亲，带孩子来这里坐。有一个女青年，听口音，看穿衣打扮，好像是谁家的保姆，也带着一个小孩，来架下玩耍。这位小保姆，个儿比较高，长得又健康俊俏，她站在架下，藤萝花正开在她的头上，在早晨的阳光照耀下，就好像谁给她插上去的。

自从改革开放以来，妇女服饰大变，心态也大变。只要穿上一件新潮衣裙，理上一个新潮发型，就是东施嫫母，也自我感觉良好，忽然变成了天仙。她们听着脚下高跟的响声，闻着脸上粉脂的香味，飘飘然地找到了自己的位置和价值。

这位农村来的女青年，站在这些人中间，显得超凡出众。她的美，是一种自然美，包括大自然的水土，也包括大自然的陶冶。她的美，是天生的，不是人为的，更没有描眉画眼的作假。她好像自觉到了这一点，所以她站在这些大城市时髦妇女中间，丝毫没有"不如人家"的感觉。她谈笑从容，对答如流，使得这些青年主妇们，也不能轻视她的聪明美丽。她成了谈话的中心，鹤立鸡群。

藤萝架旁边，每天还有一些老年妇女练功。教她们的，是一位带有江湖气味的中年人。这是一位热心公益的人，见到藤条散落地下，在他的学生们到来之前，他就找些绳索，把它们一一系到架上去。估计明年春季，藤萝架上，真的要繁花似锦了。

1992年8月16日清晨

后富的人

这是一处高级住宅区。早晨八点以后,下午五时左右,接送厂长、经理、处长、局长的汽车,川流不息,不过时间不会太长,一会儿就过去了。下午的汽车,一到门口,尾巴就翘了起来。于是主人、司机以及家里人,把带回的大小纸袋子,大小纸箱子,搬到楼上去。

带回的东西,吃过用过以后,包装没处存放,就往垃圾道里丢。因此,第二天天还不亮,就有川流不息的拣破烂的人,来到楼群,逐楼寻找,垃圾间的铁门,响声不断。

过去,干这种营生的都是本市人,现在都是外地人。他们男男女女,老老少少,破衣烂裳,囚首垢面。背着一个大塑料口袋,手里拿一个铁钩子,急急忙忙地走着,因为就是早晨东西好拣。但时间也不会长,等到接人的汽车来时,他们就都消失了。

帮我做饭的妇人,熟于此道。我曾问她:

"前边一个刚从垃圾间出来,后面一个紧跟着就进去,哪里有那么多东西?"

她说:"一幢楼上,住这么多人家,倒垃圾的习惯也不一样,你知道他什么时候往下倒?也许他刚走,上面就掉下个大纸盒子来,你不是就可以拣到了吗?"

她并且告诉我,干这个,只要手脚勤快,一天的收入,是很可观的。就是刚从外地来,一无所有,衣食住行,都可以从中解决:例如破衣服,破鞋帽,干面包,烂水果,可以吃穿;破席子,可以铺用;甚至有药片,可以服。如果胆大些,旁边的破车子,可以骑上；过些日子，再换一个三轮……

关于住，她没有讲。我清晨散步的时候，的确遇到过一个外地来的小姑娘，手里提着一个破布包，满身满脸是黑灰。她问我，什么地方可以洗洗脸？我问她为什么弄得这样，她没有说。但我看见她是从一幢楼房的垃圾间出来。

国家已经有不少人，先富了起来。这些从农村来城市觅生活的，可以说是后富起来的人吧。

1992年8月16日清晨

老　家

　　前几年，我曾诌过两句旧诗："梦中每迷还乡路，愈知晚途念桑梓。"最近几天，又接连做这样的梦：要回家，总是不自由；请假不准，或是路途遥远。有时决心起程，单人独行，又总是在日已西斜时，迷失路途，忘记要经过的村庄的名字，无法打听。或者是遇见雨水，道路泥泞；而所穿鞋子又不利于行路，有时鞋太大，有时鞋太小，有时倒穿着，有时横穿着，有时系以绳索。种种困扰，非弄到急醒了不可。

　　也好，醒了也就不再着急，我还是躺在原来的地方，原来的床上，舒一口气，翻一个身。

　　其实，"文化大革命"以后，我已经回过两次老家，这些年就再也没有回去过，也不想再回去了。一是，家里已经没有亲人，回去连给我做饭的人也没有了。二是，村中和我认识的老年人，越来越少，中年以下，都不认识，见面只能寒暄几句，没有什么意思。

　　前两次回去：一次是陪伴一位正在相爱的女人，一次是在和这位女人不睦之后。第一次，我们在村庄的周围走了走，在田头路边坐了坐。蘑菇也采过，柴禾也拾过。第二次，我一个人，看见亲人丘陇，故园荒废触景生情，心绪很坏，不久就回来了。

　　现在，梦中思念故乡的情绪，又如此浓烈，究竟是什么道理呢？实在说不清楚。

　　我是从十二岁，离开故乡的。但有时出来，有时回去，老家还是我固定的窠巢，游子的归宿。中年以后，则在外之日多，居家之日少，且经战乱，行居无定。及至晚年，不管怎样说和如何想，回老家去住，是不可能的了。

是的，从我这一辈起，我这一家人，就要流落异乡了。

人对故乡，感情是难以割断的，而且会越来越萦绕在意识的深处，形成不断的梦境。

那里的河流，确已经干了，但风沙还是熟悉的；屋顶上的炊烟不见了，灶下做饭的人，也早已不在。老屋顶上长着很高的草，破漏不堪；村人故旧，都指点着说："这一家人，都到外面去了，不再回来了。"

我越来越思念我的故乡，也越来越尊重我的故乡。前不久，我写信给一位青年作家说："写文章得罪人，是免不了的。但我甚不愿因为写文章，得罪乡里。遇有此等情节，一定请你提醒我注意！"

最近有朋友到我们村里去了一趟，给我几间老屋，拍了一张照片，在村支书家里，吃了一顿饺子。关于老屋，支书对他说："前几年，我去信问他，他回信说：也不拆，也不卖，听其自然，倒了再说。看来，他对这几间破房，还是有感情的。"

朋友告诉我：现在村里，新房林立；村外，果木成林。我那几间破房，留在那里，实在太不调和了。

我解嘲似的说："那总是一个标志，证明我曾是村中的一户。人们路过那里，看到那破房，就会想起我，念叨我。不然，就真的会把我忘记了。"

但是，新的正在突起，旧的终归要消失。

1986年8月20日，晨起作。闷热，小雨。

故园的消失

土改后,老家剩下三间带耳房的北屋。举家来津后,先是生产大队放置农具,原来母亲放在屋里的一些木料和杂物,当家本院的,都拿去用了,连两条木炕沿也拆走了。但每年雨季,他们见房子坍塌漏雨,也给修理修理。后来房顶茂草丛生,房基歪斜,生产队也没有了,就没有人再愿意管它。

村支部书记曾给我来过一封信,说明这种情况,问我如何处理。那时外面事情很多,我心里乱糟糟,实在顾不上这些事,就写了一封回信,大意是:也不拆,也不卖,听其自然,倒了再说。

后来知道,这座老屋,除去有倒塌的危险,还妨碍着村里新街道规划。"文化大革命"后不久,当捐献集资之风刮起的时候,村里来了三个人:老支书、新支书和一个老贫农团员。我先安排他们找了个旅舍住下,并说明我这里没有人做饭,给了他们三十元钱,到附近饭馆用餐。第二天上午,才开始谈话。

他们说村里想新建一所小学校,县里又不给拨款,所以出来找找在外地工作的同志。

我开门见山地说,建小学,每个人都有责任。从我在村里上小学时,就没有一个正规的校舍,都是借用人家的闲房闲院。可是,你们不能对我抱过高的希望。村里传说我有多少钱,那都是猜想。我没有写出很红的书,销数都不大。过去倒是存了一些稿费,"文化大革命"时,大部分都上缴了。现在老了,也写不了多少东西,稿费也很低。我说着,从书柜里拿出新出版的一本散文集,对他们说：

"这样一本书，要写一年多，人家才给八百元。你们考虑过那几间破房吗？"

"倒是考虑过。"老支书说。

我说："有两个方案：一个是我给你们两千元。一个是你们回去把旧房拆了卖了，我再给一千元。"

他们显然有些失望，同意了第二个方案。并把我给他们的饭费还给了我，说这是因公出差，回去可以报销，就告辞了。

又过了些日子，听说有报纸报道了我捐资兴学的消息，县里也来信表扬，我都认为是小题大做。后来，本乡的乡长又来了，说是想把新盖的小学，以我的名字命名。我说："别开玩笑。我拿两千块钱，就可以命名一所小学；如果拿两万，岂不是可以命名一所大学了吗？我的奉献是很微薄的，我们那里如果有个港商就好了。"

"你给题个校名吧！"乡长说。

我说："我的字写不好，也不想写。回去找个写好字的给写一下吧。"

我送给他一本《风云初记》和一本《芸斋小说》。

这件事就结束了。至此，老家已经是空白，不再留一草一木，一砖一瓦。这标志着：父母一辈人的生活经历，生活方式，生活志趣，生活意向的结束。也是一个从无到有，又从有到无的自然过程。

但老屋也留下了一张照片，这是儿子那年出差路经我村时拍摄的。可以看到：下沉的房基，油漆剥尽的屋门，空荡透风的窗棂，房前的杂草树枝，墙边的一只觅食的母鸡。儿子并说：他拍照时，并没有碰见一个村里的人。

芸斋曰：余少小离家，壮年军伍。虽亦眷恋故土，实少见屋顶炊烟。中间并有有家不得归者三次，时间相加十余年。回味一生，亲人团聚之情少，生离死别之痛多。漂萍随水，转蓬随风，及至老年，萍滞蓬摧，故亦少故园之梦矣。惟祝家乡兴旺，人才辈出而已。

1991 年 5 月 30 日

告　别
——新年试笔

书　籍

  我同书籍，即将分离。我虽非英雄，颇有垓下之感，即无可奈何。

  这些书，都是在全国解放以后，来到我家的。最初零零碎碎，中间成套成批。有的来自京沪，有的来自苏杭。最初，我囊中羞涩，也曾交臂相失。中间也曾一掷百金，稍有豪气。总之，时历三十余年，我同它们，可称故旧。

  十年浩劫，我自顾不暇，无心也无力顾及它们。但它们辗转多处，经受折磨、潮湿、践踏、撞破，终于还是回来了。失去了一些，我有些惋惜，但也不愿再去寻觅它们，因为我失去的东西，比起它们，更多也更重要。

  它们回到寒舍以后，我对它们的情感如故。书无分大小、贵贱、古今、新旧，只要是我想保存的，因之也同我共过患难的，一视同仁。洗尘，安置，抚慰，唏嘘，它们大概是已经体味到了。

  近几年，又为它们添加了一些新伙伴。当这些新书，进入我的书架，我不再打印章，写名字，只是给它们包裹一层新装，记下到此的岁月。

  这是因为，我意识到，我不久就会同它们告别了。我的命运是注定了的。但它们各自的命运，我是不能预知，也不能担保的。

字　画

我有几张字画，无非是吴、齐、陈的作品，也即近代世俗之所爱，说不上什么稀世的珍品。这些画，是六十年代初，我心血来潮，托陈乔同志在北京代购的，那时他任中国历史博物馆副馆长，据说是带了几位专家到画店选购的，当然是不错的了。去年陈乔来家，还问起这几张画来。我告诉他"文化大革命"时，抄是抄去了，但人家给保存得很好，值得感谢。这些年一直放在柜子里，也不知潮湿了没有，因为我对这些东西，早已经一点兴趣也没有了。陈说：不要糟蹋了，一幅画现在要上千上万啊！我笑了笑。什么东西，一到奇货可居，万人争购之时，我对它的兴趣就索然了。我不大看洛阳纸贵之书，不赴争相参观之地，不信喧嚣一时之论。

当代画家，黄胄同志，送给过我两张毛驴，吴作人同志给我画过一张骆驼，老朋友彦涵给我画了一张朱顶红，是因为我请他向画家们求画，他说，自从批"黑画展"以后，画家们都搁笔不画了，我给你画一张吧。近些年，因为画价昂贵，我也不敢再求人作画，和彦涵的联系也少了。

值得感谢的，是许麟庐同志，他先送我一张芭蕉，"四人帮"倒台以后，又主动给我画了一张螃蟹、酒壶、白菜和菊花。不过那四只螃蟹，形象实在丑恶，肢体分解，八只大腿，画得像一群小雏鸡。上书：孙犁同志，见之大笑。

天津画家刘止庸，给我写了一副对联，虽然词儿高了一些，有些过奖，我还是装裱好了，张挂室内，以答谢他的厚意。

我向字画告别，也就意味着，向这些书画家告别。

瓶　罐

进城后,我在早市和商场,买了不少旧瓷器,其中有一些是日本瓷器。可能有些假古董,真古董肯定是没有的。因为经过抄家,经过专家看过,每个瓶底上,都贴有鉴定标签,没有一件是古瓷。

不过,有一个青花松竹的瓷罐,原是老伴外婆家物,祖辈相传,搬家来天津时,已为叔父家拿去,后来听说我好这些东西,又给我送来了。抄家时,它装着糖,放在厨架上,未被拿走。经我鉴定,虽然无款,至少是一件明瓷。可惜盖子早就丢失了。

这些瓶瓶罐罐,除去孩子们糟蹋的以外,尚有两筐,堆放在闲屋里。

字　帖

原拓只有三希堂。丙寅岁拓,并非最佳之本。然装潢华贵,花梨护板,樟木书箱,似是达官或银行家物。尚有写好的洒金题签,只贴好一张,其余放在箱内。我买来也没来得及贴好,抄家时丢失了。此外原拓,只有《张猛龙碑》《龙门二十品》等数种,其余都是珂罗版。

汉碑、魏碑。我是按照《艺舟双楫》和《广艺舟双楫》介绍购置的,大体齐备。此外有《淳化阁帖》半套及晋唐小楷若干种。唐隶唐楷及唐人写经若干种。

罗振玉印的书,我很喜欢,当做字帖购买的有:《祝京兆法书》《水拓鹤铭》《世说新书》《智永千文》《六朝墓志菁华》等。以他的六朝墓志，校其他六朝帖，就会发现，因墓志字小形微，造假者多有。

我本来不会写字，近年也为人写了不少，现在很后悔。愿今后一笔一画，规规矩矩，写些楷字，再有人要，就给他这个，以示真相。他们拿去，会以为是小学生习字，不屑一顾，也就不再来找我了。人本非书家，强写狂乱古怪字体，以邀书家之名；本来写不好文章，强写得稀奇荒诞，以邀作家之名；本来没有什么新见解，故作高深惊人之词，以邀理论家之名，皆不足取。时运一过，随即消亡。一个时代，如果艺术，也允许作假冒充，社会情态，尚可问乎。

印　章

还有印章数枚，且有名字作品。一名章，阳文，钱君匋刻，葛文同志代求，石为青田，白色，马纽。一名章，阴文，金禹民作，陈肇同志代求，石为寿山；一藏书章，大卣作，陈乔同志代求，石为青田，酱色。

近几年，一些青年篆刻爱好者，也为我刻了一些图章。

其实，我除了写字，偶尔打个印，壮壮门面外，在书籍上，是很少盖印了，前面已经提到。古人达观者，用"曾在某斋"等印，其实还有恋恋之意，以为身后，还是会有些影响，这同好在书上用印者，只有五十步之差。不过，也有一点经验。在"文化大革命"时，我有一部《金瓶梅》被抄去，很多人觊觎它，终于是归还了，就是因为每本封面上，都盖有我的名章，印之为物，可小觑乎？

镇　纸

我还有几件镇纸。其中，张志民送我一副人造大理石的，色彩形制很好。柳溪送我一只大理出的，很淡雅。最近杨润身又送我一只，是他的家乡平山做的，很朴厚。

我自己有一副旧玉镇纸，是用六角钱从南市小摊上得到的。每只上刻四个篆字，我认不好。陈乔同志描下来，带回北京，请人辨认。说是："不惜寸阴，而惜尺璧"八个字。陈说，不要用了。

其实，我也很少用这些玩意儿，都是放在柜子里。写字时，随便用块木头，压住纸角也就行了。我之珍惜东西，向有乡下佬吝啬之誉。凡所收藏，皆完整如新，如未触手。后人得之，可证我言。所以有眷恋之情，意亦在此。

以上所记，说明我是玩物丧志吗？不好回答。我就是喜爱这些东西，它们陪伴我几十年。一切适情怡性之物，非必在大而华贵也。要在主客默契，时机相当。心情恶劣，虽名山胜水，不能增一分之快，有时反更添愁闷之情。心情寂寞，虽一草一木也可破闷解忧，如获佳侣。我之于以上长物，关系正是如此。现在分别了，不是小别，而是大别，我无动于衷吗？也不好回答。"文化大革命"时，这些东西，被视为"四旧"，扫荡无余。近年，又有废除一切旧传统之论，倡言者，追随者，被认为新派人物。后果如何，临别之际，也就顾不得那么许多了。

1987年1月7日记

《孙犁文集》自序

当我把这几卷文集呈献在亲爱、尊敬的读者面前时，我已经进入七十岁。

当我为别人的书写序时，我的感情是专一的，话也很快涌到笔端上来。这次为自己的书写序，却感到有些迷惘、惆怅。彷徨回顾，不知所云。这可能是近几年来，关于我的创作，我的经历，谈得太多了，这些文字，就都编在书里，此外已经没有什么新鲜意思了。另外，计算一下，我从事文字工作，已经四十多年，及至白发苍颜，举动迟缓，思想呆滞之期，回头一看，成绩竟是如此单薄贫弱，并且已无补救之力，内心的苦涩滋味，富于同情心的读者，可想而知。

限于习惯和体例，我还是写几句吧。

一、每个历史时期，都有它的种种特点。因此，每个历史时期所产生的作家群，也都有他们特殊的时代标志。读历代大作家的文集，我常常首先注意及此，但因为年代久远，古今差异很大，很难仿佛其大概。

我们这一代作家，经历的也是一个特殊的历史阶段。青年读者，对这一代作家，并不是那么了解的，如果不了解他们的生平，就很难了解他们的作品。老一代人的历史，也常常难以引起青年一代的兴味。我简略叙述一下，只能算是给自己的作品，下个注脚。

二、我的创作，从抗日战争开始，是我个人对这一伟大时代、神圣战争，所作的真实纪录。其中也反映了我的思想，我的感情，我的前进脚步，我的悲欢离合。反映这一时代人民精神风貌的作品，在我的创作中，占绝大部分。其次是反映解放战争和土地改革的作品，还有根据地生产运动的作品。

三、再加上我在文学事业上的师承，可以说，我所走的文学道路，是现实主义的。有些评论家，在过去说我是小资产阶级的，现在又说我是浪漫主义的。他们的说法，不符合实际。有些评论，因为颠倒了是非，常常说不到点上。比如他们曾经称许的现实主义的杰出之作，经过时间的无情冲激和考验，常常表现出这样一种过程：虚张声势，腾空而起，遨游太空，炫人眼目，三年五载，忽焉陨落——这样一种好景不长的近似人造卫星的过程；而他们所用力抨击，使之沉没的作品，过了几年，又像春草夏荷一样，破土而出或升浮水面，生机不衰。

四、我认为中国的新文学，应该一直沿着"五四"时期鲁迅和他的同志们开辟和指明的现实主义的道路前进。应该大量介绍外国伟大的现实主义作家的作品，给文学青年做精神食粮。我们要提倡为人生进步、幸福、健康、美好的文学艺术，要批判那些末流的诲淫诲盗败坏人伦道德的黄色文学。

五、我们的文艺批评，要实事求是，是好就说好，是坏就说坏。不要做人情。要提高文艺评论的艺术价值。要介绍多种的艺术论，提高文艺评论家的艺术修养。要消除文艺评论中的结伙壮胆的行帮现象，群起而哄凑热闹的帮闲作风，以及看官衔不看文章的势利观点。

六、文艺虽是小道，一旦出版发行，就也是接受天视民视，天听民听的对象，应该严肃地从事这一工作，绝不能掉以轻心，或取快一时，以游戏的态度出之。

七、我是信奉政治决定文艺这一科学说法的。即以此文集为证：因为我有机会参加了抗日战争和土地改革，我才能写出一些反映这两个时期人民生活和斗争的作品。十年动乱，我本人和这些作品同被禁锢，几乎人琴两亡。绝望之余，得遇政治上的拨乱反正，文集才能收拾丛残，编排出版。文艺本身，哪能有这种回天之力。韩非多才善辩，李斯一言，就"过法诛之"。司马迁自陷不幸，然后叹息地说："余独悲韩子为'说难'，而不能自脱。"有些作家，自托空大之言，以为文艺可以决定政治。如果不是企图以文艺为饵禄之具，历史上并没有这样的例证。我是不相信的。

八、我出生在河北省农村，我最熟悉、最喜爱的是故乡的农民，和后来接触的山区农民。我写农民的作品最多，包括农民出身的战士、手工业者、知识分子。我不习惯大城市生活，但命里注定在这里生活了几十年，恐怕要一直到我灭亡。在嘈杂骚乱无秩序的环境里，我时时刻刻处在一种厌烦和不安的心情中，很想离开这个地方，但又无家可归。在这个城市，我害病十年，遇到动乱十年，创作很少。城市郊区的农民，我感到和我们那里的农民，也不一样。关于郊区的农民，我写了一些散文。

九、我的语言，像吸吮乳汁一样，最早得自母亲。母亲的语言，对我的文学创作，影响最大。母亲的故去，我的语言的乳汁，几乎断绝。其次是我童年结发的妻子，她的语言，是我的第二个语言源泉。在母亲和妻子生前，我没有谈过这件事，她们不识字，没有读过我写的小说。生前不及言，而死后言之，只能增加我的伤痛。

十、我最喜爱我写的抗日小说，因为它们是时代、个人的完美真实的结合，我的这一组作品，是对时代和故乡人民的赞歌。我喜欢写欢乐的东西。我以为女人比男人更乐观，而人生的悲欢离合，总是与她们有关，所以常常以崇拜的心情写到她们。我回避我没有参加过的事情，例如实地作战。我写到的都是我见到的东西，但是经过思考，经过选择。在生活中，在一种运动和工作中，我也看到错误的倾向，虽然不能揭露出来，求得纠正，但从来没有违背良心，制造虚伪的作品，对这种错误，推波助澜。

十一、我对作品，在写作期间，反复推敲修改，在发表之后，就很少改动。只有少数例外。现在证明，不管经过多少风雨，多少关山，这些作品，以原有的姿容，以完整的队列，顺利地通过了几十年历史的严峻检阅。我不轻视早期的作品。我常常以为，早年的作品，青春的力量火炽，晚年是写不出来的。

十二、古代哲人，著书立说，志在立言；唐宋以来，作家结集，意在传世。有人轻易为之，有人用心良苦。然传世与否，实在难说。司马迁忍发汗沾衣之辱，成一家百代之言，其所传之人，可谓众多。然其自身，赖班固以传。《报任安书》，是司马迁的亲笔，并非别人的想当然之词。文章与作者，自有客观的尺寸与分量，别人的吹捧或贬抑，不能增减其分毫。

十三、我幼年尪怯，中年值民族危难，别无他技，从事文学之业，以献微薄。近似雕虫，不足称道。今幸遇清明之世，国家不弃樗材，念及老朽，得使文章结集出版，心情十分感激。

十四、很长一个时期，编辑作风粗率，任意删改别人文章。此次编印文集，所收各篇，尽可能根据较早版本，以求接近作品的原始状态。少数删改之作，皆复其原貌。但做起来是困难的，十年动乱，书籍遭焚毁之厄，散失残缺，搜求甚难。幸赖冉淮舟同志奔波各地，复制原始资料多篇，使文集稍为完善充实。淮舟并制有著作年表，附列于后，以便检览。

十五、文集共分七卷。计其篇数：短篇小说三十八，中篇小说二，长篇小说一，散文七十九，诗歌十二，理论一部又一〇四，杂著二部又五十七。都一百六十万言。

文集的出版，倡议者为天津市出版局孙五川等同志，百花文艺出版社社长林呐同志主持其事。出版社负责编辑为李克明、曾秀苍、张雪杉、顾传菁等同志。在讨论篇目、校勘文字时，又特别邀请邹明、冉淮舟、阿凤、沈金梅、郑法清等同志参加。正值溽暑，同志们热心讨论，集思广益，在此一并致谢。

1981 年 8 月 5 日写讫

《善闇室纪年》序

在天津这个城市，住了二十五年。常常想离开，直到目前还不能走；住的这个宿舍，常常想换换，直到目前还不能搬家。中间虽然被迫迁移一次，出去三年，终于又回来了。我不知道要在这个地方，住到什么时候。

街上太乱太脏，我很少出门。近年来也很少有人来我这里。说门可罗雀是夸张的，闭门却轨却是不必要的。虽然好弄书，但很少能安心看书。有些人不愿去接近，有些语言不愿去听。我并不感到寂寞、苦闷，有时却也觉得时间空过得可惜，无可奈何。

我很久、很久不写东西了。对于未来，我缺乏先见之明，不能展示其图景。对于现实，我固步自封，见闻寡陋，无法描述。对于过去，虽也懒于回忆，但究竟便于寻绎。因此想起了写个自传什么的，再向后退一步，就想订个年谱什么的，又觉得这个名称太堂皇，就改用了纪年的形式。这是轻车熟路，向回走的路，但愿顺利一些。

我自幼年，体弱多病。表现在性格方面，优柔寡断。多年从事文字生活，对现实环境，对人事关系，既缺乏应有的知识，更没有应付的能力。在各方面都是失败多，成绩少。声音将与形体同时消失，没有什么可以遗留于后人或后世的。

一生平平，确实无可取鉴。一生行止，都是被时代所推移，顺潮流而动作。在群众面前，从来不能发表独特的见解，表现超人的才略；在行动方面，更没有起过先锋的作用，建树较大的功劳。那么,这一年谱,就只能是记录:一己的履历,时代的流波,同行者的影子与声音,群众的帮助与爱护。

其中,有个人的兴起振奋,也有自己的悲欢离合。有崎岖,也有坦途。由于愚闇,有时也曾蹈不测的深渊;由于憨诚,也常常为朋友们所谅宥。认真记录下去,也可能有超出个人范围的一个时代的步伐,一个队伍的感情吧。

总之,在过去的几十年中,跟在队伍的后面,还幸而没有落荒。虽然缺少扬厉的姿态,所迈的步子,现在听起来,还是坚定有力的。对于伙伴,虽少临险舍身之勇,也无落井下石之咎。循迹反顾,无愧于心。

1975年6月1日,善闇记。

昨晚暴风雨,花未受损。今晨五时起床,为玉树换盆,并剪海棠一枝,插于小盅,验其活否。

《方纪散文集》序

轻易不得见面的曾秀苍同志,今天早晨带了一包东西,到我这里来,说:

"方纪同志委托我,把他的一部散文集的清样送给你,请你给他写篇序。"

我当即回答:

"请你回去告诉方纪同志,我很愿意做这件工作,并且很快就可以写出来,请他放心。"

我这种义不容辞的慷慨态度,对熟悉我的疏懒性格的人来说,简直有些突如其来,一反常态了。

我要说明其中原委,共有三点:

一、我和方纪同志,是"同时代的人"。他曾经计划写一部长篇小说,题目就是这几个字。每一个时代,都有它特殊的风貌,以区别于历史长河的其他时期。每一个时代的人,也有他们特殊的经历,知识分子的特色,尤其显著。我们所经历的时代,并非自诩,我以为是很不平凡的。我们经历了中国革命进展的重大阶段。我们把青春献给了祖国和人民的解放事业。我们的共同之点还有,我们都是爱好文学艺术,从而走进革命的队伍,这可以说是为革命而文学,也可以说是为文学而革命。

二、我和方纪同志,可以说是老朋友了。一九四五年,我在延安,并不认识他。一九四六年冬天,他从热河到冀中,在河间的一个小村庄,我见到了他。他是从热河赶着一匹小毛驴来的,风尘仆仆，在一家农舍，他的多情的爱人黄人晓同志，正烧水为他洗脚。此后，我们在《冀中导报》，土改运动中，以及进城后在《天津日报》，都生活工作在一起。

三、现在我们都老了，他的健康情况，尤其不好。一九六六年以来，我一直没有见到他，最近在两次集会上，我见到了他，搀扶了他，看到他那样吃力地走路、签名，我都忍不住流下眼泪。

我心里想，方是多么精明强干的人，多么热情奔放的人，他有很大的抱负，他为党和人民，做了很多很重要的工作，现在竟被摧残成了这个状态！当然，我的状态，也不会在他心灵中，引起完全是欣慰的感觉。

我和方在青年时期，即解放战争时期，经常一同骑着自行车，在冀中平原，即我们的故乡，红高粱夹峙的大道上，竞相驰骋。在他的老家，吃过他母亲为我们做的束鹿县特有的豆豉捞面。在驻地农村的黄昏，豆棚瓜架下，他操胡琴，我唱京戏。同到刚刚解放的石家庄开会，夜晚，冒着敌机轰炸的危险，迷恋地去听一位唐姓女演员的地方戏曲。天津解放之前，我同方先到美丽的小镇胜芳，在一家临河小院，一条炕上，抵足而眠，将近一个月。进城时，因为我们的自由主义，离开了大队，几乎遭到国民党散兵的冷枪。

这些情景，都一去不返了，难得再遇。就是那些因为工作或因为生活而发生的争吵，恐怕也难得再有，值得怀念。即使还有机会争吵，我身旁也没有了兼顾情义的老伴，听不到她的劝诫了。

我和方，性格方面，有很大的差异，我看到了他的优点，也看到了他的一些缺点。他对我也是这样。在我们共事期间，常常有争吵，甚至面红耳赤，口出不逊，拍案而起。但事过以后，还是朋友。我死去的爱人,当时曾对他和我说:"你们就像兄弟一样。"她是农民,她的见解是质朴可信的。

方的才气很大,也外露。他的文章,不拘一格,文无定法,有时甚至文无定见。他常常是党之所需,时之所尚,意之所适,情之所钟,就执笔为文,洋洋洒洒。

他的胆量也大,别人不敢说的,他有时冲口而出,别人不敢表现的,他有时抢先写成作品。这样,就有几次站在危险深渊的边缘,幸而没有跌下去。

他的兴趣,方面很广,他好做事,不甘寂寞。大量的行政交际工作,帮助他了解人生现实,在某些方面,也影响了他的艺术进展和锤炼。

文如其人,对方来说,尤其明显。他的散文,视野很广阔,充满真实和热烈的情感。他的文字流畅而美丽,给人以淙淙流水的音响。

时至今日,对于我们这一代老同志,一切客套,我想都不必说了。我珍惜我们之间的友情,也珍惜方的文字。一九六六年以前,我曾把司马光的两句格言:顿足而后起,杖地而后行,告诉了方。他反其意,吟成四句诗,第三句是"为了革命故",第四句是什么也可以不管。原话我忘记了。他从南方旅行回来,送给我一个竹笔筒,就把他这四句诗,刻在上面,算是对我的激励。这个笔筒,后来被抄走,诗当然成为一条罪状。他寄怀我的其他诗文,也被家人送进了火炉,笔筒不知流落在何家的案头。

党和人民,都在认真总结我们时代的惨痛的经验教训。我们也在总结自己的成败得失。我们的作品,自有当代和后世的读者,作出实事求是的评价。方的文章，是可以传世的。

方很顽强，也很乐观，他一定能战胜疾病，很快恢复健康。

1979年2月9日

《刘绍棠小说选》序

今天中午,收到绍棠同志从北京来信:

"现将出版社给我的公函随信附上,请您在百忙中为我写一篇序,然后将序和公函寄给我。

"由于发稿时间紧迫,不得不请您赶作,很是不安。"

于是,我匆匆吃过午饭,就俯在桌子上来了。

绍棠同志和我的文字之交,见于他在黑龙江一次会议上热情洋溢的发言,还见于他的自传,我这里就从略了。

去年冬初,在北京虎坊桥一家旅社,夜晚,他同从维熙同志来看我。我不能见到他们,已经有二十多年了。见到他们,我很激动,同他们说了很多话。其中对绍棠说了:一、不要再骄傲;二、不要赶浪头;三、要保持自己的风格——等等率直的话。

他们走后,我是很难入睡的。我反复地想念:这二十年,对他们来说,可以说是天寒地冻,风雨飘摇的二十年。是无情的风雨,袭击着多情善感的青年作家。承受风雨的结果,在他们身上和在我身上,或许有所不同吧?现在,他们站在我的面前,挺拔而俊秀,沉着而深思,似乎并不带有风雨袭击的痕迹。风雨对于他们,只能成为磨砺,锤炼,助长和完成,促使他们成为一代有用之才。

对于我来说,因为我已近衰残,风雨之后,其形态,是不能和他们青年人相比的。

这一个夜晚,我是非常高兴的,很多年没有如此高兴过了。

前些日子,我写信给绍棠同志,说:

"我并不希望你们(指从维熙和其他同志),老是在这个地方刊物(指《天津日报》文艺周刊)上发表作品。它只是一个苗圃。当它见到你们成为参天成材的大树,在全国各地矗立出现时,它应该是高兴的。我的心情,也是如此。"

文坛正如舞台,老一辈到时必然要退下去,新的一代要及时上演,要各扮角色,载歌载舞。

看来,绍棠同志没有忘记我,也还没有厌弃我的因循守旧。当他的自选集出版的时候,我还有什么话,要同他商讨呢?

我想到:中国的现实主义文学传统,是来之不易的。是应该一代代传下去,并加以发扬的。"五四"前后,中国的现实主义,由鲁迅先生和其他文学先驱奠定了基础。这基础是很巩固、很深厚的。现实主义的旗帜,是与中国革命的旗帜同时并举的,它有无比宏大的感召力量。中国的现实主义,伴随中国革命而胜利前进,历经了几次国内革命战争和八年抗日战争。这一旗帜,因为无数先烈的肝脑涂地,它的色彩和战斗力量,越来越加强了。

中国的现实主义,首先是与中国革命相结合的。同时,它也结合了中国文学的历史,和世界文学的历史。毫无疑义,十八、十九世纪的西欧文学和俄国文学,东北欧弱小民族的文学,十月革命的苏联文学,日本和美国的文学,对我国的现实主义,也起了丰富和借鉴的作用。介绍这些文学作品的翻译家,我们应当给予高度评价。

我们的现实主义,是同形形色色的文学上的反动潮流、颓废现象不断斗争,才得以壮大和巩固的。它战胜民族主义文学,第三种人文学,以及影响很大的鸳鸯蝴蝶派。历次战斗,都不是轻而易举,也绝不是侥幸成功的。现实主义将是永生的。就像是林彪、

"四人帮"这些手执屠刀的魔鬼,也不能把它毁灭。

但是,需要我们来维护。我们珍视现实主义文学的战斗传统,绍棠同志的作品,具备这一传统。

1979 年 12 月 19 日下午 2 时

谈柳宗元

在旧社会，朋友是五伦之一。这方面的道义，古人看得很重。因为人在社会上工作、生活，就有一个人与人的关系问题。这一关系，在决定一个人的工作和生活的成败利钝方面，较之家庭，尤为重要。所以，古往今来，有很多文章、戏曲，记述朋友之道，以教育后人，影响社会。

讲朋友故事的文学作品，在中国有相当大的数量。有些并不是一般人所能做得到的，也是很难学习的。这些故事，常常赋予人物以重大的矛盾冲突，其结局多带有悲剧的性质。有的表面看来，矛盾冲突并不那样严重，只是志同道合，报答知己，比如挂剑摔琴之类。

古代的友道，现在看来，似乎没有阶级性，现在新的概念是同志或战友。

中国古文中有一种文体，叫"诔"。在历代文集中，它占有相当的位置。字典上说，诔就是：哀死而述其行之辞。就是现在的悼念文章，都是生者怀念他的死去的同志的。此体而外，古文中还有悼诗、挽歌、碑文、墓志、行状、吊文、祭文等等。可见，中国文学用之于死人者，在过去实在是分量太大了。

纪念死者，主要是为了教育生者。如果不是这样，过去这些文章，就没有存在的价值了。

唐代韩愈写的《柳宗元墓志铭》，是作家悼念作家的文章。他真实而生动地记述和描写了当时文人相交的一些情况，文章写得很是精辟。在这篇文章里，我初次见到了"落井下石"一词和挤之落井的"挤"字。

"四人帮"把柳宗元拉入法家，我不懂历史，莫名其妙。大概是这些政治暴发户，看上了柳宗元的躁进这一特点吧。但无论如何，柳宗元也不会喜欢他们这种乱拜祖先的做法的。

我很喜欢柳宗元的文章。他的文章都写得很短，包含着很深的人生哲理。这种哲理，不是凭空设想，而是从现实生活中体验得来。我很少见到像他这样把哲理和现实生活，真正形成血肉一体的艺术功力。他还能把自然界、人的日常生活中的现象，和政治思想，社会组织联系起来。就是说，他能用自然规律、生活规律，表达他对政治、对社会的见解和理想。使天人互通，把天道和人道统一起来。他用以表达这样奥秘的道理的手段，却是活生生的，人人习见的现实生活的精细描绘。

例如《河间传》这篇纪事，后人是把它编入外集的，并不是柳文的典范之作。就是这样一篇文章，也充分显示了柳宗元对现实生活的深刻剖析的艺术能力，同时包含了一种可怕的人生几微。

柳宗元是很天真的。他原来是没经过什么挫折，一帆风顺地走上政治舞台的。一旦不幸，他就经不起风浪，表现得非常狼狈。连和他有同样遭遇的苏东坡，也说他不行。一流放到永州，他就丢魂落魄，头也不梳，脸也不洗，浑身泥垢，指甲很长。我没有到过永州，不熟悉那里的自然环境。据他自述：到野外散散步，消消愁闷吧，又怕遇见蛇咬他，又怕遇见大蜂蜇他，还怕水边有一种虫子，能含沙射向他的影子，使他生疮。遇到风景幽静的地方，他又不敢久停，急忙回家。嬉笑之怒，长歌之哀，看来是很有些神经衰弱了。

中国古代谚语：在东方失去的东西，会在西方得到。柳宗元到永州以后，他的生活视野，思想深度，大大扩展加强了。他认真地、系统地读了很多书，他对所闻所见的生活现象、自然景物，反复研究思考，然后加以极其深刻、极其传神的描画。他在这一时期的作品，登峰造极，辉煌地列入中国文学遗产的宝库。

中国封建社会的政治上的流放刑废，使历史上增加了很多伟大的作家。这些人，可能本来就不是政治上的而应该是文学上的大材。王安石论及八司马，有一段话十分透辟。

毕竟文人是很脆弱的。他付出的劳力过重，所经的忧患过深，所处的境遇过苦，在好容易盼到量移柳州之后不久，就死去了，仅仅四十七岁。

柳宗元死后，他的朋友刘禹锡一祭再祭，都有文章。朋友中间，以韩愈名望最重，所以请他写了墓志铭。这些文章，并不能达于幽冥，安慰死者，但流传下来，对于后代研究柳文者，却有知人论世之用。

这一非凡的生命的不正常的终结，当然不是"始以童子有奇名"，后"为名进士"，"以文章称首"的青年时代的柳宗元，所能预料到的。

柳宗元遭遇如此坎坷，是有自己的弱点，确实犯了错误，并非完全是无辜受害，或有功反受害，含冤而死。他自己说："立身一败，万事瓦裂，身残家破，为世大僇。"如果不是假检讨，那么就是"皆自所求取得之，又何怪也！"朋友们也说到他的缺点，韩愈说他"不自贵重"，刘禹锡说他是"疏隽少检"。

仔细想来，柳宗元在当时，对于国家，对于人民，并没有斩将搴旗、争城夺地的功劳。他所遭际的，不过是当时习见的官场失意。再说，司马虽小，但究竟还是官职，他可以携带家口，并有僮仆，还可以买地辟园，傲啸山水，读书作文，垂名后世，可以说是不幸之幸。

我从青年时期，列身战斗的行伍，对于旧的朋友之道，是不大讲求的。后来因为身体不好，不耐烦嚣，平时不好宾客，也很少外出交游。对于同志、战友，也不作过严的要求，以为自己也不一定做得到的事，就不要责备人家。

自从一九七六年，我开始能表达一点真实的情感的时候，我却非常怀念这些年死去的伙伴，想写一点什么来纪念我们过去那一段难得再有的战斗生活。这种感情，强烈而迫切，慨叹而戚怆，但拿起笔来，又茫然不知从何说起。我们习惯于听评书掉泪，替古人担忧，在揭示现实生活方面，其能力和胆量确是有逊于古人了。

            1978年12月20日

欧阳修的散文

世称唐宋八家，实以韩柳欧苏为最，其他四位，应说是政治家，而非文学家。欧阳修的文风接近柳宗元，他是严格的现实主义者。苏轼宗韩，为文多浮夸嚣张之气，常常是胸中先有一篇大道理，然后归纳成一句警语，在文章开始就亮出来。

欧阳修的文章，常常是从平易近人处出发，从入情入理的具体事物出发，从极平凡的道理出发。及至写到中间，或写到最后，其文章所含蓄的道理，也是惊人不凡的。而留下的印象，比大声喧唱者，尤为深刻。

欧阳修虽也自负，但他并不是天才的作家。他是认真观察，反复思考，融合于心，然后执笔，写成文章，又不厌其烦地推敲修改。他的文章实以力得来，非以才得来。

在文章的最关键处，他常常变换语法，使他的文章和道理，给人留下新鲜深刻的印象。例如《泷冈阡表》里的："夫养不必丰，要于孝。利虽不得博于物，要其心之厚于仁。"

在外集卷十三，另有一篇《先君墓表》，据说是《泷冈阡表》的初稿，文字很有不同，这一段的原稿文字是：

> 夫士有用舍，志之得施与否，不在己。而为仁与孝，不取于人也。

显然，经过删润的文字，更深刻新颖，更与内容主题合拍。

原稿最后，是一大段四字句韵文，后来删去，改为散文而富于节奏：

> 呜呼，为善无不报，而迟速有时，此理之常也。惟我祖考，积善成德，宜享其隆。虽不克有于其躬，而赐爵受封，显荣褒大，实有三朝之锡命。

结尾，列自己封爵全衔，以尊荣其父母。从此可见，欧阳修修改文章，是剪去蔓弱使主题思想更突出。此文只记父母的身教言教，表彰先人遗德，丝毫不及他事。《泷冈阡表》共一千五百字，是欧阳修重点文章，用心之作。

《相州昼锦堂记》是记韩琦的。欧阳与韩，政治见解相同，韩为前辈，当时是宰相。但文章内无溢美之词，立论宏远正大，并突出最能代表相业的如下一节："至于临大事，决大议，垂绅正笏，不动声色，而措天下于泰山之安，可谓社稷之臣矣。"

这篇被时人称为"天下文章，莫大于是"的作品，共七百五十个字。

我们都喜欢读《醉翁亭记》，并惊叹欧阳修用了那么多的也字。问题当然不在这些也字，这些也字，不过像楚辞里的那些兮字，去掉一些，丝毫不减此文的价值。文章的真正功力，在于写实；写实的独到之处，在于层次明晰，合理展开；在于情景交融，人地相当；在于处处自然，不伤造作。

韩文多怪僻。欧阳修幼时，最初读的是韩文，韩应是他的启蒙老师。为什么我说他宗柳呢？一经比较，我们就会看出欧、韩的不同处，这是文章本质的不同。这和作家经历、见识、气质有关。韩愈一生想做大官，而终于做不成；欧阳修的官，可以说是做大了，但他遭受的坎坷，内心的痛苦，也非韩愈所能梦想。因此，欧文多从实际出发，富有人生根据，并对事物有准确看法，这一点，他是和柳宗元更为接近的。

欧阳修的其他杂著，《集古录跋尾》，是这种著作的继往开来之作。因为他的精细的考订和具有卓识的鉴赏，一直被后人重视。他的笔记《归田录》，不只在宋人笔记中首屈一指，即在后来笔记小说的海洋里，也一直是规范之作。他撰述的《新五代史》，我在一年夏天，逐字逐句读了一遍。一种史书，能使人手不释卷，全部读下去，是很不容易的。即如《史记》《汉书》，有些篇章，也是干燥无味的。为什么他写的《新五代史》，能这样吸引人，简直像一部很好的文学著作呢？这是因为，欧阳修在《旧五代史》的基础上，删繁就简，着重记载人物事迹，史实连贯，人物性格突出完整。所见者大，所记者实，所论者正中要害，确是一部很好的史书。这是他一贯的求实作风，在史学上的表现。

据韩琦撰墓志铭，欧阳修"嘉祐三年夏，兼龙图阁学士，权知开封府事。前尹孝肃包公，以威严得名，都下震恐。而公动必循理，不求赫赫之誉。或以少风采为言，公曰，人才性各有短长，吾之长止于此，恶可勉其所短以徇人邪！既而京师亦治"。从此处，可以看出他的为人处世的作风，这种实事求是的工作态度，必然也反映到他的为文上。

他居官并不顺利，曾两次因朝廷宗派之争，受到诬陷，事连帷薄，暧昧难明。欧阳修能坚持斗争，终于使真相大白于天下，恶人受到惩罚。但他自己也遭到坎坷，屡次下放州郡，不到四十岁，须发尽白，皇帝见到，都觉得可怜。

据吴充所为行状："嘉祐初，公知贡举，时举者为文，以新奇相尚，文体大坏。公深革其弊。前以怪僻在高第者，黜之几尽。务求平澹典要。士人初怨怒骂讥，中稍信服，已而文格遂变而复正者，公之力也。"

韩琦称赞他的文章："得之自然，非学所至。超然独骛，众莫能及。譬夫天地之妙，造化万物，动者植者，无细与大，不见痕迹，自极其工。于是文风一变，时人竞为模范。"

道德文章的统一，为人与为文的风格统一，才能成为一代文章的模范。欧阳修为人忠诚厚重，在朝如此，对朋友如此，观察事物，评论得失，无不如此。自然、朴实，加上艺术上的不断探索，精益求精，使得他的文章，如此见重于当时，推仰于后世。

古代散文，并非文章的一体，而是许多文体的总称。包括：论、记、序、传、书、祭文、墓志等。这些文体，在写作时，都有具体的对象，有具体的内容。古代散文，很少是悬空设想，随意出之的。当然，在某一文章中，作者可因事立志，发挥自己的见解，但究竟有所依据，不尚空谈。因此，古代散文，多是有内容的，有时代形象和时代感觉的。文章也都很短小。

近来我们的散文，多变成了"散文诗"，或"散文小说"。内容脱离社会实际，多作者主观幻想之言。古代散文以及任何文体，文字虽讲求艺术，题目都力求朴素无华，字少而富有含蓄。今日文章题目，多如农村酒招，华丽而破旧，一语道破整篇内容。散文如无具体约束，无真情实感，就会枝蔓无边。近来的散文，篇幅都在数千字以上，甚至有过万者，古代实少有之。

散文乃是对韵文而言，现在有一种误解，好像散文就是松散的文章，随便的文体。其实，中国散文的特点，是组织要求严密，形体要求短小，思想要求集中。我们从以上所举欧阳修的三篇散文，就可以领略。至于那种称做随笔的，是另外一种文体，是执笔则可为之的，外国叫做 Essay。和散文并非一回事。

现在还有人鼓吹，要加强散文的"诗意"。中国古代散文，其取胜之处，从不在于诗，而在于理。它从具体事物写起，然后引申出一种见解，一种道理。这种见解和道理，因为是从实际出发的，就为人们所承认、信服，如此形成这篇散文的生命。

1980 年 5 月

《红楼梦》杂说

　　清兵的入关，使中国封建社会的阶级关系，发生新的畸形的变化。民族压迫和阶级压迫交织在一起，相互促进，广大农民所受的剥削和压榨，更加深重了。汉人变成了旗人的奴隶，原来的地主阶级，把所受旗人的剥夺，转嫁给他们的奴隶——农民。"随龙入关"的，数以百万计的控弦之士，连同他们为数众多的家属，不劳而食，拥有庄园、商业、作坊。

　　统一全国后，上层统治者中间的矛盾斗争，愈演愈烈，父子兄弟之间，倾陷残杀。因此，就愈严等级之分，上下之别，层层统制，互相监视。政治方面的这种风气，由宫廷而官场，由官场而散布于社会，形成观念和风习。

　　《郎潜纪闻》一书中记载：在这一时期，每年只京城一地，旗人的奴仆，因不堪虐待，自杀身死，申报到刑部的，就数以千计。其隐瞒不报，或贫病而死的，还不知有多少。这一广大的奴隶群，身价之低贱，命运之悲惨，走投之无路，已经可见一斑。

　　旗人除强占土地、房屋、财产以外，还将大量的奴隶，收入他们的府内。其中包括大量的男女小孩，多数是京畿一带农民的子女。

　　这些奴隶，也把他们的社会关系，生活习惯，民间语言，民间传说，带进宫廷、官府，如此就大大丰富了像曹雪芹这些人的生活知识和语言仓库。

　　清代统治者，原来也设想，就保持他们的无文化或低文化状态,并在汉民中也推行这种愚民政策,以弓马的优势,统治中国。但这是不可能的。文化对于人民,如同菽粟,高级的进步的文化,必然要影响低级落后的文化,而促使其进步,必然要像水向低处流,填补其空白区。

雍、乾时期,旗人的文化生活,逐渐丰富起来。皇帝三令五申,也阻止不住它的飞速发展。皇帝愿意他的旗下奴隶,继续练习弓马,准备为朝廷效力(就像贾珍教训子弟那样)。限制他们与汉人文士交接往来,养成舞文弄墨的恶劣习惯。但他们却非要吟诗作赋,写字画画不可。他们不事生产,养尊处优,在中国文化的美丽奇幻的长江大河之中,畅游不息,充军杀头,也控制不住这种趋势。于是在很短的时间里,就出现了那么多的八旗名士。

这一部分人,对于他们面临的现实生活,政治设施,社会现象,有较深的观察能力和理解能力,也具备了一定的表现能力。而曹雪芹无疑是这些人中间的佼佼者。

当然,曹雪芹感受最深的,是他本阶级的飘摇以及他的家庭的突然中落。大家知道,在雍、乾两朝,像曹家这种遭遇,并不是个别少见,而是接踵而来,司空见惯的。雍正皇帝,以抄臣民的家,作为他主要的统治手段,并且直言不讳,得意洋洋,认为是一种杰作。他刻薄寡恩,利用奸民家奴,侦察倾陷大臣,用朱批谕旨,牵制封疆,用圣谕广训,禁锢人民思想,使朝野上下,日处于惊惶恐怖之中。曹家的亲友,就不断发生类似的飞灾横祸。

曹雪芹面对这种现实,他思考、探讨,并企图得到答案:什么是人生?人生为何如此?

他从现实生活中,归结出一个普遍的规律:生活在时刻变化,变化无常,并不断向相反的方面转化。决定人生命运的,不是自己，而是外界的一种力量。这种力量，有时可知，有时不可知。他痛感身不由主，"好""了"相寻，谋求解脱，而又处于无可奈何之中。

在命运的轮转推移中，遭逢不幸，并不限于底下层，也包括那些最上层——高官命妇，公子小姐。曹雪芹的思想是入世的，是热爱人生的，是赞美人生的。他认为世界上有如此众多的可爱的人物和性格，他为他们的不幸，流下了热泪，以至泪尽而逝。

是的，只有完全体验了人生的各种滋味，即经历了生离死别，悲欢离合，兴衰成败，贫富荣辱，才能了解全部人生。否则，只能说是知道人生的一半。曹雪芹是知道全部人生的，这就是"红"书上所谓"过来人"。

历史上"过来人"是那样多，可以说是恒河沙数，为什么历史上的伟大作品，却寥若晨星，很不相称呢？这是因为"过来人"经过一番浩劫之后，容易产生消极思想，心有余悸，不敢正视现实。或逃于庄，或遁于禅，自南北朝以后，尤其如此。而曹雪芹虽亦有些这方面的影子，总的说来，振奋多了，所以极为可贵。

因此，《红楼梦》绝不是出世的书，也不是劝诫的书，也不是暴露的书，也不是作者的自传。它是经历了人生全过程之后，在丰富的生活基础上，产生了现实主义，而严肃的现实主义，产生了完全创新的艺术。

我们可以用陈旧的话说：《红楼梦》是为人生的艺术，它的主题思想，是热望解放人生，解放个性。

1979年2月4日重写

关于《聊斋志异》

我读书很慢，遇到好书好文章，总是细细咀嚼品味，生怕一下读完。所以遇到一部长篇，比如说二十万字的书，学习所需的时日，说起来别人总会非常奇怪。我对于那些一个晚上能看完几十万字小说的人，也是叹为神速的。

《聊斋志异》这部小说，我不是一口气读完，断断续续读了若干年。那时，我在冀中平原做农村工作，农村书籍很缺，加上日本帝国主义的烧掠，成本成套的书是不容易见到的。不知为了什么，我总有不少机会能在老乡家的桌面上、窗台上，看到一两本《聊斋》，当然很不完整，也只是限于石印本。

即使是石印本的《聊斋》吧，在农村能经常遇到，这也并不简单。农村很少藏书之家，能买得起一部《聊斋》，这也并非容易的事。这总是因为老一辈人在外做些事情，或者在村里经营一种商业，才有可能储存这样一部书。

石印本一般是八本十六卷。这家存有前几本，过些日子，我又在别的村庄读到后几本，也许遇到的又是前几本，当然也不肯放过，就再读一遍。这样，综错回环，经过若干年月，我读完了《聊斋》，其中若干篇，读了当然不止一次。

最初，我是喜欢比较长的那些篇，比如《阿绣》《小翠》《胭脂》《白秋练》《陈云栖》等。因为这些篇故事较长，情意缠绵，适合青年人的口味。

书必通俗方传远。像《聊斋》这部书，以文言描写人事景物，在很大程度上，限制了它的读者面，但是，自从它出世以来，流传竟这样广，甚至偏僻乡村也不断有它的踪迹。这就证明：文学作品通俗不通俗，并不仅仅限于文字，即形式，而主要是看内容，即它所表现的，是否与广大人民心心相印，情感相通，而为他们所喜闻乐见。

《聊斋志异》，是一部现实主义的书。它的内容和它的表现形式，在创作中，已经铸为一体。因此，即使经过怎样好的"白话翻译"，也必然不能与原作比拟。改编为剧曲，效果也是如此。可以说，"文言"这一形式，并没有限制或损害《聊斋》的艺术价值，而它的艺术成就，恰好是善于运用这种古老的文字形式。

过去有人谈过：《聊斋》作者，学什么像什么，学《史记》像《史记》，学《战国策》像《战国策》，学《檀弓》像《檀弓》。这些话，是贬低了《聊斋》作者。他并不是模拟古人古书，他是在进行创作。他在适当的地方，即故事情节不得不然的场所，吸取古人修辞方法的精华，使叙事行文，或人物对话，呈现光彩夺目的姿态或惊心动魄的力量。这是水到渠成，大势所趋，是艺术的胜利突破，是蒲松龄的创造性成果。

行文和对话的漂亮修辞，在《聊斋》一书中是屡见不鲜的。可以说，非同凡响的修辞，是《聊斋》成功的重大因素之一。

接受前人的遗产，蒲松龄的努力是广泛深远的。作为《聊斋》一书的创作借鉴来说，他主要取法于唐人和唐人以前的小说。宋元明以来，对他来说，是不足挂齿的。他的文字生动跳跃，传情状物能力之强，无以复加的简洁精炼，形成了《聊斋》一书的精神主体。

在哲学意义上说，内容决定形式，形式对内容又起很大的反作用，即是内容和形式的辩证统一。这一般非只就一部作品完成了它的创作形态以后而说的,是指创作的全部过程。一种内容可以有各种形式,有成功或失败的形式。决定艺术作品成功与失败的,是作家对这一内容的思想、体验、选择和取舍,即艺术的全部手段。

汉代是一历史内容。它有《史记》和《汉书》两种不同的形式,各有千秋,另外还有许多不能完整流传下来的汉书,不能流传,自然是一种失败。

同样,《聊斋》所写,很多内容,是古已有之的。神怪小说,在中国文学史上,是汗牛充栋的。但是蒲松龄在这一领域,几乎是一人称霸。

什么原因?我在陆续阅读这部小说的时候,不能不想到这个问题。

鬼神志怪书,晋及六朝已盛行。真正成为文学创作,则是唐开元天宝以后的事。著名的作家有沈亚之、陈鸿、白行简、元稹、李公佐等。这些作家的作品,都明显地影响了《聊斋》。

唐人小说,包括大作家韩愈和柳宗元的作品在内,在创作上形成一个新的起点,继往开来,为中国短篇小说开拓出一种全新的境界。

唐人小说的特点:

一、很多作品,写的是真人真事,为各个阶层、各种职业的平凡人物作传。在这些传记性的作品里,都有鲜明的典型环境和人物性格,表明深湛的哲学道理,生活的不可抗拒的规律。它不再侈谈神怪,也不空谈因果。

二、他们不再把"小说"当作奇怪见闻、游戏文章,轻率地处理。而是郑重其事,严肃周密地去进行创作。他们的作品都含有人生和社会的重大命题。他们的故事生动曲折,主题鲜明突出,人物活泼可爱。他们从简单重复的神奇怪异的小圈子里走出来,到现实社会生活中去。这一时代的小说,现实主义的内含,特别突出显著。

三、唐代小说作者,也都是诗人,他们非常重视语言的艺术效果。在他们的散文作品里,叙事对话,简洁漂亮,哲理与形象交织,光彩照人。

这些特点,在宋元的同类作品中,逐渐减弱。一些作者,在小说中,有意卖弄才情,塞进大量无聊诗词,破坏小说的组织,使小说充满酸气。到了明末,好的传统可以说是消磨殆尽了。

《聊斋》一书,追溯唐人的现实主义源头。它把一束束春雨后的鲜花,抛向读者。

《聊斋志异》的现实主义成就,必然和作者的生活经历有关。据有关材料,蒲松龄的主要生活历程为:

一、明崇祯十三年,生于山东淄川县满井庄。

二、少有文才,但屡困场屋。

三、曾短期到江南宝应县任幕宾。

四、长期馆于同邑名人家。

蒲松龄在宝应县,只有一年多时间,他活了七十六岁,可以说,他整个一生是在故乡度过的。

农村是广阔的天地,人物众多,是文学创作取之不尽的最大最深的源泉,是民族历史文化的无尽宝藏,是国家经济政治最大的体现场所。所谓民间传说,民间故事,民间语言,对创作《聊斋》来说,都是宏伟的基础。蒲松龄这个生活根据地,可以说是长期而牢固的了。古今中外,凡是伟大的作家,没有不从农村大地吸取乳汁的。

在名人家坐馆,教授几个生徒,是很轻松的工作。他有充分的时间,从事采访、思考、观察和写作。鲁迅说:有闲不一定能创作,但要创作,则必须有一定的余闲。过于穷困,则要忙于衣食;过于富贵,则容易流于安逸。蒲松龄过的是清寒士子的生活,他兼理家务,可得温饱,因此,他可以专心著书。

到江淮旅行一次,对他创作也是有利的。往返途程,增加不少实际见闻,体验了各处风土人情,交了不少新的朋友,并收集到很多奇闻异事,作为他以后创作的素材。我们在《聊斋》中,常常见到一些江淮情景,就是此行的收获。

《聊斋》的题材,故乡的材料,占很大比重,包括历史传闻和亲身经历。他也从古代记事中取材,但为数不多。

蒲松龄在文学修养方面,取精用宏。中国的志异小说,有《太平广记》等专集,供他欣赏参考。但绝不限于此,他对于经史子集中的记事,无不精心研讨,推陈出新,汇百流为大海。

在技巧准备方面,他作了多方面的努力。据现有的材料,他曾写了文集十三卷;诗集五卷,又有续录;词集不分卷;杂著五册;戏三出;通俗俚曲十四种。

这些著作的总字数,大大超过了《聊斋》的字数,但总观一过,虽然都有独具风格的才情和内容,其成就皆不及《聊斋》。文绝一体,天才孤诣;参天者多独木,称岳者无双峰。蒲松龄倾其才力于一书,所遗留人间的,已号洋洋,我们还能向他多求吗?这些著作,对蒲松龄创作小说,都可以说是准备。

《聊斋》很多篇写了狐鬼,现实主义力量,使这些怪异,成了美人的面纱,铜像的遮布,伟大戏剧的前幕,无损于艺术的本身。蒲松龄所处的时代和社会,是很动乱和黑暗的,时代迫使作家采取了这种写法。作家在创作上，实际突破了时代和环境的樊篱。有很多作品，具备深刻的时代意义和社会意义，无情地对社会作了揭露和批判。他写的狐鬼，多数是可爱可亲近的。他把一些动物，比如狐、獐、猫、鼠；飞禽如鸽、鹌鹑、秦吉了；水族如鱼、蛙；虫类如蟋蟀、蝇、蝶，都赋予人的性格，而带有它们本身的生活特征。他对于植物，如菊、牡丹、耐冬的描述，尤其动人。他对于各种植物的生态，有很细致的研究。大如时代社会，天灾人祸；小如花鸟虫鱼，蒲松龄都经过深刻的观察体验，然后纳入他的故事，创作出别开生面、富有生机、饶有风趣的艺术品。在这部小说里，蒲松龄刻画了众多的聪明、善良、可爱的妇女形象，这是另一境界的大观园。

这是一部奇书，我是百看不厌的。而蒋瑞藻作《小说考证》，斥之为千篇一律，不愿再读。他所指盖为所写男女间的爱情以及女子之可喜可爱处。如此两端，在人世间实大同小异，有关小说，虽千奇百态，究竟仍归千篇一律，况《聊斋》所写，远不止此。蒋氏作考证，用力甚勤，而于文学创作，识见如此之偏窄，不知何故。

随着年龄和阅历的增长，我越来越喜爱那些更短的篇，例如《镜听》。同时，我也喜爱"异史氏曰"这种文字，我以为是直接承继了司马迁的真传。

蒲松龄也是发愤著书，终其一生，他也没得见到他自己的辛勤著作印刷出版。

粗略地谈过这部名著，我们从作品和作家那里，能获得哪些有益的经验教训呢？

1978年7月23日

鲁迅的小说

——纪念先生逝世十六周年

一 思想

鲁迅写小说,是经过长时期的生活积累和思想准备的。他发表第一篇白话小说的时候,年纪已过三十岁。他是抱着崇高的严肃的目的来写小说的,这个思索过程,见于《我怎么做起小说来》那篇自述。最初,他想用科学拯救祖国,后来又改想用文艺医救人民。这些思想,都不是凭空的偶然的形成,是先经过深刻周密地体验了农村社会的现实,研究了各个阶层人物的生活和性格,再用他的思想高度来衡量、批判、要求,才写成作品的。所以,无论在他的哪一篇小说里,都可以看到他的崇高的志愿,也可以看到人民真实的生活和性格。作家的思想感情和作家对生活的知识,是完全统一的,而且两方面都是非常深厚的。长期的生活考察,不断的思想追求,真正为人生的艺术,这就是鲁迅小说成功的基本特点。

我们有些同志写东西,不管怎样说,还常常是抱着为了写东西而写东西的态度,虽然谁也不愿意承认是为艺术而艺术。第一,它表现在写作之前,没有充分的思想的酝酿,常常只是凭着一点朦胧的概念,一句响亮的口号就从事写作了。思想还没有在作家的心里形成,就奢望自己的作品能教育大众。作者心里还只有一句口号,任你有多大的才能,敷衍成千万言的文字,内容无非还是那么一句口号,有时甚至还不如那一句口号来得简捷。作者思想水平很低,虽然做出很多架子，要别人承认自己的思想很高，实在也经不起操演。第二，它表现在没有长期的深厚的生活的积累，用来说明自己的思想。研究鲁迅的小说，我们可以知道，他对社会上的各种人物的性格，特别是农村各个阶层的生活，见闻如何丰富，知道得多么熟悉。他的作品的思想的高度，就是在熟知生活的基础上形成的。他的钢，是在自己的炉灶上，用自己的热铁锤炼成的。我们常常是没有炉灶也没有铁，就想打成一把锋利的钢刀。既没有兴建炉灶的决心，也不肯作锤砧敲打的努力。所以，常常是力不从心地失败了。我们最缺乏的还是生活的本钱，不管是关于农民的，或是关于工人的，关于战士的。我们如果能熟知一种，就是说有一样拿手的东西，也就好了。我们要承认这一点，才能下决心改进。不然就会像一个浪子，虽然口头大方，无奈囊中惭愧，终于会被人识破的。

纪念鲁迅先生，研究他所写的小说，我们应该重新认识为了人民的艺术的严肃性质。在写作之前，在心里发个崇高的、无愧于祖国现实的心愿吧。但心愿是容易发的，困难的还是在深刻地认识一种生活，才能发出那种切合于人民生活实际的心愿。这就需要认真地去熟知生活积累感受，那时才会真正有一个不是口头说的，计划写的，而是见于我们的作品里的具体主题。

二 题材

鲁迅的小说里表现的，主要是关于故乡农村的丰富知识。这种知识，在鲁迅幼年的时期就开始积累了。幼年的感受，故乡的印象，对于一个作家是非常重要的东西，正像母亲的语言对于婴儿的影响。这种影响和作家一同成熟着，可以影响他毕生的作品。它的

20世纪70年代初　天津西郊杨柳青镇

书房一角

营养，像母亲的乳汁一样，要长久地在作家的血液里周流，抹也抹不掉。这种影响是生活内容的，也是艺术形式的，我们都不自觉地有个地方的色彩。

然而，鲁迅笔下的农村，并不局限在绍兴一处。他的人物，也好像生活在我们的村中。鲁迅自己也说过，他的人物是拼凑起来的，就是说有中国农民的共通的特性。因为鲁迅所关心的不只是他家乡的农民，在写作的时候，着眼的是全国的农民。还不只是农民，在鲁迅的人物的性格里，我们常看出一种普遍的性质，这种性质是由人民的历史的共同的生活决定的。

所以，作家除去熟知一种生活以外，还要有比较全面的生活知识，有关于这个时代的各方面的、各种人物的知识。但必需有一种是主要的，最为作家熟悉。虽然鲁迅说他的人物，嘴在浙江，衣服在山西，但是无论阿Q、小D、孔乙己和祥林嫂，都确实曾有那样一个真人。鲁迅拿他们做模特儿，概括其他。

作家的题材是既要专深，又要宽广。比如我们对农村熟悉，对城市也要知道一些，因为谁也不能限制他所写的农民，在春冬两闲不到北京天津来逛逛。农民或者到天安门参观国庆典礼，或者到天津看望在工厂工作的儿子，有的还要到朝鲜前线支援慰问志愿军。所有这些，都和农村当前的现实生活有关系，是会要写到的。如果一个作家，困守乡村，足不出寨墙一步，那不是有些作茧自缚吗？写城市的自然也要了解农村。

各种见闻，各种知识，对作家都有用。但他也不能只是一个行脚僧，东跑跑西看看就算完成任务，他必须有一个生活的根据地。

表现在鲁迅的小说里的，他的生活根据地，就是他的故乡。对于他的故乡，鲁迅写出了多少不朽的人物和事件啊！他写了城镇乡村各个阶层的代表人物，有地主豪绅、雇工贫民；有市镇小商、街道流氓；有没落知识分子、青年革命者。他在这个天地的社会关系上，写出了这些人物，写出他们的思想和形态。总之，他写出了辛亥革命前后，整个农村的动荡的面貌，在每篇小说里都灌注了全部的真实的情感。

写了绍兴一地，就体现了全国的农村，写了辛亥一时，作品就能传流永久，写了一个秃头阿Q，就使人人得到一面镜子。这是生根在一个地方，写出典型人物的范例。

三　白描

鲁迅几次说到白描笔法的好处，所谓白描，在写作上，就是避免浮夸，要求简练。但这是很难的。能几笔画出一个人，是要有经验的画家才行。在初学画的时候，一定是擦了再画，画了再擦，不知经过多少次练习，然后才能一笔是一笔。

白描的功夫，是作家对生活人物异常熟悉，经过周密观察研究的结果。如果事先没有观察或不熟悉，面对面工笔细涂，尚且不像，何况白描？

鲁迅的小说，是白描的杰品。研究起来，他的作品，没有过多的风景描写，没有过长的人物对话。不抽象地代言人物的心理，不琐碎地描写人物的装饰。对话、心理、环境和服装，都紧紧扣在人物的行动性格上。一切描写叙述都在显示人物的形象，绝不分散甚或掩蔽人物的形象。都是从人物情节出发，找到的最为特征的表现。

能够做到这样，作家就近于成熟了。从繁琐到单纯，要经过很多苦心。我们要避免的是造作。什么是造作？就是在一个人物之上，强加形容，滥作猜测；在一个环境之上，铺张涂饰，不分黑红。例如一个人物，本无必要，我们却强要他做几个动作，算作描写，以示生动；一个人说话的时候，本无必要，我们也强要加一两点形容。叙述农民，都是从土地改革以前，说到实现社会主义以后；描写工人，一定依次说完日本、国民党和解放以来的三个时期。

你这样写，我也这样写，就成了曹雪芹说的：一千个人一个面孔，一千个人一个声音。既无情节的不同，也没有性格的差异。这样的描写，繁复或是简略，都成了无谓，和白描的精神是背驰的。

文章里的造作和日常里的造作一样，是因为没有真实的基础。造作的人物，造作的动作和言语，都不是从生活里积累起来，更没有在作家头脑里成熟。都是临时写到了，才勉强添加进去的。它就像坏导演导出来的戏剧一样，虽是满场动作，满台喊声，也只能引起一时的哄笑。

鲁迅的人物，是一色的白描。阿 Q、孔乙己不用说了，就是那些很不重要的配角，只要在鲁迅的笔下出现一次，谈吐几声，也便立刻被我们认识，成为永久不磨灭的形象了。对于乡下的一次社戏，儿童们的一次行船，瓜园的一个夜晚，禾场的一个黄昏，一经鲁迅描写，也就成了既有文学价值又有民俗学价值的风物断片。

鲁迅写这些小说的时候，身在北京。我们可以看出他对故乡的印象是非常鲜明，非常强烈的。所以写出来，就能够真实，能够恰如其分。可以想象，鲁迅平日是如何关心这些农村现象，关心这些人物的命运；对于被剥削迫害的农民，寄予了多么大的真诚的同情；他倾听着农民说话，能立刻理解他们的心情。

所以，白描的功夫，是从对生活，对人民的关心的基础上，再加上对艺术的严谨，才能养成的。

四　新鲜

我们都在追求新鲜的事物。

事物本身新鲜，还得作者有能力把它写得新鲜才行。怎样才能写得新鲜？

鲁迅在谈到《红楼梦》的时候说："全书所写，虽不外悲喜之情，聚散之迹，而人物事故，则摆脱旧套，与在先之人情小说甚不同。……盖叙述皆存本真，闻见悉所亲历，正因写实，转成新鲜。"（《中国小说史略》）

要写得新鲜，就必须是现实主义。就必须写亲身经历的东西，就要不断地深入群众生活，增广自己的见闻。

新鲜是很必要的。鲁迅在谈到《聊斋志异》的时候说："《聊斋志异》虽亦如当时同类之书，不外记神仙狐鬼精魅故事，然描写委曲，叙次井然，用传奇法，而以志怪，变幻之状，如在目前；又或易调改弦，别叙畸人异行，出于幻域，顿入人间；偶述琐闻，亦多简洁，故读者耳目，为之一新。"（《中国小说史略》）

要新鲜，就得在描写上做些认真的功夫。要不断丰富文学的修养，提高描写叙述的能力，形成真正是自己努力得来的风格。

如果不作这些基本功夫，那结果不外是：或者只采得一些新鲜枝叶，装饰作品，不能持久；或者搜求颇富，但非亲身经历，笔力不能发挥，囤积日久，又成"旧物"；也有的编纂成书，厚装巨帙，如殿堂然，然细加分析，不过是借取别家烧成的砖瓦，别人栽培的树木，多半已经发表过，实际上也已经不能算新鲜了。

所以要求作品新鲜，原则上是要避免模仿重复，基本上是要自己探求。

对待新鲜事物，也不能采取片面的轻率的态度。曾有一篇稿件，为了表现儿童的爱护公共财物的新气象，就给他配备上了一个在大风天冲着柴禾垛投掷还在燃烧的烟头的干部。这样写法，在儿童一方面固然是一种新气象，但在干部这一方面说，则未免气象太旧了。又有一个同志为了写火车上新添了医疗设备，就硬叫一家夫妇扯着一个发了一夜高烧的孩子去做不必要的旅行，好有机会在火车上打针，以表现新气象。这都是不合实际的写法。这是作者为了表现一个概念，随便安排上的不近人情的故事。而结果，使细心的读者同时获得两种印象，新旧抵消，两不存在。

鲁迅的小说，在内容和形式上，开辟了中国文艺的新天地，他的作品能够永久存在，使读者什么时候读，什么时候感到新鲜，受到教育，是因为他的对待生活的认真态度，和严格的现实主义的方法。

五　讽刺

在鲁迅的小说里是有讽刺的。讽刺是一种才能，它也产生自对于生活的熟悉和对于生活的热情。我们知道，对于生疏的人物或事物，并不能进行讽刺，冷淡也不能产生讽刺。

因此，鲁迅的讽刺的效果是伟大的。他的讽刺包含着思想的修养和文学的修养。

中国很少真正的讽刺小说。鲁迅最喜爱的是《儒林外史》。他说:"寓讥弹于稗史者,晋唐已有,而明为盛,尤在人情小说中。然此类小说,大抵设一庸人,极形其陋劣之态,借以衬托俊士,显其才华,故往往大不近情,其用才比于'打诨'。……迨吴敬梓《儒林外史》出,乃秉持公心,指擿时弊,机锋所向,尤在士林;其文又戚而能谐,婉而多讽;于是说部中乃始有足称讽刺之书。"(《中国小说史略》)

鲁迅介绍吴敬梓的讽刺特点是:所描写者,"多据自所闻见,而笔又足以达之"。使人物"现身纸上,声态并作"。刻画伪妄,掊击习俗,"无一贬词,而情伪毕露"。(同上书)

鲁迅介绍完这部小说,惋惜地说:"是后亦鲜有以公心讽世之书如《儒林外史》者。"但在鲁迅的小说里,这样的讽刺的手法是被发扬了,而讽刺的效果,就是作品的意义,也并非《儒林外史》所能够比拟的了。

纪念先生逝世十六周年,我们再研究他的小说,和听取他对小说创作的深刻的见解吧!

1952 年 10 月 17 日

耕堂读书随笔(节选)

读《前汉书卷六十四·朱买臣传》

家贫好读书,不治产业,常艾(读刈)薪樵卖以给食,担束薪行且诵书。其妻亦负戴相随,数止买臣毋歌呕(讴)道中,买臣愈益疾歌。妻羞之,求去。买臣笑曰:我年五十当富贵,今已四十余矣,汝苦日久,待我富贵报汝功。妻恚怒曰:如公等终饿死沟中耳,何能富贵?买臣不能留,即听去。

以上,是夫妻离异之因。其后,买臣独行歌道中,负薪墓间。故妻与夫家俱上冢,见买臣饿寒,呼饭饮之。

以上,说明其妻对买臣仍有情义。其后,上拜买臣为会稽太守,荣归故乡:

会稽闻太守且至,发民除道,县吏并送迎,车百余乘。入吴界,见其故妻、妻夫治道,买臣驻车,呼令后车载其夫妻到太守舍,置园中给食之。居一月,妻自经死。买臣乞其夫钱令葬。

耕堂曰:此京剧"马前泼水"之故事根据也。此剧演出,使朱买臣之名,家喻户晓,其妻遂亦在群众心目中,成为极不堪之形象。然细思之,此实一冤案也。

夫妻一同劳动，朱买臣干多干少，还是小事。在大街小巷，稠人广众之中，一边挑着柴担，一边吟哦诗书，这不是出洋相吗？好羞臊的妇女人家，哪里受得了？劝告你，不喊叫了也罢，却"愈益疾歌"，这不是成心斗气吗？嫁汉嫁汉，穿衣吃饭。跟着你，既然饥饿难挨，又当众出丑，且好心相劝，屡教不改，女方提出离异，我看完全是有道理的，有根据的。而且，以后见朱买臣饥寒，还对他进行帮助，证明这位妇女，很富同情心，慈善心，品质性格还是不错的。

而朱买臣做官以后的举动，表面看来很宽容，却大有可议之处。羞耻之心，人皆有之，何况是在封建时代？又何况是一个弱小女子？在很多修路工人面前，把她和她的丈夫，载在官车上，拉到府中，安置在花园里。这不是优待，确是一种别有用心的精神镇压，心理迫害。在这样的环境中，心情中，她如何能活得下去？所以她终于自经了。

这种叫别人看来，是糊里糊涂死亡的例子，在封建时代，是举不胜举的。

朱买臣后来也没得好下场。他告别人的密，皇帝把那个人杀了。后来也把朱买臣杀了。

1990 年 11 月 25 日

读《前汉书卷五十七·司马相如传》

卷六十四，《严助传》：
司马相如的时代背景。

> 是时征伐四夷，开置边郡，军旅数发，内改制度，朝廷多事，屡举贤良文学之士。公孙宏起徒步，数年至丞相，开东阁，延贤人，与谋议。……其尤亲幸者：东方朔、枚皋、严助、吾丘寿王、司马相如。相如常称疾避事，朔、皋不根持论，上颇俳优畜之。唯助与寿王见任用，而助最先进。

以上，说明司马相如，进入官场，同伴数人，表现各有不同，朝廷待遇也不一样。东方朔和枚皋，因"议论委随，不能持正，如树木之无根柢"（颜师古注），而被轻视。严助、吾丘寿王，勇于任事，虽被重用，而后来都被杀、被族。司马相如的表现，却是"常称疾避事"。这是他的特点。

但如果一点事也不给朝廷做，汉武帝也不能容他。他曾以很高贵的身份，出使巴蜀，任务完成得不错。

又据本传：

> 后人有上书，言相如使时受金，失官。居岁余，复召为郎。相如口吃，而善著书，常有消渴病，与卓氏婚，饶于财。故其事宦，未尝肯与公卿国家之事。常称疾闲居，不慕官爵。

以上，说明司马相如，既有生理上的缺陷，又有疾病的折磨。家境不错，不像那些穷愁士子，一旦走入官场，便得意忘形，急进起来。另外，他有自知之明，以为自己并非做官的材料。像严助等人，必须具备如下的条件：既有深文之心计，又有口舌之辩才。这两样，他都不行，所以就知难而退，专心著书了。

他也不像一些文人，无能为，不通事务，只是一个书呆子模样。他有生活能力。他能交游，能任朝廷使节，会弹琴，能恋爱，能干个体户，经营饮食业，甘当灶下工。这些，都是很不容易的，证明他确是一个多才多艺的人。一个典型的、合乎中国历史、中国国情的，非常出色的，百代不衰的大作家！

《前汉书》用了特大的篇幅，保存了他那些著名的文章。班固对他评价很高，反驳了扬雄对他的不公正批评。

他也并不重视自己的那些著作。本传称：

而相如已死，家无遗书。问其妻，对曰：长卿未尝有书也。时时著书，人又取去。

耕堂曰：司马相如之为人，虽然不能说，堪作后世楷模。但他在处理个人与环境，个人与时代，文艺与政治，歌颂与批评等等重大问题方面，我认为是无可非议的，值得参考的。

1990 年 11 月 26 日

读《后汉书》小引

任何事情，都难以预料。比如历史吧，前汉的刘邦，不事生产，后来做了皇帝；后汉的刘秀，一心事田业，后来也做了皇帝。于是历史学家就说，光武皇帝本来胸无大志，为人平平，他之所以成功，完全是机遇。比起汉高祖，他太渺小了。

这也许是事实。我读《后汉书·光武本纪》，就遇不到像《史记·高祖本纪》中，那些惊心动魄的故事，总提不起精神来。

这部中华书局聚珍版的《后汉书》，原是进城初期买的，想不到竟成了我老年的伙伴。它是线装大字本，把持省力，舒卷方便。走着、坐着、躺着，都能看。我很喜爱它，并私心庆幸购存了这么一部书。

但近几年来，拿拿放放，总读不下去。去年打开了，结果只写了一篇关于著者范晔的读书笔记，又放下了。今年夏天又打开，有了些进展，本纪算读完了，没有什么收获。后纪也读了，知道一些女人专政的故事。接着是"志"。志分：律历，礼仪，祭祀，天文，五行，郡国，百官，舆服。这都是专门的学问，也读不懂，几乎是翻过去了。

下面才是列传。这是史书的中坚部分，应该细读。

列传，前边都是大人物。我发现后汉开端时的人物，光武那些功臣，和汉高祖时不同。他们多是一些宦家子弟，都读过一些书，甚至做过小官，有些政治经验。像马武那样的草莽之人很少。

这是经过西汉很长时期的休养生息，文化教育的结果。

例如邓禹，"年十三能诵诗"。寇恂，"初为郡功曹"。冯异，"好读书，通左氏春秋，孙子兵法"。岑彭，"王莽时守本县长"。贾复，"少好学，习尚书"。吴汉，"家贫，给事县为亭长"。盖延，"历郡列掾，州从事"。陈俊，"少为郡吏"……

光武也读书，"乃之长安，受尚书，略通大义"。这样一个领导集团，驱使或对付那些乌合之众，自有它的优胜之处。

但在这些功臣传记里，我还是读不出个所以然来。读到列传第十三，《窦融传》，才渐入佳境。写得最好的，是它后面《马援传》。

我们知道，范氏的《后汉书》，是根据好多种后汉书写成的。

《马援传》的原始材料，可能就写得好。马援是东汉的一个名人，事迹当然不少，但人以文传，还得有人给他写好才行。

耕堂曰：我读《二十四史》，常常有一史不如一史，每况愈下之感。这虽然不能说就是九斤观点，至少也违反进化论。每代都是先有史实，然后有史才，加以撰述。有时有重大史实，而无相当史才，加以发挥；有时虽有史才，而无重大史实，可供撰述。此遇与不遇，万事皆然，非独创作。班马之作，已成千古绝唱，再想有类似作品，实已困难。艺术一事，实在是有千古一人的规律，中外皆然，不可勉强。

平心论史，各史皆有其长。即如后汉一书，范晔之才，亦难得矣。他的语言简洁，记事周详，有班固之风，论赞折衷，而无偏激之失，亦班氏家法。时有弦外之音，虽不能与司马迁相比，亦非后史所多见。范氏在自序中，对自己的论赞，颇为得意，不是没有根据的。这部书，一直列为史学经典，也不是没有原因的。

惜我年老精衰，读书已无计划。加以记忆模糊，边读边忘。旷日持久，所得无多，甚感愧对此书耳。

现将读书时零碎心得，粗记如下，供同好者参考。

1991 年 12 月 21 日

读《后汉书卷五十八·桓谭传》

（一个音乐家的悲剧）

桓谭的父亲，西汉成帝时为太乐令，是个管音乐的官。谭因此也好音乐，善鼓琴，嗜倡乐。他还遍习"五经"，能文章，常和刘歆、扬雄等人辨析疑异。他为人简易，不修威仪，好非毁俗儒，因此多被排挤。哀、平间，他的官位，不过是个"郎"。

他也有些见识，他认识傅皇后的父亲傅晏。当时傅皇后失宠，傅晏处境很不好。桓谭给他作了两项建议：一是请傅晏背地告诉女儿，千万不要因为嫉妒，"驱使医巫，外求方技"。二是傅晏本人，要"谢遣门徒，务执谦悫"。傅晏照办，终于保住了一家人的平安。

另外，在王莽掌权时，"天下之士，莫不竞褒称德美，作符命，以求容媚。谭独自守，默然无言"。这在当时，就很不容易了。

光武皇帝即位，他曾"上书言事，失旨不用"。后来大司空宋弘荐他为"议郎给事中"，他又"上疏陈时政"。其中有一段是反对"图谶"，另一段是说皇帝用兵不当。触犯了大忌，皇帝非常不高兴。

谁都知道，光武帝是靠图谶起家的。而这个图谶是光武在长安时一个"同舍生"捏造的。其词为："刘秀发兵捕不道，四夷云集龙斗野，四七之际火为主。"不只言词粗鄙，而且作伪显然。但当时群臣都说："受命之符，人应为大。万里合信，不议同情。周之白鱼，曷足比焉！"（卷一《光武纪》）现在皇帝已经坐稳了，而桓谭竟说图谶不可信，这真是书呆子的头脑发昏了。

于是悲剧开始：

> 其后有诏会议灵台所处。帝谓谭曰：吾欲谶决之，何如？谭默然良久曰：臣不读谶。帝问其故，谭复极言谶之非经。帝大怒曰：桓谭非圣无法，将下斩之！谭叩头流血，良久乃得

解。出为六安郡丞,意忽忽不乐,道病卒,时年七十余。

耕堂曰:皇帝召集的这次会议,如果说是一种预谋,是"引蛇出洞",恐怕也不是瞎猜。他心里先有了一个"不悦",然后指名问桓谭:"如何?"如果桓谭聪明些,对答一个:"臣以为很好。"这悲剧也许就无从发生。桓谭还是犹豫了一下的,这一犹豫,即是"默然良久",本来是他的一个生命转机。但皇帝又接着来了一个"问其故"。桓谭沉不住气,又犯了老病,"复极言"起来,就中了皇帝的圈套,自己走上了死亡之途。他中"五经"之毒太深,以为皇帝总不会不相信"五经"。这是他的一个大错误!不错,皇帝有时信"五经",但在当前,他更信图谶!桓谭得罪后,"忽忽不乐",是对自己这一次失言的,无可挽回的痛惜!更使人惋惜的是,他本来是一个音乐家,他本来可以伴音乐而始终,平安度日。他做的官,是给事中,是皇帝身边的一个小官,皇帝喜欢,他弹琴,关系处得并不错。如果就这样干下去说不定还会得到皇帝的宠爱,享受荣华富贵哩。

可惜的是,他那位荐举人宋弘,也是一个古板守旧的人。他见桓谭常常给皇帝弹琴,皇帝又喜爱"繁声",他就非常不高兴。他召见桓谭,非常严厉地教训了他一顿。说荐他来是"辅国家以道德"的,不是叫他演奏流行歌曲。要治他的罪。这样,当桓谭再为皇帝弹琴时,一看见宋弘,就神色大变,很不自然,以致皇帝后来就不再叫他弹琴了。

桓谭自此以为应"忠正导主",就屡屡上书言事。皇帝一想,你不过是个"倡优",也敢如此,就恨上他了。这也是桓谭无自知之明,忘记了自己的身份和在皇帝眼中的地位。

同朝中，有一个叫郑兴的，就比桓谭聪明些：

> 帝尝问兴郊祀事，曰：吾欲以谶断之，何如？兴对曰：臣不为谶。帝怒曰：卿之不为谶，非之邪？兴惶恐曰：臣于书，有所未学，而无所非也。帝意乃解。（卷六十六《郑兴传》）

和皇帝对答，可不是小事，郑兴如果不说这样滑头的话，就会有桓谭同样的下场。

桓谭还著有《新论》一书，共二十九篇，多言"当世行事"，大部都不存。《书目答问补正》说有"说郛本"，我有张宗祥抄本《说郛》，但多次查阅，都没有找到。

1991 年 12 月 10 日

读《后汉书卷七十·班固传》

（一个为政治服务的文人）

传末，范晔论曰：

> 司马迁、班固父子，其言史官载籍之作，大义粲然著矣。议者咸称，二子有良史之才。迁文直而事核，固文赡而事详。若固之序事，不激诡，不抑抗，赡而不秽，详而有体，使读之者，亹亹而不厌，信哉其能成名也。

耕堂曰：范蔚宗之论班固，已成定论。其所谓：不激诡，不抑抗，就是对人、对事，不作主观的扬或毁，退或进。客观地记述其本来。这在史学上，是一个准则。

古来论述班马异同者，甚众。然多皮毛之见，又多出于个人爱好。范氏对两人的两句评语，实在明确恰当。

传载：班固"年九岁，能属文诵诗赋，及长，遂博贯载籍，九流百家之言，无不穷究。所学无常师，不为章句，举大义而已。性宽和容众，不以才能高人，诸儒以此慕之"。

他的《汉书》：

固自永平中始受诏，潜精积思二十余年，至建初中乃成。当世甚重其书，学者莫不讽诵焉。

传中保存了他写的几篇文章。其中《两都赋》的主题是，"盛称洛邑制度之美，以折西宾淫侈之论"。《典引篇》的主题是，"述叙汉德"。此外《窦宪传》里还保存了一篇《燕然山铭》。

班固的一生，他的全部著作，包括《汉书》，都是为政治服务的，是为一朝一姓服务的。

古代没有"为政治服务"这个口号，也没有人提出过这样的要求。但在中国古代文献中，存在大量为政治服务的作品。不是间接服务，而是直接服务。也没有人讳言或轻视为政治服务。文人都是自觉自愿的。这说明，文学可以为政治服务，文学和政治的这种关系，自古以来，就是很自然的。

自从有了这个要求，有了这个口号，问题就来了，议论也就多了。近的不说，稍远的有三十年代，成仿吾与鲁迅，钱杏邨与茅盾,"左联"与"第三种人",越到后来,越是争论不休。前几年,把这个口号变通了一下,还是有争论。这就叫:有口号,就有争论。

世界上,当然有不为政治服务的艺术。但近代历史,也在不断证明:一些大声疾呼"艺术圣洁"的人,常常又是另一种政治的热烈追求者。差不多在他们反对文艺为政治服务的同时,他们的作品,已经成为他们在政治生活中的晋身之阶。不只为"政治"服了务,也为经济服了务,使他们能够大发其财!

只要作家本人,不能完全与政治无关,那么文艺作品,就不能完全与政治无关。文艺为政治服务,并不一定就粗糙,就没有价值。不为政治服务,也不一定就高尚,就值钱。这要视作家而定。班固的作品,不是在永远流传吗?

关于班固和司马迁的比较,我也有些浅见。我以为,其不同之处有:

(一)家学、经历、气质之不同。司马迁和班彪留给儿子的思想遗产,并不相同。司马迁的任务是要继承《春秋》的事业;班固的任务,是整齐西汉一代之书。在为本朝服务这一点上,班固的思想比司马迁明确得多。司马迁在遭到不幸之后,生理和心理,都造成很大伤害。这不能不影响他的思想、感情,甚至精神、意识。文学是精神的产物,我们很难估计,这一不幸,在司马迁文学事业上的作用和影响。班固固然也遇到过不幸,但他在第一次入狱时,却因祸得福。著作得以上达朝廷,自己也弄了个兰台令史的官儿,有了个很好的写作学习的环境。

(二)两个人的哲学思想不同。哲学思想是一切著作的基础,史学、文学均同。司马迁的哲学思想,很大成分是黄老,而班固则是儒家，并且是经过汉代大儒发掘、整理过的，训诂、章句过的儒家思想。司马迁作《史记》，几乎没有政治目的，没有想到要为谁服务。他写秦、项和写刘邦，态度是一样的。而班固作《汉书》，政治目的很明确，就是为了表彰汉德。

其相同之处为结局悲惨。然此中亦有分别。司马迁的悲惨在成书之前；而班固的悲惨，在成书以后。

这两位文人之不幸，在于只熟悉历史，而不了解现实。深信圣人之言，而泥古不化。处官场而不谙宦情。因此，其伤亡也，皆在国家政治动荡，权贵剧烈倾轧之际。文人不知修检，偶以言语及生活细故，遂罹大难，为可伤矣！

范晔论曰："固伤迁博物洽闻，不能以智免极刑。然亦身陷大戮，智及之而不能守之。呜呼，古人所以致论于目睫也！"范氏之言是矣，然彼亦终未能自全，言不旋踵，而身验之，此又何故欤！

1991 年 12 月 19 日

读《后汉书卷五十四·马援传》

（一篇好传记）

在小引中，我说《马援传》，写得最好，其理由有三：

一、这篇传记，写了马援的一生，包括他的言行，他的政治活动，他的文事武功。写出了这个人的为人风格和一些精彩的言论。以上写得都很具体、生动，给人留下鲜明的印象。最后写了他奉命征五溪，师老无功，且遭马武等人的谗毁，以致死后都不能"丧还旧茔"。给这个人物，增加了悲剧色彩，使读者回味无穷。

二、马援与光武、隗嚣、公孙述，都有交往。这是当时互相抗衡的三种势力。传记通过写马援，同时也写了三个人的为人，行事，政治和军事上的见识和能力。传记用对比的手法：

> 援素与述同里闬，相善。以为既至，当握手欢如平生。而述盛陈陛卫，以延援入，交拜礼毕，使出就馆。更为援制都布单衣，交让冠，会百官于宗庙中，立旧交之位。述鸾旗旄骑，警跸就车，磬折而入，礼飨官属甚盛。

下面紧接着，写光武如何接见马援：

> 援至，引见于宣德殿。世祖迎笑谓援曰："卿遨游二帝间，今见卿，使人大惭。"援顿首辞谢，因曰："当今之世，非独君择臣也，臣亦择君矣。臣与公孙述同县，少相善，臣前至蜀，述陛戟而后进臣。臣今远来，陛下何知非刺客奸人，而简易若是？"帝复笑曰："卿非刺客，顾说客耳。"

后面，又紧接着，写马援与隗嚣的一段对话，使隗嚣的形象，跃然纸上。

三段文字，写得自然紧凑，而当时的政治形势，胜败前景，已大体分明，这是很高明的剪裁手法。写人物，单独刻画，不如把人物，放在人际关系之中，写来收效更大。

三、记录马援的日常谈话，来表现这一人物的性格、志向、见识。

封援为新息侯,食邑三千户。……从容谓官属曰:"吾从弟少游,常哀吾慷慨多大志,曰:'士生一世,但取衣食裁足,乘下泽车,御款段马,为郡掾史,守坟墓,乡里称善人,斯可矣。致求盈余,但自苦耳。'当吾在浪泊西里间,虏未灭之时,下潦上雾,毒气重蒸,仰视飞鸢跕跕堕水中,卧念少游平生时语,何可得也!"

马援确是一个"说客",他说话非常漂亮,有哲理。"闲于进对,尤善述前世行事。""闻者莫不属耳忘倦。"他的《诫侄书》尤有名,几乎家传户晓。像"穷当益坚,老当益壮",这些成语,都是他留下来的。他言行一致,年六十岁,还上马给皇帝看看哩!

但据我看,光武对他一直不太信任,就因为他原是隗嚣的人。过来后,光武并没有重用他,直至来歙举荐,才封他为陇西太守。晚年之所以谗毁易入,也是因为他原非光武嫡系。

他兴趣很广泛,能经营田牧,还善相马。他留下的《铜马相法》,是很科学的一篇马经。

但好的传记,末尾还需要有一段好的论赞,才能使文气充足。范晔论马援:"然其戒人之祸,智矣,而不能自免于谗隙。岂功名之际,理固然乎?"

耕堂曰:马援口辩,有纵横家之才,齐家修身,仍为儒家之道。好大喜功,又备兵家无前之勇。其才智为人,在光武诸将中,实为佼佼者。然仍不免晚年悲剧。范晔所言,是矣。功名之际,如处江河漩涡之中。即远居边缘,无志竞逐者,尚难免被波及,不能自主沉浮。况处于中心,声誉日隆,易招疑忌者乎?虽智者不能免矣。

至于范氏说的：

> 夫利不在身，以之谋事则智，虑不私己，以之断义必厉。诚能回观物之智，而为反身之察，若施之于人，则能恕；自鉴其情，亦明矣。

这种话，虽然说得很精辟，对人，却有点求全责备的意思了。

1991年12月24日

读《后汉书卷七十三·朱穆传》

（关于交友）

古代主张绝交的人，大都性情孤僻。或处境不佳，遭遇悲惨。心情极度不好时，才这样做。

例如东汉的朱穆，就写过一篇《矫时》的绝交论。其中有："绝存问，不见客，亦不答也。"这样不通人情的句子。

后来，著名学者蔡邕，以为朱穆这种见解是"贞而孤"。就是狭窄，偏激，不开明。"又作正交以广其致。"蔡邕论交的主旨为：

> 盖朋友之道，有义则合，无义则离。善则久要不忘平生之言；恶则忠告善诲之，否则止，无自辱焉。故君子不为可弃之行，不患人之遗己也。信有可归之德，不病人之远己也。

《后汉书》的作者范晔，在《朱穆传》的后面，就交友问题，发了很长的议论。他引证了古来交友，正、反两方面的史实和教训，重申了孔子、老子两位圣哲对友道的主张，列举了当时一些善于交友的人物。

我以为，蔡氏和范氏的论述，很全面，也很正确，实在无懈可击。也正因为这样，他们的话，等于没有说。交朋友，是一种社会现象。人既不能脱离社会而生存，就像必须娶妻生子一样，交结朋友。但每个人的生活方式，每个人的生活能力，并不相同。所处时代、环境，也不一样。要求每人对待友道，持相同观点，是不可能的。

关于交友，孔子都说过了。"泛爱众而亲仁"，"以文会友，以友辅仁"，"益者三友"，是其要点，是千古不刊之论。

为什么在圣人门徒中间，又有很多人主张绝交呢？就是因为我前面所说的那些复杂情况。有些人生活能力差，应付能力小。想离群索居，又怕没有粥喝。想得到一时一刻的心境平衡，于是想到了绝交。朱穆所为，正是如此。他在梁冀这种人手下工作，劝说又不听。环境恶劣，前景茫茫，只能如此了。

他这个人，还有天生的病态：

> 及壮，耽学。锐意讲诵，或时思至不自知。亡失衣冠，颠队坑岸。其父常以为专愚，几不知数马足。

这样的人，你叫他广交朋友，应付自如，岂不是打鸭子上架吗？他终于"愤懑发疽"而亡。

但有人，生理、心理都正常，通达世情，并热心公益，乐于帮助他人。对交友，也持消极态度。这就值得注意了。

《后汉书卷五十七·王丹传》：

> 丹子有同门生丧亲，家在中山。白丹欲往奔慰，结侣将行，丹怒而挞之，令寄缣以祠焉。或问其故，丹曰：交道之难，未易言也。世称管鲍，次则王贡。张陈凶其终，萧朱隙其末，故知全之者鲜矣。

范晔对他的评论是："王丹难于交执之道，斯知交矣。"因为王丹这样做，不只是由于识见，也是根据经验，不能不令人信服。他的主张是：交友要慎重；朋友之间的来往，要清淡，不要过热。

耕堂曰：交友，是一种生活手段。幼时，在庙会上，见卖艺人开场，必言：在家靠父母，出门靠朋友。朋友与父母并论，可见其与吃饭穿衣有关。这种交友之道，可称做开放型，或进攻型。出门卖艺尚且如此，如果是出国卖艺，那交友一事，就更为重要了。相反，动不动就要与人绝交的人，可称封闭型，或保守型。要之，交友之道，从战术上说，要广交；从战略上说，要慎交。但凡关人事，变化莫测，不能自主。不是你要如何，便能如何的。

关于交友，我在《悼曼晴》一文的附论中，曾经胡扯过一通，这里就不再多说了。

1991年12月31日下午

芸斋琐谈

谈　妒

"文人相轻",是曹丕说的话。曹丕是皇帝、作家、文艺评论家,又是当时文坛的实际领导人,他的话自然是有很大的权威性。他并且说,这种现象是"自古而然",可见文人之间的相轻,几几乎是一种不可动摇的规律了。

但是,虽然他有这么一说,在他以前以后,还是出了那么多伟大的作家和作品,终于使我国有了一本厚厚的琳琅满目的文学史。就在他的当时,建安文学也已经巍然形成了一座艺术的高峰。

这说明什么呢?只能说明文人之相轻,只是相轻而已,并不妨碍更不能消灭文学的发展。文人和文章,总是不免有可轻的地方,互相攻磨,也很难说就是嫉妒。记得一位大作家,在回忆录中,记述了托尔斯泰对青年作家的所谓妒,并不当作恶德,而是作为美谈和逸事来记述的。

妒、嫉,都是女字旁,在造字的圣人看来,在女性身上,这种性质,是于兹为烈了。中国小说,写闺阁的妒嫉的很不少,《金瓶梅》写得最淋漓尽致,可以说是生命攸关、你死我活。其实这只能表示当时妇女生存之难,并非只有女人才是这样。

据弗洛伊德学派分析,嫉妒是一种心理状态,是人人都具有的,从儿童那里也可以看到的。这当然是一种缺陷心理,是由于羡慕一种较高的生活,想获得一种较好的地位,或是想得到一种较贵重的东西产生的。自己不能得到心理的补偿，发现身边的人，或站在同等位置的人先得到了，就会产生嫉妒。

按照达尔文的生物学说以及遗传学说，这种心理，本来是不足奇怪，也无可厚非的。这是生物界长期在优胜劣败、物竞天择这一规律下生存演变，自然形成的，不分圣贤愚劣，人人都有份的一种本能。

它并不像有些理学家所说的，只有别人才会有，他那里没有。试想：性的嫉妒，可以说是一种典型的"妒"，如果这种天生的正人君子，涉足了桃色事件，而且做了失败者，他会没有一点妒心，无动于衷吗？那倒是成了心理的大缺陷了。有的理论家把嫉妒归咎于"小农经济"，把意识形态甚至心理现象简单地和物质基础联系起来，好像很科学。其实，"大农经济"，资本主义经济，也没有把这种心理消灭。

蒲松龄是伟大的。他在一篇小说里，借一个非常可爱的少女的口说："幸灾乐祸，人之常情，可以原谅。"幸灾乐祸也是一种嫉妒。

当然，这并不是一种可贵的心理，也不是不能克服的。人类社会的教育设施、道德准则，都是为了克服人的固有的缺陷，包括心理的缺陷，才建立起来并逐渐完善的。

嫉妒心理的一个特征是：它的强弱与引之发生的物象的距离，成为正比。就是说，一个人发生妒心，常常是由于只看到了近处，比如家庭之间、闺阁之内、邻居朋友之间，地位相同，或是处境相同，一旦别人较之上升，他就发生了嫉妒。

如果，他增加了文化知识，把眼界放开了，或是他经历了更多的社会磨炼，他的妒心，就会得到相应的减少与克服。

人类社会的道德准则，对这种心理，是排斥的，是认为不光彩的。这样有时也会使这种心理，变得更阴暗，发展为阴狠毒辣，驱使人去犯罪，造成不幸的事件。如果当事人的地位高，把这种心理加上伪装，其造成的不幸局面，就会更大，影响的人，也就会更多。

由嫉妒造成的大变乱，在中国历史上，是不乏例证的。远的不说，即如"文化大革命"，"四人帮"的所作所为，其中就有很大的嫉妒心理在作祟。他们把这种心理，加上冠冕堂皇的伪装，称之为"革命"，并且用一切办法，把社会分成无数的等级、差别，结果造成社会的大动乱。

革命的动力，是经济和政治主导的、要求的，并非仅凭嫉妒心理，泄一时之忿，可以完成的。以这种缺陷心理为主导，为动力，是不能支持长久的，一定要失败的。

最不容易分辨清楚的是：少数人的野心，不逞之徒的非分之想，流氓混混儿的趁火打劫，和广大群众受压迫，所表现的不平和反抗。

项羽看见秦始皇，大言曰："彼可取而代也。"猛一听，其中好像有嫉妒的成分。另一位英雄所喊的："帝王将相，宁有种乎？"乍一看也好像是一个人的愤愤不平，其实他们的声音是和时代，和那一时代的广大群众的心相连的，所以他们能取得一时的成功。

1981 年 12 月 28 日

谈　才

六十年代之末，天才二字，绝迹于报章。那是因为从政治上考虑，自然与文学艺术无关。

近年来，这两个字提到的就多了，什么事一多起来，也就有许多地方不大可信，也就与文学艺术关系不大了。例如神童之说，特异功能之说等等，有的是把科学赶到迷信的领地里去，有的却是把迷信硬拉进科学的家里来。

我在年幼时，对天才也是很羡慕的。天才是一朵花，是一种果实，一旦成熟，是很吸引人的注意的。及至老年，我的态度就有了些变化。我开始明白：无论是花朵或果实，它总是要有根的，根下总要有土壤的。没有根和土壤的花和果，总是靠不住的吧。因此我在读作家艺术家的传记时，总是特别留心他们还没有成为天才之前的那一个阶段，就是他们奋发用功的阶段，悬梁刺股的阶段；他们追求探索，四顾茫然的阶段；然后才是他们坦途行进，收获日丰的所谓天才阶段。

现在已经没有人空谈曹雪芹的天才了，因为历史告诉人们，曹除去经历了一劫人生，还在黄叶山村，对文稿披阅了十载，删改了五次。也没有人空谈《水浒传》作者的天才了，因为历史也告诉人们，这一作者除去其他方面的修养准备，还曾经把一百零八名人物绘成图样，张之四壁，终日观摩思考，才得写出了不同性格的英雄。也没有人空谈王国维的天才了，因为他那种孜孜以求，有根有据，博大精深的治学方法，也为人所熟知了。海明威负过那么多次致命的伤，中了那么多的弹片，他才写得出他那种有关生死的小说。

所以我主张，在读天才的作品之前，最好先读读他们的可靠的传记。说可靠的传记，就是真实的传记，并非一味鼓吹天才的那种所谓传记。

天才主要是有根，而根必植在土壤之中。对文学艺术来说，这种土壤，就是生活，与人民有关的，与国家民族有关的生活。从这里生长起来，可能成为天才，也可能成不了天才，但终会成为有用之才。如果没有这个根柢，只是从前人或国外的文字成品上，模仿一些，改装一些，其中虽也不乏一些技巧，但终不能成为天才的。

谈 名

名之为害，我国古人已经谈得很多，有的竟说成是"殉名"，就是因名致死，可见是很可怕的了。

但是，远名之士少，近名之士还是多。因为在一般情况下，名和利又常常联系在一起，与生活或者说是生计有关，这也就很难说了。

习惯上，文艺工作中的名利问题，好像就更突出。

余生也晚，旧社会上海滩上文坛的事情，知道得少。我发表东西，是在抗日战争时期和解放战争时期。这两个时期，在敌后根据地，的的确确没有稿费一说。战士打仗，每天只是三钱油三钱盐，文人拿笔写点稿子，哪里还能给你什么稿费？虽然没有利，但不能说没有名，东西发表了，总是会带来一点好处的。不过，冷静地回忆起来，所谓"争名夺利"中的两个动词，在那个时代，是要少一些，或者清淡一些。

进城以后，不分贤与不肖，就都有了这个问题，或多或少。每个人也都有不少经验教训，事情昭然，这里也就不详谈了。

文人好名，这是个普遍现象，我也不例外，曾屡次声明过。有一点点虚名，受过不少实害，也曾为之发过不少牢骚。对文与名的关系，或者名与利的关系，究竟就知道得那么详细？体会得那么透彻吗？也不尽然。

就感觉所得，有的人是急于求名，想在文学事业上求得发展。大多数是青年，他们有的在待业，有的虽有职业，而不甘于平凡工作的劳苦，有的考大学未被录取，有的是残疾。他们把文学事业想得很简单，以为请一个名师，读几本小说，订一份杂志，就可以了。我有时也接到这些青年人的来信，其中有不少是很朴实诚笃的人，他们确是把文章成名看做是一种生活理想，一种摆脱困难处境的出路。我读了他们的信，常常感到心里很沉重，甚至很难过。但如果我直言不讳，说这种想法太天真，太简单，又恐怕扫他们的兴，增加他们的痛苦。

也有一种幸运儿，可以称之为"浪得名"的人。这在五十年代末至七十年代末，几十年间，是常见的，是接二连三出现的。或以虚报产量，或以假造典型，或造谣言，或交白卷，或写改头换面的文章，一夜之间，就可以登名报纸，扬名宇内。自然，这种浪来之名，也容易浪去，大家记忆犹新，也就不再多说了。

还有一种，就是韩愈说的"动辄得咎，名亦随之"的名。在韩愈，他是总结经验，并非有意投机求名。后来之士，却以为这也是得名的一个好办法。事先揣摩意旨，观察气候，写一篇小说或报告，发人所不敢言者。其实他这样做，也是先看准现在是政治清明，讲求民主，风险不大之时。如果在阶级斗争不断扩大化的年代，弄不好，会戴帽充军，他也就不一定有这般勇气了。

总之，文人之好名——其实也不只文人，是很难说也难免的，不可厚非的。只要求出之以正，靠努力得来就好了。江青不许人谈名利，不过是企图把天下的名利集结在她一人的身上。文优而仕，在我们国家，是个传统，也算是仕途正路。虽然如什么文联、协会之类的官，古代并没有，今天来说，也不上仕版，算不得什么官，但在人们眼里，还是和名有些关联，和生活有些关联。因此，有人先求文章通显，然后转入宦途，也就不奇怪了。

戴东原曰：仆数十年来……其得于学者，不以人蔽己，不以己自蔽。不为一时之名，亦不期后世之名。凡求名之弊有二，非掊击前人以自表襮；即依傍昔儒，以附骥尾。二者不同，而鄙吝之心同。是以君子务在闻道也。

他的话，未免有点高谈阔论吧！但道理还是有的。

1982 年 4 月 25 日晨

谈 谀

字典：逢迎之言曰谀，谓言人之善不实也。

谀，是一向当作不好的表现的。其实，在生活之中，是很难免的。我不知道，有没有一生之中，从来也没有谀过人的人。我回想了一下，自己是有过的。主要是对小孩、病人、老年人。

关于谀小孩，还有个过程。我们乡下，有个古俗，孩子缺的人家，生下女孩，常起名"丑"。孩子长大了，常常是很漂亮的。人们在逗弄这个小孩时，也常常叫"丑闺女，丑闺女"，她的父母，并不以为怪。

进入城市以后，长年居住在大杂院之中，邻居生了一个女孩，抱了出来叫我看。我仍然按照乡下的习惯，摸着小孩的脸蛋说："丑闺女，丑闺女"，孩子的母亲非常不高兴，脸色难看极了，引起我的警惕。后来见到同院的人,抱出小孩来,我就总是说:"漂亮,这孩子真漂亮!"漂亮不漂亮,是美学问题,含义高深,因人而异,说对说错,向来是没有定论的。但如果涉及胖瘦问题,即近于物质基础的问题,就要实事求是一些,不能过谀了。有一次,有一位妈妈,抱一个孩子叫我看,我当时心思没在那上面,就随口说:"这孩子多胖,多好玩!"孩子妈妈又不高兴了,抱着孩子扭身走去。我留神一看,才发现孩子瘦成了一把骨。又是一次经验教训。

对于病人,我见了总好说:"好多了,脸色不错。"有的病人听了,也不一定高兴,当然也不好表示不高兴,因为我并无恶意。对老年人,常常是对那些好写诗的老年人,我总说他的诗写得好,至于为了什么,我在这里就不详细交代了。

但我自信,对青年人,我很少谀。过去如此,现在仍然如此。既非谀,就是直言(其实也常常拐弯抹角,吞吞吐吐)。因此,就有人说我是好"教训"人。当今之世,吹捧为上,"教训"二字,可是要常常得罪人,并有时要招来祸害的。

不过,我可以安慰自己的,是自己也并不大愿意听别人对我的谀,尤其是青年人对我的谀。听到这些,我常常感到惭愧不安,并深深为说这种话的人惋惜。

至于极个别的,谀他人(多是老一辈)的用心,是为了叫他人投桃报李,也回敬自己一个谀,而当别人还没有来得及这样去做,就急急转过身去,不高兴,口出不逊,以表示自己敢于革命,想从另一途径求得名声的青年,我对他,就不只是惋惜了。

附记:

我平日写文章,只能作一题。听说别人能于同时进行几种创作，颇以为奇。今晨于写作"谈名"之时，居然与此篇交插并进，系空前之举。盖此二题，有相通之处，本可合成一篇之故也。

谈 谅

古代哲人、伟大的教育家孔子，在教人交友时特别强调一个"谅"字。

孔子的教学法，很少照本宣科，他总是把他的人生经验作为活的教材，去告诉他的弟子们，交友之道，就是其一。

是否可以这样说呢，人类社会之所以能维持下来，不断进步，除去革命斗争之外，有时也是互相谅解的结果。

谅，就是在判断一个人的失误时，能联系当时当地的客观条件，加以分析。

三十年代初，日本的左翼文学，曾经风起云涌般的发展，但很快就遭到政府镇压，那些左翼作家，又风一般向右转，当时称做"转向"。有人对此有所讥嘲。鲁迅先生说：这些人忽然转向，当然不对，但那里——即日本——的迫害，也实在残酷，是我们在这里难以想象的。他的话，既有原则性，也有分析，并把仇恨引到法西斯制度上去。

十年动乱，"四人帮"的法西斯行为，其手段之残忍，用心之卑鄙，残害规模之大，持续时间之长，是中外历史没有前例的，使不少优秀的，正当有为之年的，甚至是聪明乐观的文艺工作者自裁了。事后，有人为之悲悼，也有人对之责难，认为是"软弱"，甚至骂之为"浑"为"叛"，"世界观有问题"。这就很容易使人们想起，有些造反派把某人迫害致死后，还指着尸体骂他是自绝于人民，死不改悔等等，同样是令人难以索解的奇异心理。如果死者起身睁眼问道："你又是怎样活过来的呢？十年中间，你的言行都那么合乎真理正义吗？"这当然就同样有失于谅道了。

死去的是因为活不下去，于是死去了。活着的，是因为不愿意死，就活下来了。这本来都很简单。

王国维的死，有人说是因为病，有人说是因为钱（他人侵吞了他的稿费），有人说是被革命所吓倒，有人说是殉葬清朝。

最近我读到了他的一部分书札。在治学时，他是那样客观冷静，虚怀若谷，左顾右盼，不遗毫发。但当有人"侵犯"了一点点皇室利益，他竟变得那样气急败坏，语无伦次，强词夺理，激动万分。他不过是一个逊位皇帝的"南书房行走"，他不重视在中外学术界的权威地位，竟念念不忘他那几件破如意，一件上朝用的旧披肩，我确实为之大为惊异了。这样的性格，真给他一个官儿，他能做得好吗？现实可能的，他能做的，他不安心去做，而去追求迷恋他所不能的，近于镜花水月的事业，并以死赴之。这是什么道理呢？但终于想，一个人的死，常常是时代的悲剧。这一悲剧的终场，前人难以想到，后人也难以索解。他本人也是不太明白的，他只是感到没有出路，非常痛苦，于是就跳进了昆明湖。长期积累的，耳习目染的封建帝制余毒，在他的心灵中，形成了一个致命的大病灶。心理的病加上生理的病，促使他死亡。

他的学术是无与伦比的。我上中学的时候，就买了一本商务印的带有圈点的《宋元戏曲史》，对他非常崇拜。现在手里又有他的《流沙坠简》《观堂集林》等书，虽然看不大懂，但总想从中看出一点他治学的方法，求知的道路。对他的糊里糊涂的死亡，也就有所谅解，不忍心责难了。

还有罗振玉，他是善终的。溥仪说他在大连开古董铺，卖假古董。这可能是事实。这人也确是个学者，专门做坟墓里的工作。且不说他在甲骨文上的研究贡献，就是抄录那么多古碑，印那么多字帖，对后人的文化生活，提供了多少方便呀！了解他的时代环境，处世为人，同时也了解他的独特的治学之路，这也算是对人的一种谅解吧。他印的书，价虽昂，都是货真价实，精美绝伦的珍品。

谅，虽然可以称做一种美德，但不能否认斗争。孔子在谈到谅时，是与直和多闻相提并论的。直就是批评、规劝，甚至斗争。多闻则是指的学识。有学有识，才有比较，才有权衡，才能判断：何者可谅，何者不可谅。一味去谅，那不仅无补于世道，而且会被看成呆子，彻底倒霉无疑了。

1982年5月15日

谈　慎

人到晚年，记忆力就靠不住了。自恃记性好，就会出错。记得鲁迅先生，在晚年和人论战时，就曾经因把《颜氏家训》上学鲜卑语的典故记反了，引起过一些麻烦。我常想，以先生之博闻强记，尚且有时如此，我辈庸碌，就更应该随时注意。我目前写作，有时提笔忘字，身边有一本过去商务印的学生字典给我帮了不少忙。用词用典，心里没有把握时，就查查《辞海》，很怕晚年在文字上出错，此生追悔不及。

这也算是一种谨慎吧。在文事之途上，层峦叠嶂，千变万化，只是自己谨慎还不够，别人也会给你插一横杠。所以还要勤，一时一刻也不能疏忽。近年来，我确实有些疏懒了，不断出些事故，因此，想把自己的书斋，颜曰"老荒"。

新写的文章，我还是按照过去的习惯，左看右看，两遍三遍地修改。过去的作品这几年也走了运，有人把它们东编西编，名目繁多，重复杂遝不断重印。不知为什么，我很没兴趣去读。我认为是炒冷饭，读起来没有味道。这样做，在出版法上也不合适，可也没有坚决制止，采取了任人去编的态度。校对时，也常常委托别人代劳。文字一事，非同别个，必须躬亲。你不对自己的书负责，别人是无能为力，或者爱莫能助的。

最近有个出版社印了我的一本小说选集，说是自选，我是让编辑代选的。她叫我写序，我请她摘用我和吴泰昌的一次谈话，作为代序。清样寄来，正值我身体不好，事情又多，以为既是摘录旧文章，不会有什么错，就请别人代看一下寄回付印了。后来书印成了，就在这个关节上出了意想不到的毛病。原文是我和吴泰昌的谈话，编辑摘录时，为了形成一篇文章，把吴泰昌说的话，都变成了我的话。什么在我的创作道路上，一开始就燃烧着人道主义的火炬呀。什么形成了一个大家公认的有影响的流派呀。什么中长篇小说，普遍受到好评呀。别人的客气话，一变而成了自我吹嘘。这不能怪编辑，如果我自己能把清样仔细看一遍，这种错误本来是可以避免的。此不慎者一。

近年来，有些同志到舍下来谈后，回去还常常写一篇文字发表，其中不少佳作，使我受到益处。也有用报告文学手法写的，添枝加叶，添油加醋。对此，直接间接，我也发表过一些看法。最近又读到一篇，已经不只是报告文学，而是近似小说了。作者来到我家，谈了不多几句话，坐了不到一刻钟，当时有旁人在座，可以做证。但在他的访问记里，我竟变成了一个讲演家，大道理滔滔不绝地出自我的口中，他都加上了引号，这就使我不禁为之大吃一惊了。

当然，他并不是恶意，引号里的那些话，也都是好话，都是非常正确的话，并对当前的形势，有积极意义。千百年后，也不会有人从中找出毛病来的。可惜我当时并没有说这种话，是作者为了他的主题，才要说的，是为了他那里的工作，才要说的。往不好处说，这叫"造作语言"；往好处说，这是代我"立言"。什么是访问记的写法，什么是小说的写法，可能他分辨不清吧。

如果我事先知道他要写这篇文章，要来看看就好了，就不会出这种事了。此不慎者二。

我是不好和别人谈话的，一是因为性格，二是因为疾病，三是因为经验。目前，我的房间客座前面，压着一张纸条，上面就有一句：谈话时间不宜过长。

写文章，自己可以考虑，可以推敲，可以修改，尚且难免出错。言多语失，还可以传错、领会错，后来解释、补充、纠正也来不及。有些人是善于寻章摘句，捕风捉影的。他到处寻寻觅觅，捡拾别人的话柄，作为他发表评论的资本。他评论东西南北的事物，有拓清天下之志。但就在他管辖的那个地方，就在他的肘下，却常常发生一些使天下为之震惊的奇文奇事。

这种人虽然还在标榜自己一贯正确，一贯坚决，其实在创作上，不过长期处在一种模仿阶段，在理论上，更谈不上有什么一贯的主张。今日宗杨，明日师墨，高兴时，鹦鹉学舌，不高兴，反咬一口。根子还是左右逢迎，看风使舵。

和这种人对坐，最好闭口。不然，就"离远一点"。

《水浒传》上描写：汴梁城里，有很多"闲散官儿"。为官而闲在，幼年读时，颇以为怪。现在不怪了。这些人，没有什么实权，也没有多少事干，但又闲不住。整天价在三瓦两舍，寻欢取乐，也在诗词歌赋上，互相挑剔，寻事生非。他们的所作所为，虽不一定能影响整个社会的安定团结，但"文苑"之长期难以平静无事，恐怕这也是一个原因吧？此应慎者三。

1982年5月28日晨再改一次

谈 赠 书

青年时，每出一本书，我总是郑重其事，签名赠给朋友们，同事们，师长们。这是青年时的一种兴致，一种想法，一种情谊。后来我病了，无书可赠，经过"文化大革命"，这种赠书的习惯，几乎断绝。

这几年，我的书接连印了不少，我很少送人。除去出版社送我的二十本，我很少自己预订。我想：我所在地方的党政领导，文化界名流，出版社早就送去了，我用不着再送，以免重复。朋友们都上了年岁，视力不佳，兴趣也不在这上面，就不必送了。我的书大都是旧作，他们过去看过，新写的文章，没有深意，他们也不会去看的。

当然也有例外。近些年来有的同志，把书看成一种货物，一种交换品，或者说是流通品。我有一位老战友，从外地调到本市，正赶上《白洋淀纪事》重印出版。他先告诉我，给他在北京的小姨子寄一本，我照地址寄去了。他要我再送他一本，他住招待所，他把书送给了服务员。他再要一本,我又在书上签了名。他拿着书到街上去了。年纪大了尿频,他想找个地方小便。正好路过我所在的机关,他把书交给传达室说:"我刚从某某那里出来,他还送我一本书哩。你们的厕所在什么地方?"

等他小解出来,也不再要那本书,扬长走去了。

传达室问:"书哩?"

"你们看吧!"他摆摆手。他是想用这本书拉上关系,永远打开这座方便之门。

老战友直言不讳告诉我这些事。我作何感想?再赠他书,当然就有些戒心了,但是没有办法。他消息灵通,态度执着,每逢我出了书,还是有他的份儿。至于他怎样去处理,只好不闻不问。

这些年,素不相识的人,写信来要书的也不少。一般地,我是分别对待。对于那些先引证鲁迅如何在书店送书给青年等等范例的人,暂时不送。非其人而责以其人之事,不为也。对于那些先对我进行一大段吹捧,然后要书的人,暂时也不送。我有时看出:他这样的信,不只发向我一人。对于用很大篇幅,很多细节描述自己如何穷困,像写小说一样的人,也暂时不送。我想,他何不把这些心思,这些力量,用去写自己的作品?

我不是一个慷慨的人,是一个吝啬的人;不是一个多情的人,是一个薄情的人。

但是,对于那些也是素不相识,信上也没有向我要书,只是看到他们的信写得清楚,写得真挚;寄来的稿子,虽然不一定能够发表,但下了功夫,用了苦心的青年人,我总是主动地寄一本书去。按照他们的程度,他们的爱好,或是一本小说,或是一本散文,或是一本文论。如果说,这些年,我也赠过一些书,大部分就是送给这些人了。我觉得这样赠书，才能书得其所，才能使书发挥它的作用，得到重视和爱护。

我是穷学生出身，后又当薪给微薄的村塾教师，爱书爱了一辈子。积累的经验是：只有用自己劳动所得买来的书，才最知爱惜，对自己也最有用。公家发给的书，别处来的材料，就差一些。

鲁迅把别人送给他的书，单独放在一个书柜里。自己印了书，郑重地分赠学生和故交，这是先贤的古道。我虽然把别人送我的书，也单独放在一个书架上，却是开放的，孩子们和青年朋友们，可以随便翻阅，也可以拿走，去古道就很远了。

许寿裳和鲁迅是至交。鲁迅生前有新著作，总是送他一本的。鲁迅逝世之后，许寿裳向许广平要一本鲁迅的书，总是按价付款。这时许广平的生活，已经远不如鲁迅生前。这也是一种古道。

四川出版了我的小说选，那里的编辑同志，除赠书二十册外，又热情地代我买了五十册。我收到这些书以后，想到机关同组的同志，共事多年，应该每人送一本。书送去以后，竟争相传言：某某在发书，你快去领吧！

像那些年发材料一样热闹，使我非常败兴，就再也不愿做这种傻事了。

1984 年 10 月 22 日

谈 照 相

自从五十年代，患病以后，我就很少照相，每逢照相，我总感到紧张，头也有些摇动。这都是摄影家的大忌。他们见到我那不高兴的样儿，总是说：

"你乐一乐！"

然而我乐不上来，有时是一脸苦笑，引得摄影家更不高兴了，甚至有的说：

"你这样，我没法给你照！"

"那就不要照了。"我高兴地离开座位。不欢而散。

当然，有的摄影家，也能体谅下情。他们不摆弄我，也不强求我笑，只是拿着机子，在一边等着，看到我从容的时候，就按一下。因此，这几年还是照了几张不错的照片。其中有毕东、张朝玺、于家祯的作品。

今年，来找我照相的，忽然多起来，比要我写稿的人还多。我心里是明白的，我老了，有今年没明年的，与朋友们合个影，留个纪念，是我应尽的义务。所以，凡是来照的，不管认识与否，年长年幼，我总是不惜色相，使人家满意而去。

但还是乐不上来。虽然乐不上来，也常常想：为人要识抬举，要通情达理。快死了，弄到这样，算是不错了。那些年，避之惟恐不及，还有人来给你照相，和你合影？

当然也不是一张没照过。有一次批斗大会，被斗者站立一排，都低头弯腰，我因为有病，被允许低头坐在地上。不知谁出的主意，把摄影记者叫了来，要给我们摄影留念。立着的还好办，到我面前，我想要坏。还好，摄影记者把机子放在地上，镜头朝上，一次完成任务。第二天见报，当然是造反小报，我的形象还很清楚。

一九五二年吧，中国作家协会召开大会。临结束那一天，通知到中南海照相。我虽然不愿在人多的场合照相，但这是不能不去的。记得穿过几个过道，到了一个空场。凳子都摆好了，我照例往后面跑。忽然有人喊：

"理事坐前面！"

我是个理事，只好回到前面坐下，旁边是田间同志。这时，有几位中央首长，已经说笑着来到面前，和一些作家打招呼。我因为谁也不认识，就低头坐在那里。忽然听到鼓起掌来，毛主席穿着黄色大衣，单独出来，却不奔我们这里，一直缓步向前走。走到一定的地方，一转身，正面对我们。人们鼓掌更热烈了。

我也没看清毛主席怎样落座，距离多远。只听田间小声说：

"你怎么一动也不动？"

我那时，真是紧张到了屏息呼吸，不敢仰视的地步。

人们安静下来，能转动的大照相机也摆布好了。天不作美，忽然飘起雪花来，相虽然照了，第二天却未能见报，大概没有照好吧。

一生只有这样一次机会，也没能弄到一张值得纪念的照片。

倒霉的照片能见报，光彩的照片不能见报。在照相一事上，历史总是和我开玩笑。

照相虽是个人的写真，然也只能看做浮光掠影。后之照，我为理事，坐于前排；前之照，则为黑帮，也坐于前排。都已经是过去的事了。

我青年时期的照片，经过战乱，都找不到了，亲朋故旧，都无存者。我很想得到一张那时的照片。那时的表情，一定是高兴的，有笑容的。

　　　　　　　　　　　　　　1986年4月4日，清明前一天。

回忆沙可夫同志

沙可夫同志逝世，已经很久了。从他逝世那天，我就想写点什么，但是，心情平静不下来，也不知道该从哪里说起。

我对沙可夫同志有两点鲜明印象：第一，他的作风非常和蔼可亲，从来没有对他领导的这些文艺干部疾言厉色；第二，他很了解每个文艺干部的长处，并能从各方面鼓励他发挥这个专长。遇到有人不了解这个同志的优点所在的时候，他就尽心尽力地替这个干部进行解释。

这好像是很简单的事，但沙可夫同志是坚持不懈，并且是非常真诚、非常热心地做去的。

当时，晋察冀边区是一个战斗非常紧张，生活非常艰苦的地区。但就在这里，聚集了不少从各路而来，各自抱负不凡的文艺青年。

在这些诗人、小说家、美术家、音乐家和戏剧家的队伍前面，走着沙可夫同志。他的生活和他的作风一样，非常朴素。他也有一匹马吧，但在我的印象里，他很少乘骑，多半是驮东西。更没有见过，当大家都艰于举步的时刻，他打马飞驰而过的场面。饭菜和大家一样。只记得有一个时期，因为他有胃病，管理员同志缝制了一个小白布口袋，装上些稻米，塞到我们的小米锅里，煮熟了倒出来送给他吃。我所以记得这点，只是因为觉得这种"小灶"太简单，它反映了我们当时的生活，实在困难。

这些琐事，是他到边区文联工作以后，我记得的。文联刚刚成立的时候，他住在华北联大，我那时从晋察冀通讯社调到文联工作，最初和他见面的机会很少。事隔几年之后，有一次在冀中，据一位美术理论家提供材料，说沙可夫同志当时关心我，就像关心一个"贵宾"一样。我想这是不合事实的，因为我从来也没有当"贵宾"的感觉。但我相信，沙可夫同志是关心我的，因为在和他认识以后，给人的这种印象是很深刻的。

当然，沙可夫同志也很关心这位美术理论家。他在那时负责的工作相当重要。

我很明白：领导文艺队伍和从事文艺创作是两回事。从事创作不妨有点洁癖，逐字逐句，进行推敲，但领导文艺工作，就得像大将用兵一样。因此，任用各种各样的人，我从来也不把它看做是沙可夫同志的缺点，这正是他的优点。在当时，人才很缺，有一技之长，就是财宝。而有些青年，在过去或是现在，确实是发挥了很大作用的。

我只是说，当时沙可夫同志领导的这个队伍，真是像俗话所说，"宁带千军万马，不带十样杂耍"，是很复杂的，很难带好的，并且是常常发生"原则的分歧"的。什么理论问题，都曾经有过一番争论。在争论的时候，大都是盛气凌人，自命高深的。我记得，有一次是关于民族形式之争。在文联工作的一些同志，倾向于"新酒新瓶"，在另外一处地方，则倾向于"旧瓶新酒"。我是倾向于"新酒新瓶"的，在《晋察冀日报》上，写了一篇短文，其中有一句大意是："有过去的遗产，还有将来的遗产。"这竟引起了当时两位戏剧家的气愤，在开会以前，主张先不要进行讨论，以为"有很多人连文艺名词还没弄清"，坚持"应该先编印一本文艺词典"。事隔二十年，不知道这两位同志编纂出这部词典没有？我当时的意思只是说，艺术形式是逐渐发展的，遗产也是积累起来的。

周围站立着这样多的怒目金刚，沙可夫同志总是像慈悲的菩萨一样坐在那里，很少发言，甚至在面部表情上，也很难看出他究竟左袒哪一方。他叫大家尽量把意见说出来。他明白：现在这些青年，都只是在学习的路上工作，也可以说是在工作的路上学习。谁的意见也不会成为定论，谁的文章也不会成为经典的。但在他做结论的时候，却会使人感到：这次会确实开得有收获，使持各种意见的同志都心平气和下来，走到团结的道路上去，正确执行着党在当时规定的政策。

沙可夫同志在发言的时候，既无锋利惊人之辞，也无叱咤凌厉之态，他只是平平淡淡地讲着，忠实地简直是没有什么发挥地反复说明党的政策。他在文艺问题上，有一套正确的、系统的见解，从不看风使舵。总结工作中的成绩和缺点的时候，实事求是。每次开会，我都有这样一个感觉：他传达着党的文艺方针和政策，就像他从事翻译那样忠实。

是的，沙可夫同志是把他从事翻译的初心，运用到工作里来的。他对文艺干部的领导，是主张多让他们学习。在边区，他组织多次大型的、古典话剧的演出。凡是真正有价值的文学作品，不分古今中外，不管是什么流派，他都帮助大家学习。有些同志，一时爱上了什么，他也不以为怪，他知道这是会慢慢地充实改变的。实际也是这样。例如故去的邵子南同志，当时是以固执欧化著称的，但后来他以同样固执的劲头，又爱上了中国的"三言"。此外，当时对《草叶集》爱不释手的人，后来也许会主张"格律"；喜欢马雅可夫斯基跳动短句的人，也许后来又喜欢了字

20 世纪 70 年代末　天津

书房一角

句的修长和整齐。

在当时那种一切都是从困难中产生的环境里,他珍爱同志们的哪怕是小小的成果。凡有创作,很少在他那里得不到鼓励,更谈不到什么"通不过"了。当然,那时文艺和战争、生产密切结合,好像也很少出现什么有害的作品。当时文联出版一种油印的刊物,叫做《山》,版本的大小和厚薄,就像最早期的《译文》一样,用洋粉连纸印刷。编辑部设在牛栏村东头,一间长不到一丈,宽不到四尺,堆满农具,只有个一尺见方的小窗子的房子里。编辑和校对就是我一个人。沙可夫同志领导这个刊物,真是"放手",我把稿子送给他看,很少有不同的意见。他不但为这刊物写发刊辞,翻译了重要的理论文章,为了鼓励我们创作,他还写了新诗。

我已经忘记这刊物出了多少期,但它确实曾经刊登了一些切实的理论和作品,著名作家梁斌同志的纸贵洛阳的《红旗谱》的前身,就曾经连续在这个刊物上发表。那时冀中平原的战斗,尤其频繁艰苦,同志们得不到休息的机会和学习的机会,有时到山里来开会,沙可夫同志总是很好地招待,给他们学习的时间和写作的时间。他们有些作品,也发表在这个刊物上。

我和沙可夫同志虽然相处有一二年的时间,但接触和谈话并不很多。我只是一个普通的干部,有些会议并不一定要我去参加。加以我的习性孤独,也很少主动到他那里闲谈。最初,我只知道他在"七七"事变以前,翻译过很多文学作品,在当时起了很大的革命和文学的推动作用,至于他学过戏剧,是到山里以后,才知道一些。关于他曾经学过音乐,并从事革命工作那么长久,是他死后从讣文上我才知道。这当然是由于我的孤陋寡闻,但也证明沙可夫同志,不只在仪表上,非常温文儒雅,在内心里也是非常谦虚谨慎。

他好像从来也没有对人夸耀：他做过什么，或是学过什么，或是什么比你们知道得多……

是一九四二年吧，文联的机关取消，分配我到《晋察冀日报》社去工作，当时，我好像不愿去当编辑，愿意下乡。我记得在街上遇到沙可夫同志，我把这个意见提了，那一次他很严肃地只说了三个字："工作嘛！"我没有再说，就背上背包走了。这时我已入了党。

从此以后，好像就很少见到他。一九四四年，我们先后到了延安，有一天，他来到鲁艺负责同志的窑洞里，把我叫去，把我在敌后的工作情况，向那位负责同志谈了。送我出来，还问我：是不是把家眷接到延安来？这或者是因为他看到在那里工作的同志，差不多都有配偶，觉得我生活得有些寂寞吧。

全国胜利以后，在一次文艺大会上，休息时我到他的座位那里，谈了几句。他问我近几年写了什么东西，又劝我注意身体，这或者是因为他看出我的身体已经不大好了吧。

一九五九年夏天，我养病到北戴河，一天黄昏，我在海边散步，看见他站在一块岩石上钓鱼，我跑了过去。他一边钓着鱼，一边问了问我的病的情形。当时我看他精神很好，身体外表也很好。在他脚下有处水槽，里面浮动着两只海蟹。但他说的话很少，我就告辞走了。这或者是因为他正在集中精神钓鱼，也或者是因为他自己知道自己的病情，不愿意多说话耗费精神吧。

从此，就再没见过面。

关于沙可夫同志，在他生前，既然接近比较少，多少年来我也没有从别人那里打听过他的生平。关于他的工作，事实和成效俱在，也无庸我在这里称道。关于他的著述，以后自然有地方要编辑出版。我对于他的记述，真是大者不知，小者不详。整理几点印象，就只能写成这样一篇短文。

1962 年 3 月 11 日于北京

1978 年 3 月改

远的怀念

一九三八年春天，我在本县参加抗日工作，认识了人民自卫军政治部的宣传科长林扬。他是"七七"事变后，刚刚从北平监狱里出来，就参加了抗日武装部队的。他很弱，面色很不好，对人很和蔼。他介绍我去找路一，说路正在组织一个编辑室，需要我这样的人。路住在侯町村，初见面，给我的印象太严肃了：他坐在一张太师椅上，冬天的军装外面，套了一件那时乡下人很少见到的风雨衣，腰系皮带，斜佩一把大盒子枪，加上他那黑而峻厉的面孔，颇使我望而生畏。我清楚地记得，第一次和诗人远千里见面，是在他那里，由他介绍的。

远高个子，白净文雅，书生模样，这种人我是很容易接近的，当然印象很好。

第二年，我转移到山地工作。一九四一年秋季，我又跟随路从山地回到冀中。路是很热情爽快的人，我们已经很熟很要好了。

在我县郝村，又见到了远，他那时在梁斌领导的剧社工作，是文学组长，负责几种油印小刊物的编辑工作。我到冀中后，帮助编辑《冀中一日》，当地做文艺工作的同志，很多人住在郝村，在一个食堂吃饭。

这样，和远见面的机会就很多。他每天总是笑容满面的，正在和本剧团一位高个的女同志恋爱。每次我给剧团团员讲课的时候，他也总是坐在地下，使我深受感动并且很不安。

就在这个秋天，冀中军区有一次反"扫荡"。我跟随剧团到南边几个县打游击，后又回到本县。滹沱河发了水，决定暂时疏散，我留本村。远要到赵庄，我给他介绍了一个亲戚做堡垒户，他把当时穿不着的一条绿色毛线裤留给了我。

一九四五年，日本投降后，我从延安回到冀中，在河间又见到了远。他那时挂着双拐，下肢已经麻痹了。精神还是那样好，谈笑风生。我们常到大堤上去散步，知道他这些年的生活变化，如不坚强，是会把他完全压倒的。"五一大扫荡"以后，他在地洞里坚持报纸工作，每天清晨，从地洞里出来，透透风。洞的出口在野外，他站在园田的井台上，贪馋地呼吸着寒冷新鲜的空气。看着阳光照耀的、尖顶上挂着露珠的麦苗，多么留恋大地之上啊！

我只有在地洞过一夜的亲身体验，已经觉得窒息不堪，如同活埋在坟墓里。而他是要每天钻进去工作，在萤火一般的灯光下，刻写抗日宣传品，写街头诗，一年，两年。后来，他转移到白洋淀水乡，长期在船上生活战斗，受潮湿，得了全身性的骨质增生病。最初是整个身子坏了，起不来，他很顽强，和疾病斗争，和敌人斗争，现在居然可以同我散步，虽然借助双拐，他也很高兴了。

他还告诉我：他原来的爱人，在"五一大扫荡"后，秋夜趟水转移，掉在旷野一眼水井里牺牲了。

我想起远留给我的那条毛线裤，是件女衣，可能是牺牲了的女同志穿的，我过路以前扔在家里。第二年春荒，家里人拿到集上去卖，被一群汉奸女人包围，几乎是讹诈了去。

她的牺牲，使我受了启发，后来写进长篇小说的后部，作为一个人物的归结。

进城以后，远又有了新的爱人。腿也完全好了，又工作又写诗。有一个时期，他是我的上级，我私心庆幸有他这样一个领导。

一九五二年，我到安国县下乡，路经保定，他住在旧培德中学的一座小楼上，热情地组织了一个报告会，叫我去讲讲。

我爱人病重，住在省医院的时候，他曾专去看望了她，惠及我的家属，使她临终之前，记下我们之间的友谊。

听到远的死耗，我正在干校的菜窖里整理白菜。这个消息，在我已经麻木的脑子里，沉重地轰击了一声。夜晚回到住处，不能入睡。

后来，我的书籍发还了，所有现代的作品，全部散失，在当作文物保管的古典书籍里，却发见了远的诗集《三唱集》。这部诗集出版前，远曾委托我帮助编选，我当时并没有认真去做。远明知道我写的字很难看，却一定要我写书面，我却兴冲冲写了。现在面对书本，既惭愧有负他的嘱托，又感激他对旧谊的重视。我把书郑重包装好，写上了几句话。

远是很聪明的，办事也很干练，多年在政治部门工作，也该有一定经验。他很乐观，绝不是忧郁病患者。对人对事，有相当的忍耐力。他的记忆力之强，曾使我吃惊，他能够背诵"五四"时代和三十年代的诗，包括李金发那样的诗。远也很爱惜自己的羽毛，但他终于被林彪、"四人帮"迫害致死。

他在童年求学时，后来在党的教育下，便为自己树立人生的理想，处世的准则，待人的道义，艺术的风格等等。循规蹈矩，孜孜不倦，取得了自己的成就。我没有见过远当面骂人，训斥人；在政治上、工作上，也看不出他有什么非分的想法，不良的作风。我不只看见他的当前，也见过他的过去。

他在青年时是一名电工，我想如果他一直爬在高高的电线杆上，也许还在愉快勤奋地操作吧。

现在，不知他魂飞何处，或在丛莽，或在云天，或徘徊冥途，或审视谛听，不会很快就随风流散，无处招唤吧。历史和事实都会证明：这是一个美好的，真诚的，善良的灵魂。他无负于国家民族，也无负于人民大众。

1976年12月7日夜记

伙伴的回忆

忆侯金镜

一九三九年,我在阜平城南庄工作。在一个初冬的早晨,我到村南胭脂河边盥洗,看见有一支队伍涉水过来。这是一支青年的、欢乐的、男男女女的队伍,是从延安来的华北联大的队伍,侯金镜就在其中。

当时,我并不认识他。我也还不认识走在这个队伍中间的许多戏剧家、歌唱家、美术家。

一九四一年,晋察冀文联成立以后,我认识了侯金镜。他是联大文艺学院文学系的研究人员。他最初给我的印象是:老成稳重,说话洪亮而短促。脸色不很好,黄而有些浮肿。和人谈话时,直直地站在那里,胸膛里的空气总好像不够用,时时在倒吸着一口凉气。

这个人可以说是很严肃的,认识多年,我不记得他说过什么玩笑话,更不用说相互之间开玩笑了。这显然和他的年龄不相当,很快又结了婚,他就更显得老成了。

他绝不是未老先衰,他的精力很是充沛,工作也很热心。在一些会议上发言,认真而有系统。他是研究文艺理论的,但没有当时一些青年理论家常有的那种飞扬专断的作风,也不好突出显示自己。这些特点,给我留下了好的印象,觉得他是可以亲近的。但接近的机会究竟并不太多,所以终于也不能说是我在晋察冀时期的最熟识的朋友。

然而，友情之难忘，除去童年结交，就莫过于青年时代了。晋察冀幅员并不太广，我经常活动的，也就是几个县，如果没有战事，经常往返的，也就是那几个村庄，那几条山沟。各界人士，我认识得少；因为当时住得靠近，文艺界的人，却几乎没有一个陌生。阜平号称穷山恶水，在这片炮火连天的土地上，汇集和奔流着来自各方的，兄弟般的感情。

以后，因为我病了，有好些年，没有和金镜见过面。一九六〇年夏天，我去北京，他已经在《文艺报》和作家协会工作，他很热情，陪我在八大处休养所住了几天，又到颐和园的休养所住了几天。还记得他和别的同志曾经陪我到香山去玩过。这当然是大家都知道我有病，又轻易不出门，因此牺牲一点时间，同我到各处走走看看的。

这样，谈话的机会就多了些，但因为我不善谈而又好静，所以金镜虽有时热情地坐在我的房间，看到我总提不起精神来，也就无可奈何地走开了。只记得有一天黄昏，在山顶，闲谈中，知道他原是天津的中学生，也是因为爱好文艺，参加革命的。他在文学事业上的初步尝试，比我还要早。另外，他好像很受"五四"初期启蒙运动的影响，把文化看得很重。他认为现在有些事，所以做得不够理想，是因为人民还缺乏文化的缘故。当时我对他这些论点，半信半疑，并且觉得是书生之见，近于迂阔。他还对我谈了中央几个文艺刊物的主编副主编，在几年之中，有几人犯了错误。因为他是《文艺报》的副主编，担心犯错误吧，也只是随便谈谈，两个人都一笑完事。我想，金镜为人既如此慎重老练，又在部队做过政治工作，恐怕不会出什么娄子吧。

在那一段时间，他的书包里总装着一本我写的《白洋淀纪事》。他几次对我说："我要再看看。"那意思是，他要写一篇关于这本书的评论，或是把意见和我当面谈谈。他每次这样说，我也总是点头笑笑。他终于也没有写，也没有谈。这是我早就猜想到的。对于朋友的作品，是不好写也不好谈的。过誉则有违公论，责备又恐伤私情。

他确实很关心我，很细致。在颐和园时，我偶然提起北京什么东西好吃，他如果遇到，就买回来送给我。有时天晚了，我送客人，他总陪我把客人送到公园的大门以外。在夜晚，公园不只道路曲折，也很空旷，他有些不放心吧。

此后十几年，就没有和金镜见过面。

最后听说：金镜的干校在湖北。在炎热的夏天，他划着小船在湖里放鸭子，他血压很高，一天晚上，劳动归来，脑溢血死去了。他一直背着"反党"的罪名，因为他曾经指着在"文化大革命"期间报刊上经常出现的林彪形象，说了一句："像个小丑！"金镜死后不久，林彪的问题就暴露了。

我没有到过湖北，没有见过那里的湖光山色，只读过范仲淹描写洞庭湖的文章。我不知道金镜在的地方，是否和洞庭湖一水相通。我现在想到：范仲淹所描写的，合乎那里天人的实际吗？他所倡导的先忧后乐的思想，能对在湖滨放牧家禽的人，起到安慰鼓舞的作用吗？金镜曾信服地接受过他那不以物喜，不以己悲的劝诫吗？

在历史上，不断有明哲的语言出现，成为一些人立身的准则，行动的指针。但又不断有严酷的现实，恰恰与此相反，使这些语言，黯然失色，甚至使提倡者本身头破血流。然而人民仍在觉醒，历史仍在前进，炎炎的大言，仍在不断发光，指引先驱者的征途。

我断定，金镜童年，就在纯洁的心灵中点燃的追求真理的火炬，即使不断遇到横加的风雨，也不会微弱，更不会熄灭的。

忆郭小川

一九四八年冬季，我在深县下乡工作。环境熟悉了，同志们也互相了解了，正在起劲，有一天，冀中区党委打来电话，要我回河间，准备进天津。我不想走，但还是骑上车子去了。

我们在胜芳集中，编在《冀中导报》的队伍里。从冀热辽的《群众日报》社也来了一批人，这两家报纸合起来，筹备进城后的报纸出刊。小川属于《群众日报》，但在胜芳，我好像没有见到他。早在延安，我就知道他的名字，因为我交游很少，也没得认识。

进城后，在伪《民国日报》的旧址，出版了《天津日报》。小川是编辑部的副主任，我是副刊科的副科长。我并不是《冀中导报》的人，在冀中时，却常常在报社住宿吃饭，现在成了它的正式人员，并且得到了一个官衔。

编辑部以下有若干科，小川分工领导副刊科，是我的直接上司。小川给我的印象是：一见如故，平易坦率，热情细心，工作负责，生活整饬。这些特点，在一般文艺工作者身上是很少见的。所以我对小川很是尊重，并在很长时间里，我认为小川不是专门写诗，或者已经改行，是能做行政工作，并且非常老练的一名干部。

在一块工作的时间很短，不久他们这个班子就原封转到湖南去了。小川在《天津日报》期间，没有在副刊上发表过一首诗，我想他不是没有诗，而是谦虚谨慎，觉得在自己领导下的刊物上发表东西，不如把版面让给别人。他给报社同志们留下的印象，是很好的，很多人都不把他当诗人看待，甚至不知道他能写诗。

后来，小川调到中国作家协会工作。在此期间，我病了几年，联系不多。当我从外地养病回来，有一次到北京去，小川和贺敬之同志把我带到前门外一家菜馆，吃了一顿饭。其中有两个菜，直到现在，我还认为，是我有生以来，吃到的最适口的美味珍品。这不只是我短于交际，少见世面，也因为小川和敬之对久病的我，无微不至地关怀照顾，才留下了如此难以忘怀的印象。

我很少去北京，如果去了，总是要和小川见面的，当然和他的职位能给予我种种方便有关。

我时常想，小川是有作为的，有能力的。一个诗人，担任这样一个协会的秘书长，上上下下，里里外外都来得，我认为是很难的。小川却做得很好，很有人望。

我平素疏忽，小川的年龄，是从他逝世后的消息上，才弄清楚的。他参加革命工作的时候，还不到二十岁。他却能跋山涉水，入死出生，艰苦卓绝，身心并用，为党为人民做了这样多的事，实事求是评定起来，是非常有益的工作。他的青春，可以说是没有虚掷，没有浪过。

他的诗，写得平易通俗，深入浅出，毫不勉强，力求自然，也是一代诗风所罕见的。

很多年没有见到小川，大家都自顾不暇。后来，我听说小川发表了文章，不久又听说受了"四人帮"的批评。我当时还怪他，为什么在这个时候，急于发表文章。

前年，有人说在辉县见到了他，情形还不错，我很高兴。我觉得经过这么几年，他能够到外地去做调查，身体和精神一定是很不错的了。能够这样，真是幸事。

去年，粉碎了"四人帮"，大家正在高兴，忽然传来小川不幸的消息。说他在安阳招待所听到好消息，过于兴奋，喝了酒，又抽烟，当夜就出了事。起初，我完全不相信，以为是传闻之误，不久就接到了他的家属的电报，要我去参加为他举行的追悼会。

我没有能够去参加追悼会。自从一个清晨，听到陈毅同志逝世的广播，怎么也控制不住热泪以后，一听到广播哀乐，就悲不自胜。小川是可以原谅我这体质和神经方面的脆弱性的。但我想如果我不写一点什么纪念他，就很对不起我们的友情。我已经有十几年没有写作的想法了，现在拿起笔来，是写这样的文字。

我对小川了解不深，对他的工作劳绩，知道得很少，对他的作品，也还没有认真去研究，深怕伤害了他的形象。

一九五一年吧，小川曾同李冰、俞林同志，从北京来看我，在我住的院里，拍了几张照片。这一段胶卷，长期放在一个盒子里。前些年，那么乱，却没人过问，也没有丢失。去年，我托人洗了出来，除了我因为不健康照得不好以外，他们三个人照得都很好，尤其是小川那股英爽秀发之气，现在还跃然纸上。

啊，小川，
你的诗从不会言不由衷，
而是发自你肺腑的心声。
你的肺腑，
像高挂在树上的公社的钟，
它每次响动，
都为的是把社员从梦中唤醒，
催促他们拿起铁铲锄头，

去到田地里上工。
你的诗篇,长的或短的,
像大大小小的星斗,
展布在永恒的夜空,
人们看上去,它们都有一定的光亮,
 一定的方位,
就是儿童,
也能指点呼唤它们的可爱的名称。
它们绝不是那转瞬即逝的流星
 ——乡下人叫作贼星,
拖着白色的尾巴,从天空划过,
人们从不知道它的来路,
也不关心它的去踪。
你从不会口出狂言,欺世盗名,
你的诗都用自己的铁锤,
在自己的铁砧上锤炼而成。
雨水从天上落下,
种子用两手深埋在土壤中。
你的诗是高粱玉米。
它比那伪造的琥珀珊瑚贵重。
你的诗是风,
不是转蓬。
泉水呜咽,小河潺潺,大江汹涌!

1977 年 1 月 3 日改讫

悼画家马达

听到马达终于死去了,脑子又像被击中一棒,半夜醒来,再也不能入睡了。青年时代结交的战斗伙伴,相继凋谢,实在使人感怆不已。

只是在今年初,随着党中央不断催促落实政策,流落在西郊一个生产大队的马达,被记忆了起来。报社也三番两次去找他采访,叫他写些受"四人帮"迫害的材料。报社同志回来对我说:

马达住在那个生产大队临大道的尘土飞扬、人声嘈杂、用破席支架起来的防震棚里,另有一间住房,也很残破。客人们去了,他只有一个小板凳,客人照顾他年老有病,让他坐着,客人们随手拾块破砖坐下来。

马达用两只手抱着头,半天不说话。最后,他说:

"我不能说话,我不能激动,让我写写吧。"

在临分别的时候,他问起了我:

"他还在原来的地方住吗?我就是和他谈得来,到市里要去看他。"

我在延安住的时间很短,也就是一年半的时间。原来是调去学习的,很快日本投降了,就又随着工作队出来。在延安,我在鲁艺做一点工作,马达在美术系。虽说住在一个大院落里,我不记得到过他的窑洞,他也没有到过我的窑洞。听说他的窑洞修整得很别致,他利用土方,削成了沙发、茶几、盆架、炉灶等等。我们同在一个小食堂里吃饭，每天要见三次面，有什么话也可以说清楚的。马达沉默寡言，认识这么些年，他没有什么名言谠论、有风趣的话或生动的表情，留在我的印象里。

从延安出发，到张家口的路上，我和马达是一个队。我因为是从敌后来的，被派作了先遣，每天头前赶路。我有一双从晋察冀穿到延安去的山鞋，现在又把它穿上，另外，还拿上我从敌后山上砍伐来的一根六道木棍。

这次行军，非常轻松，除去过同蒲路，并没有什么敌情。后来，我又兼给女同志们赶毛驴，每天跟在一队小毛驴的后面，迎着西北高原的瑟瑟秋风，听着骑在毛驴背上的女歌手们的抒情，可以想见我的心情之舒畅了。

我在延安是单身，自己生产也不行，没有任何积蓄。有些在延安住久的同志，有爱人和小孩，他们还自备了一些旅行菜。我在延安遇到一次洪水暴发，把所有的衣被，都冲到了延河里去，自己如果不是攀住拴马的桩子，也险些冲进去。组织上照顾我，发给我一套单衣。第二天早晨，水撤了，在一辆大车的车脚下，发现了我的衣包，拿到延河边一冲洗，这样我就有了两套单衣。行军途中，我走一程，就卖去一件单衣，补充一些果子和食物。这种情况当然也是一时的权宜之计，不很正规的。

中午到了站头，我们总是蹲在街上吃饭。马达也是单身，但我不记得和他蹲在一起、共进午餐的情景。只有要在一个地方停留几天，要休整了，我才有机会和他见面，留有印象的，也只有一次。

在晋、陕交界，是个上午，我从住宿的地方出来，要经过一个磨棚，我看到马达正站在那里，聚精会神地画速写。有两位青年妇女在推磨，我没有注意她们推磨的姿态，我只是站在马达背后，看他画画。马达用一支软铅笔在图画纸上轻轻地、敏捷地描绘着,只有几笔,就出现了一个柔婉生动,非常美丽的青年妇女形象。这是素描,就像在雨雾里见到的花朵,在晴空里望到的勾月一般。我确实惊叹画家的手艺了。

我很爱好美术,但手很笨,在学校时,美术一课,总是勉强交卷。从这一次,使我对美术家,特别是画家,产生了肃然起敬的感情。

马达最初,是在上海搞木刻的。那一时代的木刻,是革命艺术的一支突出的别动队。我爱好革命文学,也连带爱好了木刻,青年时曾买了不少这方面的作品。我一直认为在《鲁迅全集》里,鲁迅同一群青年木刻家的照相中,排在后面,胸前垂着西服领带,面型朴实厚重的,就是马达。但没有当面问过他。马达那时已是一个革命者,而那时的革命,并不是在保险柜里造反,是很危险的生涯。关于他那一段历史,我也没有和他谈起过。

行军到了张家口,我和一群画家,住在一个大院里。我因为一路赶驴太累了,有时间就躺下来休息。忽然有人在什么地方发见了一堆日本人留下的烂纸,画家们蜂拥而出,去捡可以用来画画的纸片。在延安,纸和颜料的困难,给画家带来了很大的不便。我写文章,也是用一种黄色的草纸。他们只好拿起木刻刀对着梨木板干,木刻艺术就应运而生地得到了长足的发展。他们见到了纸张,这般兴奋,正是表现了他们为了革命工作的热情。

在张家口住了几天,我就和在延安结交的文艺界的朋友们分道扬镳,回到冀中去了。

进天津之初,我常在多伦道一家小饭铺吃饭,在那里有时遇到马达。后来我的家口来了，他还到我住的地方来访一次，从那时起，我觉得马达，在交际方面，至少比我通达一些。又过了那么一段时间，领导上关心，在马场道一带找了一处房，以为我和马达性格相近，职业相当，要我们搬去住在一起。这一次，因为我犹豫不决，没有去成。不久，在昆明路，又给我们找了一处，叫我住楼上，马达住楼下。这一次，他先搬了进去。我的老伴把厨房厕所都打扫干净了，顺路去看望一个朋友，听到一些不利的话，回来又不想搬了。为了此事，马达曾找我动员两次，结果我还是没搬，他就和别人住在一起了。

我是从农村长大的，安土重迁。主要是我的惰性大，如果不是迫于形势，我会为自己画地为牢，在那里站着死去的。马达是在上海混过的，他对搬家好像很有兴趣。

从这一次，我真切地看到，马达是诚心实意愿意和我结为邻居的。古人说，百金买房，千金买邻，足见择邻睦邻的重要性。但是，马达对我恐怕还是不太了解，住在一起，他或者也会大感失望的。我在一切方面，主张调剂搭配。比如，一个好动的，最好配上一个好静的，住房如此，交朋友也是如此。如果两个人都好静，都孤独，那不是太寂寞了吗？当然这也只是我个人的看法。

他搬进新居，我没有到他那里去过。据老伴说，他那屋里尽是一些奇奇怪怪的东西，他也穿着奇怪的衣服，像老和尚一样。他那年轻的爱人，对我老伴称赞了他的画法。这可能是我老伴从农村来，少见多怪。她大概是走进了他的工作室，那种奇异的服装，我想是他的工作服吧。

在刚刚进城那些年，劝业场楼上还有很多古董铺，我常常遇见马达坐在里面。后来听说他在那里买了不少乌漆八黑的，确实说，是人弃我取，一般人不愿意要的东西。他花大价钱买了来。屋里摆满了这种什物，加上一个年老沉默的人，在其中工作，的确会给人一种不太爽朗的感觉。

在艺术风格上，进城以后，他爱上了砖刻。我外行地想，至少在工作材料上，比起木刻更原始一层。他刻出的一些人物形象，信而好古，好像并不为当代的广大群众所喜闻乐见。

他很少出来活动。从红尘十丈的长街上，退避到笼子一样的房间里，这中间，可能有他力不从心的难言之隐吧。对现实生活越来越陌生，越陌生就越不习惯。以为生活像田园诗似的，人都像维娜斯似的，笑都像蒙娜丽莎似的，一接触实际，就要碰壁。他结婚以后，青春作伴，可能改变了生活的气氛。

古往今来，一些伟大的画师，以怪僻的习性，伴随超人的成绩。但是，所谓独善其身或是洁身自好，只能说是一句空话，是与现实生活矛盾的，也是不可能的。你脱离现实，现实会去接近你。

一九六六年冬季，有一群人，闯进了他的住宅，翻箱倒柜。马达俯在他出生不久的儿子身上，安静地对进来的人说：

"你们，什么东西也可以拿去，不要吓着我的小孩！"

他在六十多岁时，才有了这个孩子。

接着就是全家被迫迁往郊区。"四人帮"善于巧立名目，借刀杀人，加给他的罪名是：资产阶级反动权威。

这十几年，当然我们没有见过面。就是最近，他也没得到我这里来过，市里的房子迟迟解决不了，他来办点事，还要赶回郊区。我因为身体不好，也没有能到医院看望他。这都算不得什么，谈不上什么遗憾的。

我一直相信，马达在郊区，即使生活多么困难和不顺利，他是可以过得去的。因为，他曾经长时期度过更艰难困苦的生活。听说他在农村教了几个徒弟，这些徒弟帮他做一些他力所不及的劳动。当然，他遭遇的是精神上的折磨和人格的被侮辱。我也断定，他可以活下来，因为他是能够置心澹定，自贵其生的。他确实活过来了，在农村画了不少画，并见到了"四人帮"及其体系的可耻破灭。

1978 年 4 月 22 日

谈赵树理

山西自古以来，就是多才多艺之乡。在八年抗日战争期间，作为敌后的著名抗日根据地，在炮火烽烟中，绽放了一枝奇异的花，就是赵树理的小说创作。

赵树理的小说，以其故事的通俗性，人物性格的鲜明，特别是语言的地方色彩，引起了各个抗日根据地军民的注意。他的几种作品，不胫而走，油印、石印、铅印，很快传播。

抗日战争刚刚结束，我在冀中区读到了他的小说：《小二黑结婚》《李有才板话》和《李家庄的变迁》。

我当即感到，他的小说，突破了前此一直很难解决的，文学大众化的难关。

在他以前，所有文学作者，无不注意通俗传远的问题。"五四"白话文学的革命，是破天荒地向大众化的一次进军。几经转战，进展好像并不太大，文学作品虽然白话了，仍然局限在少数读者的范围里。理论上的不断探讨，好像并不能完全解决大众化的实践问题。

文学作品能不能通俗传远，作家的主观愿望固然是一种动力，但是其他方面的条件，也很重要。多方面的条件具备了，才能实现大众化，主要是现实生活和现实斗争的需要，政治的需要。在这两项条件之外，作家的思想锻炼、生活经历、艺术修养和写作才能，都是缺一不可的必要条件。

我曾默默地循视了一下赵树理的学习、生活和创作的道路。因为和他并不那么熟悉，有些只是以一个同时代人的猜测去进行的。

据王中青的一篇回忆记载：一九二六年赵树理"在长治县山西省立第四师范学校念书。他平易近人，说话幽默，是一个很有风趣的人。他勤奋好学，博览群书，向当时上海左翼作家的作品学习，向民间传统艺术学习。他那时就可谓是一位博学多识，多才多艺的青年文艺作者"。

这段回忆出自赵树理的幼年同学，后来的战友，当然是非常可信的。其中提到的许多史实，都对赵树理以后的创作，有直接的关系。但是，即使赵树理当时已具备这些特点，如果没有遇到抗日战争，没有能与这一伟大历史环境相结合，那么他的前途，他的创作，还是很难预料的。

在学校，他还是一个文艺爱好者，毕业以后，按照当时一般的规律，他可以沉没乡塾，也可以老死户牖。即使他才情卓异，能在文学上有所攀登，可以断言，在创作上的收获，也不会达到我们现在所能看到的高度。

创作上的真正通俗化，真正为劳苦大众所喜见乐闻，并不取决于文学形式上。如果只是那样，这一问题，早已解决了。也不单单取决于文学的题材。如果只是写什么的问题，那也很早就解决了。它也不取决于对文学艺术的见解，所学习的资料。在当时有见识，有修养的人才多得很，但并没有出现赵树理型的小说。

这一作家的陡然兴起，是应大时代的需要产生的，是应运而生，时势造英雄。

当赵树理带着一支破笔，几张破纸，走进抗日的雄伟行列时，他并不是一名作家。他同那些刚放下锄头，参加抗日的广大农民一样，并没有觉得自己有任何特异的地方。他觉得自己能为民族解放献出的，除去应该做的工作，就还有这一支笔。

他是大江巨河中的一支细流，大江推动了细流，汹涌前去。

他的思想，他的所恨所爱，他的希望，只能存在于这一巨流之中，没有任何分散或格格不入之处。

他同身边的战士，周围的群众，休戚与共，亲密无间。

他要写的人物，就在他的眼前；他要讲的故事，就在本街本巷。他要宣传、鼓动，就必须用战士和群众的语言，用他们熟悉的形式，用他们的感情和思想。而这些东西，就在赵树理的头脑里，就在他的笔下。

如果不是这样，作家是不会如此得心应手，唱出了时代要求的歌。

正当一位文艺青年需要用武之地的时候，他遇到了最广大的场所，最丰富的营养，最有利的条件。

是的，每个时代都有它自己的歌手。但是，歌手的时代，有时要成为过去。这一条规律，在中国文学史上，特别显著。

随着抗日战争的胜利，土地改革的胜利，解放战争的胜利，随着全国解放的胜利锣鼓，赵树理离开乡村，进了城市。

全国胜利，是天大的喜事。但对于一个作家来说，问题就不这样简单了。

从山西来到北京，对赵树理来说，就是离开了原来培养他的土壤，被移置到了另一处地方，另一种气候、环境和土壤里。对于花木，柳宗元说："其土欲故。"

他的读者群也变了，不再完全是他的战斗伙伴。

这里对他表示了极大的推崇和尊敬，他被展览在这新解放的，急剧变化的，人物复杂的大城市里。

不管赵树理如何恬淡超脱,在这个经常遇到毁誉交于前,荣辱战于心的新的环境里,他有些不适应。就如同从山地和旷野移到城市来的一些花树,它们当年开放的花朵,颜色就有些暗淡了下来。

政治斗争的形势,也有变化。上层建筑领域,进入了多事之秋,不少人跌落下来。作家是脆弱的,也是敏感的。他兢兢业业,惟恐有什么过失,引来大的灾难。

渐渐也有人对赵树理的作品提出异议。这些批评者,不用现实生活去要求、检验作品,只是用几条杆棒去要求、检验作品。他们主观唯心地反对作家写生活中所有,写他们所知,而责令他们写生活中所无或他们所不知。于是故事越来越假,人物越来越空。他们批评赵树理写的多是落后人物或中间人物。吹捧者欲之升天,批评者欲之入地。对赵树理个人来说,升天入地都不可能。他所实践的现实主义传统,只要求作家创造典型的形象,并不要求写出"高大"的形象。他想起了在抗日根据地工作时,那种无忧无虑、轻松愉快的战斗心情。他经常回到山西,去探望那里的人们。

他的创作迟缓了,拘束了,严密了,慎重了。因此,就多少失去了当年的青春泼辣的力量。

很长时期,他专心致志地去弄说唱文学。赵树理从农村长大,他对于民间艺术是非常爱好,也非常精通的。他根据田间的长诗《赶车传》,改编的《石不烂赶车》鼓词,令人看出,他不只对赶车生活知识丰富,对鼓词这一形式,也运用自如。这是赵树理一篇得意的作品。

这一时期,赵树理对于民间文艺形式,热爱到了近于偏执的程度。对于"五四"以后发展起来的各种新的文学形式,他好像有比一比看的想法。这是不必要的。民间形式，只是文学众多形式的一个方面。它是因为长期封建落后，致使我国广大农民，文化不能提高，对城市知识界相对而言的。任何形式都不具有先天的优越性，也不是一成不变，而是要逐步发展，要和其他形式互相吸收、互相推动的。

流传民间的通俗文艺，也型类不一，神形各异。文艺固然应该通俗，但通俗者不一定皆得成为文艺。赵树理中后期的小说，读者一眼看出，渊源于宋人话本及后来的拟话本。作者对形式好像越来越执着，其表现特点为：故事行进缓慢，波澜激动幅度不广，且因过多罗列生活细节，有时近于卖弄生活知识。遂使整个故事铺摊琐碎，有刻而不深的感觉。中国古典小说的白描手法，原非完全如此。

进城不久，是一九五〇年的冬季吧，有一天清晨，赵树理来到了我在天津的狭小的住所。我们是初次见面，谈话的内容，现在完全忘记了，但他留给我的印象是很清楚的。他恂恂如农村老夫子，我认为他是一个典型的农民作家。

因为是同时代，同行业，加上我素来对他很是景仰，他的死亡，使我十分伤感。他是我们这一代的优秀人物。他的作品充满了一个作家对人民的诚实的心。

林彪、"四人帮"当然不会放过他。在林彪、"四人帮"兴妖作怪的那些年月，赵树理在没有理解他们的罪恶阴谋之前，最初一定非常惶惑。在既经理解之后，一定是非常痛恨的。他们不只侮辱了他，也侮辱了他多年来为之歌颂的，我们的党、国家和人民。

天生妖孽，残害生民。在林彪、"四人帮"鼓动起来的腥风血雨之中，人民长期培养和浇灌的这一株花树，凋谢死亡。这是文学艺术的悲剧。

经济、政治、文艺，自古以来，就形成了一种非常固定，非常自然的关系。任何改动其位置，或变乱其关系的企图，对文艺的自然生成，都是一种灾难。

文艺的自然土壤，只能是人民的现实生活和斗争，植根于这种土壤，文艺才能有饱满的生机。使它离开这个土壤，插进多么华贵的瓶子里，对它也只能是伤害。

林彪、"四人帮"这些政治野心家，用实用主义对待文艺。他们一时把文艺捧得太高，过分强调文艺的作用，几乎要和政治，甚至和经济等同起来。历史已经残酷地记载：在他们这样做的时候，常常是为他们在另一个时候，过分贬低文艺，惩罚文艺，甚至屠宰文艺，包藏下祸心。

1978 年 11 月 11 日

记 邹 明

我和邹明，是一九四九年进城以后认识的。《天津日报》，由冀中和冀东两家报纸组成。邹明是冀东来的，他原来给首长当过一段秘书，到报社，分配到副刊科。我从冀中来，是副刊科的副科长。这是我参加革命十多年后，履历表上的第一个官衔。

在旧社会，很重视履历。我记得青年时，在北平市政府工务局，弄到一个书记的职位，消息传到岳父家，曾在外面混过事的岳叔说："唉！虽然也是个职位，可写在履历上，以后就很难长进了。"

我的妻子，把这句话，原原本本地向我转述了。当时她既不知道，什么叫做履历，我也不通世故宦情，根本没往心里去想。

及至晚年，才知道履历的重要。曾有传说，有人对我的级别，发生了疑问，差一点没有定为处级。此时，我的儿子，也已经该是处级了。

我虽然当了副刊科的副科长，心里也根本没有把它当成一个什么官儿。在旧社会，我见过科长，那是很威风的。科长穿的是西装，他下面有两位股长，穿的是绸子长衫。科长到各室视察，谁要是不规矩，比如我对面一位姓方的小职员，正在打瞌睡，科长就可以用皮鞋踢他的桌子。但那是旧衙门，是旧北平市政府的工务局，同时，那里也没有副科长。科长，我也只见过那一次。

既是官职，必有等级。我的上面有：科长、编辑部正副主任，正副总编、正副社长。这还只是在报社，如连上市里，则又有宣传部的处长、部长、文教书记等等。这就像过去北京厂甸卖的大串山里红，即使你也算是这串上的一个吧，也是最下面，最小最干瘪的那一个了。但我当时并未在意。

我这副科长，分管文艺周刊，手下还有一个兵，这就是邹明。他是我的第一个下级，我对他的特殊感情，就可想而知了。

但是除去工作，我很少和他闲谈。他很拘谨，我那时也很忙。我印象里，他是福建人，他父亲晚年得子，从小也很娇惯。后来爱好文学，写一些评论文字，参加了革命。这道路，和我大致是相同的。

他的文章，写得也很拘谨，不开展，出手很慢，后来也就很少写了。他写的东西，我都仔细给他修改。

进城时，他已经有爱人孩子。我记得，我的家眷初来，还是住的他住过的房子。

那是一间楼下临街的，大而无当的房子，好像是一家商店的门脸。我们搬进去时，厕所内粪便堆积，我用了很大力气掏洗，才弄干净。我的老伴见我勇于干这种脏活儿，曾大为惊异。我当时确是为一大家子人，能有个栖身之处，奋力操劳。"文化大革命"时，一些势利小人，编造无耻谰言，以为我一进报社，就享受什么特殊的待遇，是别有用心的。当时我的职位和待遇，比任何一个同类干部都低。对于这一点，我从来不会特别去感激谁，当然也不会去抱怨谁。

关于在一起工作时的一些细节，我都忘记了。可能相互之间，也有过一些不愉快。但邹明一直对我很尊重。在我病了以后，帮过我一些忙。我们家里，也不把他当做外人。当我在外养病三年，回家以后，老伴曾向我说过：她有一次到报社去找邹明，看见他拿着刨子,从木工室出来,她差一点没有哭了。又说:我女儿的朝鲜同学,送了很多鱿鱼,她不会做,都送给邹明了。

等到"文化大革命"开始,她在公共汽车上,碰到邹明,流着泪向他诉说家里的遭遇;邹明却大笑起来,她回来向我表示不解。

我向她解释说:你这是古时所谓妇人之恩,浅薄之见。你在汽车上,和他谈论这些事,他不笑,还能跟着你哭吗?我也有这个经验。一九五三年,我去安国下乡,看望了胡家干娘。她向我诉说了土改以后的生活,我当时也是大笑。后来觉得在老人面前,这样笑不好,可当时也没有别的方式来表示。我想,胡家干娘也会不高兴的。

从我病了以后,邹明的工作,他受反右的牵连,他的调离报社,我都不大清楚。"文化大革命"后期,有一次我从干校回来,在报社附近等汽车,邹明看见我,跑过来说了几句话。后来,我搬回多伦道,他还在山西路住,又遇见过几次,我约他到家来,他也总没来过。

"四人帮"倒台以后,报社筹备出文艺双月刊,人手不够。我对当时的总编辑石坚同志说,邹明在师范学院,因为口音,长期不能开课,把他调回来吧!很快他就调来了,实际是刊物的主编。

我有时办事莽撞,有一次回答丁玲的信,写了一句:我们小小的编辑部,于是外人以为我是文艺双月刊的主编。这可能使邹明很为难,每期还送稿子,征求我的意见,我又认为不必要,是负担。等到我明白过来,才在一篇文章中声明:我不是任何刊物的主编,也不是编委。这已经是几年以后了。

在我当选市作协主席后,我还推荐他去当副秘书长。后来,我不愿干了，不久，他也就被免掉了。

"文革"以后，有那么几年，每逢春季，我想到郊区农村转转，邹明他们总是要一辆车，陪我去。有人说我是去观赏桃花，那太风雅了。去了以后，我发见总是惊动区、村干部，又乱照相，也玩不好，大失本意，后来说不愿去了。最后一次，是到邹明下放过的农村去。在那里，村干部大摆宴席，喝起酒来，我不喝酒，也陪坐在炕上，很不自在。临行时，村干部装了三包大米，连司机，送我们每人一包。我严肃地对邹明说，这样不行。结果退了回去，当然弄得大家都不高兴，回来的路上，谁也没有说话。以后就再没有一同出过门。

邹明好看秘籍禁书，进城不久，他就借来了《金瓶梅》。他买的宋人评话八种，包括金主亮荒淫那一篇。他还有这方面的运气，我从街头买了一部《今古奇观》，因是旧书，没有细看就送给他了。他后来对我说，这部书你可错出手了，其中好些篇，是按古本"三言二拍"排印的，没有删节，非一般版本可比。说时非常得意。前些日子，山东一位青年，寄我一本《五角丛书》本的《中外禁书目录》，我也托人带给他了。在我大量买书那些年，有了重本，我总是送他的。

曾有一次，邹明当面怏怏地说我不帮助人。当时，我不明白他指的什么方面，就没有说话。他说的是事实，在一些大问题上，我没有能帮助他。但我也并不因此自责。我的一生，不只不能在大事件上帮助朋友，同样也不能帮助我的儿女，甚至不能自助。因为我一直没有这种能力，并不是因为我没有这种感情。

这些年，我写了东西，自己拿不准，总是请他给看一看。

"老邹，你看行吗？有什么问题吗？"我对他的看文字的能力，是完全信赖的。

他总是说好,没有提过反对的意见。其实,我知道,他对文、对事、对人,意见并不和我完全相同。他所以不提反对意见,是在他的印象里,我可能是个听不进批评的人。这怨自己道德修养不够,不能怪他。有一次,有一篇比较麻烦的作品,我请他看过,又像上面那样问他,他只是沉了沉脸说:"好,这是总结性的!"

我终于不明白,他是赞成,还是反对,最后还是把那篇文章发表了。

另有一次,我几次托他打电话,给北京的一个朋友,要回一篇稿子。我说得很坚决,但就是要不回来,终于使我和那位朋友之间,发生了不愉快。我后来想,他在打电话时,可能变通了我的语气。因为他和那位同志,也是要好的朋友。

邹明喜欢洋玩艺,他劝我买过一支派克水笔,在"文革"时,我专门为此挨了一次批斗。我老伴病了,他又给买了一部袖珍收音机,使病人卧床收听。他有机会就兴致勃勃地给我介绍新兴的商品,后来,弄得我总是笑而不答。

邹明除去上班,还要回家做饭,每逢临近做饭时间,他就告辞,我也总是说一句:"又该回去做饭了?"

他就不再言语,红着脸走了,很不好意思似的。以后,我就不再说这句话了。

有一家出版社委托他编一本我谈编辑工作的书。在书后,他愿附上他早年写的经过我修改的一篇文章。我劝他留着,以后编到他自己的书里。我总是劝他多写一些文章,他就是不愿动笔,偶尔写一点,文风改进也不大。

他的资历、影响,他对作家的感情和尊重,他在编辑工作上的认真正直，在文艺界得到了承认。大批中青年作家，都是他的朋友。丁玲、舒群、康濯、魏巍对他都很尊重，评上了高级职称，还得到了全国老编辑荣誉奖，奖品是一个花岗岩大花瓶，足有五公斤重。评委诸公不知如何设计的，既可作为装饰，又可运动手臂，还能显示老年人的沉稳持重。难为市作协的李中，从北京运回三个来，我和万力，各得其一。

邹明病了以后，正值他主编的刊物创刊十周年。他要我写一点意见，我写了。他愿意寄到《人民日报》先登一下，我也同意了。我愿意他病中高兴一下。

自从他病了以后，我长时间心情抑郁，若有所失。回顾四十年交往，虽说不上深交，也算是互相了解的了。他是我最接近的朋友，最亲近的同事。我们之间，初交以淡，后来也没有大起大落的波折变异。他不顺利时，我不在家。"文革"期间，他已不在报社，没有机会面对面地相互进行批判。也没有发见他在别的地方，用别的方式对我进行侮辱攻击。这就是很不容易，值得纪念的了。

我老了，记忆力差，对人对事，也不愿再多用感情。以上所记，杂乱无章，与其说是记朋友，不如说是记我本人。是哀邹明，也是哀我自己。我们的一生，这样短暂，却充满了风雨、冰雾、雷电，经历了哀伤、凄楚、挣扎，看到了那么多的卑鄙、无耻和丑恶，这是一场无可奈何的人生大梦，它的觉醒，常常在瞑目临终之时。

我和邹明，都不是强者，而是弱者；不是成功者，而是失败者。我们从哪一方面，都谈不上功成名遂，心满意足。但也不必自叹弗如，怨天尤人。有很多事情，是本身条件和错误所造成。我常对邹明说：我们还是相信命运吧！这样可以减少很多苦恼。邹明不一定同意我的人生观,但他也不反驳我。

我发见,邹明有时确是想匡正我的一些过失;我有时也确是把他当做一位老朋友,知心人,想听听他对我的总的印象和评价。但总是错过这种机会,得不到实现。原因主要在我不能使他免除顾虑。如果邹明从此不能再说话,就成了我终生的一大遗憾。此时此刻,朋友之间,像他这样了解我的人,实在不太多了。

邹明一生,官运也不亨通。我在小汤山养病时,有报社一位老服务员跟随我,他曾对我老伴说:报社很多人,都不喜欢邹明,就是孙犁喜欢他。他的官运不通,可能和他的性格有关,他脾气不好。在报社,第一阶段,混到了文艺部副主任,和我那副科长,差不多。第二阶段,编一本默默无闻,只能销几千份的刊物,直到今年十月一期上,才正式标明他是主编,随后他就病倒了。人不信命,可乎!

邹明好喝酒,饮浓茶,抽劣质烟。到我那里,我给他较好的烟,他总是说:那个没劲儿。显然,烟酒对他的病也都不利。

二三十年代,有那么多的青年,因为爱好文艺,从而走上了革命征途。这是当时社会大潮中的一种壮观景象。为此,不少人曾付出各式各样的代价,有些人也因此在不同程度上误了自身。幸运者少,悲剧者多。我现在想,如果邹明一直给首长当秘书,从那时就弃文从政、从军,虽不一定就位至显要,在精神和物质生活方面,总会比现在更功德圆满一些吧。我之想起这些,是因为也曾有一位首长,要我去给他当秘书,别人先替我回绝了,失去了做官的一次机会,为此常常耿耿于怀的缘故。

现在有的人,就聪明多了。即使已经进入文艺圈的人,也多已弃文从商,或文商结合;或以文沽名,而后从政;或政余弄文,以邀名声。因而文场芜杂,士林斑驳。干预生活,是干预政治的先声;摆脱政治,是醉心政治的烟幕。文艺便日渐商贾化、政客化、青皮化。

邹明比我可能好一些,但也不是一个聪明人。在一些问题上,在生活行动上,有些旧观念。他不会投政治之机,渔时代之利,因此也不会得风气之先。他一直不能成为一个时代的宠儿,耀眼的明星。他常常有点畸零之感,有些消极的想法。然又不甘把时间浪费,总想做些力所能及的事情。考核他几十年所作所为,我以为还都是于国家于人民有益的。但像这种工作方式,特别在目前局势来说,是吃不开的,不受重视的。除去业务,他没有其他野心;自幼家境富裕,也不把金钱看得那么重。他既不能攀缘权要以自显,也不屑借重明星以自高。因此,他将永远是默默无闻的,再过些年,也许会被人忘记的。

很多外人,把邹明说成是我的"嫡系",这当然有些过分。但长期以来,我确把他看作是自己的一个帮手。进入晚年,我还常想,他能够帮助我的孩子们,处理我的后事。现在他的情况如此,我的心情,是不用诉说的。

写于 1989 年 12 月 11 日

悼康濯

整整一个冬季，我被疾病折磨着，人很瘦弱，精神也不好，家人也很紧张。前些日子，柳溪从北京回来说：康濯犯病住院，人瘦得不成样子了，叫她把情况告诉我。我当即写了一封信，请他安心治疗，到了春暖，他的病就会好的。但因为我的病一直不见好，有点悲观，前几天忽然有一种预感：康濯是否能熬过这个漫长的冬季？

昨天，张学新来了，进门就说：告诉你一个不幸的消息，我没等他说完，就知道是康濯了。我的眼里，立刻充满了泪水。我很少流泪，这也许是因为我近来太衰弱了。

从一九三九年春季和康濯认识，到一九四四年春季，我离开晋察冀边区，五年时间，我们差不多是朝夕相处的。那时在边区，从事文学工作的，也就是那么几个人。

康濯很聪明，很活跃，有办事能力，也能团结人，那时就受到沙可夫、田间同志等领导人的重视。他在组织工作上的才能，以后也为周扬、丁玲等同志所赏识。

他和我是很亲密的。我的很多作品，发表后就不管了，自己贪轻省，不记得书包里保存过。他都替我保存着，不管是单行本，还是登有我的作品的刊物。例如油印的《区村和连队的文学写作课本》《晋察冀文艺》等，"文革"以后，他都交给了我，我却不拿着值重，又都糟蹋了。我记得这些书的封面上，都盖有他的藏书印章。实在可惜。

"文革"以前，我写给他的很多信件，他都保存着，虽然被抄去，后来发还，还是洋洋大观。而他写给我的那两大捆信，因为不断抄家，孩子们都给烧了，当时我并不知道。我总觉得，在这件事情上，对不住他。所以也不好意思过问，我那些信件，他如何处理。

一九五六年，我大病之后，他为我编了《白洋淀纪事》一书，怕我从此不起。他编书的习惯，是把时间倒排，早年写的编在后面。我不大赞赏这种编法，但并没有向他说过。

他和我的老伴，也说得来。孩子们也都知道他。一九五五年，全国清查什么"集团"，我的大女儿，在石家庄一家纱厂做工。厂里有人问她：你父亲和谁来往最多？女儿不知道是怎么回子事，想了想说：和康濯。康濯不是"分子"，她也因此平安无事。

他在晋察冀边区，做了很多工作，写了不少作品。那时的创作，现在，我可以毫不含糊地说，是像李延寿说的：潜思于战争之间，挥翰于锋镝之下。是不寻常的。它是当国家危亡之际，一代青年志士的献身之作，将与民族解放斗争史光辉永存，绝不会被数典忘祖的后生狂徒轻易抹掉。

至于全国解放之后，他在工作上，容有失误；在写作上，或有浮夸。待人处事，或有进退失据。这些都应该放在时代和环境中考虑。要知人论世，论世知人。

近些年，我们来往少了，也很少通信，有时康濯对天津去的人说：回去告诉孙犁给我写信，明信片也好。但我很少给他写信，总觉得没话可说，乏善可述。他也就很少给我写信，有事叫邹明转告。康濯记忆很好，比如抗日时期，我们何年何月，住在什么村庄，我都忘记了，他却记得很清楚。他所知文艺界事甚多，又很细心，是个难得的可备咨询的人才。

耕堂曰：战争时相扶相助，胜利后各奔前程，相濡相忘，时势使然。自建国以来，数十年间，晋察冀文学同人，已先后失去邵子南，侯金镜，田间，曼晴。今康濯又逝，环顾四野，几有风流云散之感矣！

1991 年 1 月 19 日下午

悼念李季同志

已经是春天了,忽然又飘起雪来。十日下午,我一个人正在后面房间,对存放的柴米油盐,作季节性的调度。外面送来了电报。我老眼昏花,脑子迟钝,看到电报纸上李季同志的名字,一刹那间,还以为是他要到天津来,像往常一样,预先通知我一下。

绝没想到,他竟然逝去了。前不久,冯牧同志到舍下,我特别问起他的身体,冯还说:有时不好,工作一忙,反倒好起来了。我当时听了很高兴。

李季同志死于心脏病,诗人患有心脏病,这就是致命所在。患心脏病的人,不一定都是热情人;而热情人最怕得这种病。特别是诗人。诗人的心,本来就比平常的人跳动得快速、急骤、多变、失调。如果自己再不注意控制,原是很危险的。

一九七八年秋季,李季同志亲自到天津来,邀我到北京去参加一个会。我有感于他的热情,不只答应,而且坚持一个星期,把会开了下来。当我刚到旅馆,还没有进入房间,已经是晚上八点多钟了,就听到李季同志在狭窄嘈杂的旅馆走道里,边走边大声说:

"我把孙犁请了来,不能叫他守空房啊,我来和他做伴!"

他穿着一件又脏又旧的军大衣,右腿好像有了些毛病,但走路很快,谈笑风生。

在会议期间,我听了他一次发言。内容我现在忘了,他讲话的神情,却深深印在我的记忆里。他很激动,好像和人争论什么,忽然,他脸色苍白,要倒下去。他吞服了两片药,还是把话讲完了。

第二天,他就病了。

在会上,他还安排了我的发言。我讲得很短,开头就对他进行规劝。我说,大激动、大悲哀、大兴奋、大欢乐,都是对身体不利的。但不如此,又何以作诗?

在我离京的前一天晚上,他还带病到食堂和我告别,我又以注意身体为赠言。

这竟成最后一别。李季同志是死于工作繁重,易动感情的。

李季同志的诗作《王贵与李香香》,开一代诗风,改编为唱词剧本,家喻户晓,可以说是不朽之作。他开辟的这一条路,不能说后继无人,但没有人能超越他。他后来写的很多诗,虽也影响很大,但究竟不能与这一处女作相比拟。这不足为怪,是有很多原因,也可以说是有很多条件使然的。

《王贵与李香香》,绝不是单纯的陕北民歌的编排,而是李季的创作,在文学史上,这是完全新的东西,是长篇乐府。这也绝不是单凭采风所能形成的,它包括集中了时代精神和深刻的社会面貌。李季幼年参加革命,在根据地,是真正与当地群众,血肉相连,呼吸相通的。是认真地研究了民间文学的内容和形式的。他不是天生之才,而是地造之才,是大地和人民之子。

很多年来,他主要是担任文艺行政工作,而且逐渐提级,越来越繁重。这对工作来说,自然是需要,是不得已;对文艺来说,总是一个损失。当然,各行各业,都要有领导,并且需要精通业务的人去领导。不过,实践也证明,长期以来,把作家放在行政岗位,常常是得不偿失的。当然,这也只是一种估计。李季同志,是能做行政工作,成绩显著,颇孚众望的。在文艺界,号称郭、李。郭就是郭小川同志。

据我看来，无论是小川，还是李季同志，他们的领导行政，究竟还是一种诗人的领导，或者说是天才的领导。他的出任领导，并不一定是想，把自己的"道"或"志"，布行于天下。只是当别人都推托不愿干时，担负起这个任务来。而诗人气质不好改，有时还是容易感情用事。适时应变的才干，究竟有限。

因为文艺行政工作，是很难做好，使得人人满意的。作家、诗人，自己虽无领导才干，也无领导兴趣，却常常苛求于人，评头论足。热心人一旦参加领导行列，又多遇理论是非之争，欲罢不能，愈卷愈脱不出身来，更无法进行创作。当然也有人，拿红铅笔，打电话惯了，尝到了行政的甜头，也就不愿再去从事那种消耗神经，煎熬心血，常常费力不讨好的创作了。如果一帆风顺，这些人也就正式改行，从文途走上仕途。有时不顺利，也许就又弃官重操旧业。这都是正常现象。

李季做得还算够好的，难能可贵的。他的特点是，心怀比较开朗，少畛域观念，十分热情，能够团结人，在诗这一文艺领域里，有他自己广泛的影响。

自得噩耗，感情抑郁，心区也时时感到压迫和疼痛。为了驱赶这种悲伤，我想回忆一下同李季在青年时期的交往。

可惜，我同他是在五十年代初期，一次集体出国时，才真正熟起来。那时，我已经是中年了。对于出国之行，我既没有兴趣，并感到非常劳累。那种紧张，我曾比之于抗日战争时期的反"扫荡"。特别是一早起，团部传出：服装、礼节等等应注意事项。起床、盥洗、用饭，都很紧迫。我生性疏懒，动作迟缓，越紧张越慌

1988 年 天津

1988 年 天津

乱。而李季同志，能从容不迫，好整以暇。他能利用蹲马桶时间：刷牙，刮脸，穿袜子，结鞋带。有一天，忽然通知：一律西服，我却不会结领带，早早起来，面对镜子，正在为难之际，李季同志忽然推门进来，衣冠楚楚，笑着说：

"怎么样，我就知道你弄不好这个。"

然后熟练地代我结好了，就像在战争时代，替一个新兵打好被包一样。

人之相知，贵相知心。对于李季同志，我不敢说是相知，更不敢说是知己。但他对于我，有一点最值得感念，就是他深深知道我的缺点和弱点。我一向不怕别人不知道我的长处，因为这是无足轻重的。我最担心的是别人不知道我的短处，因为这就谈不上真正的了解。在国外，有时不外出参观，他会把旅馆的房门一关，向同伴们提议：请孙犁唱一段京戏。在这个代表团里，好像我是唯一能唱京戏的人。

每逢有人要我唱京戏，我就兴奋起来，也随之而激动起来。李季又说：

"不要激动，你把脸对着窗外。"

他如此郑重其事，真是欣赏我的唱腔吗？人要有自知之明，直到现在我也不敢这样相信。他不过是看着我，终日一言不发，落落寡合，找机会叫我高兴一下，大家也跟着欢笑一场而已。

他是完全出于真诚的，正像他前年要我去开会时说的：

"非我来，你是不肯出山的！"

难道他这是访求山野草泽，志在举逸民吗？他不过是要我出去活动活动，与多年不见面的朋友们会会而已。

在会上，他又说：

"你不常参加这种场合,人家不知道你是什么观点,讲一讲吧。"

也是这个道理。

他是了解我的,了解我当时的思想、感情的,他是真正关心我的。

他有一颗坚强的心,他对工作是兢兢业业的,对创作是孜孜不倦的。他有一颗热烈的心,对同志,是视如手足,亲如兄弟的。他所有的,是一颗诗人的赤子之心,天真无邪之心。这是他幼年参加革命时的初心,是他从根据地的烽烟炮火里带来的。因此,我可以说,他的这颗心从来没有变过,也是永远不会停止跳动的。

1980 年 3 月 14 日

黄　叶

又届深秋，黄叶在飘落。我坐在门前有阳光的地方。邻居老李下班回来，望了望我，想说什么，又走过去。但终于转回来，告诉我：一位老朋友，死在马路上了。很久才有人认出来，送到医院，已经没法抢救了。

我听了很难过。这位朋友，是老熟人，老同事。一九四六年，我在河间认识他。

他原是一个乡村教师，爱好文学，在《大公报》文艺版发表过小说。抗战后，先在冀中七分区办油印小报，负责通讯工作。敌人"五一大扫荡"以后，转入地下。白天钻进地道里，点着小油灯，给通讯员写信；夜晚，背上稿件转移。

他长得高大、白净，作风温文，谈吐谨慎。在河间，我们常到野外散步。进城后，在一家报社共事多年。

他喜欢散步。当乡村教师时，黄昏放学以后，他好到田野里散步。抗日期间，夜晚行军，也算是散步吧。现在年老退休，他好到马路上散步，终于跌了一跤，死在马路上。

马路上车水马龙，行人熙熙攘攘，但没有人认识他。不知他来自何方，家在何处？躺了很久，才有一个认识他的人。

那条马路上树木很多，黄叶也在飘落，落在他的身边，落在他的脸上。

他走的路，可以说是很多很长了，他终于死在走路上。这里的路好走呢，还是夜晚行军时的路好走呢？当然是前者。这里既平坦又光明，但他终于跌了一跤。如果他是一个舞场名花，或是时装模特，早就被人认出来了。可惜他只是一个退休老人，普普通通，已经很少有人认识他了。

我很难过。除去悼念他的死，我对他还有一点遗憾。

他当过报社的总编，当过市委的宣传部长，但到老来，他愿意出一本小书——文艺作品。老年人，总是愿意留下一本书。一天黄昏，他带着稿子到我家里，从纸袋里取出一封原已写好的，给我的信。然后慢慢地说：

"我看，还是亲自来一趟。"

这是表示郑重。他要我给他的书，写一篇序言。

我拒绝了。这很出乎他的意料，他的脸沉了下来。

我向他解释说：我正在为写序的事苦恼，也可以说是正在生气。前不久，给一位诗人，也是老朋友，写了一篇序。结果，我那篇序，从已经铸版的刊物上，硬挖下来。而这家刊物，远在福州，是我连夜打电话，请人家这样办的。因为那位诗人，无论如何不要这篇序。

其实，我只是说了说，他写的诗过于雕琢。因此，我已经写了文章声明，不再给人写序了。

对面的老朋友，好像并不理解我的话，拿起书稿，告辞走了。并从此没有来过。

而我那篇声明文章，在上海一家报社，放了很长时间，又把小样，转给了南方一家报社，也放了很久。终于要了回来，在自家报纸发表了。这已经在老朋友告辞之后，所以还是不能挽回这一点点遗憾。

不久，出版那本书的地方，就传出我不近人情，连老朋友的情面都不顾的话。

给人写序,不好。不给人写序,也不好。我心里很别扭。

我终觉是对不起老朋友的。对于他的死,我倍觉难过。

北风很紧,树上的黄叶,已经所剩无几了。太阳转了过去,外面很冷,我掩门回到屋里。

1987 年 10 月 19 日

夜　思

最近为张冠伦同志开追悼会，我只送了一个花圈，没有去。近几年来，凡是为老朋友开追悼会，我都没有参加。知道我的身体、精神情况的死者家属，都能理解原谅，事后，还都带着后生晚辈，来看望我。这种情景，常常使我热泪盈眶。

这次也同样。张冠伦同志的家属又来了，他的儿子和孙子，还有他的妻妹。

一进门，这位白发的老太太就说：

"你还记得我吗？"

"呵，要是走在街上……"我确实一时想不起来，只好嗫嚅着回答。

"常智，你还记得吧？"

"这就记起来了，这就记起来了！"我兴奋起来，热情地招扶她坐下。

她是常智同志的爱人。一九四三年，我在山地华北联大高中班教书时，常智是数学教员。这一年冬天，我们在繁峙高山上，坚持了整整三个月的反"扫荡"。第二年初，刚刚下得山来，就奉命做去延安的准备。

我在出发前一天的晚上，忽然听说常智的媳妇来了，我也赶去看了看。那时她正在青春，又是通过敌占区过来，穿着鲜艳，容貌美丽。我们当时都惋惜，我们当时所住的，山地农民家的柴草棚子，床上连张席子也没有，怎样来留住这样花朵般的客人。女客人恐怕还没吃晚饭，我们也没有开水，只是从老乡那里买了些红枣，来招待她。

第二天，当我们站队出发时，她居然也换上我们新发的那种月白色土布服装，和女学生们站在一起，跟随我们出发了。一路上，她很能耐劳苦，走得很好。她是冀中平原的地主家庭出身吧，从小娇生惯养，这已经很不容易了。

比翼而飞，对常智来说，老婆赶来，一同赴圣地，这该是很幸福的了。但在当时，同事们并不很羡慕他。当时确实顾不上这些，以为是累赘。

这些同事，按照当时社会风习，都已结婚，但因为家庭、孩子的拖累，是不能都带家眷的，虽然大家并不是不思念家乡的。

这样，我们就一同到了延安，她同常智在那里学自然科学。现在常智同她在武汉工作，也谈了谈这些年来经历的坎坷。

至于张冠伦同志，则是我一九四五年抗日战争结束后，回到冀中认识的。当时，杨循同志是《冀中导报》的秘书长，我常常到他那里食宿，因此也认识了他手下的人马。在他领导下，报社有一个供销社，还有一个造纸厂，张冠伦同志是厂长。

纸厂设在饶阳县张岗。张冠伦同志是一位热情、厚道的人，在外表上又像农民又像商人，又像知识分子，三者优点兼而有之，所以很能和我接近。我那时四下游击，也常到他的纸厂住宿吃饭。管理伙食的是张翔同志。

他的纸厂是一个土纸厂，专供《冀中导报》用。在一家大场院里，设有两盘高大的石碾，用骡拉。收来的烂纸旧书，堆放在场院西南方向的一间大厦子里。

我对破书烂纸最有兴趣，每次到那里，我都要蹲在厦子里，刨拣一番。我记得在那里我曾得到一本石印的《王圣教》和一本石印的《书谱》。

解放战争后期，是在河间吧，张冠伦同志当了冀中邮政局的负责人。他告诉我，土改时各县交上的书，堆放在他们的仓库里面。我高兴地去看了看，书倒不少，只是残缺不全。我只拣了几本亚东印的小说，都是半部。

这次来访的张冠伦的儿子，已经四十多岁了，他说：

"在张岗，我上小学，是孙伯伯带去的。"

这可能是在土改期间。那时，我们的工作组驻在张岗，我和小学的校长、教师都很熟。

土改期间，我因为家庭成分，又因为所谓"客里空"问题，在报纸上受过批判，在工作组并不负重要责任，有点像后来的靠边站。土改会议后，我冒着风霜，到了张岗。我先到理发店，把长头发剪了去。理发店胖胖的女老板很是奇怪，不明白我当时剪去这一团烦恼丝的心情。后来我又在集市上，买了一双大草鞋，向房东老大娘要了两块破毡条垫在里面，穿在脚下。每天蹒跚漫步于冰冻泥泞的张岗大街之上，和那里的农民，建立了非常难能可贵的情谊。

农村风俗淳厚，对我并不歧视。同志之间，更没有像后来的所谓划清界限之说。我在张岗的半年时间里，每逢纸厂请客、过集日吃好的，张冠伦同志，总是把我叫去解馋。

现在想来，那时的同志关系，也不过如此。我觉得这样也就可以了，留下的印象是很深的，值得追念。进城以后，相互之间的印象，就淡漠了。"文化大革命"期间，我们的命运大致相同。他后来死去了。

看到有这么多好同志死去，不知为何，我忽然感慨起来：在那些年月，我没有贴出一张揭发检举老战友的大字报，这要感谢造反派对我的宽容。他们也明白：我足不出户，从我这里确实挖不出什么新的材料。我也不想使自己舒服一些，去向造反派投递那种卖友求荣的小报告，也不曾向我曾经认识的当时非常煊赫的权威、新贵，请求他们的援助与哀怜。我觉得那都是可耻的，没有用处的。

我忍受自己在劫的种种苦难，只是按部就班地写我自己的检查，写得也很少很慢。现在，有些文艺评论家，赞美我在文字上惜墨如金。在当时却不是这样，因为我每天只交一张字大行稀的交代材料，屡遭管理人的大声责骂，并扯着那一页稿纸，当场示众。后来干脆把我单独隔离，面前放一马蹄表，计时索字。

古人说，一死一生，乃见交情。其实，这是不够的。又说，使生者死，死者复生，大家相见，能无愧于心，能不脸红就好了。朋友之道，此似近之。我对朋友，能做到这一点吗？我相信，我的大多数朋友，对我是这样做了。

我曾告诉我的孩子们：

"你们看见了，我因为身体不好，不能去参加朋友们的追悼会，等我死后，人家不来，你们也不要难过。朋友之交，不在形式。"

新近，和《文艺报》的记者谈了一次话，很快就收到一封青年读者来信，责难我不愿回忆和不愿意写"文化大革命"的事，是一种推诿。文章是难以写得周全的，果真是如此吗？我的身体、精神的条件，这位远地的青年，是不能完全了解的。我也想到，对于事物，认识相同，因为年纪和当时处境的差异，有些感受和想法，也不会完全相似的。很多老年人，受害最深，但很少接触这一重大主题，我是能够理解的。我也理解，接触这一主题最多的青年同志们的良好用心。

但是，年老者逐渐凋谢，年少者有待成熟，这一历史事件在文学史上的完整而准确的反映，恐怕还需要一段时间吧？

1980年1月30日夜有所思，凌晨起床写讫。